汴京春深

卷·貳

舞桃源

小麥 著

好評推薦

《汴京春深》是極少見的寫實又引人入勝的史話感世情小說，在這個繁雜時代難得能讓人沉下心去讀的作品，小麥以細膩真實筆觸描寫大宋汴京千年畫卷，讀來猶如生活其間，跟著書中人物經歷他們人生的喜怒哀樂，隨著他們的情緒而共鳴，起承轉合無不有著雋永氣息，令人感受大宋文化千年來經久不衰的魅力，手不釋卷，脈脈留香。

——晉江S級作者 聞檀

著有《良陳美錦》、《首輔養成手冊》、《嫡長孫》等多部古代言情小說現象級作品

這是我看小麥的第一本小說。我還記得當時欲罷不能，不眠不休看這本小說的感覺。小麥以老辣細緻的文筆娓娓道來，營造出一種濃厚的真實感，大到時代背景、文化民俗，小到普通百姓的生活百態，一群熱血少年的故事彷彿真的讓你置身在歷史洪流之中，隨著小九娘他們一起成長，一起進入小麥打造的那個波瀾壯闊的時代……。

——網路讀者 五月

《汴京春深》讀了三次，第一次讀言情，喜歡小兒女的萌動與成長，義氣與愛情。第二次讀歷史，重新理解北宋的文官體制與庶民社會的文明高度，忍不住拿出《蘇東坡新傳》與之對照，小說出入歷史虛實之間，十分巧妙。第三次讀人性與政治，如何在汙濁的朝堂爭鬥廝殺間，不忘利民報國初心？作者從小庶女的視角出發，編織出集合情愛、陰謀、黨爭、家國情懷的精彩小說。

——網路讀者 春始

《汴京春深》像一幅優美的畫卷，借作者如椽巨筆展現宋朝的生活、社會和文明，一讀再讀之下不由佩服小麥做功課之深，每個細節都經得起推敲。小說又像一首動聽的樂曲，九娘、六郎、太初等一眾出色的孩子，哪怕賣餛飩的淩娘子甚或只出場幾次的小丫頭，都各有各的精彩，最終編織成這恢宏篇章。最讓我感慨的是小說雖以古代為背景，表達的核心卻有難能可貴的現代性，九娘對自己的接納和她在城破時保護一方百姓的擔當，這二者所呈現的智慧不相上下，同樣令人欽佩。

——網路讀者 辛夷

《汴京春深》讓我喜歡的，不僅僅是裡面描寫的主角們跌宕起伏的愛情和親情，還有更多的友情。在小麥妙筆下，徐徐展開的汴京畫卷中，九娘和身邊少年少女們的共同成長，種瓜得瓜，更讓我掩卷長歎。

如果人類確實需要某種情感關係作為安全港，在我看來，友情是不可缺少的一種，有時甚至超過愛情和親情。愛情裡面有排他，有動物性，有本能，而友情它完全取決於一個人的自由意志和本質。沒錯，我說的是太初。

生命中能存在至少一個無條件希望你好、你也無條件希望對方好的朋友，你的自我肯定與自我價值感都會爆棚吧！說實話，我的第一反應是立刻把這本書推薦給正在青春期情緒激盪中的女兒。

——網路讀者 WendyLee

這是看小麥的第一本書，就是從這本書開始成為作者的粉絲！《汴京春深》不但文字優美，情節清新，更是妙句横生，讓人忍俊不禁。裡面的每一個角色都塑造得栩栩如生，有血有肉：重新面對自己的王玞，堅韌的六哥，清風明月一樣的太初……一一如同親見。

在歷史脈絡上的改編，巧妙避開了正史的局限，帶給讀者爽快的故事，讓我們輕鬆地在作者開展的闊美北宋歷史背景裡，偷窺那些或許存在過的人、事、物、情！推薦大家一定要看。

——網路讀者 下午茶

已經想不起是怎麼入了麥大的坑，從《汴京春深》追到《大城小春》再到如今的《萬春街》。猶記得久不追書的我那會兒經常半夜餵奶拍嗝時看更新了沒有，彼時初為人母，讀到九娘對蘇昉的舐犢之情感同身受，常忍不住濕了眼眶……。而後隨著九娘和六郎一對小兒女的成長，隨之展開的一整幅大宋江山圖，汴京兒女英雄夢，真的把大家帶入了那個波瀾壯闊的歷史畫卷與之同呼吸共命運。

——網路讀者 黎一凡

《汴京春深》是我唯一一本一刷再刷的古言重生文，每重刷一次都有新的感悟，文中每個人物都栩栩如生，常常讓我覺得自己就站在他們身邊，有時一臉姨母笑地看著他們成長，有時又為他們的遭遇熱淚盈眶，酸楚不已。

——網路讀者 清景無限

這麼多年看過不少歷史古言。私以為一個小說作者，發表多少作品和發表形式其實不是關鍵，最重要的是當梳理宋朝背景作品的時候，這位原作者的作品是不是必須被提及，無法被繞過或者被一筆帶過。自看過《汴京春深》以來，我越來越認同這個觀點。

——網路讀者 凱羅

自序

七年前，作為一個賦閒在家的家庭主婦，我終於決定實現學童時期閃閃發亮的夢想：寫一本小說。

之所以選擇以北宋為小說背景時代，是希望吸引更多大陸的年輕人去瞭解那個時代。曾經受歷史課影響，我也認為宋朝乃積弱之朝。所謂的大宋與西夏、遼、金等諸強並存，完全不大也不強，不復大唐萬國來朝的磅礴氣象，更有歲貢之辱靖康之恥，莫須有罪名殺岳飛，奸臣一籮筐昏君無數，想想就來氣。隨著年歲漸長，我卻越來越喜歡宋朝。

起因十分好笑，論壇上有一個穿越帖，詢問大家如果穿越你選擇穿越去哪個朝代？我想來想去選擇了宋仁宗時期。為何？毫無疑問，那是歷史長河裡中國最接近民主憲政和工業革命的時代。戶籍遷移自由、女性財產繼承權、取消宵禁、商業和個體經營的極度發達、銀行業的雛形、科舉考試資格取消出身限制、出版與新聞自由、國民私有財產受到保護、老幼福利慈善制度、王在法下⋯⋯以上種種都讓我心生感歎：原來中國人類文明曾經抵達過那樣的高點。

這個高點，並不是指國家或軍事力量強大，而是一種自視與包容。宋朝清醒地認識到自己這個帝國不是世界的中心，只是世界的一員，於周邊諸國的外交政策無法高高在上頤指氣使，於國內的治理上倚重士大夫集團，向三權分立靠攏，限制皇權。例如北宋的皇宮是歷朝歷代裡占地面積最小建築成本最低的，屢次擴張計畫都因為拆遷會擾民而擱置。

文明的構建基礎離不開文化，毫無疑問，宋朝的高度文明也催生出了無數自由的靈魂，在詩詞文學、書法繪畫、瓷器刺繡、飲食建築、科技醫療等全方位抵達了中國歷史的巔峰。

文化沒有高下之分，只有差異之別，但文明卻有落後與先進的鴻溝。宋朝滅亡於鐵騎之下，不只是農耕文明敗與遊牧文明，也是文明被野蠻摧毀的過程。在此之後，元、明、清，都是極為鮮明的中央集權時代。元、清是殖民時代，無論從國民的個人權益還是女性的權益來看，無論從法制還是風俗的角度去考量，都在全方位地退步。這是人類文明的落後。

這就是《汴京春深》誕生的重要緣由之一，希望讀者能喜歡我展現的北宋生活畫卷，從而對宋朝產生興趣。

其次我很想呈現一群少年的成長歷程，以及重生的女主角如何重新認知自我，如何敢於接受一段實力相當彼此滋養的愛情。出於已婚已育婦女的小心眼，我從蘇軾髮妻王弗和元祐太后孟氏身上得到了塑造女主角的靈感，但當故事開始後，角色獲得了獨立的生命，開啟了他們自己的故事，我不再是創造者而是敘述者。簡中連載兩年，經歷了國際搬家，不免有創作上的小遺憾，好在最後順利完結，也獲得了許多讀者的認可和喜歡，更多人因此購買了《東京夢華錄》等我推薦的書籍，可謂意外之喜。

寫作《汴京春深》的過程對我而言也是一場難得的學習體驗，因為追求背景的立體和真實，經常需要參考各種參考書籍，有時糾結於某個細節六七個小時，終於釋疑，在文中卻只不過用了短短十幾個字甚至一個字也沒用上，而整個探索的過程如同蜘蛛結網，從點到線到面，不得不閱讀更多的書籍，最後自己也沉迷其中，獲得了書寫以外更大的快樂和滿足。

《汴京春深》連載到第四個月時，突然登上了晉江金榜第一，二〇二一年底交由上海讀客文化在各大電子閱讀平臺上出版，二〇二二年在沒有人宣傳推廣的情況下，陸續登上了各大榜單，在番茄小說的總榜、古言榜、出版榜蟬聯冠軍超過半年之久，在微信讀書、掌閱、咪咕、七貓等平臺上均取得了不俗的成績，並於年底授權了影視版權。二〇二三年喜馬拉雅上架了《汴京春深》的有聲小說，上架兩週，前五十集便登上了小說榜第十一名。

非常高興能與時報出版合作，希望臺灣的讀者能喜歡《汴京春深》。

小麥

二〇二三年一月三十日

● 服飾參考書籍：《中國古代服飾史》周錫保 著。

● 地理參考書籍：《中國歷史地圖集》譚其驤 主編；《汴京遺蹟志》等等。

● 文民俗禮儀生活參考書籍：《東京夢華錄》、《夢粱錄》、《武林舊事》、《江南野史：南唐書》、《老學庵筆記》、《蘇東坡集》、《東坡志林》、《蘇東坡傳》（林語堂 著）、《蘇東坡新傳》（李一冰 著）、《宋遼西夏金社會生活史》、《宋朝人的吃喝》（汪曾祺 著）、《唐宋茶業經濟》（孫洪升 著）等等。

● 官職參考書籍：《宋代科舉與文學》（祝尚書 著）、《資治通鑑》、《宋史》、《宋會要》、《宋會要輯稿》、《宋代蔭補制度研究》（游彪 著）、《宋樞密院制度》（梁天錫 著）等等。

● 戰爭參考書籍：《武經總要》（曾公亮、丁度 等撰）、《中國城池史》（張馭寰 著）、《中國兵器史》（周緯 著）、《北宋武將群體與相關問題研究》（陳峰 著）等等。

● 朝政參考書籍：《北宋中央日常政務運行研究》（周佳 著）、《宋代女性法律地位研究》（王揚 著）、《宋代的政治空間：皇帝與臣僚交流方式的變化》（日本平田茂樹 著）、《祖宗之法——北宋前期政治述略》（鄧小南 著）、《宋代司法制度》（王雲海 主編）。

第五十章

街上依舊人聲笑聲不斷，趙栩卻耳邊一聲驚雷似的，震得他耳內嗡嗡響，什麼也聽不清。他絲毫沒注意妹妹已經衝上前嘰嘰喳喳起來。

趙栩再用力眨了眨眼，眼前這個穿白色交領窄袖衣同色十二幅挑銀線湘裙，披著櫻粉色披帛的，是那個以前臉上肉嘟嘟的胖冬瓜？為什麼沒戴昨日送去的喜鵲登梅翡翠釵……不對啊，才幾年不見這傢伙怎麼能不經過允許就不再肉嘟嘟了，看起來一點都不好玩了，看起來有一點好看。

趙栩再溜了一眼，三分姿色不止，至少有五六七八分姿色，好吧，說有十一二分姿色也不為過。身為大趙翰林畫院的表率，美和醜自己不能昧著良心睜眼說瞎話。

趙栩看著九娘淺笑嫣然的小臉，流光溢彩的眸子，想起剛才自己的話，忽然臉就燒了起來，當街搭訕男子絕對不行，搭訕他趙六，是說明胖冬瓜心裡頭和自己還是很親近吧。

九娘一側頭對趙栩笑道：「想要長得比燕王好看，恐怕民女今生無望了。民女只好就此別過，願燕王和淑慧公主萬福金安！」

趙栩臉一黑：「你跑一個試試？」

他別過臉不再看燈下的九娘。煩死了，看多幾眼這心就跳那麼快幹什麼！十二歲還能再胖兩年也不遲嘛，現在就出落得太好看不是好事，從小沒做過美人懂得就少，根本不知道這樣隨便當眾拿下帷帽多危險！當年自己娘親就是吃了這個虧，才不得不被關在皇宮裡一輩子。

趙淺予卻早就也取下帷帽，同九娘比過了身高，興奮地繼續左看右看，上看下看，盯著她胸前看了又看，還在念叨那幾句話：「阿妧——姊姊，你竟然長高了這許多，比我還高了！還變得這麼瘦了！還長這麼大！還這麼好看——」

她想起身邊的六哥剛剛不屑地說了「三分姿色」等等好多難聽的話，換做平常小娘子恐怕得羞憤欲絕了。念在六哥平時跟自己這麼好的份上，趙淺予趕緊瞪了裝作看著遠處的趙栩一眼：「阿妧姊姊，是因為你變得太厲害，一點也不像以前了，我們這才沒認出你的。你可別怪我六哥，他的嘴啊，氣死人不賠命！咿！不對啊，我是不是一點也沒變得更美？所以你才一下子就認出我了？」

九娘笑道：「阿予你本就美到了極致，再美下去，這汴京城裡，像我們這樣只有三分姿色的小娘子們啊，可就一點活路都沒有了。」說罷她調皮地朝趙淺予擠了擠眼睛。

看路上縱然有那麼多小娘子此時還在朝趙栩腳下扔瓜果鮮花，可更多的小郎君們傻呆呆地站在原地看著她們這邊呢。

趙栩臉一紅，從來沒有這麼想把自己說出去的話吃回來。看看周遭越來越多停下腳步盯著她們看的臭男人們，他趕緊替妹妹把帷帽戴上，又從九娘手裡奪過帷帽，隨手罩在她頭上，白了她身後還笑嘻嘻的玉簪一眼，才又伸手替她把紗理好，心又突然跳那麼快，真煩。趙栩頗不自在地低聲說：「就算只有三分姿色，也是有姿色的，快把帷帽戴上。快戴上！」心道看來九娘身邊的這個女使，看著伶俐，卻也不太管用。

玉簪渾然不覺得自己這一等女使的位子有些岌岌可危，她看著眼前如玉似珠的三個人，想起往日種種，眼角禁不住濕潤起來，自己的小娘子和皇子公主在一起，一點也不輸給他們啊，心中澎湃激昂著呢。

趙栩一手握拳放在唇邊咳嗽了兩聲，催促這兩個戴著帷帽攜手說笑的傢伙：「快點走，快走。」想起上回見到她還是那年送蘇昉返川，她哭得眼淚汪汪的，被自己嘲笑胖冬瓜直接變成了冬瓜湯。哼，這個死沒良心的，去年怎麼也不想著來送送北上的救命恩人！

路邊卻有兩位少年郎鼓起勇氣走上前來，朝九娘和趙淺予行了禮：「敢問兩位小娘子——」話音未落，已被一把摺扇劈頭蓋腦地敲了過來。趙栩左右連著敲了十來下，黑著臉直罵：「問什麼問，看什麼看，敢什麼敢，你們怎麼就敢的？我家的人是你們能看的嗎！滾遠點！」身後的侍衛隨從趕緊上來將那兩個倒楣蛋拉開。

九娘駭笑起來，堂堂燕王果然同陳太尉一樣的出了名的護短！怪不得陳青當年會一出手就將那個無賴打成了殘廢。那兩個可憐的小郎君看了幾眼四公主，問了半句話就被打了一頓。

趙栩一見隱約薄紗下她的如花笑顏，氣得瞪了趙淺予一眼：「大庭廣眾之下不許摘帷帽！說了多少回了。」扭頭朝九娘也瞪了一眼：「還有你，笑什麼笑，你也一樣不許摘，記住了。」當先越過她二人朝前走去。

九娘看著趙栩紅透了的耳尖，搖搖頭。這些少年郎啊，最是彆扭了，等到他們也心儀上哪位小娘子，就能理解剛才那兩位小郎君了。啊呀，阿昉已經十六歲，不知道蘇瞻會給他找一門怎樣的親事，不知道王瓔會不會插手他的親事。九娘輕歎一口氣，和趙淺予跟著趙栩往前走。

三個人走到林氏分茶樓下，還差幾步路，九娘和趙淺予齊聲低呼一聲，不等趙栩就疾步越過他小跑而去。趙栩一抬眼，原來是陳太初和蘇昉兄妹在樓下遇見了，正在互相行禮。隔著這麼多人，他二人長身玉立，眉目疏朗，當真是皎如玉樹臨風前。趙栩歎了口氣，氣得不行，你們這兩個養不熟的白眼狼啊！

九娘衝過去，卻連阿昉也喊不出口，心潮起伏。她笑著分開帷帽，直盯著蘇昉。

阿昉果然長高了許多！七尺六寸或七尺七寸了？十六歲的孩子還能長呢，人沒有變黑，果然瘦了一點點，更顯得眉目間清雋無比。幾年的遊歷，他面上更加從容自持，淡淡的微笑充滿了自信。娘的阿昉這幾年看來過得不錯！

趙淺予左看看悅懌若九春的陳太初，右看看磬折似秋霜的蘇昉，完全把身後夭夭桃李花、灼灼有輝光的哥哥丟在了腦後。

蘇昉和陳太初被九娘、趙淺予衝過來，都一愣。蘇昉一看眼前那雙貓兒眼一般閃著琉璃光彩的美目似乎又要淚汪汪起來，立刻笑著問：「小九娘竟然長這麼高了？」

陳太初看到取下帷帽的趙淺予，才意識到面前這個看著蘇昉的真的是九娘，不由得吃了一驚，他一點也沒認出來！仔細再看看才笑著感歎：「小九娘竟長這麼大了!?」才幾年不見，好像再也不能夠伸手去摸摸她的頭了，真是可惜啊。陳太初忽然腦海中閃過一幕：當年抱著九娘去翠微堂的路上，九娘給了自己那顆黏牙的糖。那鼓囊囊的腮幫子，肉嘟嘟的小身子趴在自己肩膀上，呼出來的氣熱熱的。陳太初臉一紅，趕緊笑著看向趙淺予：「阿予這下心服口服要叫九娘姊姊了。」

趙淺予吐吐舌頭：「我本來就叫九娘姊姊的，哪裡有過不服氣？」那些「矮姊姊」、「胖姊姊」、「胖冬瓜」、「冬瓜姊姊」早就是幾百年以前的事了好嗎！太初哥哥什麼時候也像六哥那樣不會說話了！

一旁的蘇昕愣了片刻，也掀開帷帽跳了過來：「九娘!?阿妧!?天哪！你怎麼長大了這麼多？這麼高了？」當年碼頭告別時，九娘雖然也長高了些，但畢竟還是個圓滾滾的小女娃，現在卻已完全沒了幼童的模樣。

九娘看著眉目間和蘇昉很像的蘇昕，也十分快活，當下笑嘻嘻地開口：「蘇哥哥——蘇姊姊——陳哥哥安好！」

趙淺予卻笑眯眯喊道：「阿昕姊姊——阿昉哥哥——太初哥哥安好！」

趙栩上前來，和蘇昉、陳太初敘過禮。心裡更不是滋味了，虧得陳太初也沒立刻認出胖冬瓜來。這蘇昉！歸根到底，還是胖冬瓜的不是，總是待蘇昉這麼特別，她也不怕招人誤會！趙栩看看蘇昉，再看看九娘，那兩人正笑嘻嘻互相看著，話雖然沒有一句，可這是什麼眼神！表哥表妹的也不知道避嫌！

趙栩冷哼一聲：「上去罷。」當頭率眾進了林氏分茶。

上了樓，進了包間。杜氏早帶著孟彥弼回來，正等不到九娘急得很，一看眾人來了，趕緊帶了孟家姊妹給趙栩、趙淺予行禮。待團團行完禮。在屏風裡外，分兩桌坐定下來。裡間趙淺予謙讓請杜氏坐了上首，外間自然是趙栩坐了上首。

裡間朝南坐了杜氏。杜氏左下首坐了趙淺予，跟著是蘇昕和九娘，右下首坐了六娘七娘四娘。趙淺予和蘇昕和四姊妹都已多年不見，其他人和趙淺予自然不方便說什麼，都圍著蘇昕問長問短。

四娘心不在焉地聽著，偶爾跟著笑一笑。她一見到自己這幾年暗自掛念的陳太初，一顆芳心就快跳出腔子外。十六歲的陳太初如今越發沉靜溫和，皎若子都。她方才暗自留神看著陳太初和九娘，卻見九娘兩眼只盯著蘇昉，不由得安心了一些。又看到七娘滿面緋紅地瞟著趙栩，心裡暗暗好笑。

四娘正隨口應付著七娘的話，一抬頭正看見對面的蘇昕。蘇昕正微笑著聽九娘說話，一雙鳳眼卻看著自己身後的屏風，眼中柔情種種。這樣的眼神，她從銅鏡中不知看到過多少回。四娘心一動，裝作不經意地回了一下頭，屏風上的那個身影正是陳太初，她略一思忖，頓時心中一片冰涼。蘇昕的家世自然不是自己能比得上的。只是這許年多苦埋在心底的相思，才下心頭，卻上眉頭，雖知無望，卻不捨得絕望。只能安慰自個兒，這汴京城，不知道多少小娘子將他視為如意郎君，不多蘇昕一個，不缺蘇昕一個。

六娘含笑端坐，誰的話她都聽著，偶爾也接上幾句。她從小隨著老夫人長大，心境和其他姊妹又不一樣。家中其他姊妹的心思都跟擺在這桌面上一樣的明瞭。她們的神情姿態她一一收於眼底，就連趙淺予的不加掩飾，或是蘇昕的掩飾，她也了然於心。六娘從未和老夫人提起過這些，她心裡對她們充滿了憐惜。天香國色也罷，家世出眾也好，心有獨鍾也罷，高高在上也好，卻難有能稱心如意的，真是何苦來哉。

孟家的小娘子永不為妾，這是鐵一樣的家規。四娘和九娘，畢竟是庶出。蘇陳二家的家世不可能娶她們為正妻。而蘇昉是宰相家唯一的嫡子，不可能尚主❶。身為皇子的趙栩，更不可能娶七娘。而蘇昕雖然家世出眾，文武不聯姻，蘇陳二家更無可能做親家。

她只是不明白這些個姊妹何以輕易就將芳心暗託，尤其是九娘還那麼小，怎麼就從小只喜歡蘇昉呢。可見這情字，正如婆婆所言，一旦沾上就是傷筋動骨甚至非死即傷。世家女子，守住自己的心才是正理啊。六娘喟嘆一聲，心裡不免多了幾分惆悵，轉頭問起大伯娘杜氏那范娘子如何。

少時茶博士進來行了禮，擺開二十四件烹茶器具，將滌方、滓方、具列❷都排列好，展開巾用粗綢，就要往小石鼎中倒水。趙栩卻吩咐道：「今日不用點茶❸，只煎煮我自家的片茶即可。那水，也用我自家帶來的水。」

茶博士接過隨從遞上的茶餅，一看就知道是福建路進貢的一等貢茶，趕緊應了，到一邊在小鼎前等著外頭送水進來。蘇昕吃驚地悄悄問趙淺予：「阿予，這片茶倒也罷了，連那水難道你們也從宮中抬過來？」趙淺予哈哈笑道：「六哥年年都存了好些鄭州賈魯河聖水寺的泉水，昨日就讓人裝車送了過來。」

外間的蘇昉笑著說：「對了，我遊歷巴蜀，倒是也帶了些蜀茶回來，有廣漢之趙坡、合州之水南、峨眉之白牙、雅安之蒙頂。今日帶了過來，還請大伯娘和諸位兄弟姊妹一起品上一品。」

九娘一聽這些耳熟能詳的川茶，又是阿昉親自遊歷各地帶來的，實在忍不住輕輕問趙淺予：

「我們要不先嘗嘗蘇家哥哥的蜀茶？」趙淺予不愛茶，但既然是阿昉哥哥帶來的，自然比哥哥帶來的更稀罕些。她這頭立刻吩咐茶博士先煎煮蜀茶。陳太初看著趙栩的臉色不太好看，趕緊笑著說：「也好，今日時辰還早，我們多嘗幾種茶。」

此時外頭進來一個林氏分茶的廝役，為難地問：「下頭來了兩位郎君，說是來找自家姊妹的，自稱是孟家的九郎和程家的大郎。小的們不敢擅自做主，那兩位郎君卻不肯甘休——」

杜氏和六娘一起皺了皺眉。這兩年，青玉堂把九郎寵得越發上天了，這個小郎君，和程氏的娘家侄子程之才打得火熱，小小年紀，不好好讀書，狎妓夜遊奔馬打鬧的事不斷。孟建戒尺打斷了幾根，老夫人幾次要行外院家法嚴懲，卻都被老太爺攔了下來。三房這兩年沒少提要將十一郎記在程氏名下上族譜，也都被老太爺駁了回去。一提到這兩位，杜氏就有些心驚肉跳。

杜氏便出聲道：「麻煩貴店，就安排他們到二樓孟府訂的包間自去喝茶吧。」

那廝役應了，行了禮轉身而去。

---

❶ 尚主：娶公主為妻之意。因尊帝王之女，不敢言娶，故云「尚」，有承奉、奉事或仰攀之意。

❷ 滌方、滓方、具列：皆為茶具。滌方是盛放洗滌後的水，滓方是放茶的渣滓的，具列是能關閉的收藏和陳列茶具的物品。

❸ 點茶：宋代主流的飲茶方式之一。將茶磨碎研細篩成細末，然後將茶粉沖入滾水，一邊加水一邊攪動，讓茶末和滾水充分混合，稱為「點茶」。點好的茶上面會泛出一層乳白色的泡沫。

第五十一章

這時，外面忽然傳來無數馬蹄踏街飛奔而來的聲響，眾人都一怔。趙栩起身走到窗口，推開直櫺窗朝外望去。裡間的九娘也十分好奇地起身走到窗口，伸手推開窗，不知為何，她心猛地一跳，側頭望向趙栩。趙栩雙眼微眯望向遠處，唇角帶著一絲諷刺的笑意。

這時兩邊已經有數百內城禁軍在忙著清道，一邊驅逐路邊的攤販，一邊高聲大喝著：「避讓——避讓——速速避讓！」緊接著陣陣馬蹄聲由遠而近，竟是極快的速度疾馳而來。

除了陳太初一動不動，其他眾人也都擠到窗前，看這七夕節裡，誰那麼大膽竟然公然大街上縱馬奔馳。卻見下頭是好幾路身穿不同官服的人，幾十騎像風一樣地捲了過來，直奔御街而去。看衣飾，有二府的官吏，也有刑部和禮部的人，看來必然是宮裡出了大事。

趙栩垂目望著那些馬兒遠去不見，抬頭粲然一笑，對眾人道：「我們喝茶罷，大郎既然從四川帶了好茶，蒙頂不錯，我們就先嘗蒙頂吧。」

七娘看著他這一笑，真正風姿特秀灼灼逼人，不由得也紅著臉微笑起來。六娘輕輕一拉她，她才低了頭快步回了座位。

九娘伸手關上窗戶，側頭望了望也在關窗的趙栩。趙栩見九娘一臉疑惑和擔憂，朝她一笑，自回座坐定。

這廂茶博士石鼎中的水沸了蟹眼，裡面幾個小娘子嘰嘰喳喳說著離別後的各自情形，外面的孟彥弼忍不住同陳太初低聲說：「是不是覺得我家九妹變得厲害？都說女大十八變，真正不假。就是今日那范娘子同四個月前金明池的時候都不太一樣，和去年元宵節時，真是判若兩人。」

蘇昉想起九娘，便笑著點頭問：「都判若兩人了，那孟二哥你是插釵了，還是送帛布了？」陳太初打趣道：「我看二哥恐怕送了布。」

孟彥弼臉一紅：「越變越美，我作甚要送布？再說，就算變得不好看了，我既然去年就相中了她，哪有毀約改弦易轍的道理？我又不是那只重美色的好色之徒。」

此話一出，陳太初、蘇昉和孟彥弼都有意無意地含笑看了趙栩一眼。

趙栩桃花眼一瞪，正要發火。那三人卻早已經收回視線，又低聲說笑起來。

什麼！重美色的好色之徒？趙栩吸了口氣，算了，不和他們計較。胖冬瓜那麼醜的時候，自己都下跳金明池，為了救她，差點被死重的她拖死在水裡，還不足以證明自己絕非重美色之人嗎？趙栩心底還是有點不舒服，自己當時可不知道孟九會長成這副模樣！

茶博士輕聲稟告茶已煎好，眾人紛紛精心品茶。

因為要等七湯過了，茶博士才會清洗茶具，重新煎煮其他品種的茶。蘇昉就細細說起這次返京的歷程，他們從大石佛的嘉州上船，經長江三峽，在瞿塘峽的聖母泉向神靈祈求賜福後才開船下駛，可謂「飛泉飄亂雪，怪石走驚驂」。再經過巫峽，巫山十二峰的神女峰因宋玉的〈神女賦〉而著稱，但巫峽之險，波濤洶湧，船就好像樹葉飄蕩在漩渦之中。直到過了江流湍急的新灘，過了蛤蟆碚，到了江陵方才棄船登岸。

蘇昉的聲音，雖然在變聲期，卻比以往更加低沉，略帶了些暗啞，他引用前人典故詩句時，讓人聽得心馳神往，如癡如醉。孟彥弼不時的驚呼感歎，更令人有身臨其境的感覺。

這段路，前世九娘上京的時候也走過一回，當時並不害怕，過了才覺得後怕，此時她從阿昉口中聽到這段，不由得胸口一熱，看著周遭的人都被他的話深深吸引著，又不由自主地為蘇昉驕傲自豪起來。

蘇昉說完這段，也靜默不語起來。他想起經過神女峰時，正逢初夏的大雨，雷鳴電閃，爹爹卻一人負手獨立船頭，任雨打風吹。船家都驚歎不已。他當時在船中陪著婆婆說話，不知怎地，看著船頭孑然一身的父親，覺得他恐怕想到娘親了。不知不覺，娘親已經去世八年了。

這次回川守孝，他和爹爹將娘的棺槨帶回四川，葬入蘇家祖墳。爹爹和二叔結廬而居，為翁翁守孝。他看著爹爹親手給娘親銘刻墓誌：「君諱玞，眉之青神人，鄉貢進士方之女。生十有五年歸於瞻。有子昉。君之未嫁，事父母，既嫁……」最後一句他記得是：「嗚呼哀哉，餘永無所依怙。」

原來除了他，爹爹竟然也會覺得永無所依怙嗎？

眾人都津津有味地詢問著巴蜀的各種風俗人情。九娘微笑著聽蘇昕耐心解釋，原來阿昕也懂得這許多。她心中十分滿足喜樂，可久久聽不到外間蘇昉的聲音，她忍不住朝屏風望了又望，恨不得這屏風立刻就地消失。

四款蜀茶眼看即將都品完，外面忽然來人稟報官家急召燕王和淑慧公主回宮。

趙栩低聲問了幾句，便同杜氏致歉，要攜了趙淺予告辭。九娘的心不知為何別別跳得厲害，趕緊低聲向杜氏請示下去送一送趙淺予。杜氏心知她和四公主素來親密，便讓玉簪跟了下去。

陳太初、蘇昉、孟彥弼和九娘一同送趙栩兄妹下樓。九娘忍不住跟緊了趙栩，輕聲在他身後問：「宮裡出事了嗎？」

趙栩在樓梯上驟地停了腳。九娘不防備，一頭撞在他背上，胸口一陣劇痛，眼淚登時冒了出來。這上下都是他的侍衛隨從們，見燕王停下了，即刻上下各自退開，將二樓長廊的閒雜人等清空。

趙栩轉過身，靠在樓梯的欄杆上，一看九娘泫然欲泣的樣子，心就漏跳了一拍，本想隨口搪塞過去的，卻想了想才壓低了聲音說：「我那位四哥，不慎從延福宮的明春閣上摔了下來，正在急救。」他頓了一頓，一笑，靠近九娘近乎耳語道：「幸好沒死。」

九娘倒吸一口涼氣，蘇昉也皺了皺眉，陳太初、孟彥弼卻垂目不語。

延福宮自從三年前重修後，明春閣乃是延福宮最高之處，高達十一丈，在閣上，可將汴京城全景收入眼下。趙檀一個十九歲的成年皇子，這節日裡入宮不奇怪，可會跑去延福宮就奇怪了。延福宮乃帝后遊覽之地，位於禁中以外。趙檀他去那裡做什麼？又怎會從那麼高的地方摔落下來！

這兩年蔡相三次上書以立長為由，請立魯王為太子，卻被高太后以尚未大婚、未有子嗣為由勸著官家，直拖到現在。今年蔡五娘和張蕊珠已經三次入宮，眼看節後恐怕就要宣布冊妃，跟著就要立太子了。此刻趙檀出事，不但宮裡亂了套，蔡相恐怕更加痛心疾首。

九娘回想起趙栩方才唇邊那一抹諷刺的微笑，心登時咚咚地猛跳起來，直發慌。是趙栩幹的嗎？他會不會被官家疑心？應該不會吧，他人都不在宮裡。九娘看向陳太初，陳太初卻朝她溫和一笑。她看向孟彥弼，孟彥弼也呵呵一笑。看向蘇昉，蘇昉尚在皺眉沉思。

趙栩揚起線條完美的下頷，斜睨了九娘一眼說：「你只管放心。」這胖冬瓜還算有良心，也真是聰敏。他在心中再次想了想各處細節，說道：「我和阿予節中恐怕出不得宮了，今日也沒能陪你們玩，原本想著帶你——們去吃宋五嫂的魚羹，倒白費了我那幾條好魚。」他略一沉吟又道：「中元節如果你們能出來，咱們盂蘭盆會倒是可以一同去看《目連救母》的雜劇，二郎你回去同你娘說，請上范娘子一同來州西瓦子玩耍。」

孟彥弼笑著應了。

九娘疑惑：「你四哥出了這麼大的事，你們還能出宮嗎？」

趙栩輕笑道：「他出了事，我更要避嫌才是。何況早定了那幾天我要替爹爹去祭祀軍中陣亡的孤魂，相國寺也早定好了水陸道場。」

九娘暗歎趙栩恐怕籌謀了許久。魯王出事，吳王和燕王就被架到了火上。若是一味守在宮裡急著表現兄友弟愛，恐怕反而會引起官家的疑心。他這一步步，安排得極妥當。她心中電光火石轉了千百轉，這幾年諸多邸報消息、市井傳言從心中瞬間滾過。

九娘看著趙淺予懵懂的可愛模樣，忍不住終於輕聲問：「三公主會怎麼樣？」

趙栩讚許地看著眼前的九娘，唇角微勾，點點頭：「不著急，以後該怎麼樣就怎麼樣。你且放寬心，阿予和我都不會有事。」人人都知道趙檀、趙瓔珞兩個和他跟阿予不對付，絕不可能連著兩個人都出事。

九娘心中卻想著蔡相這許多年力主魯王為太子，此時功虧一簣，恐怕朝中會風雲變幻。宮中吳賢妃和趙瓔珞只怕更是瘋狂。她湊前一步，靠著趙栩幾近耳語道：「不如試著借力打力。開封有家巨賈，人稱帽子田家，素來愛同宗室議婚，這十幾年來他家已娶回去十多位縣主。他家的田大郎，靠著買來的宗室聯姻，也當上了右班殿直、監汝州稅，也算一位顯貴人物，他若是能尚主，田家恐怕不只願出五千貫，五萬貫、五十萬貫也捨得的。還有一條路，自從張子厚收伏吐蕃，那吐蕃王兩次上書求和親，若能有位公主下降，吐蕃大趙之結盟，更加固若金湯。」

趙栩眼中精芒閃過，桃花眼眯了起來，忽地手中摺扇敲在九娘頭上：「你一個足不出戶的小娘子，從哪裡打聽來的這些亂七八糟之事！」

九娘呼痛了兩聲。蘇昉自然而然地伸手替她揉了揉，他雖人在巴蜀，卻也知道眼下情勢極其兇險：「六郎這兩下打得甚對，這不是你該操心的事。但此法乃上策，六郎不妨留心。我爹爹恐怕也會連夜入宮。如有什麼消息，我中元節來州西瓦子同你們會合。」

蘇昉頓了頓又說：「我爹爹這次回京起復，節後即將任尚書左僕射兼門下侍郎兼集賢殿大學士。官家原本還有意要他兼任太子太傅。這樣的大事，他必然會應召入宮。朝中恐有大亂，六郎千萬小心。」

趙栩一拱手：「多謝大郎。」太子太傅，這個以蘇瞻一貫的行事風格，肯定是堅辭不受的。

九娘又牽著趙淺予細細叮嚀要她格外小心趙瓔珞，切勿落單，切勿近水。這皇家宗室和孟府都是一個持家道理，一團和氣和錦繡外表絕不能破了，大事化小小事化了，穩當是最重要的。像她前世和爹爹那樣寧為玉碎的，決計行不通。如今魯王離太子一位一步之遙，卻從天上墜入地獄，趙瓔珞那樣的性子，必然容易暴起。趙淺予連連點頭，悄悄附在九娘耳邊說：「你放心，舅舅前年送給我四個侍女，個個都很厲害，這幾年三姊吃的虧可不少，她才不敢來惹我！」

九娘這才放心。要栽培出這樣的女子，還要避人耳目送入尚書內省，通過六尚局二十四司、二十四典、二十四掌，在皇城司的眼珠子下將人送到趙淺予的身邊，陳青和趙栩不知道花了多少心思。

一行人行到二樓，正待往下。忽然一間房門打開，有人高呼道：「二哥！二哥！九妹妹！九妹妹！」兩個頭上簪花面上敷粉的年輕郎君，被侍從們擋在門口，兀自大呼小叫。

孟彥弼皺著眉頭上前擋住他們兩個：「九弟休要莽撞，你和程表弟自己進去喝茶罷。」

那個高個子穿綠衫的俊俏少年程之才，正是讓孟府上下都頭疼不已的程氏娘家大侄子，在眉州被他爹爹管束得厲害，五年前十一歲的他跟著姑父孟建來京附學，雖然只進了內班，卻海闊任魚躍，天高任鳥飛。這汴京城花花世界，他手中更有花不完的銀錢，見修竹苑裡的蘇昉全然不理會自己，立刻在開封府結交了一幫紈褲子弟。這兩年又結識了一位有大能耐的通天人物，聽他所言花了點錢財和時間，就把九郎攏在手裡，越發無法無天起來。

九娘卻知道程之才此人是個十足的不學無術的好色紈褲，他自從撞見過四娘一回後，總是趁著她們姊妹幾個請安的時候往木樨院求見程氏，不安好心。她趕緊拉著趙淺予躲到陳太初和蘇昉的身後。

趙栩一見九娘這樣，心裡咯噔一聲，卻笑著揮手說：「無妨，既然是二郎的弟弟，見見又如何。」

那程之才心花怒放，他原本屬意那嬌怯怯弱風扶柳般的四娘，腆了臉向姑母提了，卻被姑母痛罵了一頓，他一打聽才知道這四表妹的親事，嫡母竟做不得主，上頭還有個老太爺老姨奶奶壓著管著。等幾次湊空子，被他遠遠看到九娘一回，孟家竟然還有這樣美豔的小娘子！他又打上了九娘的主意，有了前車之鑒，他不向程氏開口，卻想這幾年暗裡找機會先收了九娘的心，不怕程氏不答應。所以九郎一說姊妹們在這裡喝茶，他立刻就吵著要來見見。等了半天也不見茶博士來伺候，從門縫裡卻瞅見樓上貴人下來，赫然就有孟彥弼和九娘在，頓時就慫恿九郎開門喚人。

兩人上前來朝貴人們行禮。程之才認得蘇昉和陳太初，自然知道趙栩兄妹身份肯定不低。他一抬頭，就看見側著身子躲在人後垂首不語的九娘，想起三月裡那驚鴻一瞥，看到她年紀雖幼，卻肌膚勝雪、眼似煙波，真正的傾國傾城色，立時身子麻了一半，三魂沒了兩魂，呆呆看著她挪不開眼。好不容易挪開眼，看見一旁的趙淺予正好奇地瞪著自己，竟也是一個美人，轉眄流精光，潤玉顏，頓時剩下那一魂也飛去了天外。

趙栩上前一步擋在他面前：「怎麼，我家的小娘子好看得很？」

程之才點點頭，魂不守舍：「好看。」你家的小娘子？

趙栩笑道：「我也好看得很，你怎麼不看看我？」

程之才嚇了一跳，這才想起來面前是貴人來著，正要作揖賠罪，臉上已經一痛，吃了一拳。

九娘別過臉暗暗歎氣，一言不合就打臉，趙六還是這個火爆脾氣。

孟九郎年方十四，正和孟彥弼說著話，猛然見到程之才面上一片紅通通濕乎乎的血，嚇得目瞪口呆。孟彥弼歎了口氣，他一聽趙栩讓他們上來就知道有人免不了挨揍。

程之才稀里糊塗挨了一拳倒在地上，摸摸臉上一把血，又疼又怕直喊：「二哥救我！九弟救救哥哥我！」

趙栩上前一步，踩在他胸口，嚇得程之才面無人色。

「這位兄台腳下留情！程某這、這是哪裡得罪了貴人？」

趙栩冷冷地盯著他：「你要敢再多看我身後這兩個女子一眼，我就挖了你雙眼出來餵狗。你去打聽打聽，可有我趙六說話不算數的時候。」他語氣平緩，聲音低柔，卻嚇得程之才魂飛魄散。

趙六，除了宮中的六皇子，燕王趙栩，汴京城誰還敢自稱趙六？他程大郎不過是個紈褲，這位燕王殿下可是惡霸的祖宗，翻臉不認人，出手必見紅。他身後那個美人兒是淑慧公主？好好，不看就不看。

程之才簌簌發抖，閉上雙眼猛點頭：「小人錯了，小人知錯了，還請殿下饒命。」

趙栩這才收了腳，冷哼了一聲，帶了眾人下樓。孟彥弼上前拽起程之才，將二人帶到那個包間，苦口婆心地教誨起孟九郎來。程之才心中叫苦：二哥，你且讓我的小廝先給我洗個臉治個傷啊。

趙栩看看又恢復了一片熱鬧的街市，轉身橫了九娘一眼：「回去把帷帽帶好了，以後那人要再敢看你，你躲什麼躲，直接告訴我。」心裡想問問她是不是不喜歡那枝喜鵲登梅釵，到底還是沒問出口。

九娘哭笑不得地看著他揚長而去的背影，和一步三回首不斷揮手的趙淺予，搖搖頭：「真是小孩子脾氣。」

陳太初啞然失笑：「你才不過十二歲，自己是個孩子，還說六郎？他來年可就要出宮開府了。」

九娘捂了嘴笑著看向蘇昉：「阿昉——哥哥你這幾年可好？」又轉向陳太初：「陳表哥在軍中可好？」

蘇昉笑著說：「我很好，讀萬卷書不如行萬里路，只可惜我僅僅遊歷了巴蜀，還想去兩廣福建看上一看。他日如果有幸還能出海去看一看，就更好了。」

九娘眼睛一亮：「正是這個道理，可惜我去不了。以後你要是去了，再寫信告訴我二哥。我問二哥就也知道那些地方的風土人情了。」

蘇昉失笑：「看不出小九娘心懷天下，甚好甚好。」九娘笑著說：「陳表哥下次北上記得也寫信給二哥好不好？」陳太初笑著應了。

三人說笑間回到三樓。孟彥弼也已安排好那兩人回府，上來稟報了杜氏。杜氏直搖頭笑：「那程大郎活該白白挨打，我看他就不是個好的。」

四娘臉上一白，她心有所屬，哪裡看得上程之才。聽說程之才在木樨院向嫡母求娶自己，她嚇得半死。幸好老太爺一早就發了話。聽到程之才的名，她下意識往屏風外頭看，卻只看得見陳太初端坐在外間的影子，投落在屏風上，影影綽綽，遙遙如青山獨立，心中更是難過。

七娘雖然和程之才是嫡親的姑表兄妹，卻也看不上他那樣子，反而拍掌叫好：「讓他帶壞了九弟，害得我爹爹頭疼，活該被打！」

陳太初悠哉地喝著茶盞裡的茶，這第三湯，白色的乳花，捲起一堆雪，他輕輕拿蓋子一抹，那乳花被推到一邊，茶湯更是清亮透明。他想起方才九娘的笑顏，不由得心中一跳。

杜氏感慨了幾句，想了想吩咐道：「既然殿下和公主走了，咱們自家人也不要拘禮了，且將屏風撤了吧。省得你們三個小郎在外頭，怪可憐的。」

第五十二章

茶博士喊人進來將屏風撤了，併了桌，重新排了圓桌的坐席，杜氏右下手依次是四娘、六娘、七娘和九娘和蘇昕，左下首依次是孟彥弼、蘇昉、陳太初。因宮中出事和程之才挨打兩件事，席上略有些沉悶。

等茶博士將趙栩帶來的茶餅煎煮了送上來，九娘便隨口說起：「大伯娘，剛才我和七姊偷看二哥插釵，真是好笑極了。不知道何時下草帖子？年初大哥才成親，我們可盼著年尾二哥也成親呢，一年多出兩個嫂嫂來，家裡才熱鬧。」

杜氏想到兒子的事，定了定神笑著說：「還是阿妧知道伯娘的心，偏偏你二哥糊塗，拖到現在才肯說——」

六娘笑著接口說：「不然大伯娘早就抱上孫子了！」

眾人聞言大笑起來，只有孟彥弼紅了臉不理她們。方才兩件事的陰影終於消除了不少。

孟彥弼見蘇昉和陳太初也在笑，瞪了他們兩眼：「你們也都十六歲了吧，笑什麼笑！改天你們娘親給你們配個無鹽女，急死你們。」他話一出口就想起蘇昉的繼母王十七娘一事，恨不得咬了舌頭把話吃回肚子裡。

蘇昕卻笑眯眯地得意起來：「孟二哥無需操心，我家哥哥的親事啊，他自己就能做主！」

眾人都一呆。蘇昉再鎮定，臉上也一紅，趕緊喊了聲：「阿昕！」

蘇昕卻捂了嘴笑著說：「我們才回來幾天，官媒上門提親的，就差點把家裡的門檻踏破了，我家婆婆都挑花了眼，結果我大伯卻說哥哥的親事，待哥哥自己選好了，他自然會讓官媒去說親。差點沒把我婆婆氣暈了呢！」

杜氏也嘖嘖稱奇，汴京城民風開放，節假又多，小郎君和小娘子們彼此看對眼，完全不稀奇，當年家裡三娘就是自己看上了寄住在孟府外院的一位蘇州貢生，悄悄同嫡母杜氏說了。孟在夫妻都是直腸子人，一看那位貢生是孟存好友之子，也是書香門第清白人家，同老夫人商量了後，請孟存對那貢生開了口。那貢生喜不自勝，最後考了二甲，成了天子門生。如今這女婿雖然在外地做官，但夫妻和美，兒子也生了兩個，逢年過節的年禮請安信從不間斷。但這到底也是家中長輩把關護航知根知底的。像蘇瞻這樣起復在即又要掌一朝之政的，竟會如此草草對待家中唯一嫡子的婚姻大事，就真讓人想不明白了。難道傳言裡那位繼室的事是真的？

就連九娘也瞪圓了眼，吧嗒吧嗒地看著蘇昉，胸中湧上一股怒氣來。

蘇昉臉一紅：「阿昕休得胡言！」自從他對父親挑明以後，這幾年父子雖依舊探討學問，討論國事民事，但那往日的孺慕和親密，到底打了折扣。在婚事上，父親竟然會做出這樣的決定，蘇昉心裡是很感激的，至少姨母再無借此掌控他人生的法子了。

九娘看著他臉上毫無不平之色，反而一派輕鬆自如，不由得疑惑蘇家這是到底發生了什麼事，阿昉何以會不在意蘇瞻這樣輕慢於他。

六娘聽蘇昕這般說，倒是很為九娘高興，可是看看九娘卻是一臉憤憤不平的模樣，不由得糊塗了。這九娘是不懂嗎？是完全不懂嗎？是真的完全不懂嗎？

陳太初笑著說：「蘇相公實乃非常人也，大郎可要擦亮眼睛好好選。表叔母，還祝二哥早日洞房花燭。太初不才，求做個『御』❶當當。」

孟彥弼的臉紅似關公，強做鎮定地別過頭去：「誰要你做『御』！」

杜氏卻大喜：「太初此話當真？」

蘇昉卻也跟著拱手道：「大郎不才，也求做孟二哥的『御』。」

九娘和蘇昕笑成一團。孟彥弼被親娘一瞪眼，趕緊起身朝蘇昉、陳太初作揖道：「多謝大郎美意，多謝表弟好意。來來來，來來來，多多益善！」

這下連杜氏都笑出聲來。

這個七夕之夜，汴京城裡諸多郎君娘子夜遊不歸，更多人一夜不眠。

五更梆子沿著宮牆一路敲了過去。二府的諸位宰相，樞密院的幾位使相，幾位親王才從都堂裡踱了出來。各自的隨從們趕緊迎上前去。蘇瞻和陳青慢悠悠地走在最後。

---

❶御：中國古代漢族傳統婚禮中，相當於伴郎的角色稱「御」。

蘇瞻便問：「你家二郎如今做了飛騎尉，他善弓馬，在邊境也任過職，為何推辭了閤門舍人[2]一職呢？」

陳青搖頭說：「我表弟孟在已經在殿前司任職，表侄也在禁中，太初實在不合適再在官家的身邊了。」

蘇瞻點了點頭：「漢臣兄的心明鏡似的。」

陳青微微一笑：「彼此彼此。如今蘇相你也應該接下太子太傅一位了。就是為了萬民蒼生，漢臣也等著看和重兄力挽狂瀾。這幾年，我大趙百姓過得太苦了。有勞蘇兄！」不等蘇瞻回答，陳青一拱手，幾步就出了都堂的院門。

蘇瞻長長吸了口氣，看向那泛著魚肚白的天邊，眼中酸澀無比，人算不如天算，倘若父親不過世，這朝堂何以能被蔡賊攪成這般？百姓何以寧可逃離故土，流落他鄉？何以盜賊四起，強敵覬覦？他心中沉似鉛墜。遠處那盛暑天的朝霞已經開始蔓延天際。

其言多可聽，類有識者的那人，一去八年了。他再無一人可詢問，再無一人可商議，再無一人可無話不說，甚至，沒有了那人的笑容，他已經多年沒有發自內心的笑過。

他以為她只是他的賢妻，阿昉的良母，蘇氏最妥當的宗婦。卻不知道什麼時候，她如烈日透射，涓涓細流，將自己刻進了他的骨血之中。

皚如山上雪，皎若雲間月。這是阿玞要的。阿玞，歸來兮。阿玞，歸來兮。阿玞，歸來兮——他的確沒有識人之明，因為連自己的心都看不清，誤了流年，負了真心。

餘永無所依怙。可他，不能追隨她而去。大趙一國，內憂外患，已危在旦夕。

陳青策馬出宮，經過潘樓街，看著那小巷中的早市已擠滿了人，想了想飛身下了馬，讓隨從牽了馬在巷口等著。自己走入巷中，買了兩個胡餅，夾了白肉，就著一碗綠豆水，坐在那攤頭上吃了起來。

那賣胡餅的娘子，看著他幾口就吃完了，又拿油紙送了兩個過來。陳青一愣，待要掏錢，那娘子紅著臉搖頭不肯收錢，只說是送給他的。陳青喝完綠豆水，將六文錢放於桌上，一拱手，自去了。一邊賣綠豆水的漢子過來收了碗，將那六文錢遞給那娘子，笑著罵：「你這婦人，平日我弟兄來吃一個胡餅，你三文錢也不肯不收，見著陳太尉，卻肯送兩個胡餅。」

那娘子啐了他一口：「呸，你那弟兄要有太尉一半的好模樣，我天天送他一個胡餅也得。」

旁邊各家買早點的漢子和娘子都大笑起來：「使得使得。」

賣胡餅的娘子看著陳青在那賣河陽查子❸的攤頭前停了，笑著說：「人都說蘇郎是情種，我看陳太尉才是真情種，又去給他夫人買河陽查子了。」

旁邊賣白肉的娘子湊過來感歎說：「可不是，聽說他夫人是秦州人，那可是同太尉共過患難的糟糠之妻。」

---

❷ 閤門舍人：皇帝出入時的貼身護衛。

❸ 河陽查子：一種可當藥物的果子，也叫樝子。

陳青目靈耳尖，身後幾十步遠那幾個人的議論聲都聽得清清楚楚，俊面微紅，想著三郎、四郎都在家，又買了些乳糖、嘉慶子、獅子糖和橄欖，提了兩手，邁開長腿，往巷口走去。

陳太初回到家中，等在花廳裡一夜未睡，聽見雞鳴，心中焦急，乾脆在花廳前的空地上舞起了劍，看見爹爹回來，正要收了劍勢。陳青卻將手上的幾包果子扔給隨從，拔出佩劍來猱身而上。父子倆你來我往，頓時院子裡劍光翩然。幾個貼身隨從紛紛後退到垂花門外去，看他們二人爗如羿射九日落，矯如群帝驂龍翔，來如雷霆收震怒，罷如江海凝清光。

陳青和陳太初收了劍，只覺得胸臆開闊舒暢之至，相視一笑。陳太初說：「爹爹，娘親一早就在和麵，說等爹爹議事回來正好吃上，兒子也跟著享個口福。」

陳青一愣：「你娘身體不好，怎麼又下起廚來？」

陳太初笑：「三弟、四弟難得回來，娘高興著呢，這幾天精神頭也好。」

外面侍女過來請郎君們移步用朝食。

陳青讓陳太初拿了那幾包果子，父子二人回了後宅。

陳青的府邸，還是幾十年前他父母租賃的屋子，小小三進，連個像樣的花園都沒有。還是陳青七八年前回京進了樞密院，才把隔壁同後頭各三進的屋子也賃了下來，這才勉強分出個前院後宅來。家中奴婢僕從也只有十幾人。

兩人進了屋，桌上已放著兩碗熱騰騰的湯麵，桌上還有一碟生蒜頭，一碟拍黃瓜，一碟醃蘿蔔，還有一大盤辣燒野鴨肉。陳青的妻子魏氏正在安箸，看到二人額頭都是汗津津地進來，趕緊讓侍女去打水。

陳太初笑著將手中的東西舉了起來：「娘，爹爹又給你買了這許多好吃的。」

陳青不自在地咳了一聲：「是給三郎、四郎的。」

魏氏三十五歲上下，身穿黛色鑲銀邊的素褙子，面帶病容，五官清秀，笑容甜美，接過陳太初手裡的各色油紙包，順手就拆開來問：「郎君今日買了河陽查子嗎？上回買的正好過兩日就吃完了，昨日劉大夫來診脈，說我今夏的心痰已經去得差不多了。」

陳青接過陳太初遞上的熱帕子，擦了擦額角的汗，細細問了劉大夫還說了些什麼，看妻子把上頭三四個油紙包拆得亂七八糟，歎了口氣，走過去伸手將最下頭的那個油紙包拎出來，長指翻動，拆開給她看：「這包才是。」

魏氏直笑，又去包先前她拆開的那幾個。陳青嫌棄地拍開妻子的手：「放著我來，你哪裡包得好。三郎四郎呢？」

魏氏笑吟吟地將查子交給侍女去裝罐子：「他兩個猴子似的，哪裡肯睡多幾刻鐘，卯時還不到就起來吵吵著要吃麵，吃完早出去逛了，還說最好今日也別被你捉到。」

陳青將那野鴨肉倒了一些拌在麵裡，又將剩下的遞給陳太初，看了看妻子說：「雖說他兩個不常在家，軍中也苦了些，但你也不能太寵著他們。和麵花力氣，讓婆子和好了你再下麵就是。」

魏氏抿唇笑了，給他碗裡添了幾瓣蒜：「婆子哪裡有耐心和到麵光手光盆光？我的手藝她們學不來，她們總吃不准麵的筋道。再說你一夜都沒回來，早上肯定餓了，吃些麵食，好受一些。反正我也沒睡好。」話一出口，臉一紅，看看兒子正埋頭吃麵，趕緊轉身去準備茶水。

父子二人放了箸，侍女上來收拾。魏氏給他們倒了兩盞茶，才關心起陳太初：「你昨夜不是和六郎他們幾個去給蘇家大郎接風？還有蘇家的一個小娘子？」

陳太初一愣：「是，阿昉兄妹跟著蘇相從四川剛剛返京，正好昨日七夕節，就和孟家的表哥、表妹們一同在林氏分茶喝茶。」他趕緊加了一句：「表叔母也在的，昨日孟二哥在那裡同范家的小娘子相看插釵了呢。」

魏氏點頭：「這個我知道，你表叔母前日就送了信來說過了。」她笑得眼睛眯成了縫：「我問的是那個你們專程為她接風的蘇小娘子，聽說她長得和兄長小蘇郎很像？年紀多大？你大哥在秦州還有外翁、外婆幫著留心，相看了好幾個小娘子了。這兩年娘也沒好好替你留意，要是你喜歡蘇家的小娘子，儘管同娘說——」

陳太初紅了臉爭辯說：「娘！你說什麼呢。我同蘇小娘子才見過幾回而已，哪裡有什麼喜歡不喜歡的。爹爹，我去書房等你。」

他茶也不喝了，起身就走，臨出門轉身對陳青埋怨了一句：「爹爹！你該好好說說娘親，她怎麼一天到晚想著這些。」

魏氏一愣，看向陳青：「我做娘的，操心他的婚事不對嗎？他都十六了——」

陳青忍著笑，喝完茶，站起身走到妻子身邊輕舒猿臂，將她摟入懷中。她身量嬌小，當年在秦州時，她家醫館被徵用，她也跟著做大夫的爹爹給傷兵清洗傷口上藥。他總是最後一個才去，身上傷口最多。她紅著臉替他包紮，每次都把他包成粽子，每次伸手繞到他身後去，耳紅面赤全身都抖得厲害。他回到軍營總要再把自己拆開重包一回。這麼多年過去了，每逢他徹夜不歸，她總要去下碗熱湯麵給他。只是，今日吃了兩頓朝食，真是太飽了。

魏氏仰起臉看著丈夫，臉立刻紅透了：「我在說太初，你做什麼動手動腳的。」

陳青手臂收緊：「你這苦夏的老毛病還沒好，又瘦了，好好調理，少操心兒子們。」他笑著湊到她耳邊輕聲說：「咱們有四個兒子，還該再生個閨女才好。省得你兒子總掛心孟家的小九。」

陳青大笑著在妻子額頭親了一口，轉身出了屋。

魏氏七葷八素地正想著自己都這把年紀了哪裡還能生得娃娃來，忽然一怔，叫了起來：「孟家的小九？」

屋裡早沒有人了。魏氏想了想，臉上露出喜色來。突然又想起剛才一碟子拍黃瓜，丈夫只吃了幾根。他只有不餓的時候，才會暴露出自己根本不愛吃綠顏色菜的喜好。

郎君一定是外面吃過朝食了。魏氏笑眯眯地去給表弟媳杜氏寫拜帖。

第五十三章

陳青進了書房，父子倆坐定了。陳太初趕緊問起昨夜宮裡的事來。

陳青想了想：「六郎沒事，昨夜官家恐怕疑心上吳王了。六郎此事幹得十分漂亮，比我想得還要好。他只用了他自己的人，我給他留的兩個暗手，都沒派上用場。沒想到六郎手下竟有這等視死如歸的人。」

陳太初鬆了一口氣：「那趙檀現在？」

陳青冷哼了一聲：「那等腌臢之人，死有餘辜。我從都堂出來的時候，宮內稟報說還未醒來，斷成那樣的腿肯定接不好，就算接上了也必有殘疾。」

陳太初沉默了片刻：「趙檀死有餘辜，不足為惜。這樣的人若是做了太子，任由蔡相拿捏，我大趙百姓就苦了。只是官家為何會屬意他做太子呢？」

陳青歎了口氣：「這幾年蔡相起復後，官家就迷上了修道成仙，封了兩位國師，今年還煉起了丹。太后、皇后勸了多少回，也沒有用。朝中沒有了蘇瞻，二府的幾位副宰相，除了趙昪還敢頂駁幾句，哪裡還有人能和他抗衡的？那趙檀這幾年裝著虛心求學，連進上的策論都敢用別人代寫的。官家竟然毫無所察⋯⋯」

陳太初皺起眉：「兒子這次和六郎到河北兩路，甚為憂心。這幾年，朝廷捨棄雇役法❶，改行差役法。只保定一地，為逃避差役之苦舉家遷離的不下千戶。明明是雇役法對百姓好，為何朝廷捨雇役而用差役？」

陳青道：「差役令民勞而財日匱，雇役使民逸而業可常。蔡佑此人，貪婪之至，這差役法，方便盤剝百姓，去年一年，河北兩路，在衙前職役的，主管一次官物就會被汙遺失官物，因此傾家蕩產賠償官府的，不下三千起，那些百姓白白當差不算，還賠償近千萬貫，能不逃嗎？去年的賦稅之重，前所未有。昨日院裡才接到急報，安徽歙縣的房十三聚眾造反，已經打到了青溪，兩浙路正在調兵圍剿。」

陳太初難掩氣憤：「奸相誤國！若非民不聊生，何以寧為賊乎！」

陳青想起一事，問道：「對了，你們怎麼發現那河北東路的巡檢司、尉司不是好東西的？」

陳太初氣笑道：「虧得六郎眼睛尖利，那些個巡檢司們宴請我們，喝茶用的玉盞竟比福寧殿的還要好。這才想著微服走了七個村縣。不然我們竟想不到這差役法危害大到這個程度！那些個服役當差的衙役們，根本領不到月銀和口糧，全靠家裡老人婦孺種田養活。還有那各村縣的壯丁和弓

❶雇役法：北宋王安石變法中的重要制度之一，又稱免役法。廢除原來按戶等輪流充當州縣差役的制度，改由州縣官府自行出錢僱人應役。僱員所需經費，由民戶按戶分攤。此法使原來輪流充役的農村居民能回鄉務農，但原來享有免役特權的大官僚大地主階級不得不交納役錢。

手，原本限期內服完差役，還能回家去從事生產。那些個巡檢司、尉司卻下令，要求壯丁弓手武藝嫻熟不許離崗。六郎和我分頭跑了十一個村縣，我們問下來，壯丁和弓手幾乎都已經在役七八年了。家裡田地荒廢的不在少數，那賦稅又高，難以為繼者眾！」

陳青胸中一股濁氣，強壓下去問：「你們又是怎麼發現有人空領軍餉的？」

陳太初說：「當年兒子在大名府，也有些熟悉的叔伯弟兄還在軍中，喝酒的時候聽他們抱怨得緊。我們第二天去了營中，就笑說請三軍比試比試弓馬看看，當場設了百貫錢做獎賞。那領了月銀和口糧的廂禁軍❷，竟十有二三弓馬根本不熟。保定一府的廂禁軍當場點下名冊來，竟多出二百三十七人，都是本地富紳家中親戚甚至部曲掛了廂禁軍的名空領糧餉的。」

陳青感歎：「這個能被你們查出來，委實不容易，樞密院去過兩回，都被他們上下勾結應付過去了。以後你們可不能這麼衝動行事，這次能僥倖全身而退，實在不容易。」

陳太初點頭：「是，爹爹說的是，我們離開後也覺得後怕。幸好當時我們點完名冊發現不對，六郎就拉著那巡檢司私下索要了五千貫，那些人才安了心，當夜就送了交子到驛站來。」他感歎道：「六郎有急智，爹爹可放心。」

陳青卻知道地方上的兇險絕不比宮裡遜色，看到他們的節略時，委實捏了把汗。陳太初說：「還有，河北兩路的軍馬明明比五年前少了一萬多匹，可六郎說去年河北兩路的軍馬支出，比前年還多了三成！他過目不忘，自然是不會記錯的。就是軍中的神臂弩，不能用的竟然十有三四。我們擔心，長期以往，如果西夏契丹有心挑釁，恐怕河北兩路難以抵擋。也不知道其他各路軍中情形如何。」

陳青點頭：「樞密院已經下令各路徹查軍備。多虧你想到試用神臂弩，如果十有三四用不了，河北兩路的神臂弩該有兩三年沒有檢修了，但年年的開支卻沒少過。這個已經知會了趙昇，戶部和兵部這幾天都要核查帳目。」

他伸手取過書案上的幾封密報遞給陳太初：「你先看看這個，遇到六郎也讓他心裡有數。這次你們去河北兩路，做得很好。眼下蘇瞻起復，看看是否能有轉機。我看著張子厚這幾年對蔡相所為也甚為不滿，不然他女兒不可能和蔡五娘去爭太子妃一位。張子厚還是支持楊相公以前那套變法的，只可惜蘇張二人早已反目……」

陳太初打開一看，吃了一驚：「西夏皇后母族沒藏訛龐一系竟然全族被誅？」

陳青點點頭：「沒藏皇后的親嫂嫂梁氏，是我大趙的漢人，竟然和夏乾帝逆倫私通。沒藏氏發現後密謀弒君篡位，被梁氏告密，全族覆亡，沒藏皇后被賜死。如今，夏國的皇后已經是這位有孕在身的梁皇后了。夏乾帝此人殘暴之極，十三歲就弒母奪權，只怕這兩年趙夏邊境也太平不了。所幸張子厚一早就安撫住了吐蕃和羌族。昨日樞密院已經下令，秦鳳軍、永興軍立刻按備戰態練兵。」

陳太初立刻著急起來：「爹爹，那大哥今年又不能返京了嗎？」

陳青心裡一痛，默然地低下了頭。長子陳元初幼時就去秦州，已經逾十年了。幸好岳父和丈母

---

❷ 廂禁軍：北宋軍隊分為禁軍和廂軍。禁軍為精稅部隊，薪水較佳，人數約二十萬左右；廂軍為本地招募，老弱殘都有，主要工作多為雜役、後勤、運輸等。但各地也都習慣用廂軍的青年壯士守護城池，薪酬只有禁軍的一半。

還能探望一二。陳青忽然抬頭叮囑兒子：「先別告訴你娘，等年節前再說吧。」

阿魏雖然每次都哭著送年幼的兒子出門，可是她心裡明白，陳家的男兒，浴血疆場，馬革裹屍，是逃脫不了的命運，她從來沒怨過。

陳太初毅然站起說：「爹爹，太初願代替哥哥去秦州軍中，如今我也是飛騎尉了。哥哥哪怕回來掛個閒職也是好的，娘說得對，哥哥早該娶妻生子了！」

陳青搖搖頭：「明年吧，大郎也剛剛升了指揮使，怎可此時回京？何況六郎身邊也離不開你。」

陳太初頹然坐下。

陳青想起一件事：「你要告訴六郎，趙檀此事，不是結束，而是開始。此時切忌輕舉妄動，暫且不要動趙瓔珞。」

陳太初有些訝異，便把九娘的話告訴了陳青。陳青若有所思：「她一個年方十二歲的小娘子機敏如斯，從六郎幾句話裡就能有如此見識，實乃吾平生罕見。可她一個養在世家裡的小娘子，從哪裡來的這些消息情報？」

陳太初心中也很疑慮，只說：「她從小就極為聰慧，六郎在她手下都吃過不少虧。孟家這幾年一點聲響都沒有，會不會老夫人其實一直留心著朝堂民間？」

陳青覺得這倒也有可能，他想起五年前金明池趙栩捨命救那個孩子的情形，心裡驟然一緊。後悔方才對妻子說的那句孟家小九的話了。他看著一臉笑容的兒子，突然問道：「太初，你可心悅小九娘？」

陳太初彷彿被針扎了一下，登時跳了起來，玉面通紅，竟結巴了起來：「爹爹！你說什麼？你怎麼也和娘一樣了。」他匆匆而逃，連禮都沒有行。

陳青皺著的眉頭更緊了。

陳太初匆匆回到自己房中，一頭倒在榻上，想想父親剛才的問話，越發面紅心跳不已。昨夜的九娘，太令他無措了。似乎還是妹妹，似乎又不是了。頭一回，他開始想：什麼是心悅？

天光大亮時，趙栩疲憊地回到會寧閣，倒在榻上。

終於結束了。

趙檀的事果然被壓了下來，身為皇子，七夕夜竟然飲酒無度，色迷心竅，夜闖延福宮，企圖強占宮妃於明春閣，被禁軍發現後倉惶跳樓。可憐那位入宮三年的小才人，無辜被劫持，還未被官家臨幸過，在哭訴趙檀罪行後烈性觸柱而亡。高太后向皇后憫其不幸，歎其貞烈，將她以正四品美人禮下葬。吳賢妃一夜被降為正三品婕妤。

趙檀身邊數十貼身服侍的，全部杖刑擊斃。宮中就算再不長眼的，也知道，魯王就算醒轉來，也是個瘸子，就算不是瘸子，也不可能成為皇太子了。

可趙栩心裡並沒有任何輕鬆愉悅的感覺。

那位才人忽然觸柱，他根本來不及攔。她本可以不死，趙檀根本來不及對她做什麼。自有二十四掌的女史會安排檢驗，她清白仍在，最多是去瑤華宮清修。可她是笑著合上眼的，她至死，都沒有看趙栩一眼。他蹲下身，只看到她眼角的淚。也正因為她破釜沉舟的觸柱身亡，高太后勃然大怒，直接坐實了趙檀姦汙宮妃的罪名。

一條活生生的人命，忽然脫離了他的計畫，不受他的掌控。他只能眼睜睜地看著她死去。這幾年，他身邊有了許多許多願意為他效命為他而戰的人，可是他從來沒想過要犧牲他們中的任何一個。他們是他趙六的人，沒有他的允許，誰可以去死，誰敢去死，誰也不允許死！

門外的小黃門戰戰兢兢地進來：「殿下，宮禁了！」

趙栩猛地翻身而起，厲聲問：「何時宮禁的？」

小黃門還未回稟，外間已經傳來皇城東西兩個角樓上的擊鼓聲，鼓聲急促。趙栩幾步出了會寧閣，一拍欄杆，伸手一探，一個翻身已經上了會寧閣的屋頂。小黃門和內侍、女史們嚇得拿梯子的拿梯子，墊褥子的墊褥子。十多個侍衛從外間進來，分成三隊，護在廊下。

趙栩站在會寧閣屋頂，放眼下望。東南的曹門邊的禁中軍營裡，潮水般湧出無數上八班的禁軍，刀槍斧戟，日光下閃閃發亮。西邊福寧殿四周，已經被金槍班直、銀槍班直、御龍班直團團圍住。招箭班的一片紫色人群，在最周邊，禁軍箭均已上弦，這麼遠也看得見他們身上箭囊裡簇新的箭頭在日光下反射出陣陣銀光。

很快，兩隊禁軍到了會寧閣外面，領隊的卻是殿前司副都指揮使孟在。

趙栩躍下房頂，身後的侍衛立刻跟上。

孟在一揮手，弓兵和長槍班各司其位，他獨自入內，匆匆行了禮：「微臣參見燕王殿下。」

趙栩扶起他：「宮中出什麼事了？」他一擺手，身後眾人都退出去十步開外，呈扇形肅立。

孟在輕聲說：「官家忽然昏迷不醒，太后傳旨宮禁，無召不得入宮，違令者亂箭射死，你舅舅已經在進宮的路上。二府的宰相們和宗室也已經奉旨前來。殿下還請留在會寧閣內，安心等候消息。」

趙栩一怔：「我爹爹他出什麼事了？」

「臣不知，御醫官已經到了九位。」孟在搖頭：「有太后在，不會出事，殿下寬心等消息吧。微臣還要去其他地方，先告辭了。」

趙栩趕緊道：「還請表叔寬慰一下阿予，她膽子小，若是方便，著禁軍將她送來會寧閣可好？」

孟在想了想，點頭道：「燕王放心，微臣親自護送公主過來。」

趙栩鬆了口氣，看著孟在離去的身影。

日頭太烈了，人人都汗濕衣背。趙栩深深吸了口氣。

變天了。

不一會兒，沒等到孟在帶著趙淺予過來，外面又匆匆進來一位內侍省副都知和十幾位禁中侍衛，恭身行禮道：「奉太后懿旨，請燕王殿下前往福寧殿。請——」

趙栩坦然自若，昂首闊步而去。

遠遠看著哥哥離開的背影，匆匆趕來的趙淺予在會寧閣門口就忍不住捂著嘴哭了起來。

第五十四章

翰林巷的孟府，依舊粉牆翠瓦，歲月靜好。

一早來翠微堂請安的四姊妹，圍著昨夜放蜘蛛的小盒子。七娘緊張得很，她昨夜可是許了個不得了的大心願，打開盒子一看，歎了口氣，重重地合上了。別說網絲圓了，這隻懶蜘蛛甚至連網都沒有結。

四娘小心地打開盒子，那蜘蛛正靜靜地坐在圓圓的蛛網上，一見日頭，飛速地竄到旁邊去了，又吐出一根絲來。七娘氣得很：「每年都是四姊六姊的蜘蛛會結網，不好玩。我的巧去哪裡了？」

六娘微笑著打開盒子，果然也是網絲圓圓：「阿姍你是不是許了太大的心願了？婆婆不是說了，要得巧，得許個容易實現的小心願才是。」

九娘屏氣凝神，打開一線盒蓋，剛要再合上。七娘已經一把搶了過去，打開一看，快哭出來了：「啊？阿妧你許了什麼心願？今年竟只有我一個人不能得巧？」

九娘一看她眼圈都紅了，趕緊說：「我是聽了婆婆的話，許願說今年秋天的螃蟹啊，別給七姊都搶走了。看來果然能實現呢。」

七娘想哭卻又忍不住笑出聲來：「去你的！哪個稀罕你的螃蟹！」一手將盒子塞回九娘懷裡，

恨恨地說：「明年七夕節，六姊，你先選好一隻蜘蛛，我再同你換！」

四娘幽幽地道：「你那心願不換有什麼用？織女娘娘都沒辦法，何苦為難一隻小蜘蛛？」

老夫人身邊的貞娘過來請了安說：「四位小娘子，老夫人留你們在翠微堂用飯，說用完飯直接在這裡對帳交接，晚上就不用再忙了。若是今日帳目理得好，晚上許你們跟著二夫人去中瓦看雜劇。」

因去年孟存在翰林學士院終於熬成了從三品的翰林知制誥，今年七月初呂氏的誥命下來，孟家這一輩終於出了第一位郡夫人。上上下下不再以娘子稱呼，而改稱她夫人了。為著這個，呂氏的娘家今夜在中瓦訂了好些個包間，約了孟府上下女眷一同去看雜劇。老夫人昨日還沒鬆口，看來是杜氏回來說了不少好話。

七娘第一個歡呼起來：「謝謝婆婆謝謝婆婆！要不然啊，每次別人說些時下最熱門的話題，我們四姊妹根本搭不上話，好像我們都不是汴京人了！」

六娘看著她一身牡丹蜀繡抹胸配絳綃紗縷褙子，顯得人越發肌膚晶瑩，雪膩酥香，裙底一雙絲履，嵌著龍眼大小的東珠，就笑著說：「這是哪裡來的這般打扮出眾的山裡人？竟比我們汴京的小娘子們還要好看七分？」

九娘、四娘笑著簇擁了六娘、七娘進了翠微堂，去陪老夫人用飯。

巳正時分，呂氏帶著女使和侍女們捧著一疊子帳冊進來。四姊妹趕緊起身給她行禮問安。呂氏人逢喜事精神爽，連四娘和七娘都看得格外順眼了，笑著上下看看七娘：「阿姍這件絳綃紗縷好看得很，是你外婆送的？汴京綢緞鋪子裡二嬸還沒看見這料子。」

七娘笑著說：「二嬸就是什麼都懂，正是。外婆說這綃紗上身冰沁，今年程氏綢緞鋪才試著進上，正在綾錦院待定，若是被選作貢物，恐怕市面上一匹不會有的。外婆給了我幾匹，若是二嬸喜歡，我回去同我娘說，給六姊也拿一匹做幾身衣裳，還有水綠的，冰藍的、顏色也好看。」

呂氏感歎道：「阿姍如今可真是士別三日當刮目相看，懂事得多了。二嬸先謝過你了。」心裡卻想著，若是程氏有心，早就好送來二房或翠微堂了，眼下都開始做秋衫了，好話誰不會說。呵呵。

六娘謝過了七娘，各自坐定下來。呂氏的女使將手中的帳冊按門別類送到她們手裡。外面的侍女來稟報：「夫人，各處的管事都已經在抱廈裡等著了。」

呂氏揮揮手：「天氣也熱，先給各位管事喝碗綠豆水，添兩盆子冰去抱廈。等小娘子們看完帳冊再過去問話。」

侍女應聲去了。呂氏進了後屋去和老夫人說話，留了兩個女使在這裡陪著四姊妹看帳冊。

孟府過了十歲的小娘子就要開始學著看內宅帳冊，每月三次，逢八看帳。呂氏掌了中饋後，四娘每個月去二房跟著呂氏學，安然無事。等六娘、七娘也要學了，呂氏就提出來乾脆讓姊妹三個都在翠微堂學看帳。老夫人看著只剩下九娘一個，她在女學裡算術又一貫數一數二的好，就同呂氏商量了，索性四姊妹每個月一起學。

這一學學出事來，六娘和九娘第一個月看帳，就發現針線採辦上不乾淨。兩姊妹商量了，私下和呂氏說了。呂氏仔細一核對，果不其然，氣得懲治了一批人。心裡又暗暗覺得四娘藏拙，不安好心，自此待九娘又更親厚一些。

等四姊妹學了一年，竟也替呂氏理清了不少頭緒。那些趁著三房二房交接中饋時找著漏子掙錢的僕從，全都斷了念想，心裡叫苦不迭。呂氏一向不精明，她們好不容易掙了些油水，這四個小娘子跑來，倒還得倒貼回公帳上。尤其是那九娘子，每逢她理廚房帳冊，還要派人到廚下，連那沒採辦的物事有沒有價錢異動也要打聽清楚。

今年過了年，眼見著四娘、六娘、七娘都要在這一兩年訂親，老夫人就讓呂氏撥出四本帳冊來專門給四姊妹打理，讓她們一個月輪換一次，好熟悉府裡衣食開銷各處的門道。又將各處管事的喚來都認識了四位小娘子，叮囑看帳的日子裡得隨時聽從小娘子們的調遣，就算是給她們四個試著當幾天家了。

九娘取過她管的廚房採辦帳冊，果然，今早的也已經記錄在案。她細細的一條條過目，那邊七娘早已經一目十行，算盤啪啪啪地把針線房的帳對完了，秋衣上個月就已經進了料子上了帳，她那帳上這十天都是些日常小支出，沒什麼可多看的。她湊到九娘這邊來，頭一伸，哈哈大笑起來：「太好了，今日廚房採辦了四大簍螃蟹，還是最上等的。」

六娘笑著搖頭，這幾年七娘性子雖然變了很多，可這咋咋呼呼的毛病還在。她勸七娘：「螃蟹海貨都不是好東西，當年成宗幼時就只愛吃蟹，咳嗽起痰，睡不安寧。劉太后就禁止過御廚再做螃蟹。你年初才來了癸水，這河海裡的東西，性子寒，你得少吃才是。」

七娘擺擺手：「我的好六姊！你累不累啊？你才十四歲，不是四十歲！成天典故掛在嘴邊，勸誡這個，善導那個的。我可不愛聽！我就愛吃螃蟹，我這活著要連自己喜歡的都不能吃，還活著有什麼意思！不如死了算了。」

六娘趕緊啐她一口，朝著屋頂拜拜：「呸呸呸，阿姍隨口說的，過往鬼神切莫放在心上！」

九娘笑嘻嘻地說：「去年十月裡莊子上送來的螃蟹，你一頓就吃了五個，十來天都不出恭，莫非忘記了？所以我今年才許願你莫再搶我的螃蟹吃，可是為了你好。阿彌陀佛，連織女娘娘都答應了呢，看來連天上的神仙都知道你愛吃螃蟹了。」

四娘、六娘捂了嘴笑起來，七娘氣得直揪著九娘要撕她的嘴：「你這沒良心的，這幾年我待你多好啊！外婆從眉州寄來的好吃的、好玩的，我都捨得分給你，你竟來拆我的臺，撕我的痛處。十月的我且不管，可你今晚的螃蟹先得歸我了！」

九娘捧著帳冊擋住臉。她們三個想到去年七娘那副痛不欲生的模樣，在學裡一有個動靜就興高采烈去如廁，卻每每唉聲歎氣回來，個個笑得肚子疼。

七娘看著帳冊，忽地又叫起來：「阿妧你這不對啊，怎麼上頭修義坊肉市送了三隻羊來，後頭卻沒價錢？」

九娘攤開帳冊，四娘、六娘也好奇地湊過來看。果然，在那上等螃蟹四簍四十貫錢的下邊，果然有三隻全羊，後頭卻沒有寫多少錢。

九娘便用朱筆在上頭做了記號，等四娘、六娘也看完了帳冊，帶著各自的女使說說笑笑往院子東面的小抱廈去。

抱廈裡正坐著十來位管事，看見小娘子們來了，紛紛起來躬身行禮問安。

她們四個在榻上坐了，九娘便請廚房採辦的郭嫂子回話。郭嫂子一臉緊張地聽九娘問話後，笑著答：「回稟小娘子，嚇死奴了，還以為出了什麼毛躁呢。原來是為這個，是修義坊的東家說今日早間不知道為什麼，東廊不收肉。他們肉市幾家負責內供羊肉、豬肉的，怕肉生生擱壞了，乾脆送給老主顧盡個人情。我們府裡才有了這不花錢的三隻全羊，合計也有兩百多斤。」

九娘凝神聽著，又問：「東廊今日不收肉？」宮中御廚在東廊，日日三更開始收受各色烹饌用物。歷來只有忽然宮禁了，東廊才會跟著關閉。難道是趙栩懲治趙檀這件事暴露了？可是，就算如此也不至於宮禁吧，九娘心裡頓時敲起鼓來。

郭嫂子笑著答；「是這麼說的。我還特地問了，就是二夫人娘家府上，修義坊說也送了兩隻羊呢。」

九娘又問：「那今日的螃蟹，既然是上等的，怎麼四簍才花了四十貫？」

郭嫂子屈了屈膝：「稟小娘子，這個是奴親自採買的，說來好笑，今日順天門的海鮮市上，那專供蔡相府上等螃蟹的東家，今早因蔡相府上竟沒收螃蟹，多出一百簍來，他家的冰哪夠安置這上千隻螃蟹！生怕夏日裡都熱死了，平日三百文一隻上等蟹，今日只賣五十文一隻，奴想著老夫人和娘子們愛吃蟹釀橙，就採辦了八十隻，隻隻都選的個頭大的。原本夜裡要吃薑蝦和蛤蜊，海鮮上頭預了六十貫，這樣換了更好的，還省下二十貫來。奴擅自做主，若是做錯了，還請小娘子責罰。」

七娘笑道：「還是郭嫂子記性好。」這位郭採辦是當年程氏一手提拔的，還記著七娘最愛吃蟹。

九娘笑著說：「哪有你費心省了錢讓我們吃得更好，還要責罰的道理，要獎賞嫂子才是。」心裡卻想著還是要讓六娘私下勸諫呂氏，這海鮮物日後還是少吃為妙，實在太過奢靡了一些。當年成宗一餐，御廚供上二十八隻螃蟹，成宗一問一隻要一千文，便感歎說他哪裡一頓飯要耗費二十八千文，便下令御廚日後不得供蟹。便是前世裡宮中一年要吃四十萬斤羊肉，高太后還下令不許吃羊羔呢。孟府這幾年雖然外面的店鋪、田莊打理得收益極好，但家大業大、人多嘴多，耗費也極高。今年廚房採辦的額度已經比去年同期高了三倍也不止了。

九娘便做主讓玉簪賞了郭嫂子兩百文錢，記在帳上。心裡明白必然是蔡相早間還沒回府，那廚下才不肯收螃蟹。汴京城都知道蔡相早上愛吃那用現剝的新鮮蟹黃做的蟹黃饅頭。看來宮裡的事極為棘手，不由得替趙栩又多擔了幾分心。

呂氏進了抱廈，四姊妹起身行禮，請她上座。九娘便說了這螃蟹和羊的事。呂氏想了想，就讓送一隻羊去陳太尉府上，再送一隻羊去蘇相公府上。九娘便說：「二嬸，阿妧聽太初表哥昨晚說了，陳家的三表哥和四表弟也剛剛回京過節，不如夜裡的蟹釀橙也留上十隻，和那羊一起送去。」呂氏笑著說九娘想得周到，便讓郭嫂子安排下去。

郭嫂子連聲應是。九娘取出私印在廚房帳冊上蓋了章，交給這個月管廚房帳冊的六娘過了目，六娘也取出私印蓋了章交接了帳冊，這才讓郭嫂子去了。

等四姊妹將帳目交接清楚了，帳冊又都交回給呂氏。七娘求著呂氏千萬要在老夫人跟前說她們好話，昨夜在林氏分茶可什麼也沒玩到，喝了一肚子的水，還要假裝愛喝，她夜裡起身了好幾回呢。說得呂氏都忍不住笑著捶她，點頭應了。

四姊妹轉去六娘房裡說話。七娘就盯著九娘問：「昨夜怎麼問你也不說，難道淑慧公主也不知道宮裡出了什麼事？會和燕王殿下有關嗎？」

六娘正色道：「阿姍，宮裡的事，不是我們能臆測和擅自打聽的。別說公主不知道，就是公主知道告訴了九妹，九妹也只能進她的耳而已，又怎麼能擅自出她的口呢？」

七娘捂了耳朵叫：「六姊你快歇歇罷，要麼你去婆婆那裡說。你要能有一天不說這些大道理，我就服了你！」

六娘不理她：「我們是姊妹，我才苦口婆心勸說你，換了旁人，我還懶得說呢。要走你走，我不走，這是我的屋子啊。我還有話要同阿妧說。」

四娘意興闌珊地起身道：「你們慢慢說，我還有事，先回去了。」她福了一福走了。

七娘磨了好一會兒，見從九娘口中實在問不出什麼，也悻悻地走了。

六娘看她們都走了，這才示意女使們都出去。九娘心裡奇怪，也讓玉簪去廊下候著。

六娘挪近了，認真地問九娘：「阿妧，六姊有話要問你，你莫害羞，只管說實話。」

九娘大為詫異：「什麼話？」這是怎麼了？

六娘輕聲湊過來問：「你是不是心悅蘇家的表哥蘇昉？」

九娘嚇了一大跳，從繡墩上直站了起來。

第五十五章

六娘趕緊按住她坐下，握住她的手安慰道：「傻阿妧，你怕什麼怕，我絕不會告訴別人的，你放心。」

九娘腦子裡還嗡嗡作響，這、這位六姊是哪隻眼睛看出她「心悅」阿昉了！

六娘笑著說：「你別怕，如今你也十二歲了，有什麼話儘管同六姊說。我幫你出主意。這些年誰都看得出來，你待蘇家表哥格外不同，蘇家表哥待你也格外不同。昨夜我聽阿昕的口氣，似乎只要大郎自己喜歡，蘇相也不會反對。你若是喜歡他，不如和三姊那樣，早早地告訴你爹娘或者婆婆。那個程之才最是個不安好心的，萬一你娘把你許給了他，你哭也來不及。」

九娘頭都暈了，頭搖得跟撥浪鼓似的：「不不不不不，六姊你錯了。我沒有我沒有我真的沒有心悅蘇昉啊！」程之才？他被趙栩打了那麼一頓，應該不敢有那心思了吧。

六娘一怔，皺起眉問：「可你每次都特別留意他，見到他總要說上幾句話，還有以前都在學裡的時候，你總讓慈姑給修竹苑送吃的，說是給二哥，每次不都送三份？你還做過書袋當年禮給他們。」六娘沉吟片刻又問：「難道你喜歡太初表哥？還是燕王殿下？不對啊，我看你對陳表哥和救過你命的燕王，都不如對蘇表哥那麼關懷備至。便是這幾年你月月替他們幾個抄佛經送去相國寺供奉，我看你總是替蘇表哥多抄兩本的。」

九娘一呆，難道自己所作所為一言一行，落在他人眼裡，竟會造成這樣的誤會嗎？算不算聰明一世，糊塗一時？畢竟現在自己是個十二歲的小娘子，阿昉名義上和自己是表哥表妹。六娘這樣說是提醒自己嗎？九娘出了一身冷汗，趕緊正色起身，對六娘深深一福，說：「阿妧多謝六姊提醒，我從小得了阿昉表哥的照顧，銘記在心，又想著和榮國夫人也算有緣，同阿昕也投緣，這才待阿昉表哥更為親近，卻疏忽了男女有別，招人誤會。是阿妧錯了，以後必當記在心上，好好避嫌，免得遭人誤解。」

六娘卻納悶，她竟看錯了嗎？她仔細盯著九娘清澈見底的美眸，的確毫無小女兒的羞惱，也無被說穿的惱怒，更無半點像四娘那樣的繾綣情思，坦蕩蕩如日中天。

「既然你沒有這樣的心思，也好。」六娘點點頭：「那你日後可要避避嫌，你我姊妹誤會了倒沒什麼，倘若蘇表哥也誤會了，就不美了。」

九娘第一次有要暈過去的感覺……倘若連阿昉都誤會了，這真是要死了！

六娘送九娘出了翠微堂的垂花門，卻看見最早離開的四娘坐在積翠園廊下美人靠上，正看著園子裡的辛夷樹發呆。

唉，身邊那個，看來真的不是。可園子裡那個，絕對是。自己這可絕不會再看錯了。六娘歎了口氣，搖搖頭。

九娘頭大如斗。她的阿昉，她這個做娘的偶爾還異想天開：若是阿昉能和六娘成一對夫妻倒是不錯，門戶相當，沾親帶故，六娘性格溫和包容，沉靜可親，肯定會好好照顧阿昉，以後逢年過節和自己還能經常見到。卻不成想……這、這、這一眨眼就長大了真是不好啊。

還有陳太初？趙栩？哎呀，這突然宮禁，宮裡是出了大事了！不知道趙栩會不會有事，阿予又會不會怎麼樣。

九娘在聽香閣裡來回踱起步來。

玉簪和慈姑都臉色凝重起來，這許多年，還沒有看見過九娘子這麼心神不定過。

九娘忽然抬頭問玉簪：「今日外院燕大那裡可有什麼消息？」

玉簪趕緊回道：「按小娘子囑咐的，今日燕嬸子卯時開二門的時候，奴特地去問過了。這個月茶坊裡都是在說蘇相起復的事，還有朝廷要鑄什麼當十錢。說各處百姓都有私鑄大錢，被砍頭的很多。各大腳店❶、正店❷倒沒什麼異常，就是上回說的西夏商旅，六月裡匆匆離去了一大半，這個月外城門車馬處也沒有接到過幾樁西夏商旅的生意。」

她心裡嘀咕，不知道小娘子讓燕大將這些正店、腳店、車馬處、茶坊、瓦子的消息搜集了報上來是做什麼用處。小娘子一個月的月錢，倒有一半貼補給了燕大和他那幫成日遊手好閒的幫閒弟兄們。一個月報兩回，每次就幾句話而已，哪裡值當一貫錢！

九娘皺起眉，細細思索著，越發憂心忡忡。以前楊相公在位，鑄「當二錢」的大錢，已經害得不少百姓家產平白消失了不少。蔡佑去年喪心病狂，鑄了「當五錢」的大錢「聖趙通寶」，這種虛錢，一個大錢值五文錢，可含銅的量卻遠遠不到五文錢。百姓們紛紛冒死私鑄大錢，雖然因此被殺的也多，可也擋不住更多人私鑄大錢。因為這「當五錢」，米價已經從每石四百文漲到如今的一千五百文。而前世她離世的時候，每石米不過一百五十文！倘若今年再出一個「當十錢」，百姓危矣，大趙危矣。眼看著西夏又恐怕有了大的異動，這繁華盛世真不知道會何去何從了。

眼前，恐怕只能看蘇瞻起復後，蘇黨還能不能抗衡蔡黨了。此刻的宮禁，九娘反覆推敲著，大膽臆測起來。自從官家開始修道，市面上的朱砂價格一漲再漲，說明宮中除了日常用的朱砂，肯定還在煉丹。只有煉丹才會用到那許多上等朱砂，若是官家在服用丹藥，這朱砂煉出來的丹藥，自古以來哪有不含毒的？經過昨夜魯王出事的劇變，這龍體就很難說了。

恐怕今日的宮禁和官家有關！

九娘眼睛一亮，若是官家龍體出事才宮禁，東廊不收肉就對了。皇子出事，哪用得著這麼嚴苛。若是官家出事，高太后要防著京裡那麼多宗室親王，必然宮禁，總要等二府的宰執們入宮商議後才能垂簾聽政。而高太后向來厭惡蔡佑，喜愛蘇瞻。若是如此，倒是好事。那趙栩兄妹必然也會安然無恙。

九娘再細細前後揣摩了一番，越發覺得自己的猜度不錯，這才放了一半的心來，讓玉簪去仔細

❶ 腳店：供人臨時歇腳，提供酒食的小客店，但沒有官方的釀酒許可，只能向正店購買酒水，零售給食客，賺取差價。

❷ 正店：大型的酒家，為顧客提供餐飲服務，整個汴京有七十二家正店。正店有官方釀酒許可，可將自釀酒水批發給「腳店」。

打聽大伯、二伯何時回府，臉色如何。她回到自己房裡，想想夜裡要去瓦子看戲，就先給蘇昕、趙栩、陳太初、趙淺予五個人抄寫起《觀世音菩薩普門品》來。

被九娘擔心著的趙栩，此時正肅容靜立在福寧殿大殿的屏風後，身側赫然站立著吳王，還有其他四位年幼的皇子。

福寧殿大殿中，龍涎香還在燃著。內侍省、入內內侍省的幾位都知、副都知、押班侍候在皇子們邊上。皇城司的環衛官們站在一側。十幾位帶御器械，有的腰佩長劍，有的身背弓箭，有的手持金槍，肅容守在大殿後門外。

從後門望出去，日光下的金磚地面直鋪往福寧殿的後寢殿，烈日下的金磚有幾塊現出七彩的油光。趙栩心想，恐怕是早間當班的人慌了神，這幾塊金磚上灑水灑多了。忽然有些後悔，昨夜就該問個清楚，孟九她為何不戴那枝翡翠釵。他第一次試著打磨翡翠，廢了好幾塊上等料才做好的。不知道她是不喜歡喜鵲，還是不喜歡翡翠？

一邊的吳王趙棣略動了一動，感覺被汗浸濕黏在背上的中單有幾處離開了後背，稍微好受一些。他眼角餘光瞄著不知道在想什麼的趙栩，心中又是驚又是喜又是憂。昨夜爹爹那眼神似乎懷疑是他給趙檀設了局，竟然不疑心趙栩，實在沒道理。

有宮女們往殿內又抬了八盆冰來。身穿皇子常服個個汗流浹背的皇子們都舒了一口氣。年紀最小的十五郎才四歲，忍不住往後退了幾步，靠在冰盆邊上，恨不得一屁股坐進去。入內內侍省的都知趕緊伸手扶了他站好。

皇城東華門，休務日裡，照舊擠滿了人馬和牛車。禁軍們盤查得格外仔細，一位宰相家的隨從沒帶腰牌，給叉了出來。

陳青和蘇瞻在東華門外碰見的時候，兩人面色凝重。陳青想著方才進皇城時，汴河上下已落鎖，蔡河上下也落了鎖，所有船隻木筏都被迫停在河中。可見宮中又出了大事，他不由得為趙栩擔起心來。蘇瞻卻想著官家的身體大不如前，昨夜急怒攻心，聽到皇城司從魯王府竟然搜出了好幾個年方七八歲的幼女後，更是暴跳如雷。恐怕此時的太后急召和官家龍體有關。

二府的幾位宰相和使相騎著馬入了宮，直奔第一橫門，到了宰執下馬處，幾位內侍匆匆迎了上來，請他們幾位移步福寧殿。其他人留在明堂等候宣召。

蘇瞻看了看臉色鐵青的蔡佑，逕自當先朝左銀台門而行。趙昇幾步跟了上來，輕聲笑道：「看到蔡佑現在的臉色真是痛快！」

蘇瞻側頭看了看一把大鬍子、身材魁梧的趙昇：「這幾年你也不容易，這麼不痛快，竟然也沒瘦。」

趙昇摸摸鬍子：「還是汴京吃得好，杭州的豬肉，不如羊肉。」

蘇瞻笑著搖頭：「自己煮不好，倒怪豬不好。」

陳青綴在最末，留心看了看宮禁的布置，心裡踏實了一些。一看，路邊卻站了一人正在等著他。

「太尉安康。」張子厚躬身行禮道。

陳青看著前面六七位已經遠去，拱了拱手：「張承旨又有什麼金玉良言要告訴陳某？」

張子厚笑著說：「不敢，子厚腆著臉厚顏想請教太尉一事。」

陳青慢慢地朝前走著：「張承旨請講。」

「不知太尉家的二郎，可有婚配？」張子厚笑眯眯地問。

陳青停了腳，轉身看著張子厚，笑了一笑：「聽聞你家有位才女，才貌雙絕，魯王和吳王都十分傾心於她，還是傳說中的魯王妃人選。怎麼，如今是要將京中兒郎一網打盡？」

他這話說得難聽之極，張子厚卻不以為意，笑著說：「太尉誤會了，小女三次入宮，實際是太后有意徵召幾位慈寧殿女史，和魯王選妃毫無關係。魯王的為人，子厚恐怕要比太尉更清楚一些，怎會讓愛女去淌那個渾水。」

陳青大笑起來：「看來京中傳聞多有訛。只可惜，如果張承旨以為燕王有心太子一位，恐怕比令嬡的傳聞更為離譜。另外很是抱歉，我家二郎已有心儀之人，他母親很快就要給他訂下親事。」

張子厚一怔：「不知太尉要和誰家結親？」

陳青笑著拍拍他的肩：「等定聘後張承旨自會知曉。你既然不喜歡魯王，現在應該正中下懷才是。令嬡為何不嫁給吳王呢？豈不兩全其美？」

看著陳青的魁梧背影，張子厚暗暗歎了口氣。

昨夜他在蔡相府中等了一夜，聽到皇城司抄檢魯王府，就知道蔡相這麼多年來的苦心白費了。他其實是一直不贊成擁立魯王為皇太子的，但也知道蔡相擁立魯王是因為魯王愚昧，他日登基後便於掌控。這趙檀，實在是個渣滓，好的不學，自從知道官家在宮中煉丹修道，夜御童女後，不知哪裡聽說御滿九十九位童女不出，就能飛升成仙，他竟然偷掠了不少幼女藏在府中。

這樣的畜生，畜生不如的東西，摔得好，竟然沒死，太可惜。若是以這樣的人為君，張子厚皺起眉，真是太噁心了。

自從蔡相這次起復以後，行事越發偏執，離當年楊相公的初衷也越來越遠。昨夜蔡相竟然說宮中傳聞吳王傾心於張家娘子，要他把蕊珠許配給吳王做側妃。趙棣那種當面一套背後一套的小人，哪裡配得上他的蕊珠！更何況還是做妾。側妃側妃，也是妾！

陳青果然聽懂了他的暗示，卻拒絕了自己的一番好意，只是燕王果然如陳青所說，並無爭儲之意嗎？陳青這又是要和誰家聯姻？他已經樹大招風，若不是為了燕王，聯姻又是為了什麼？

盛暑的日光下，後面又一批步行入宮的官員走上前來，紛紛向他打起了招呼。張子厚摸了摸手中的象笏，滾燙的，便隨眾人走進明堂中等候。

第五十六章

福寧殿大殿上，往常官家御座之後架設著珠簾。高太后在簾後端坐，兩位掌寶司儀女史身穿男裝圓領窄袖長袍，圍護腰，束帶，著黑靴，手捧玉璽和鳳印金冊。八位帶御器械肅立一旁。

二府的宰相們，宗室幾位親王，入殿內行了參拜大禮。

前殿傳來高太后嘶啞低沉還帶著些哽咽的聲音：「眾卿平身，實不相瞞，早上你們剛剛出宮，官家就暈了過去，扎了針也沒醒轉。御醫官們說是疑似中毒，那金丹的嫌疑最大。眼下正在商議解毒方子，都說沒有三四日恐怕官家醒不過來。老身這才下了宮禁，先請眾卿回來議一議該如何是好。」

殿內哄的一聲，宰相們紛紛商議起來。他們心裡都有數，太后說三四天能醒，那就至少得七八天甚至半個月了，最壞的結果就是根本醒不過來。不然怎麼會宮禁呢。

「娘娘，請問那兩位國師現在何處？」陳青的聲音響了起來。

「老身已經將他們拿下，關進了掖庭詔獄，已經上了刑。他們只說金丹無毒，願以身試丹藥。」

趙栩凝神細聽，心裡沉甸甸的。爹爹這兩年性格大變，被這兩個道士和金丹害得不淺。他早猜到外面來的應該是二府的宰相和使相們，舅舅一說話，他的心就倏地安定了下來，發現趙棣在偷看自己，趙栩一側頭，大大方方地看了回去，帶著一絲嘲諷戲謔。趙棣已經在想著當皇太子了吧，說不定還把自己當成了競爭的對手。

趙棣不自在地轉開眼，看向那幾個年幼的弟弟。

良久，一把蒼老的聲音不緊不慢地說：「本王以為，既然官家身體不適，母代子勞，還請太后恢復垂簾聽政，決斷國事。」

趙栩聽出這是禁中大宗正司的司正——定王趙宗樸的聲音，這是一位連太后也要尊稱一聲皇叔的宗室前輩。

跟著聽見一人說：「臣以為，國不可一日無君。官家節前已有立儲的打算。雖然魯王出事，但吳王、燕王等還有六位皇子在。不如請太后定奪，立長還是立賢。早日立下皇太子，由太子監國，可安民心。」

趙棣竭力控制著自己，寬袖中的手指仍然顫抖了起來。他萬萬沒想到，忽然，那皇太子一位似乎就近在眼前。他忍不住又瞟了趙栩一眼，卻發現他似乎還在走神。

趙栩正想著蔡佑沒了魯王，會怎麼做。今日爹爹突然暈了過去，蔡佑沒了布置轉向的時間，現在說話的這個，不知道是哪一位副宰相。聽口氣莫非蔡佑竟然想順勢捧立趙棣？只是這廝說話刁鑽，這樣一來，舅舅倒不好開口了。

果然陳青沒有再說話。

倒有一把粗粗的聲音傳來，格外洪亮：「臣以為呂相此言不妥，官家並無明言要立哪一個皇子為儲，如今無嫡也無長，若是立賢，恐怕沒有兩三年也看不出哪個皇子更賢能。官家育有七子，年紀最小的不過才四歲，何以判別？還是只請太后垂簾聽政更好。」

趙棣袖中的手一緊，又是一身冷汗。此人可恨！兩三年！不說爹爹恐怕很快能醒，魯王會不會醒過來鬧騰，這兩三年誰知道會發生什麼。若是太后要掌權，恐怕立十五郎才是最合她心意的。

大殿之中一把柔和的聲音不急不緩地響起：「娘娘，臣以為，太后垂簾聽政和立太子並無衝突，何不同時進行？臣多年來上書勸諫官家立長。官家節前同臣等說無嫡立長甚佳，原本也定下節後由禮部為魯王選妃。如今魯王出了這等不幸之事，那就應該以吳王為長。如果立吳王為太子，娘娘一樣可以垂簾聽政，教導吳王決斷政事。豈不兩全其美？也不違背官家立長的心願。」

趙棣微微閉上了眼，寬袖中的手死死掐住自己，提醒自己切勿忘形。

蔡相竟然立刻棄魯王選擇了自己！大喜過望的趙棣實在難掩心潮澎湃熱血沸騰，似乎一隻腳已經站在了皇太子之位上。他生母錢妃雖然位份不高，可畢竟是高太后的遠房侄女，入宮十幾年本本分分，這也是這些年他一直很受太后喜愛的原因。蔡相和太后如果都屬意自己，等他做了皇太子……趙棣的手指微微顫抖起來，蕊珠肯定也願意以身相許，她本來就不中意趙檀，想到她擔憂會被太后許配給趙檀的楚楚可憐模樣，趙棣更加躊躇得志。他看向身邊的弟弟們，對面的七弟、十弟已經露出了羨慕的尊敬的眼神。十五郎在偷偷地摸冰……六郎呢？

趙棣一滯，趙栩他為什麼在笑？笑得怪怪的。

趙栩笑的是蔡佑。此人雖是宰相，也寫得一手好字，彈得一手好琴，骨子裡卻是個呂不韋。一看上一筆生意蝕本了，血本無歸，立刻想著撈一把回來。還真被他撈到了。即便趙棣現在當不上太子，也被蔡佑綁到了他船上，看著趙棣的神情，他恐怕正感激涕零呢。

殿上有兩個副宰相也懵了，佩服得五體投地。這蔡相的舵也轉得忒快了，連自己人都沒打一聲招呼啊。這麼多年捧著魯王，和太后拗著勁兒作對。結果魯王一摔，他短短兩個時辰，就改捧吳王了。吳王願意不願意被他捧還不知道呢，他先把擁立的大功給占了。偏偏還合了高太后的心意，誰都知道，帝有七子，吳王最得太后的喜愛，誰讓他娘錢妃和太后沾親帶故，還十幾年如一日地謙卑溫順呢。便趕緊也出列附和。

陳青依然沒有開口。

趙棣聽著又有兩位副宰相附議蔡佑的說法，更是心花怒放，也顧不得看趙栩了。

忽然有金石絲竹般的聲音響徹大殿：「臣蘇瞻有奏。」

殿上驟然安靜了下來。趙棣也一驚，側耳細聽。可殿上卻依舊鴉雀無聲。忽然蔡佑的聲音響了起來：「怎麼，蘇相？蔡某冠服有不妥之處嗎？你有奏就奏，盯著我看作甚？」

趙栩好奇起來。他和蘇瞻除了那幾年有過師生名分外，並無接觸。因為炭張家的事和以前榮國夫人的緣故，他還對蘇瞻生出了幾分惡感，順手請太后塞了兩個侍妾給他，噁心噁心那王十七娘。現在聽著蘇瞻在大殿之上竟然如此出人意料，實在難以想像這位汴京蘇郎要說些什麼。

只聽見蘇瞻清朗一笑：「不敢，那虹橋下的船隻想要在汴河裡掉頭轉向，得先看好橋上四角的

『五兩』[1]，算好航道，打好招呼，沒有半個時辰也掉不過頭來。蘇某料想不到蔡相這改弦易轍之快，讓人目眩神迷，比那測風向的『五兩』還要輕鬆。不免要多看幾眼，蔡相你有幾兩重。」

隨即就聽見趙昪哈哈大笑了起來。趙棣頭一次聽見蘇瞻議政，竟然是這樣的語氣、這樣的不留情面、這樣的肆無忌憚，登時覺得一盆冰水兜頭澆下，那皇太子一位炙手可熱的感覺也涼了不少。

趙栩卻趕緊右手握拳抵住了唇，悶笑起來。敢把蔡相比作那測風向的「五兩」「雞毛」，蘇瞻恐怕是大趙獨一份了。他不由得想到當年榮國夫人怒打趙檀後，摺子上所寫的那些淋漓暢快的話。他們夫妻二人，其實很相像。

眾人又聽到蘇瞻說道：「臣蘇瞻雖不曾親眼目睹昔年盛況，卻也知道官家七歲登基，由太后娘娘抱著坐在御座上接受百官朝拜。太后娘娘垂簾聽政了十年，我大趙無有不當，至官家親政時，十萬戶以上的城池四十個。汴京數百萬戶，盡仰石炭，無一家燃薪，歲入已超過一億一千萬貫錢。百姓安居樂業，夜不閉戶，可謂民富國強。就連那契丹來賀朝，也說到他們蕭太后敬稱我大趙高太后為女中堯舜！」

殿後的趙棣和趙栩都有些轉不過神來，表情古怪之極。

這是蘇瞻？這就是蘇瞻？蘇瞻這馬屁也太會拍了！傳聞中貧賤不能移、富貴不能淫、威武不能屈的汴京蘇郎，原來拍起馬屁來，比蔡佑厲害多了啊。

殿上傳來一聲幾不可聞的輕歎。趙栩卻知道，這是皇祖母被蘇瞻勾起了往事，心有所感。怪不得蔡佑一黨如此畏懼蘇瞻。

蘇瞻的聲音忽地鏗鏘有力起來：「但，娘娘聽政十年，同官家親母子也頻起衝突，猶記得司馬相公連上十七道《兩宮疏》，力勸娘娘同官家放下異見，和睦共處。史官記載，娘娘同官家在文德殿當著諸相公的面抱頭痛哭，從此才兩宮一心。親母子尚且如此，何況祖孫？所以太后聽政，不宜即刻立儲。此乃其一也。」

趙棣閉上了眼。人說趙栩有張能說死人的嘴，可蘇瞻這，是能把死人說活的嘴啊。

趙栩卻在心中回味著蘇瞻這幾番話語的起承轉合，語氣語調。舅舅一直說自己雖有智謀也夠狠絕，卻少了圓通。蘇瞻這樣的，就叫圓通嗎？

殿上蘇瞻的聲音低沉了下來，卻痛心疾首：「如今陛下只是身體不適，都說三四日就可醒轉，若如此就匆匆背著陛下立儲，敢問蔡相，你這是置陛下於何地？更是陷太后於不慈，其心可誅啊！」

蔡佑的聲音急切：「老臣絕無此意，還請太后明辨是非！蘇和重他一貫狡言善辯，臣只有一片忠心為君可剖白於世！」噗通一聲，竟是跪了下去。

趙棣臉色蒼白。蔡相在蘇瞻前面，竟然這麼憋屈，完全身處下風!?

聽得高太后歎了口氣說：「蔡卿還請平身，無需擔憂，你兩次為相，忠心耿耿，官家一直稱道的。和重你接著說罷。」趙栩聽著皇祖母對兩位宰相的不同稱呼，唇角微微勾起。

蘇瞻的聲音懇切又帶著一絲哀傷：「其三，今上屬意哪一位皇子為皇太子，君心不可測，臣等

❶ 五兩：意指汴京虹橋的四角，高高木杆上，用重五兩的雞毛所做成的測風儀。

萬不敢妄斷。倘若匆匆立了吳王為太子，待今上醒來後，卻屬意其他皇子，那敢問蔡相：太后當如何自處？吳王又當如何自處？我等臣工又有何面目見官家，他日又有何面目見先帝和大趙的列祖列宗!?」

不等蔡佑回答，蘇瞻斬釘截鐵道：「臣蘇瞻奏請太后娘娘垂簾聽政，立太子一事，應待陛下身體好轉後，再由陛下和二府議定。節後若是陛下還未醒轉，要先告知天下太后聽政一事，再從長計議。」

殿上頓時轟的一聲，蔡佑及幾位副宰相出聲爭辯起來。趙栩看看趙棣面色慘淡，朝他揚了揚下巴。趙棣扭過頭去不看他。哼，若是爹爹這幾天都不醒呢？若是爹爹一直都不醒呢？這大趙還能沒有皇太子不成？

太后身邊的掌寶司儀的聲音傳出：「肅——」

大殿之上高太后的聲音宣布：「就按蘇卿說的辦。老身先暫代官家決斷國事。立太子一事，暫時不要再提了。奉召入宮的臣工們，應該還在明堂候著，先去宣布給他們知曉。還勞煩定王叔也去一下。」

殿上眾人聲音響起：「謹遵娘娘懿旨。」

一位都知上前，將眾皇子引入前殿。

趙棣、趙栩上前，看著四位男裝女官上前，將珠簾撤了。皇子們先行了跪拜大禮，再獲准起身。

高太后歎了口氣：「你們也都聽見了，相公們一心為國，為趙家江山社稷著想。今日既然有了定論，你們都要牢記於心才是。」

皇子們齊聲應道：「孫兒謹遵娘娘教誨！」

高太后沉聲道：「今日喚你們來一起聽清楚了，你們就該知道，這是朝廷的決斷，是宗室的決斷。你們誰也不可起了那不該有的心思，要是誰敢肖想什麼，可就別怪祖宗家法認不得人。可都明白了？」

眾人跪下道：「孫兒明白了！謹遵娘娘懿旨。」

「好了，都起來吧，你們爹爹如今昏迷未醒。你們且都各自回去等著。聖人自會安排你們侍疾。」高太后年事已高，魯王出事後一夜未睡，皇帝又跟著出事。她兩日一夜沒有合過眼，實在疲憊至極。

趙棣卻又跪了下來：「娘娘您千萬保重鳳體。大趙百官萬民，都要靠娘娘了！孫兒愚鈍，願去開寶寺為爹爹祈福七天，也望四哥早日醒轉，盼他能幡然醒悟。他日還能共濟一堂，骨肉團聚！」

他以頭叩地，嗚嗚哀哭了起來。

高太后揉了揉太陽穴，感歎道：「起來吧，五郎你是個孝順的，娘娘知道。你還有這份心，你爹爹知道了也該早日醒來才是。等解了宮禁，你去就是。當心自己的身子，別累壞了。」她眼中濕潤起來：「若是四郎那不爭氣的東西有你一半懂事，你爹爹何至於氣壞了身子！」

趙栩靜立一側，沉默不語。

高太后看了一眼這個性情乖張的孫子，想到剛才大殿上的陳青和陳青臉上那刺字留下的黑印，心裡不舒服起來。

走回明堂的路上，午時烈日當頭照著，趙昇和蘇瞻走得極快，幾瞬就將眾人甩得遠遠的。趙昇近乎小跑著，一邊抹臉上的汗一邊問蘇瞻：「和重，若是官家節後不醒，怎麼辦？」

蘇瞻面不改色看著前方：「太后聽政，儘快冊立太子，太子觀政至冠禮再說。」

「我們要擁立燕王？」趙昇吃了一驚。

蘇瞻搖搖頭：「吳王或十五皇子。」

「啊？」趙昇的下巴差點掉了下來。轉瞬他就明白了過來，朝著蘇瞻豎起了大拇指：「狡猾還是你最狡猾。蔡佑這次栽定了。」

燕王有陳青這個做樞密副使的母舅，無論如何，大趙也不能允許有這麼一個兵權在手能征善戰的外戚，不然這江山是姓趙還是姓陳就不好說了。若是擁立吳王，這般先抑後揚，更顯得蘇瞻慎重，一心為國為公，而不是投機小人。太后必然更加願意信任蘇瞻，遠離蔡佑。若是擁立十五皇子，太后掌權時間更長，蔡黨更加沒有翻身的機會。

就算官家這幾天醒了，蔡佑這麼心急就擁立吳王，一樣沒有他的好果子吃。

蘇瞻搖頭：「是蔡佑慌了陣腳，一時失策而已。當務之急，是把陳青給的節略和高似手上的證據落到一處，先彈劾他貪汙之實再說。」

趙昇笑了起來：「好！就和蔡賊大幹一場！」

明堂已在望，幾位身穿緋紅官服的官員不畏烈日，在門口來回走動，遠遠地看見蘇瞻他們，立刻迎了上來。

第五十七章

七夕節的假期轉眼即畢，翰林巷孟府裡，一早眾人齊聚翠微堂，等一位這麼多年第二次登門的貴客——陳太尉的妻子魏氏。

陳青的妻子，陳太初的娘親，要來孟府拜見梁老夫人。

七娘好奇地問程氏：「我怎麼從來沒聽說過也沒見到過這位表叔母？」

六娘想了想：「是的，年節裡宮內外命婦覲見，也從來看不到陳叔母。」

老夫人淡淡地說：「太尉根本就沒有為她請封誥命。」

七娘脫口而出：「啊——難道表叔他不喜歡表叔母？」被程氏狠狠地瞪了一眼，立刻自己捂住了嘴。

呂氏笑著搖頭：「怎麼會！陳太尉愛妻如命，蘇相公專情念舊，他二人可是汴京城的兩大情種。你們陳家表叔任了樞密院副使後，推說妻子身體不好，為免她承受外命婦跪拜之苦，才不替她請封的。」

六娘喃喃道：「可是整個太尉府，沒有主母在外命婦之間打交道，也不覲見太后、皇后，這合適嗎？」怪不得陳太尉府以窮聞名汴京呢。

老夫人搖搖頭說：「以前你大伯也讓你大伯娘去勸過魏娘子，要她出來走動走動。結果陳青大發雷霆，還打了你大伯兩拳，說堂堂男子漢大丈夫，頂天立地，只有他護著家小的份，怎能讓妻子替他操心，出頭露面周旋？」

眾人瞠目結舌，又都捂著嘴笑起來。老夫人笑著搖搖頭下了結論：「陳青，乃世間偉男子也！」

九娘咀嚼這陳青那兩句話，暗暗歎了口氣。魏娘子，真是運氣好！也不由得好奇，什麼樣的女子，從不出門、從不走動親戚，卻能教出陳太初那樣的兒子？

四娘卻壓根沒聽進去，她的心快停跳了，難道，她七夕夜許的心願要實現了!?這般特立獨行的陳太尉家，會不會根本不在乎門當戶對呢？就算是做妾，她也甘願的。想起陳太初那似多情又似無情的眼波，四娘忽然誠惶誠恐起來。

女使笑著進來稟報：「魏娘子進了二門了。」

小娘子們紛紛站立起來，跟著呂氏和程氏到院子裡迎人。

梁老夫人取過案几上一柄牙色紗貼絹的桃樹仙鶴木雕花柄團扇，桃樹上累累墜墜這些桃兒，真是吉兆。這兩年府裡的大事，除了彥弼娶親，就該是這幾個女孩兒們的親事要操心。

想那魏氏也真是個妙人兒，拜帖裡夾了封信，絲毫不見外，直接說自己要來討要小娘子。老夫人想起一向穩重的杜氏給自己看信的那副模樣，彈眼落睛的，就忍不住扯動嘴角要笑，便緩緩地搖起團扇來。

我孟家的小娘子們，自然是好的。你要來看，我就大大方方給你看，不過我家小娘子喜不喜歡你兒子，呵呵，這可不是你說了算的。老夫人想著：只是不知道六娘和九娘，陳家相中了哪一個。若是六娘，倒不免要費一番周折，最好能請下太后的懿旨賜婚。不然剛升任翰林知制誥的孟存恐怕仕途就到此為止了，說不定還會被外調架空。若是九娘，只要陳家不怕閒話，敢娶三房庶女，孟家就敢嫁，倒不是什麼大事。

老夫人想起剛才自己說陳青的話時，六娘略微詫異，卻帶著不以為然的神情。九娘卻是有些惆悵。倒只有四娘，似驚還喜。不由得陡然擔心起來，萬一陳太初瞎了眼也喜歡阮家這個調調的，這自己是答應還是不答應呢。

外面笑聲不斷，眾人已簇擁著魏氏入了正堂。

魏氏進來，先給老夫人行禮。老夫人趕緊起身，親手挽起她，坐到榻上奇道：「阿魏上回來，還是陳青剛回京，你們來認親的。這也有近十年沒見了，你怎麼一點變化也沒有，這是吃了什麼長生不老之藥？來來來，你們四個過來給表叔母見禮。」

四個小娘子過來給魏氏見了禮。魏氏聽了老夫人的話，毫不扭捏地笑了起來，她笑起來眼睛彎彎，露出一口潔白細碎的貝齒，完全沒有汴梁娘子們笑不露齒或掩袖而笑的習慣。她從侍女手中接過荷包，問了她們的排行，一人送了一個。

除了杜氏常去陳府外，呂氏、程氏都只是當年才見過一次魏氏的，竟一點也不覺得老夫人言辭誇張。看魏氏穿了藕合色纏枝杏花長褙子，梳著小盤髻，髮髻上插著一根白玉梅花簪，膚色略蒼白，雙眼清亮，笑容甜美，最奇特的是她臉上一絲歲月風霜都無，舉手投足間竟然處處還是小女兒嬌態。哪裡像生育了四個兒子的三十多歲婦人？

四個小娘子也頭一次見到這樣的太尉夫人，就連九娘心底也不免嘖嘖稱奇。

「多謝老夫人誇獎，阿魏只是躲懶不出門而已。」魏氏笑眯眯地打量著右首下側坐下的四個小娘子，很明顯，郎君說的小九，就是那個年紀最小的小九娘。

太初這鬼傢伙，倒是有眼光。一選就選了個最好看的，眼神也清澈正氣。可人家怎麼看見自己一點都不害羞呢。魏氏笑著說：「還請老夫人莫怪罪阿魏，我不會說話，今天上門來就是向老夫人討要小娘子的。」

杜氏嚇得手裡茶盞差點摔了。這位表嫂，未免也太不通人情了！這這，大庭廣眾之下，還當著孩子們的面呢，哪有這樣討要兒媳婦的！呂氏和程氏狐疑地對視了一眼，隱約想到了什麼，又不太敢確定，都不錯眼地看著魏氏。

老夫人笑著說：「能勞煩你阿魏親自上門要人，必定是了不得的大事。你儘管說，只要能給，就算你要老婆子我親自出馬，我也願意的。」

魏氏將四個小娘子從左看到右，從右看到左。四娘的臉騰地紅了起來，屏息靜氣地等著她開口，耳中只聽見自己心跳聲。六娘和九娘卻對視了一眼，疑惑不解。

魏氏笑嘻嘻地說：「汴京舊曹門街頭上有一家福田院和慈幼局，不知道老夫人可知曉？」

梁老夫人一愣：「可是十年前榮國夫人出私帛設的安置孤寡老人和棄嬰之所？」

九娘一聽魏氏的話，就嚇了一跳。

魏氏點頭道：「正是，昔年王夫人純善，自己出錢辦了這個福田院和慈幼局。阿魏和郎君商量後，當年也跟著送些米糧。後來蒙王夫人信任，臨終前將這兩處託付給了我。幸好如今這兩處都還在。只是我這兩年身子不好，聽太初說孟氏女學平時也會去藥局幫忙施藥，所以就厚著臉皮想問問，可有小娘子願意平時休假時來幫幫我，一同去福田院和慈幼局打理些日常事務，看看帳冊。」

這些話一出，杜氏好不容易拿穩的茶盞又差點掉在地上，腦子直發暈。這、這位表嫂又唱得哪一齣戲？難道她寫信來討要小娘子，竟然不是相看媳婦的意思？還就是討要小娘子幫忙做善事去？

老夫人略一思索，搖了搖團扇，便問：「勿以善小而不為，這些孩子如果跟著你去做些事，倒要謝謝阿魏肯給她們這個歷練機會，見識見識人間疾苦。你們四個，哪個願意跟表叔母去的？」

九娘霍地站了起來：「婆婆！阿妧願意去。」

四娘臉色一白，也站了起來：「稟婆婆，阿嫻也願意同去。」

六娘雖然心裡疑惑，但行善總是好事，便也站起來說：「阿嬋也願和表叔母同去。」

七娘在繡墩上蹭了蹭，看著程氏快吃了自己的目光，慢騰騰地起來：「那我也跟著去好了。」心裡卻暗暗叫苦。她心裡存了想頭後，便纏著程氏，另外請了幾位女教習，分別在假日裡學習刺繡針鑿、圍棋和書畫。這位表叔母一來，她糟糕了。

魏氏笑吟吟地說：「倒也無需四個都去，那裡地方淺窄，最多也就來三個就夠了，我看要不就請四娘、六娘、九娘辛苦一番。」

七娘頓時大喜，這位表叔母真好，一眼就看出自己不情不願了。程氏差點氣了個倒仰。

老夫人不動聲色地點頭道：「也好，那就她們三個去就是。」
魏氏笑道：「咱們就約在中元節可好？中元節放三天假，不知道你們學裡可放假？」
七娘趕緊說：「放的，我們女學只要是朝廷放假，都放假。」
魏氏說：「那三天裡，你們就七月十六去一天就夠了。我讓太初前來接送你們。老夫人儘管放心。」
老夫人點點頭：「有太初那孩子辦事，我就放心了。」繞著彎說半天，敢情阿魏你還想挑挑揀揀不成。
杜氏已經快笑不出來了，幸好女使來說宴息廳席面已經安置妥當，請入席用飯。
九娘心裡高興得很。前世爹娘辭世以後，她回京不久後，用手裡的錢置辦了那兩處院子，專門收留孤寡老人和棄嬰。當時她已經得了高太后和向皇后的喜愛，她們知道了，不但賜錢賜物，還派淑壽公主去代朝廷發放養濟。雖然只是些大米和柴錢，但卻也讓汴京不少外命婦紛紛跟著自掏腰包，買米糧送衣裳。其中每個月送得最多的就是一位從來不露臉的陳娘子。她家的僕從十分健壯，搬運完笑嘻嘻拍拍手就走。那些個夫人淑人，漸漸也就不再前來。可這陳娘子卻從未有一個月斷過接濟，冬日送石炭，夏日送堅冰。最後臨終前她不放心，請她家的僕從帶信給陳娘子，想把這兩處託付給從未謀面的她。不想陳娘子卻痛快得很，一口答應下來。
前兩年九娘特地讓燕大去打聽過，說還在如常運行，老人和孩子還增多了不少，院子又擴大了一些。只是再無宮中貴人或其他外命婦前去幫襯。九娘苦於手中沒錢，只能希望自己臨終前特地留下的三千貫錢還能幫著陳娘子支撐住。卻沒想到那位神秘的陳娘子竟然就是眼前太初的娘親魏氏！九娘這才恍然，為何太尉府以窮著稱！

只有這樣的爹娘，才教養得出陳太初那樣如磋如磨的郎君。九娘只覺得命運太過善待自己，前世的善緣，一一在這世對應。對趙栩的無意援手，換來他捨命相救。昔日遠在天邊的託付，如今近在眼前，還能再結善緣。她心潮起伏，眼眶微紅。魏氏不由得訝異，多看了九娘好幾回。四娘看在眼中，心裡忐忑不安之極。

魏氏用過飯，也不客氣，便告辭回去了。剩下杜氏、呂氏、程氏送走她，遣走四個小娘子，對著老夫人發愁。這位來去如風出人意表的太尉家娘子，就真的是來借人的？

老夫人看著三個兒媳，淡定地搖搖團扇：「這姜太公釣魚，也得願者上鉤，你們急什麼急。該籌備的自管自籌備，該相看的就趁早相看。四娘都十五了，阿程你只管安排就是。青玉堂再鬧，就讓四娘帶著嫁妝搬去青玉堂住就是。出了你木樨院，你自然也就不用管了。」

程氏的心病正是這個，一聽大喜。就得老夫人出馬啊！

這天夜裡，四娘在榻上輾轉反側，反覆思量著白天魏氏的一言一行，一舉一動，看不出她對自己有任何另眼相看的意思。但也看不出對六娘、九娘有任何特別的地方。實在睡不著，心中煩悶，她索性爬了起來。跪在腳踏上打著蒲扇，已經迷迷糊糊的值夜女使趕緊起來，給她披上薄紗褙子：「小娘子怎地還不睡？還熱嗎？」

四娘搖搖頭，細聲說：「沒事，我去院子裡走走，你把那沉速香換成月麟香罷。」

女使屈膝福了福，去清理仙鶴銅香爐裡的殘香。

四娘走到冰盆邊，那冰盆中的冰，早化成了水，只剩中間還朦朧著一小片冰，她伸出手指，輕輕一點，那冰片裂散了開來。

入我相思門，知我相思苦，長相思兮長相憶，短相思兮無窮極。

她們只知道九娘為他們幾個抄經禱祝平安，卻無人知道她也默默為他抄了許多經書。一行一行，芳心寸寸。

想起姨娘昨日突然說起的那話，四娘的心越發揪了起來，煩悶鬱燥。她哪裡有什麼姓阮的舅舅！她姓孟，嫡母程氏，她的舅舅是眉州程家的三位郎君，表舅舅是汴京蘇郎。這平空出來的舅舅，便是什麼了不起的人物了，還要見自己一面。

四娘將手指輕輕含在嘴裡，還有些涼意。她出了西暖閣的門，廡廊下，看得見東暖閣裡還亮著燈。美人靠上還殘留著日曬的餘溫，螢火蟲在院子的小池邊飛舞。

九娘總是最後一個才睡的，似乎她有看不完的書、寫不完的字。一樣是庶女，甚至林氏是那麼卑賤的身份，可是人人都待她不同。婆婆面上不顯露，翠微堂每個月往九娘房裡送的紙張都要比她們多上厚厚一沓。嫡母面上也不顯露，這幾年七娘有的也總少不了九娘的一份。更別說宮裡的四公主，三天兩頭就賜下吃的、用的、穿的。還有蘇家，蘇昕月月來的信都是給她。那六皇子，嘴裡嘲笑作弄她，卻肯跳下金明池救她。還有那人，總是含笑看著她，從她七歲就看著她，年年見面，即便不說話，看著九娘，就總是在笑著的，即便九娘眼裡只有蘇昉，幸虧她眼中只要蘇昉。

四娘在心底，來回咀嚼著陳太初三個字，兩行清淚，潸然淚下。

女使輕輕地托了托她的手肘：「小娘子，香換好了，回去睡吧。」

四娘垂首點了點頭，站起身。三更梆子響了起來，四娘抬頭看那東暖閣的燈，滅了。

圍著小池塘的螢火蟲，更顯得晶晶點點。

第五十八章

七夕節後，汴梁各城門及開封府，恢復了出榜，貼出了門下省都進奏院所出的皇榜，朝廷的好些個讀榜人從辰時起就開始反覆大聲讀榜，再給民眾解釋。大概意思是告諭士庶，今上龍體欠安，太后垂簾聽政，魯王不慎摔傷，蘇相起復的新職位等等，讓百姓安心如常度日。再有宣布了安徽歙縣出了反賊房十三，罪行滔天，兩浙路正在圍剿，行商的要避開兩浙。如果能幫助朝廷告發、剿滅反賊的，分別可以得到多少賞賜，窩藏協助的又有什麼懲罰。

這汴京城的百姓也好，過往商旅也好，天天都聽慣了皇榜，各自議論兩句，不少百姓朝皇城方向跪下喊幾句聖上萬福金安，也就各自忙去了。

那兩百多個設在開封的各州進奏院，節後也接到都進奏院下達印刷好的邸報。此時大小官員們都知道蘇相起復，太后垂簾聽政。這蘇相眼皮子下的門下省眾人，個個抖擻了精神，將接到的邸報趕著印刷，要送回各州出榜讀榜。

不到午時，汴梁大街小巷的小報也已經滿天飛，手抄的、印刷的應有俱有，內容比起都進奏院的要豐富許多。魯王的事沸沸揚揚，增添了不少皇城司抄檢魯王府的秘密，還有那被送出來的幼女。這市井之中，登時連今上的龍體也沒人關心了。還有的小報，畫出了房十三和他那一同造反的妹妹房十八的畫像，都身高一丈二，虎背熊腰，豹子眼獅子嘴，一頭亂髮。

酉時二刻，觀音院門口那拎著籃子買果子的小童們，手中的各家小報所剩無幾，喊著三文錢一份秘聞有畫像，比起午間賣的五文錢又便宜了不少。玉簪照例掏出九文錢，買了三家小報，送到牛車上。

七娘撇撇嘴：「你這人吧，真是奇怪，咱們可是和燕王還有四主主一起喝茶的人！哪需要看這種小報。哈，還一丈二呢，一派胡言。哪有生得這麼難看的女人！還造反？早就羞愧得自盡而亡了！」

九娘噗嗤笑出聲來。六娘歎了口氣：「阿姍！身體髮膚受之於父母——」

七娘捂著耳朵嚷了起來：「打住！六姊！你這大道比什麼經什麼咒都煩，求求你放過我吧。」

六娘氣得拍了她一巴掌，也湊過來看那小報。四娘瞄了一眼，又看向窗外去。

「咿——」七娘忽然叫起來：「看這段！」

三人頭靠著頭，卻見一份手抄的小報上，寫著一段西夏梁太后秘史，如何勾引十三歲的姑婿，如何告密謀反，害得皇后全族被誅，又如何當上了皇后，妙筆生花，文字綺麗豔俗，令人遐想無限。

七娘這個讀得如癡如醉，感歎：「這梁氏竟然是秦州人！——呀，那不是和咱們表叔母是同鄉？」

六娘扶額，這個七娘，次次看小報，只關注這等惡俗之事。

九娘細細想了想，這夏乾帝年初才弒母，現在又誅滅皇后母族，心性殘暴，實在可怕。這樣的人如果在位，恐怕大趙的邊境堪憂。她從七娘手中搶過小報，三張疊好了收在書袋裡，笑著說：「七姊最愛看這宮闈秘聞，難道你想進宮不成？」

說到進宮，七娘歎了口氣，手撐起下巴：「我自然是想進宮見識見識，婆婆這麼厲害，不就是因為在宮裡待了十多年的緣故？只是我們甲班，現在張蕊珠排在第一，六姊第二，阿妧你第三，我和秦娘子，還要爭一爭第四，年底就要選入宮的公主侍讀，不是張蕊珠就是六姊，唉——」

她忽地笑著說：「六姊！阿妧，要不你們棄考兩門如何？反正你們又不想進宮。」

六娘正色道：「你又異想天開了！這可等同欺君大罪！」

七娘垂下腦袋：「我就知道你會這麼說！」

九娘奇道：「傳說魯王、吳王都心儀張蕊珠，她又是一心要進宮的，我倒不奇怪，可是七姊你怎麼也心心念念總想著進宮？」

六娘心一顫，趕緊岔開話題：「別說這個了，中元節看戲的事婆婆還沒答應呢，說我們七夕節剛看過雜劇，哪有一個月往外跑幾次的道理。怎麼辦？阿妧，四主主給你下帖子了嗎？」

九娘搖搖頭：「沒有。」她惦念著阿予和趙栩在宮中現在如何了，看了小報，大概知道他們都安然無恙。太后聽政，蘇瞻起復，看起來除了房十三造反，還都算好消息。

待四位小娘子回到府裡，才知道，那位與眾不同的表叔母，太尉家的娘子魏氏，給杜氏、呂氏、程氏還有她們四個下了帖子，請她們中元節夜裡去州西瓦子，看《目連救母》。

四娘慌亂不已，青玉堂早就知會了翠微堂，中元節夜裡，老太爺要帶著三房的九郎、十郎和四娘，去州西瓦子看雜劇，也是《目連救母》！可，青玉堂訂的，和陳家的包間，萬一相距甚遠，那她豈不是會錯過陳太初！

會寧閣，趙淺予嘟著嘴問趙栩：「六哥，爹爹都這樣子了，我們為什麼還要去看戲？萬一婆婆知道了怎麼辦？還有舅舅怎麼也要去？還有看戲的事，為什麼要舅母下帖子給孟家！難道我的臉面沒有舅母大嗎？」

趙栩用軟布擦拭著兩柄仿照漢代鑄造的雌雄短劍，長的約十五寸，短的只有十寸五分，都已經開了刃，方口洪首，燈下閃著精光。他抬眼看了妹妹一眼：「問那麼多做什麼？那麼多還有。還有，你有過臉面嗎？」

趙淺予氣得不行，要上來捶哥哥。趙栩一伸手，劍光一閃，她嚇得一縮，一根青絲飄然而下。

趙栩拿著那半根頭髮細細看了：「徐晟不愧是徐夫人的傳人，才能鑄出這削鐵如泥的神器。」

趙淺予氣得要命，又好奇：「這世上還有女子做鑄劍師的？」

趙栩搖搖頭：「徐夫人，姓徐，名夫人，是個男人。堂堂戰國鑄劍名家，被你說成了徐娘子。不學無術就是你阿予。」他將那兩柄劍收回青銅劍鞘中：「賠你半根頭髮，今夜我陪你去侍疾。」

趙淺予趕緊搖頭：「不要不要，半根頭髮而已，我每天梳頭掉七八根呢。六哥你已經連續兩夜守在爹爹身邊了，我去陪著爹爹就好，那些事我都會的。哼，五哥最不是好東西，白天躲在開寶寺，夜裡娘娘還心疼他，免他侍疾，連聖人都知道他那點小算盤。」

趙栩刮了她的翹鼻子一下：「傻，你以為娘娘不比聖人看得清楚？他的小算盤要想打得響，自然有娘娘的允許才行。」

趙淺予啊了一聲。趙栩已經拍了她腦袋一巴掌：「笨，別想了，走吧，去福寧殿。」

這幾日，宮中的氛圍略鬆弛了下來，但夜間的禁衛巡查，還是比平時更頻繁了。福寧殿前也增加了一倍的人手，入內內侍省的幾位都知、副都知也輪班守著。

福寧殿後寢殿中，香料都撤了，彌漫著藥味。外間的長條案邊，御藥和翰林醫官院的幾位主理大方脈的御醫官，還在斟酌著方子。羅漢榻前，小方脈、針科的醫官在向高太后稟報明日如何用針的事。

趙栩二人上前行過禮，進了寢殿裡間。

屏風後，向皇后雙目微腫，坐在龍床前，握著官家的手兀自出神。見趙栩兄妹來了，擺手讓他們平身，又看著官家發愣。

趙栩帶著趙淺予靜立在屏風邊上。少頃，漏刻顯示亥時到了，福寧殿的四位尚寢和司衣女史上前來，請皇后移座，將床前的帷帳放了下來。

裡頭窸窸窣窣，開始給官家脫衣裳擦身，待她們退出來，換了兩位口齒咽喉科和瘡腫科的醫官進去，替官家檢查口腔咽喉和體表，再按摩了一刻鐘方退出來，在各自的脈案上記錄。尚寢女史再入內給官家換上褻衣褻褲，這才拉開帷帳。

向皇后看著她們忙忙碌碌，心裡稍稍安寧了一些，轉頭問趙栩：「六郎怎麼來了？今夜是阿予侍疾吧。」

趙栩躬身答道：「阿予向來膽小，臣請娘娘准臣陪著她，侍候爹爹。」

向皇后歎了口氣：「六郎你已經守了兩夜了——」

趙栩垂首：「臣不累。」

這時太后身邊的司言女史進來，低聲請向皇后去外間議事。向皇后拭了淚，點點頭去了外間。

趙栩和趙淺予走近龍床。宮女們趕緊搬了兩個繡墩，放在床前。

床上的官家，臉色潮紅，呼吸極細微。趙淺予接過宮女手中的濕帕子，跪在床前的腳踏上，輕輕用帕子潤著父親的唇角。昏迷已經四天的官家，嘴唇邊燎了一圈水泡，剛剛被醫官上了微黃的藥膏，似乎感受到帕子上的水意，嘴唇微微翕動著。趙淺予的眼淚撲簌撲簌地落下來，她頭一回侍疾，看到爹爹這樣，高興得大喊爹爹醒了爹爹醒了。後來醫官告訴她不過是人在昏迷中自然而然的反應，她躲到偏殿大哭了一場。

她出生的時候，陳青已回京在樞密院站穩了腳，升遷極快。她不像六哥吃過那麼多苦，因她雪玉可愛，一出生就適逢西夏大捷，大理歸順。司天監的官員說四公主昌盛國運，因此她很得官家和聖人的喜愛。雖然也招來趙瓔珞三番五次的隨手一害，卻也真的命大福大，安然無恙地長大了。

從她記事起，趙淺予就記得爹爹時常來雪香閣，抱她逗她，賜給她許多好玩的、好吃的。即便她被六哥慫恿著鬧騰撒嬌，做皇帝的爹爹，也從來都笑著縱容她。金明池落水一事後，她身邊侍候的女史、侍女、內侍，全被官家發落去掖庭。她雖然什麼也沒說，可趙瓔珞至今也沒有封號，宮裡宮外人人心中有數，三公主被官家厭棄了。連著這些年，御前捶丸也再沒舉辦過。

雖然這幾年，爹爹變得怪怪的，可是還是會經常摸著她的頭說：「天下再沒有比我的阿予好看的女子，以後爹爹要給阿予找個好駙馬，總要像陳青家的二郎那樣的才配得上我的主主。」說完就哈哈大笑，等著看趙淺予臉紅。

可是，現在的爹爹，躺在這裡，一動也不動，如果不是胸口還微微起伏著，都不像活人了。若是沒有了爹爹——這幾日，趙淺予想都不敢想下去。

一隻溫暖的手擱在她肩上拍了拍。趙淺予回過頭，趙栩低聲說：「讓六哥來吧。」

御藥院的的勾當官捧著參湯進來，趙栩一伸手接了銀盞，吩咐道：「把前日我做的那小銀挑子拿過來。」宮女趕緊出去取了一把細細長長的純銀小勺，只比那挖耳勺大上一些，柄卻更長。卻是趙栩看著瓷勺餵不進湯藥，讓文思院上界連夜打造出來的。

趙栩將銀盞讓趙淺予捧了，右手用銀挑子舀了一勺參湯，左手捏住父親的下頜，將挑子頂住他的下牙，硬生生撬了開來，那參湯才入了口。一旁的御藥勾當官已經不吃驚了，除了燕王殿下，還真沒人敢這麼弄官家的，可不這麼弄，那參湯和藥，旁人還真的餵一碗撒一碗。

裡頭趙栩餵完參湯，眼睛也澀澀的。他走到外間想和太后說幾句話，卻發現高太后和向皇后的女史們都在東側偏殿的廊下靜靜侍立著。

趙栩想了想，進了西側偏殿，果然空無一人。他輕輕推開後殿的窗，外頭巡邏的禁軍班直剛走過去。他不再猶豫，輕輕跳出窗外，幾個騰挪，落在東偏殿後頭，輕輕拉開一條窗縫，借著廊柱之力縱身上躍，蜷身於簷下，那巡邏的禁軍正好又轉了身朝這邊過來。

東偏殿裡的高太后正無奈地看著滿面淚水的向皇后，心裡正發愁，五娘賢慧溫柔，可就是缺了一國之母的魄力。要是大郎萬一有個什麼，自己年事也高了，身體也越發不如以前。這大趙皇室，日後宮內可真連個頂樑柱都沒有。

「好了，五娘，我做娘的都沒哭，你就別再哭了。」高太后歎了口氣：「你也聽到幾位醫官的話了，咱們總也要有個最壞的打算才是。」

簷下的趙栩一顫，爹爹的情勢竟然壞到這個地步了！他胸中一熱，極力強忍著淚意。

裡面的向皇后掩面大哭起來：「娘娘，哥哥他只是一時氣急，哪裡就如此兇險了？二府怎麼就要開始修建哥哥的陵墓！」

趙栩手一抖險些墜了下去。

高太后的聲音道：「這裡裡外外上上下下，誰願意大郎兇險不成？你哭成這樣，大郎就能醒了？糊塗！你可是一國之母！他日的大趙太后，先要替官家想著江山社稷才是。你心裡中意誰來繼位，不妨說出來。我這把老骨頭還能撐幾年？以後大趙，還是要靠你扶持著官家才是。若是你母子兩宮不和，二府也難做。」

趙栩屏息凝神，心中既憂心爹爹，又滿是欽佩，皇祖母畢竟是皇祖母。

向皇后的聲音哽咽著：「娘娘可是中意五郎？臣妾倒是覺得六郎看著脾氣不好，性子乖張，其實是個有心的好孩子。這幾日多虧了他，才餵得進湯藥。」

趙栩一愣，他從來沒想過向皇后竟然留意著這些小事，更沒料到，一向不親近任何皇子的向皇后，竟然第一個想到了自己。他咬咬唇，心潮起伏，他一直以為向皇后討厭自己的娘親，才從來不假以辭色對自己，才對趙檀他們幼時欺辱自己的行為睜隻眼閉隻眼的。

高太后的聲音傳來：「五娘，看事情不能看一時，要看長遠。六郎是個聰明的，也有些手段。可他不行。」

趙栩在外面冷笑起來，這是又要說舅舅了。太后不待見舅舅和娘親，滿朝盡知。

果然聽見向皇后問：「娘娘是說陳青嗎？」

高太后說：「大趙這二十年裡也少不了陳青，眼看著西夏和契丹屢屢在挑起爭端，一旦起了戰火，你要記著，只要有陳青在，我大趙安也。可他手持虎符，掌握重兵，若是六郎做了皇太子，萬一陳家生出二心來，可就後患無窮了。你別忘記，陳青可是有四個兒子呢。當年太祖怎麼黃袍加身的，你莫非忘記了？」

趙栩胸中一團烈火跳著，快要燒得他整個人迸裂開。想著赤膽忠心的舅舅，竟然被皇祖母疑心到這個地步。誰稀罕當什麼太子！當什麼皇帝！他趙六不稀罕，他舅舅不稀罕，他們從來都不稀罕！想起陳青那滿身的傷痕累累，那一腔怒火又變成無邊的委屈，趙栩緊握著手，眼中的男兒淚終於落了下來。他實在不想也不願再聽下去，側頭看著禁軍走過去，撩起衣裳，幾個起落，又翻回西偏殿內。

趙栩關上窗，才發現自己的手一直在抖。這江山，是趙家的，更是萬民的，因為那個寶座，如此疑心猜忌良臣，若是沒有西夏和契丹呢？是不是就要解了舅舅的兵權，甚至害死舅舅？怎麼不叫天下人心寒！

片刻後，趙栩深深呼吸幾下，才定下心神，走出西偏殿，對廊下的宮女說：「在這裡頭給四主主設一床被褥，添兩個冰盆，夜裡好讓她在這裡睡一會兒。」宮女們應聲去了。

趙栩看著東偏殿的槅扇門，久久未動。

東偏殿裡的向皇后低下頭不語：「那要不十五郎？臣妾總覺得五郎一直和四郎還有瓔珞很親近，想著心裡就不大舒服。」

高太后歎了口氣：「十五郎年歲正好，只是他生母是個字也不識的，又是那樣的出身，這幾年把他養得實在有些魯鈍。五郎是個會看眼色的，不像六郎那麼狠得下心。你看這幾年瓔珞被官家厭棄，五郎還是待她甚好，可見是個心軟的，將來侍奉你，必然恭恭敬敬。只要二府的相公們在，咱們早早給他選一個賢淑的皇后，守住祖宗家業倒也不難。只是他像大郎，喜愛美人。後宮裡你以後可要警醒著，別出狐媚子才是。」

向皇后聽著高太后的口氣，恐怕這太子一位，還是屬意吳王了，只能問：「那二府的相公們如何看？」

高太后吸了口氣：「二府想來也是肯的。只是蔡佑此人，雖有宰輔之能，這幾年卻急功近利。大趙日後還是要靠蘇瞻治國才行。你只需記得，這朝中絕不能任由一人獨大。」她看著向皇后點頭了，這才稍微安心下來：「五娘你嫁給大郎這許多年，對政事知之甚少，眼下也要多知道一些才是。他日老身去了，這大趙，可就託付給你了。」

向皇后心中一痛，哀哀地哭了起來：「娘娘！」

高太后擺擺手：「好了，眼前除了準備大郎的事，還要想著替吳王選個好王妃。翻過年他就要十七歲了。待官家的事一了，出了喪制，就讓禮部出名冊吧。」

待向皇后帶淚去了，高太后才覺得口乾舌燥，頭暈眼花起來，她強撐著喚來女史，扶著她躺倒榻上，才合上眼歇息起來。

她七歲就被姨母曹皇后召入宮中，如今算來，在這皇宮中已經整整五十二年，歷經三朝。自從她做了皇后，肩負起趙家的江山後，她就不是她自己了。三十幾年來的歷歷在目，她來不及回味，來不及傷感。明年大郎本來要給她操辦萬壽節，如今他卻躺在那裡毫無知覺。她甚至只能乘著這空隙才能為他傷心難過……心憂如焚，心急如焚。

高太后側身朝裡躺著，任由兩行老淚順著眼角流下，只後悔自己年紀大了心也軟了，早就該殺了那兩個煉丹的道士才是。可心裡卻又走馬燈似地，開始想著汴京城裡哪個小娘子最適合做吳王妃。

第五十九章

木樨院的夏夜，微風習習中傳來陣陣琴聲。七娘白日看了那梁皇后的豔史，又見自己雖然不去表叔母的福田院、慈幼局幫忙，卻也得了帖子，過幾日又能出去玩，來了興頭，夜裡硬扯著四娘和九娘到她屋裡聽她彈琴。

四娘和九娘硬著頭皮聽她彈了兩曲。九娘連連告饒，直說自己是俗人，一心想著吃喝，正是那十四不彈裡的「對俗子不彈」。氣得七娘扔下琴追著她打，哪裡記得教習女先生一再叮囑的要高潔淡泊，要清麗而靜，要和潤而遠。

四娘看著她們二人歇了下來，忽地開口：「你們知不知道張蕊珠今早為什麼紅著眼睛來？」

七娘一愣，自從金明池一事後，她不知為何，看見張蕊珠和四娘，心裡總怪怪的，親近不起來。早上眾人也留意到張蕊珠雙目紅腫，卻無人敢探個究竟。

四娘說：「她家的女使悄悄地告訴我，說張承旨要將她送回福建祖屋。張蕊珠哭了兩天了。」

七娘和九娘都輕聲驚呼起來，年底女學甲班就要出公主侍讀人選。熙寧四年入宮的兩位娘子，前兩年都被太后賜婚，嫁進了宗室。這時候被送回福建，身為甲班成績第一的張蕊珠，不就是主動放棄了入宮的機會？

九娘想起魯王和吳王都傾心於張蕊珠的傳言，更是訝異。難道張子厚竟然不願女兒入宮？還是他——不願意擁立吳王？眼下吳王明明是最有可能被立為太子的人選。如果吳王真的傾心張蕊珠，那張蕊珠在宮中近水樓臺先得月，可是大有機會問鼎日後的中宮皇后一位的啊。

四娘微哂：「不過，她怎麼肯？她又怎麼捨得呢？聽說吳王也和她——」她搖起宮扇，心裡終於有了一絲爽快。

九娘仔細想了想：「我看張娘子還是必定會入宮的。」

七娘瞪大眼睛：「難道父命可以違？」

九娘笑了笑：「張娘子乃女中梟雄，胸懷大志。她若想辦成一件事，恐怕她父親也阻擋不住。」張蕊珠能讓魯王、吳王都傾心於自己，必然很有些手段。聽說這幾日吳王天天去開寶寺為官家和魯王祈福，九娘朝七娘眨了眨眼：「你不信？」

七娘搖搖頭，振奮起來：「若是張蕊珠回福建了，九娘你可記得讓著我，說不定我能和六姊一起入宮呢！」

四娘笑著起身：「那我就祝阿姍如願以償，若是咱家能出一位王妃，張蕊珠恐怕在福建也得氣死了。」

七娘紅了臉又去打四娘。

木樨院裡琴聲斷了，笑聲又起。夏風習習，不解人間憂愁。

城西的太尉府內院裡，一個僕從也不見。院子裡的大槐樹下，卻又是另一番光景。三張藤床亂七八糟地橫在樹下，兩個少年郎翹著腿擠在一張藤床上，動個不停，年紀最小的陳又初手裡不停地塞著乾果，一邊嚷嚷著：「娘——我要吃井裡的西瓜——！」

陳青只穿著中衣，盤腿坐在一張藤床上，正借著月光在替剛洗完頭髮的妻子擦乾髮尾，聞言哼了一聲：「你自己沒有手嗎？」

另一張藤床上坐著給爹娘打扇的陳太初笑著擱下蒲扇：「我去吧。」他起身走到院子另一邊的老井旁，單手一提，將井裡湃著西瓜的木桶撈了上來。不一會切成薄片的西瓜盛在一個大瓷盤，放到藤床間的矮几上。陳太初又拿起蒲扇替魏氏打扇。

魏氏笑眯眯地說：「還是二郎好，不枉娘特地去孟家替你討了個娘子回來。」

陳再初、陳又初兩兄弟一愣，立刻跳了起來，擠到魏氏身邊急著問：「我們要有二嫂了？是孟表叔家的？好看嗎？會做飯嗎？幾歲了？什麼時候成親？」

陳太初手裡的蒲扇掉在地上，恨不得捂住弟弟們的嘴。有這樣一個娘，她不出門倒算了，一出門，簡直地動山搖，幸虧月色下看不清他已經滿臉通紅。

陳青瞪了陳再初、陳又初一眼。兄弟倆捂著嘴，乖乖蹲在藤床前的地上，跟兩隻小狗似的，眼睛眨巴眨巴地盯著魏氏，就差了兩條毛茸茸的尾巴。

魏氏笑得不行，捏捏兩個兒子的臉：「是你們孟表叔家的，長得好看極了，還不知道會不會做飯，可惜今年才十二歲，成親的日子恐怕得再過個四五年。」

陳再初歎了口氣，站了起來：「那就完了。」

這下連陳青都忍不住問：「什麼完了？」

陳又初也歎了口氣：「還得四五年可不完了？那二哥早就被逼著尚主了。嘖嘖嘖，趙淺予做我二嫂——」他打了個激靈，啊嗚一口咬得西瓜汁水四濺：「我還是留在軍營裡別回來了。要不然那一聲聲太初哥哥——」

陳再初笑倒在藤床上：「還有，太初哥哥——阿予走不動了！走不動了！要抱！那時候她幾歲了？」這兩個學著趙淺予嬌嗲的聲音，學得自己都一身雞皮疙瘩。

陳又初幽幽地搖頭：「五歲吧？見到二哥就走不動路，賴著要抱。」

這兄弟二人對視一眼，齊齊打了個寒顫，埋頭啃起西瓜來。

魏氏跳了起來，卻忘記自己一把髮尾還在陳青手裡捏著呢，啊呀一聲疼得要命，也顧不得了：「太初！阿予難道喜歡你？娘怎麼一點也不知道？」

陳又初心裡默默嘀咕了一句：「娘哎，你連兒子我的生辰都不記得了！咱家除了爹的事，你還知道啥啊。」

陳太初再也受不了他們，彎腰將蒲扇撿了起來，悶聲說：「沒有的事！娘你別聽三弟、四弟瞎說！」他轉身要回房，走了幾步，猶豫著轉過身想開口，看看弟弟們，還是算了。

魏氏笑得眉眼彎彎：「對了——太初啊！小九娘說她可願意跟我一起呢！」

陳太初臉上更熱了，兩步就閃出了垂花門。

陳青悶笑著在妻子額頭上彈了一記：「有你這麼捉弄兒子的嗎？別動，就要擦好了。」最後一個字雖然近似呢喃，陳再初和陳又初卻都聽到了那個「乖」字。兩兄弟互相看了一眼，齊齊翻了個白眼，站起身來，頭也不回地捧著幾片西瓜，連跑帶跳地逃出了院子。其實，四公主那樣子真不算什麼。咱親爹才是最可怕的！誰願意留在家裡天天被他們噁心！

翌日，孟家的牛車晃悠悠經過觀音院門口。九娘照常掀開車簾，朝相熟多年的凌娘子打聲招呼。卻見一個少年，穿一身靛青窄袖直裰，一頭烏髮用青玉簪束著，朝陽下他如蒹葭倚玉樹，又朗朗如日月入懷，光映照人，正含笑看著自己。

九娘驚喜地喊道：「陳表哥——」這麼巧，原來你是陳娘子的兒子啊，原來陳娘子是你的娘親。

她朝一旁的凌娘子點頭：「凌嫂子早！」凌娘子笑著朝她揮揮手。

車子裡的四娘一呆，幾不能呼吸，可看著對面的六娘那雙眸子，卻不敢去窗口。

陳太初遠遠地看著那牛車過來，覺得那牛一步步似乎踩在自己心上似的。他手心裡都是汗，後背也都是汗。一呼一吸之間，耳邊一切聲音都遠離。

直到車簾掀開，露出那小人兒的面容，宛如晨露，她展開笑顏，有如瓊葩堆雪，又如新月清暈，一雙眸子中瑩然有光彩流轉。

車裡的九娘回頭笑著告訴姊姊們：「是陳表哥來吃凌娘子的餛飩呢。」七娘探出頭看了看：「真的是陳表哥，這麼早就來吃餛飩，他家可在城西呢，有那麼好吃嗎？」四娘死死掐住自己腰間的絲絡，低下了頭。

陳太初想叫一聲九娘，又想喚一聲阿妧，卻都沒有喊出口，那牛車已漸漸地遠去了。他這才覺得兩腿竟有些發麻，日頭原來已經這麼高了。

凌娘子看著他飄然遠去，笑著搖搖頭：「白白等了這麼久，就為了看一眼，唉，真是的！現在的少年郎啊！」

她家的漢子也搖搖頭：「天不亮就站在這裡，害得我今天攤子都挪後了一尺。竟然也不吃上一碗餛飩！真是的！」

凌娘子一叉腰：「你懂個屁！挪三尺我都情願！」

早已走出甜水巷的陳太初，卻一直帶著笑。少年的心裡滿當當的都是歡喜，原來一眨眼已經過了五年了，那麼再一眨眼，她就長大了。原來她是被他揀到的呢。原來，心悅，是會一夜不睡，是會不知不覺走到曾經見到她的地方，是會站多久也不覺得累，是會想著哪怕看上一眼就好，是會想著如果能說上一句就好，是會想見又害怕見到她，是想起她的臉容會心慌。

可是看見她以後，心就化了。這天地，都化開來了。

第六十章

沒過幾天，眼看中元節就要到了。七月流火，天氣驟然涼了下來，透出些殘暑的垂垂老暮之態。

城西太尉府中，沒了陳再初、陳又初弟兄倆的笑鬧喊叫，安靜了許多。陳青早出晚歸，回到家才發現廊下擱著十五六個竹片織成的盆盎。長短差不多的幾十段竹竿，整整齊齊靠在邊上。一個大竹筐裡裝滿了折好的冥錢。

又是一年中元節。秦時明月漢時關，萬里長征人未還。他是僥倖回來了，可那再也回不來的兄弟們，除了他們的家小，誰還記得他們的名字和音容笑貌……

淨房中水氣蒸騰，魏氏挽著袖子替陳青擦背，看著丈夫寬厚的背上還留著深淺不一的十幾道疤痕，歎了口氣：「你放心，昨天秦州、洮州、會州和蘭州的福田院、慈幼局都來信了，盂蘭盆冥器他們都準備得很妥當。過幾天各州府祭奠軍士亡魂，他們也會好好祭拜家人的。」

陳青點了點頭問：「冬天的柴薪棉衣他們都置辦好了嗎？軍中可缺衣少糧？」

魏氏手下用了幾分力：「有你盯著，秦鳳路的衣糧都早到了。福田院各處也都置辦好了，今年怕十月裡就要下雪，各處都多置辦了幾千斤柴薪。二郎今天已經把錢送到孫氏匹帛鋪，讓他們跟著鹽引帶去秦州。給大郎的信也寄了。」

陳青輕歎了口氣：「累你操心了。」

魏氏在他胳膊上輕輕拍了一下：「老人家們都問你好，還有明年春天恐怕又有三十幾個孩子想要從軍，怕你不肯，好些孩子都寫了信來求你。」

陳青搖了搖頭：「如今西夏不太平，你讓這些孩子都來汴梁吧，交給二郎和六郎用。六郎要是開府了，眼下的部曲侍衛人數太少。對了，有合適的女孩子也多來幾個。」

魏氏應了，忽然擰了丈夫胳膊裡側的軟肉一把：「前年秦州來的六個女孩兒，我才知道阿予身邊只有四個人，還有兩個去哪裡了？」

陳青笑著舀了一小木桶水當頭澆下：「二郎要走一個，前幾天我問他了，原來去年就悄悄送進孟家去了。我看啊，六郎要走的那個，八成也在孟家。」他搖搖頭：「一對傻兄弟，兩個癡情漢。」

魏氏嚇了一跳，才想起來一直要問丈夫的事：「你怎麼知道二郎心裡喜歡上誰了？」她忽然意識到什麼，騰地站起身：「啊——你剛才說什麼？六郎難道也——？那可怎麼辦！」

陳青笑著聳聳背：「替我撓撓癢就告訴你。」

魏氏瞪了丈夫的後腦勺一眼，伸手擱到他背上，下死力地撓著：「怎麼你就什麼都知道，我都沒看出來，二郎自己都不知道的事你怎麼就知道了。」

陳青忍著笑：「重點，再重點，往右一些往下一些。」

魏氏大力拍了他一巴掌：「快說！」

陳青側身一把抓住妻子的手，將她一拽。魏氏嚇得撐在浴桶邊上，尖叫了半聲就被丈夫堵住了嘴。

半晌她氣喘吁吁地用力推開陳青一些，緋紅著臉：「還不說！」卻不敢看陳青一眼。

陳青用手指輕輕摩挲著妻子的臉，抬起她的下巴，看著她低垂的眼睫微笑著說：「你們小娘子啊，心悅一個人，就看也不敢看一眼。可我們男兒郎，少看一眼也不捨得。就算看不到，提到心裡那人的名字，語氣神情總是不一樣的。就算自己起先不知道，難免什麼都為了那人想，想討她的喜歡。就像你以前喜歡小狗，我當時撿到阿黃，第一個念頭就想著送給你，你肯定高興。」

魏氏一腔柔情，輕輕擁住丈夫：「二郎倒像你。可六郎怎麼辦呢？」一說到孩子們，魏氏又發起愁來：「我上次去孟家想把草帖子先下了，可實在沒想到那小九娘才十二歲。看上去她對太初根本還沒那個心，我才臨時改口請她家幾個姊妹一起來福田院幫忙。老夫人恐怕氣壞了，也對不住表弟媳，都怪我沒弄清楚，做事不妥當。」

陳青拍拍她的背：「你啊，還是你們西北的習慣。東京城裡都是父母之命，媒妁之言，哪用得著想那麼多。我已經幫你和表弟說過對不住了。」

魏氏急了：「夫妻夫妻，總要兩情相悅才能把日子過好了。再說別以為我不出門，你就隨口騙我，你們汴梁不也有相看插釵的習俗嗎？要不然當年你為什麼貿貿然把這白玉釵插在我頭上，還嚇了我一跳！要是她不中意二郎，我下了草帖子，萬一成了親，可不害了兩個孩子一輩子？啊呀，那女孩兒要是喜歡六郎，二郎可怎麼辦？都怪我都怪我，怎麼辦！」

陳青長歎了口氣：「我看六郎同二郎一樣，自己的心都看不清，還糊里糊塗的。我問過表弟了，他家孟氏嫡系一族，小娘子絕不為妾。就算那女孩兒和六郎都有心，也不成。」

魏氏一呆：「這是為何？若是他們兩情相悅，我們當然要成全他們，怎麼能因為二郎喜歡她就——」

陳青搖搖頭：「不是二郎的緣故，而是我們成全不了。當年太祖皇帝有命，皇子只和武將家約為婚姻。歷來的皇后，都是將門出身。蔡佑妄想孫女入宮，那是官家不欲他過於難堪，未曾面斥而已，哪個皇子能娶七品以下文官的女兒？何況小九娘還是庶出。連側妃也不行，最多只能給個媵妾的名分。那孟家又怎麼肯？也實在委屈了那孩子。再說，這幾年裡，六郎處境艱難，萬一官家——唉。」

魏氏感慨萬千：「那六郎這孩子可怎麼辦啊！他那麼聰明的一個孩子，怎麼不知道為自己的親事打算呢！」一摸浴桶裡水都涼了，心裡更愁了。這七月十五還看戲，看什麼戲啊。

七月十五，中元節。

孟府家廟中早已擺了雞冠花山，安好了高高低低的盂蘭盆。孟老太爺當先磕完頭，把那冥紙做的五綵衣服、鞋靴、襆頭、帽子、金犀假帶，和冥錢一起掛搭到盂蘭盆上，取火焚燒。孟氏三兄弟帶著眾小郎君跟著磕了頭，也取了各色冥器放到盂蘭盆上，點燃了撐高起來。等他們這批盂蘭盆都燒完了，那盆倒了下來，十有七八跌落朝北。

老太爺歎了口氣：「今冬又是個寒冬，託祖宗的福，叫我們早知道了。」就領著子孫輩再去叩謝祖宗。

九娘她們跟著杜氏、呂氏、程氏禮畢後，點燃了最後一批盂蘭盆，行完禮。眾人簇擁著老夫人回到翠微堂的佛堂裡，齊齊誦讀《尊勝目連經》。

老夫人再帶著她們，把昨天四個小娘子親手理出來的麻穀長條，綁在桌子腿上，告訴祖先今年秋收豐碩。

貞娘看著中元節禮畢，這才帶著侍女們擺上了素食茶湯。呂氏就說起今冬購置石炭的事。老夫人想了想，說：「既然祖宗指明了今年冬天要冷，就多買一些備用。另外再買五百斤石炭，送到魏氏說的福田院和慈幼局去。不用走公中，翠微堂出就是。」

杜氏起身代魏氏謝過老夫人：「無論如何也不能讓娘出這個錢，還是我們長房來才好。」

老夫人擺了擺手：「不用不用，你今年上半年才娶了媳婦，雖說大郎帶著媳婦外放了，眼看著又要忙二郎的親事。說來慚愧，比起你表嫂，我們孟家大有不如。你看滿汴京城，都知道太尉府窮得叮噹響，又有幾人知道她做的事？比起我們後宅婦人只知道抄經拜佛，唉，她才是有大德的。你們啊，誰也別搶了我行善的機會。」

三妯娌笑著起身稱是。程氏笑道：「娘，昨日媳婦去蘇家，如今那邊是我二表嫂當家，我同她說了魏表嫂的事，阿昕知道了，明日也一定要和六娘她們同去。我二表嫂也說了今年的冬衣和石炭，蘇府也要出上一份。」

老夫人感歎：「你那二表嫂，也是個有心人。看來自從榮國夫人過世，蘇家竟沒了人照應那兩處，真是可惜。」

呂氏聽著前半句難免有些不舒坦，九娘聽著後半句，卻難免有些惆悵。

程氏笑著說：「倒也不是，三郎上回從青神回來後，幫著阿昉打理他母親的嫁妝，阿昉月月要請三郎往舊曹門街送五十貫錢，三郎只以為那是他母親置的產業，要送錢給那邊的老僕養護宅邸。如今才知道阿昉一直照應著那兩處呢。」她掏出帕子印了印眼角：「那孩子，什麼也不說，都藏在心裡頭。這三天，天天一早就去開寶寺替他娘做法事去了。真是個孝順孩子。」

老夫人長歎道：「蘇家的大郎，是個好孩子。」

當然，阿昉他當然是個好孩子。九娘強壓下淚意，低下了頭。

酉正三刻不到，孟家的三妯娌帶著六娘、七娘、九娘，拜別了老夫人，登上西角門的兩輛牛車，往州西瓦子而去。東角門也緩緩駛出兩輛牛車，其中一輛上只有四娘一個人，心中七上八落，忐忑不定。

這一夜汴京十大勾欄瓦舍，家家客滿。州西瓦子請了最有名的雜劇團「玉郎班」上演雜劇《目連救母》，全場一千多個座位，早早就賣完了。尋常雜劇團，四五人而已，這家玉郎班卻有十二三人上臺出演，行頭布景，精巧罕見。平時不是宰執親王宗室人家的紅白喜事，還請不動他家上場。

陳太初跟著母親魏氏等在車馬處，他看著遠處，旁人卻都在看他。州西瓦子的兩位女執事陪在魏氏身邊，也臉上有光，笑得格外熱情。

遠遠地見孟府的牛車來了，陳太初握了握拳，迎了上去。魏氏看著兒子立刻挺得更直的背，心裡輕歎了口氣道了聲傻孩子，更是發愁了。

孟府女眷們身穿素色褙子，頭戴帷帽，跟著兩位女執事，從州西瓦子貴客專用的一扇側門進去，上了一座只容兩人並行的紅木樓梯。

九娘跟著眾人上那樓梯走了不過十幾步，眼前一亮，到了一個小小平臺上，兩側都用湘妃簾遮了，前方輕紗垂落，二十步開外正是演出高臺，同這小平臺差不多齊高，臺上坐著一人正在說著什麼。女執事便帶著眾娘子停下來看一看，順便介紹起今夜雜劇會如何精妙。

六娘透過兩側的竹簾仔細看了看，回頭讚歎道：「州西瓦子名不虛傳，別具匠心，你們看這下面是整層挑空的呢。」

七娘、九娘湊過去低頭一看，果然，整層二樓，挑空而建，三面合圍朝向高臺，她們所站的平臺，是東長廊、南長廊的轉彎處，卻和兩側隔絕了開來。那一樓大堂之中，已經坐了六七成客人。更有那提著籃子賣乾果、綠豆水、西瓜的小童往來吆喝，也有賣茶賣香的婦人，來回走動。

七娘仔細聽臺上那人似乎正在講魏吳蜀三分天下，便捅了捅九娘：「臺上那人必定是霍四究！霍四究說三分最最有名！」

九娘留心聽著，那人卻咿咿呀呀唱了起來。可惜外頭聲音嘈雜難辨，哪裡聽得出臺上那人唱些什麼。

這時身後一人溫聲道：「的確是霍四究，正說到劉備娶親，在唱〈子夜四時歌〉呢。」九娘一回頭，見是玉面微紅的陳太初，就笑了：「都說練武的人耳目格外靈敏，表哥你連他唱的什麼都聽得見，真有這麼厲害！咿？你在這裡也看得清臺上那人的模樣嗎？」

陳太初笑道：「看得清楚，也聽得清楚。」

臺上那人正用吳語唱到〈子夜四時歌〉的最後兩句：「我心如松柏，君情復何似。」想到那前面幾句唱詞，昏暗中陳太初的耳朵都紅了，他垂了眼，不敢再看隨眾人又登上樓梯的九娘。方才不過一眼，就記住了她今日穿一身牙白細紗半臂配十二幅挑銀線湘裙，披著鴨蛋青荷花紋披帛，細腰盈盈一握，和兒時圓滾滾肉乎乎的樣子天差地別，雖然比自己還矮一個半頭，卻已是嫋娜少女羞、歲月無憂愁的小娘子了。

啪啪兩聲，臺上那人唱完後，左右擊了雲板，這說史就算結束了。七娘一聽雲板聲，在樓梯上就停住腳，忍不住回頭去張望那高臺。九娘不提防撞在她身上，一個不穩，就往後仰。

陳太初正想伸手去接，又猶豫著竟不敢伸手出去。九娘卻已雙手拽住樓梯欄杆，穩住了身子，小聲責怪七娘莽撞。七娘趕緊讓了一步，笑著將她扶了上去。

眾人上了三樓，一條長廊恢弘寬廣，一側高掛湘妃竹簾，另一側卻是一排房間。那高臺卻不見了。

兩位女執事引著魏氏和眾人進了那高掛了「陳府」木牌的房間。八扇素屏後，長長一張楠木桌，八張官帽椅一字朝著窗子排開。桌子上各種點心、瓜果、蜜餞一應俱全。

七娘眼尖，笑著走到桌子對著的那十二幅萬字雕花木窗前，推開窗，果然窗下十步外，就是那高臺。

女執事笑著說：「小娘子真是聰慧。」六娘、九娘跟到窗口一看，也嘖嘖稱奇。她們剛才在二樓已經覺得這裡很有意思，想不到三樓更巧奪天工，只有一面牆和二樓連著，整層都憑空朝北搭出去近三四丈，靠下面十二根頂天立地的黑漆大圓柱撐住，整個三樓就懸空在瓦子的全場中心。

七娘跳了兩跳：「這樓不會塌吧？」眾人都笑罵她起來。程氏瞪她一眼，氣得要命。這死丫頭好不容易這幾年慢慢懂事了，可關鍵時刻總是扶不起的阿斗。昨天自己去蘇府和姑母提了提，想把七娘嫁給蘇昉，可姑母卻說表哥要讓阿昉自己選妻子。蘇昉能看得上阿姍？唉！眼看魏氏是替兒子挑媳婦吧，她竟然躲懶不肯去幫忙！這丫頭心心念念想著燕王，還以為旁人都看不出來，可也不想想那位是她能肖想的嗎!?

魏氏招呼眾人團團坐了，瞥著兒子只守在外面廊下，就忍不住想歎氣。那兩位女執事上來正式見了禮，就去將那十二幅雕花木窗卸下來，又將上面的輕紗掩下來。眾人見眼前開闊，那高臺一覽無遺，紛紛讚歎瓦子想得周到。

女執事便笑著謝過眾人，告退出去，自有那侍女上前奉茶。

不一會兒，那高臺上又響起兩聲雲板，漸漸外邊的嘈雜都歇了下來。隔著輕紗，整個瓦子裡那些琉璃燈一一熄滅，只留了些廊燈，昏昏暗暗便於客人走動。高臺周圍的八盞琉璃燈，越發璀璨亮堂。周遭冰盆裡的霧氣繚繞，更引人注目。

「雖未見先聲奪人，只這光影一項，就遠勝過其他雜劇班子了。」呂氏輕聲讚歎。

這時一位侍女進來，靠著魏氏說了幾句。魏氏笑著問程氏：「外子在隔壁，聽說當年落水的九娘也在，想叫她過去說幾句話，要不阿程你陪著九娘同去？」

程氏一怔，隨後大喜，笑著說：「都是自家骨肉親戚，九娘也大了，自己去就行，我還是陪著嫂子看戲吧。」連冰山太尉也要相看一下，魏氏原來看中了九娘！

她心裡的算盤啪啪打得飛快：雖然七娘死腦筋，可若能靠九娘賺一個衙內女婿，也是好的，有了這門親事托了底，七娘的親事就能再往高處走，說不定嫁個宗室也有可能。正好讓青玉堂看看，他們那鼠目寸光挑挑揀揀，可比得上自己。就算是庶出的女兒，自己這宰相表妹肚裡也能撐船的氣度，連衙內都沒給七娘反而給了九娘呢！汴京城任誰都得翹起大拇指誇一聲賢慧淑良！最好今夜一過，陳家就把草帖子下了。

程氏笑眯眯地看看呂氏。呂氏只當沒看見，反正文武不婚，她的六娘，不可能嫁去陳家。杜氏得了丈夫的轉告，雖然驚訝於魏氏竟然會顧慮九娘不喜歡陳太初而改口，但她一貫穩重小心，就也不提這茬。只是感歎魏氏果然太少出門，這汴京城哪裡會有不喜歡陳太初的小娘子？只是九娘年紀太小還懵懂不知而已。

九娘雖然也吃了一驚，聽了程氏的話，便起身朝魏氏及程氏她們請罪。魏氏笑著安慰她：「去吧，你表叔看起來凶，其實最和藹不過的，你別怕。」

在座的連著杜氏都低了頭不說話。呵呵，真是騙小孩子呢。你家陳太尉和藹？七娘暗地吐了吐舌頭，慶幸自己逃過一難。

九娘一出門，就看見陳太初在等著自己。

「表叔要見我？」九娘想不出陳青為什麼要見自己，見陳太初臉上紅紅的，便擔憂地問：「太初表哥你是不是太熱了？臉紅得厲害。」

陳太初搖搖頭，又點點頭：「是挺熱的。」說完只覺得臉上更熱了。

兩人在長廊上走了十幾步，到了隔壁房門口。兩個皂衣大漢對陳太初行了禮，替他們推開門。九娘跟著陳太初繞過屏風。

那對著窗子的長條桌，官帽椅，各色擺設，都同她們那間屋裡一樣。那窗子卻未卸下。窗前背對著她，站著一人，他負手而立，身穿玄色窄袖直裰，只看背影就極為氣宇軒昂，有種嶽峙淵渟的氣勢。似乎他不是站在這瓦子中來看戲的，而是站在那泰山之巔，會當凌絕頂。他身旁站著一個身穿牙白寬袖褙子的少年正在低聲說話，卻是趙栩。

陳青一轉過身來，整個房間裡的氣溫瞬間就降了下來，甚至冰盆裡剛開始融化的冰都似乎能重新開始凍結。趙栩和陳太初都不免有些擔憂九娘會被嚇到。

陳青默默看著這個在半空中還勇救自己外甥女的小九娘，這個讓自己外甥不惜己命跳金明池相救的小九娘，這個讓自己的兒子像個傻瓜一樣，在觀音院前站了一夜的小九娘。這個讓他們兄弟提起來就眉飛色舞傻笑著也不自覺的小九娘。這個住在深宅之中還被他們擔心安危要送人進去守護著的小九娘。

只一眼，陳青就暗歎了口氣。眼前的小娘子，年紀雖幼，卻已「傾國傾城貌，驚為天下人」。

其靜若何，松生空谷。其豔若何，霞映澄塘。其神若何，月射寒江。

難怪，難怪……難怪！

唉……

第六十一章

州西瓦子裡爆出滿堂彩，玉郎班的班頭上臺團團行了禮，準備敲響開戲的雲板。臺下不少看客已經大叫起來：「玉郎——玉郎——玉郎——」更傳來不少銅錢擲進各個通道上放著的金盆裡面叮噹作響的聲音。

三樓屋內，被眼神鋒利似寶劍出鞘的陳青打量著的九娘落落大方，上前兩步，以家禮福一福：「九娘見過表叔，表叔安康。」

陳青卻問：「上回你落水，被衣服蓋著頭臉，並未見到我，怎麼就認出我了？」

九娘一怔，她倒真忘了這茬，孟氏九娘的確沒有見過陳青。可是您妻子說得明明白白，是表叔您要見我啊。這屋裡除了您，一個是您兒子，一個是您外甥，還有誰會是表叔？強壓下想笑的衝動，九娘心中一動：難道這是陳青要考校自己？

看看趙栩和陳太初，九娘笑著說：「外甥肖舅，燕王殿下和您五官相似。太初表哥眉眼間的氣韻酷似您。再有這個。」

她伸手指指自己的右側額頭，朗聲道：「史官記載，昔日您官拜樞密副使，官家讓您敷藥去除涅面疤痕，您卻說官家既然是根據功勞提拔功臣，從不問您的出身門戶，您想留著這個疤痕激勵軍隊，好讓天下人知道即使是罪犯，也能報效朝廷，為國盡忠。官家因此收回金口玉言。九娘看到這個疤痕，自然知道您就是表叔了。何況——」

陳青揚了揚眉：「何況什麼？」

九娘俏皮地說：「何況，其實表叔母早說了是表叔您要見我，這屋裡——？」

趙栩起先正在計較為什麼陳太初是太初表哥，自己就被叫成燕王殿下。再聽她忽然一本正經地吹捧起舅舅來，不由得一呆，她這口氣和語氣，怎麼聽起來和福寧殿裡蘇瞻對娘娘說的話有些相似。聽到最後一句實在很難忍著不笑，趕緊握拳抵唇輕咳了幾聲。連阿予看到舅舅都噤若寒蟬，這胖冬瓜竟敢假模假樣開起舅舅的玩笑來了。

陳青一愣，不自在地咳了一聲，擺擺手：「哦，都坐吧。」少交待阿魏一句，就被這精靈古怪的小九娘開起玩笑來了。

趙栩坐到陳青左下首第二個位子上，空出他和陳青之間的座位，抬手就加了一副茶盞。九娘笑著朝他和陳太初也福了福，大大方方坐到陳青身邊。

趙栩給九娘注了一碗茶，順手用碗蓋將茶盞裡白色乳花推了開來，將茶盞擱到九娘面前。九娘輕聲道了謝，看趙栩的神情，似乎有些鬱燥之氣，還有些委屈氣憤。

九娘側了側頭，笑著問陳青：「汴京也有傳說表叔您就是靠不肯洗疤痕這事才加官太尉的，我很好奇，這留疤得官的傳說到底是真還是假的？」

趙栩和陳太初剛端起茶盞的手都一滯。這小九娘，是活回七歲了嗎？怎麼人長大了，膽子也肥了，也沒小時候機靈了，什麼不合適就挑什麼說啊，連這都敢問啊。這這這，這種傳聞，連他們兩個都從來沒想過也不敢想要求證呢！

陳青抬手輕輕碰了碰自己右側額頭殘留的黑青色刺字疤痕，卻哈哈大笑起來：「好個小九娘！告訴你，這個傳聞是真的。你可要保守這個秘密才是。」

聽著陳青大笑，趙栩和陳太初心裡都很是驚訝。

九娘歪了頭朝陳青笑：「這樣的元經秘旨，九娘可捨不得到處宣揚。若是靠這個就能做殿帥太尉❶，恐怕軍中刺字要排隊了。」

趙栩和陳太初沒想到小九娘竟然也知道殿帥太尉的特別之處，更是驚訝。

陳青笑得意味深長：「小九娘果然聰慧過人，我喚你來，是有幾句話要問問九娘。」

咚咚咚，外面鼓聲驟起驟落，絲竹之音緩緩而起，倏地外邊一靜，跟著爆出了響徹雲霄的滿堂彩，應該是目連之母青提夫人上場了。

陳青端起茶盞，眼角餘光，看見趙栩目不轉睛地看著九娘，心中暗暗又歎了口氣。

「七夕那夜，你跟六郎所說關於三公主的那兩個法子，是你自己所想？」陳青含笑問道。

九娘點點頭：「是。」

「那帽子田家，吐蕃議親，你又是如何知道的？」

九娘笑著說：「那帽子田家，一旦娶了縣主進門，他家的帽子店，總會以特別低的價錢賣一批帽子。我們幾個姊妹，都跟著二伯母學著理家看帳，所以看到家裡的衣飾採辦突然置辦了田記帽子，就知道田家又娶了縣主回去。」

陳青笑著蓋上茶盞的碗蓋，聽九娘不急不緩地說：「有一回聽二伯母感歎說世風日下，如今五千貫就能求娶一個縣主，早知道大伯母就該給大哥哥、二哥哥都求兩位縣主回來才是。就記住了這件事。」

陳太初想起孟彥弼上次相看後的話語，彎起嘴角。趙栩卻黯然垂眸不語，他聽了九娘的話，倒有心打聽了一番，不知道還罷了，一打聽真還嚇了一跳，如今宗室人口眾多，西京洛陽、南京應天，加上東京汴梁，五千多宗室成員裡，縣主有兩百多位，有縣主名頭沒有俸祿的占到一半以上。宗室子弟去宗正寺哭窮的天天好幾十人。連上個月皇叔揚王嫁女，也苦於沒錢，早早預借了半年的俸祿。怪不得最看重門當戶對的太后娘娘許久不宣召宗室貴女入宮了。

九娘笑著說：「吐蕃求親的事，是看小報知道的。族學附近的觀音院門口，每天都有小童販賣小報，最多各種奇聞逸事。九娘沒事買些來看，記得有次小報上畫了吐蕃王子來求親的畫像，十分趣怪，就記在心裡了，不過我看那小報的東家很會偷懶，那吐蕃王子和房十三、房十八三個人明明是同一張臉！」

趙栩和陳太初都不禁噗嗤笑出聲來。

陳青笑著讚許地點點頭：「見微以知萌，見端以知末。你小小年紀，甚是難得。」他又問：「明

❶ 殿帥太尉：太尉分為殿前太尉和殿帥太尉兩種，前者屬於文官，殿帥太尉則握有軍權。

年是大比之年，孟氏女學有兩位小娘子要進宮做公主侍讀，九娘可想過要進宮？」

趙栩和陳太初齊齊看向九娘，竟同時都有點心慌意亂。

九娘抿唇一笑，搖搖頭：「不瞞表叔，九娘不願進宮。婆婆也不願孟家的小娘子入宮。」

「為何？」

九娘想了想：「婆婆說過，我孟家的小娘子只要太太平平過好小日子，就最讓她放心。九娘自己不想進宮，是因為我又懶惰又貪嘴又不愛守規矩，在宮中恐怕一不小心就小命不保。」

趙栩聽了，垂下眼眸，看著自己茶盞裡的乳花，心中竟有些失落，彷彿有什麼事是自己一直忽略了沒想到的，忽然浮上心頭，卻一時又抓不住。

陳太初鬆了一口氣，料不到她把自己說成那樣，想起她七歲以來一直胖嘟嘟的可愛模樣，忍不住又想笑。

窗外傳來陣陣喝彩，屋內卻無人留心那雜劇演到哪裡了。

陳青又問：「你爹爹如今做些什麼？」

九娘面上一紅，答道：「爹爹早些年進了戶部的倉部做主簿，如今還在戶部掛著職。」自蘇瞻丁憂後，蔡相起復，孟建才做了一年的主簿就被調職，好不容易盼到蘇瞻起復，孟建最近和程氏三天兩頭往蘇府跑。

陳青心下了然，突然問道：「小九娘，你既然天天看這些小報，可知道魯王的事？」

九娘點點頭。

陳青笑著問：「你莫怕，這裡就只有我們四個人。表叔問你，你直說無妨。官家七子，你看誰能坐得上皇太子一位？」

趙栩和陳太初同時驚叫：「舅舅！」「爹爹！」陳青卻一抬手，兩人都擔憂地轉頭看向九娘。這，叫她可怎麼答！

今日沒有晚霞，太陽一落山，汴京城就暗了下來。舊封丘門外的開寶寺上方禪院大殿中，十方僧眾終於念完經文。燭火搖曳中，趙淺予將自己抄寫的經文供上，雙手合十誠心求佛祖讓爹爹快點醒來，早日康復。

上方禪院的禪師送趙淺予出了大殿，趙淺予指著不遠處驚問：「禪師，那是什麼？」

禪師抬頭一看，剛剛暗下來的夜空中，好幾盞暖黃色燈火正冉冉上升，宛如星辰，朝著那一輪圓月而去。他雙手合十道：「稟公主，那是孔明燈。蘇東閣以前年年中元節都要來鐵塔之上做幾個孔明燈，親自放飛，以寄託對榮國夫人的哀思，今年他剛從四川回來，恐怕多做了不少。」說話間果然又有兩盞燈從那鐵塔頂上搖搖晃晃地升了起來。

阿昉哥哥!?原來他看上去什麼都很好，其實這麼這麼想他的娘親啊。

趙淺予心口一熱：「禪師，請你帶我去看看可好？」兩位女史趕著要攔她。趙淺予卻說：「我要去找蘇東閣討幾個孔明燈替爹爹祈福，你們隨我一起去就是。」

鐵塔最上的第十三層平座的外簷下，蘇昉默默看著那搖搖晃晃遠去的燈火，星星點點，夜空裡如螢火閃爍。

八年了。娘，你還好嗎？阿昉很想你。

雖寄千般願，難平萬種愁。借問飄搖處，今宵熱淚流。

「阿昉哥哥？」趙淺予嬌怯怯的一聲喚，還氣喘吁吁著。兩個女史還不如她快，落在下面幾層，一聲聲喚著：「主主、主主——」

蘇昉一驚，回頭看到趙淺予更是一驚，趕緊躬身行禮：「參見淑慧公主。」

趙淺予扶他起來，聞到一陣油燈的味道，就問：「阿昉哥哥是你在做孔明燈嗎？」

蘇昉點點頭：「是。」

趙淺予仰起臉問：「禪師說，這是為你娘放飛的，你是為她祈福嗎？」

「是，願我娘來世安樂歡喜，無憂無慮。」蘇昉聲音微微嘶啞：「公主怎麼來這裡？」

趙淺予歎了口氣：「我爹爹還沒醒，我來供經。禪師們念了很長時間的經文。阿昉哥哥，你還有孔明燈嗎？我想替我爹爹放一個，行嗎？」

蘇昉垂眼看看趙淺予：「這有何難，我給你做一個就是。」

趙淺予搖搖頭：「不，阿昉哥哥你教我，我想自己做。自己做的許了願一定更靈一些！」

那平座的地上還剩兩盞燈的材料，蘇昉便分了一半給趙淺予：「小心這竹片鋒利——」

趙淺予已經驚呼一聲，手中的竹片卻不肯丟下。

蘇昉趕緊放下自己手裡的，拿起她的手，月光下她中指已經劃破長長一條，汩汩湧出血來。剛剛上到十三層的兩位女史定睛一看，嚇得魂飛魄散。趙淺予只覺得火辣辣極疼，緊蹙眉頭，卻不吭聲。

蘇昉替她擠壓了片刻，掏出自己的帕子，替她緊緊地包紮了。一個女史已經又跑下塔去取車駕裡帶著的藥箱，另一個女史扶著趙淺予輕聲勸說她早點下塔。趙淺予笑著說一會兒就好，讓她去樓梯口看著。

蘇昉三五下就將一個燈架做好了，對趙淺予說：「來，我幫你做燈架，一會兒那宣紙燈罩你來套上，也算你親手做的了。好不好？」

趙淺予瞪大了眼：「真的嗎？這樣也可以？」一邊已經將竹片遞給了蘇昉。

月光下，蘇昉見她還是個小女孩的模樣，神色嬌憨，雙目含淚，可月下灼灼容顏，乍疏雨，洗清明，說不出的冰清玉潤，沒由來的心一慌，點點頭轉開了眼。不料手下一震，他輕嘶出聲，卻是自己一走神，那竹片也將他的手指劃破了細長一條。蘇昉臉一紅，看著手上冒出來的血哭笑不得。

趙淺予一見，啊呀一聲，搶過他的手側頭喊她的女史：「快拿帕子來，替阿昉哥哥包緊了！」

她自己手指上還包著蘇昉的帕子，急切下更顯得有些笨手笨腳。

蘇昉笑著抽出手，將手指含到自己嘴中，吸了兩口：「不礙事不礙事的，這樣就好了。」他修長的手指翻飛，幾下就又做出了一個燈架。

趙淺予一呆：「啊？」

蘇昉笑著說：「我小時候自己做傀儡兒什麼的，劃破了手，我娘就這樣替我含著，一會兒就沒血了。」

趙淺予吁出一口氣：「阿昉哥哥，你娘真好。」

蘇昉看了她一眼：「你是公主，天家的爹爹娘親，自然不會像我們尋常百姓家的爹娘那般隨意。但是爹娘總是疼愛你的。」

趙淺予看著蘇昉將宣紙燈罩套上燈架，點點頭：「嗯，我小時候，總覺得如果舅母是我娘親就好了，她總是笑眯眯的，家裡放著好多糖果乾果，還會做好吃的飯菜，她衣裳上總是有股太陽的香味，乾乾的香香的，不是花香果香那種，司飾、司寢她們卻說太陽沒有味道——」

蘇昉笑道：「你說得對，就是太陽的香味。我娘身上也有這味道，很好聞，聞著就很安心。」

他將趙淺予的燈架也放好：「我娘也從來不用花香果香熏衣裳。她總是說世間最好聞的有三香。」

趙淺予接過蘇昉遞過來的宣紙燈罩，學著他罩上燈架：「三香？哪三香？我怎麼從來沒有聽說過？我六哥都從來沒說過什麼天下還有最好聞的三香！」

蘇昉替她將燈罩拉到底：「我娘說，書香最香，太陽香最暖，青草香最甜。我不相信，她就真的陪我去嚼了好幾根草！」

趙淺予看著一臉微笑的蘇昉，也噗嗤笑出聲，青草怎麼會有香味呢，不敢相信，阿昉哥哥的娘竟然會這麼好玩！他一定很愛很愛很愛他的娘親，所以娘親說什麼他都信吧。

蘇昉笑著說：「是不是覺得我娘很怪？我娘一直就是這樣，她陪我爬樹，卻把自己掛在了樹枝上；她帶我上屋頂看完星星，自己卻從梯子上滑溜摔下來；她陪我動手做松煙墨，卻把自己熏得烏黑黑的。還有她教我做孔明燈，就想著綁上幾十個孔明燈能不能讓我們飛起來。」

他忽然覺得有些赧然：「不好意思，一說到我娘，我就會說個沒完沒了。」其實他已經多年沒有和任何人提起過娘的這些瑣事了。這些只有他和爹爹知道的，甚至只有他一個人知道的，他不捨得和任何人分享的，在這個夜裡，竟然就這麼脫口而出滔滔不絕起來。也許因為想安慰眼前的小娘子，也許他其實很想很想說出來。這些不是榮國夫人的點滴，不是青神王氏嫡女的點滴，是阿昉娘親的點滴。他的娘，不只是別人口口相傳的那位王夫人，就是他那個對什麼都充滿熱情、永遠朝氣蓬勃的娘親。

趙淺予眨眨眼，心頭有點刺刺的酸脹：「不要緊不要緊，你說你接著說，我愛聽。我羨慕死你了，你怎麼有個這麼好的娘呢？你娘真好。你娘太好了，世上怎麼還會有人是這麼做娘的？我還以為像我舅母那樣就已經是天下最好的娘親了。」趙淺予趕緊又說：「我們的娘都好！我娘也很好的，我娘只是——不過後來我就懂了，我娘親其實很疼很疼六哥和我的，很疼很疼的，她只是——」

蘇昉柔聲安慰她道：「她當然很疼愛你們，她只是沒有說出來而已。」娘說過，宮裡的女子，都是可憐人。這個小公主，也可憐。

趙淺予含著淚拚命點頭，眼淚卻怎麼也忍不住。這些天來的憂心害怕忽然就迸發出來，這些年來的委屈也似乎憋不住了。她趕緊捂住嘴不讓自己哭出聲來。

蘇昉嚇了一跳，要替她喚女史過來。趙淺予拚命搖頭，她才不會讓別人看見自己哭呢。娘自己受了再多的委屈，也從來不哭，只會因為她和六哥哭。

蘇昉將兩個孔明燈放平，想起以往小九娘哭鼻子的事，將自己的精白寬袖朝趙淺予眼前伸過去：「用這個蒙住臉，哭出來就好了。」

趙淺予一愣，真的一把拽過蘇昉的袖子，捂住臉，小肩膀就抽動著，像隻受傷的小獸嗚嗚起來。雖然是位公主，到底還只是個孩子呢。蘇昉心裡軟軟的，任由她哭了個痛快。

那兩盞孔明燈，搖搖擺擺地飛上了夜空。月色如水，蘇昉護著趙淺予從鐵塔狹窄的木樓梯上下到底層，再抬頭遠望，那兩盞暖暖的燈已遙遙遠去。

他們剛出了鐵塔，就聽見前面垂花門口遠遠的有人在喊。

「蕊珠——蕊珠——你等等，你等等——」

趙淺予聽那聲音十分熟悉，還未及反應，蘇昉已經一手拉著她躲在鐵塔前廣場上的一個大石碑後頭。趙淺予的女史也十分機警，隨即也藏身到另一邊的石碑後頭。

三個人剛剛躲好，就見月下一個美人半掩著臉，匆匆奔了過來。後頭一個郎君正追了上來。

兩人在鐵塔門口，那郎君一把扯住了美人的袖子，苦苦哀求：「蕊珠你聽我說，我對你的心，你還不明白嗎？」

那美人削肩微動，回轉身來哀聲道：「那我這般冒險偷偷地來見你，誰又明白我的心？」月光下她梨花帶雨，神情淒婉如泣如訴。

蘇昉和趙淺予看得清清楚楚，正是趙棣和張蕊珠！

趙淺予打了個寒顫，往後縮了縮。

趙棣低聲說了什麼，張蕊珠低頭不語。趙棣一把攬住她，低下頭去，張蕊珠欲拒還迎，兩人便擁在了一起。

趙淺予瞪大眼睛想看清楚，卻被蘇昉一手遮住了眼。

阿昉哥哥的手上還留有油燈的味道，除了油燈的味道，還有一絲清甜的像雨後竹林的味道，好聞。可是為什麼不讓自己看了？趙淺予轉轉頭，蘇昉趕緊手上加了三分力。

片刻後，趙棣和張蕊珠才並肩往外走去。蘇昉才鬆開趙淺予。

趙淺予吐出一口氣，她探出頭，看見對面的女史已跪在那石碑後頭，拜伏在地。

天哪，五哥喜歡張蕊珠的傳聞竟是真的，五哥果然是裝模作樣來給爹爹祈福，無恥！還有那個張蕊珠，竟然偷偷跑到開寶寺來偷會情郎，簡直有辱這佛門聖地。

蘇昉沉思片刻後，提醒眼睛瞪得滾圓一句話也不說的趙淺予：「你要不要先告訴你六哥？」

正氣極了的趙淺予眼睛一亮：「對！快走！我們這就去州西瓦子！阿昉哥哥，你同我一起去吧！」

蘇昉點頭：「正好我爹爹也在那裡，原本我就要去的。」

鐵塔的懸鈴在夜風中清脆叮噹響著，塔身依舊風姿峻然。夜色更深，烏雲濃重，一輪明月，似乎就要被遮擋住，起風了。

第六十二章

州西瓦子中的《目連救母》，正演得如火如荼。那飾演青提夫人的伶人，一改前面的富家主母目中無人，戲弄眾生的驕橫跋扈模樣，秀髮低垂，蛾眉緊蹙，一雙妙目中滿含淚水，皓腕如玉，朝兒子目連拚命伸去，把她淪落在餓鬼道中苦苦掙扎演得絲絲入扣。

雷鳴般的喝彩聲震耳欲聾，觀者無不如癡如醉。

三樓陳青他們所在的房間，卻因為陳青那句「官家七子，你看誰能坐得上皇太子一位？」鴉雀無聲。

九娘一怔，笑道：「表叔，九娘既是女子，又是小人，你這豈不是問道於盲？」

陳青揭開茶碗蓋，看了看身側的九娘，漫聲道：「自古英雄出少年，蔡文姬六歲辨弦音，王勃九歲著《漢書注指瑕》，李耳十歲預言楚國之敗，我朝司馬相公七歲通《左氏春秋》大旨。豈可因男女和年齡蓋論？就是你太初表哥，十歲已勇冠大名府三軍，六郎九歲已折服翰林畫院。聞道無先後，術業有專攻。九娘不必自謙，你七歲入孟氏族學乙班，上智也，金明池勇救阿予，上勇也，窺一斑而知全豹，上謀也。表叔最多算不恥下問，又怎麼會問道於盲？」

九娘起身朝陳青屈膝福了一福：「多謝表叔看重九娘，倘若表叔是要借九娘之口問婆婆如何看待此事，或是問孟家如何看待此事，還請恕九娘無言以對。」

陳青笑著搖頭：「怎麼，九娘覺得自己太過年幼，不足為吾師？聖人無常師。子入太廟尚每事問，不恥下問總好過問道於盲。何況你的才華已經足夠入我樞密院了。敏於事、慎於言固然是好事，可你今日若不能暢所欲言，你家的過雲閣也是白白讓你們女兒家暢讀了。今天表叔還就想聽聽小九娘有何高見。」

九娘思忖了片刻，她前世對陳青一直深為敬仰，今生也欣賞陳太初的品行，加上和魏氏又有奇妙的前世緣分，對陳青感覺更加親切。而趙栩和自己前世有一面之緣，今生又有救命之恩。在私為了陳孟兩家和趙栩兄妹，在公為了朝堂百姓，她其實也願意知無不言，言無不盡。倘若她的話能對陳青對趙栩有些微幫助，她也滿足了。

九娘吸了口氣，替陳青的茶盞注滿茶湯，雙手敬上：「那九娘就大膽妄言了，還請表叔恕罪。」

陳青大笑著接過茶盞：「好，表叔洗耳恭聽。」

九娘側頭朝向趙栩：「還先請表哥幫九娘取下兩扇窗來。」

趙栩和陳太初齊齊站起身，對視一眼，走到窗前，抬手取下兩扇木窗。陳青跟著九娘走至窗口，四人看向對面臺上。

臺上目連正在盛飯奉母。青提夫人微張檀口，輕啟朱唇，正待要入口時，那食物卻砰然起火，瞬間化作黑炭，冒著青煙。青提夫人悲泣著匍匐在地上，只伸出手朝著兒子目連。臺上眾多飾演餓鬼的伶人紛紛在那黑暗中，也將手都伸向目連。目連跪倒在地哭著喊：「娘——」臺下響起雷鳴般的喝彩，將那外面空中轟轟的雷聲也掩蓋住了。

九娘指著臺上的目連說：「這位目連，其實乃目犍連尊者，在佛陀十大弟子中神通第一。他聽佛陀說『諸法因緣生，緣盡法還滅。我師大沙門，常作如是說』，受悟出家，能移山能滅魔，卻不知生母之苦。等他用了神通力，看見生母之苦，卻無力救贖。最終靠佛陀指點，要依靠十方僧眾之力才能令青提夫人吃飽轉世。」

陳青、趙栩和陳太初，都被她話語中的悲憫之意所吸引。九娘靜了一瞬，才輕聲說道：「表叔說的那個位子，正好比目連手中的飯食。若無那十方僧眾之力，任誰也只能求而不得。」

陳青眼中泛起異彩，笑著揮手讓趙栩和陳太初將木窗還放回原位：「小九娘你說說看，這十方僧眾之力，是什麼？」

九娘屈指數道：「官家的病情，太后娘娘，聖人、二府的諸位宰相，皇子的母族，皇子的性情，皇子的親事，宗室，遠在天邊的西夏和契丹，就是這十方之力。」

趙栩一震，深思起來。他方才轉念間所想到的，比九娘所說的，少了皇子的性情和親事兩項。他早知道她所學既廣，所涉也深。這一年多雖然沒有相見，但她日常裡的點點滴滴他也沒有錯過。可他怎麼也想不到年方十二歲的九娘竟然已經如此見解深遠，還果真如此信任自己和舅舅。三四年以後，可想而知她將成為怎樣驚才絕豔之人，當世再難有！

趙栩胸中陡然湧起一股自豪和驕傲來，自從金明池救了她以後，似乎當時他吼出的「你的命是我的，到哪裡都是我趙六的」這句話，不知不覺就已經成了定論。我趙六看中的，自然是這世上最好的。你孟妧，自然是這世上最好的女子。

陳太初看著面色沉靜的九娘，也覺得不可思議。這不是他撿到的埋頭吃餛飩的小九娘了啊，不是他抱過的小九娘了，不是那個掰著肉嘟嘟小手指數著八文錢想少給兩文的小九娘了。這些年他們見得太少，雖然他放在木樨院的人早就說過九娘好學聰慧，可她還是讓他匪夷所思了。九娘，當然值得他等下去。

陳青看了眼外甥和兒子，這樣的女子，倒也配得上他們二人的赤誠相待、悉心愛護。他點點頭：「接著說，願聞其詳。」

四人又都坐回桌前。

九娘沉思片刻，娓娓道來：「自七夕以來，魯王失足，官家病重，天下皆知立儲一事，恐怕迫在眉睫。請問表叔，不知九娘所言可對？」

陳青點頭：「你說得對，七月十七，中書省就要提請立儲。」

陳太初和趙栩都一驚，他們都不知道的事！爹爹（舅舅）竟然坦然告訴了九娘！

九娘想了想：「以史為鑒，可以知興替。自古以來，立儲無非立嫡、立長、立賢。如今聖人無子，魯王無緣，那就剩下吳王為長。九娘以為立賢不太可能，各位皇子都只有虛職，並未參政，雖然燕王表哥去了軍中一年多，可吳王也去過兩浙路賑災。二府各位相公恐怕等不及花兩三年去看皇子們的表現。就算二府肯，太后娘娘怕也不肯。」

此言一出，趙栩卻隱隱有些高興，在九娘心裡，看來自己還和「賢」靠上了邊。

陳青眸色暗沉：「很好，接著說。」

九娘吸了口氣：「婆婆常說，我孟家女子雖是嬌花，卻絕非那牽牛菟絲之流，需做那秋菊冬梅夏荷春蘭，入得溫房，經得起寒霜，才能過好自己的小日子。因此表叔說得不錯，過雲閣的確任由我家姊妹出入。國無寧日，何以安家？我孟氏一族，幾經搬遷，任憑朝代更替，從未有覆族之憂、衰敗之象，並不是先祖有預見之能，是靠識大體，躲開棟折榱崩而已。」

陳青點頭：「老夫人睿智。」

九娘說：「所以九娘從小報上看到西夏梁皇后一事，可想而見夏乾帝乃殘暴不仁之輩，必會挑起邊境事端。恐怕我大趙秦鳳路、永興軍路不得太平。若是西夏有異動，那北面契丹的蕭太后這幾十年都按捺不動，難道還會繼續隱忍不發？所以九娘大膽妄言，西夏、契丹，是我大趙近年的外患。」

趙栩唇角微微勾起。

陳青雖存了刻意考校九娘的心，此刻才真正有了敬意，就是他帳下的謀士，看軍報也只看到了西夏之憂，而忽略了契丹。他讚許地朝九娘點點頭：「九娘有遠慮深思之能，繼續說。」

「既有外患，表叔您必然還是大趙的安國良將，朝廷就離不開您。」

陳青三人都注目在她如花嬌顏上。九娘眼中露出一絲不忍：「正因為朝廷離不開表叔您，燕王表哥也就註定與那位子無緣。」

看著陳青眼中的隱忍，九娘輕聲說：「當今太后娘娘，乃彭城節度使之女，出身名門，她最看重門戶出身，吳王之母是太后娘娘的遠親，很得她的喜愛。而陳家出身平民，表哥的母親又是因為相國寺風波才入宮的，太后娘娘難免心中不喜。」

九娘小心地看看陳青和趙栩兩人並無異色，才接著說：「婆婆說過，世間再無人能像太后娘娘那般自制，恪守大趙祖宗家法，竭力壓制外戚和宗室。她的親弟弟是內殿崇班，可太后娘娘從不召見他。揚王、岐王是太后娘娘親生的兒子，官家的同胞弟弟，可自從官家登基後，為了避嫌，太后娘娘再沒有宣召他們入宮過。所以只要朝廷還要用表叔，太后娘娘她，絕不會讓有您這樣手握軍權的母舅的燕王殿下成為太子。」

趙栩被九娘的話觸動心思，胸口起伏不定，他早知道太后不喜自己的母親，不喜自己的舅舅，不喜自己。可是想起浴血奮戰一心為國為民的舅舅被那樣猜忌疑心，他就忍不住憤怒至極。

九娘看了看趙栩，強壓下想拍拍他的手安慰他的念頭。趙栩肯定是為自己的舅舅感到不平。雖然她沒有點明高太后對陳青的猜忌，可以趙栩的聰明，恐怕早就心知肚明了，不然不會如此委屈憤怒。若趙栩有意太子之位，他不可能在繪畫書法各項雜學上達到那麼高的境界，心境高低有雲泥之別，時間和精力也根本不允許他涉及那麼廣。這點識人之明，九娘向來都頗有自信。

陳青笑了笑：「十方僧眾，才說了一半，九娘請繼續。」

九娘說：「西夏、契丹、二府、太后、皇子的母族，便是這些，吳王已因此占了不少優勢。若是官家病情好轉，就有立賢之爭。可官家如果——聖人賢淑柔弱，天下皆知。太后娘娘必然會選一個性子溫順孝順為先的皇子做太子，以防止日後兩宮不和。燕王表哥素來不擅迎合奉承，就也失去了官家、聖人和性情這三方之力。」

趙栩垂眸，陳青和陳太初面露異色。

「九娘對宮中情勢，對太后和聖人都如此熟悉，都是你婆婆說的？」陳青問。

九娘點頭：「婆婆對宮中十分熟悉，因我六姊時常隨她入宮覲見娘娘和聖人，為防言語有失，婆婆會悉心指導，九娘聽了幾耳朵，就也記在了心中。」

陳青深深地看了趙栩一眼：「那你說說皇子的親事和宗室又如何。」

趙栩心猛地一抽，他整個人怔住了，電光火石間，那個隱隱浮現在心中卻又抓不住的，似乎清晰了一些，但還不那麼透徹，只覺腦中亂轟轟的，胸口被大石壓著似的，又煩又悶。

九娘道：「如今宗正寺並無參政之力，宮內大宗正司才有說話的分量，可他們必然對太后惟命是從，這是太后往年垂簾聽政的德威。至於親事，自太祖和武將約為婚姻以來，皇子宗室都娶的是武將之後。太后娘娘、聖人都出自武將名門世家。九娘女學裡的張娘子，她父親如今在樞密院，當初由文官改武官，若是張承旨刻意為之，可見謀算之早，志在必得。魯王、吳王兩位殿下的親事，宮中已經準備了一年多。可燕王表哥十五歲還沒有傳出選妃的事來，從親事上看吳王也占盡了優勢。日後燕王表哥恐怕難獲良配。」

趙栩心頭一痛，再也壓不住，倏地站了起來，低聲說：「好了！不用說了！」

九娘嚇了一跳，抬頭看看陳青。

陳青沉默了片刻：「六郎坐下。」

趙栩心中煩悶欲炸，一股邪火湧在心間，握了握拳，重重坐下，極力讓自己平靜下來。

陳青又問：「十五皇子又如何？」

九娘搖搖頭：「十五皇子的生母，是樂伎出身，這就犯了太后娘娘的大忌。禮部和宗室也不會屬意十五皇子的。何況他年紀過小，性情不定。萬一以後和聖人不和，二府相公豈不難做？」

九娘小心翼翼地看了看趙栩的神色，看他已經神色如常。她沒想到趙栩會這麼生氣，難道其實他有意於太子一位？會不會是這一兩年他發生了什麼事？還是宮裡發生了什麼事，他為了護住他母親和妹妹？也許自己說話太過直接了，才令得他這麼生氣。

陳青笑著說：「甘羅十二歲出使趙國，替秦國不費吹灰之力得到五座城池而拜上卿。今日我大趙十二歲的小九娘不輸他們。你若是男兒郎，入我樞密院來，將來必定也是使相一位。甚好甚好。」

九娘趕緊站起行禮：「表叔謬讚，還望表叔莫怪九娘胡言亂語。」

陳青站起來，虛扶了她一把，反倒朝著這個後輩一拱手：「我陳青活了三十幾載，小九娘你是第二個能讓我豎起大拇指讚一個好字的女子。今日表叔受教了，我該謝謝你才是。只是你年紀尚幼，切記對外還是要藏拙的好，莫做那出頭的椽子、早起的鳥兒。也是我多慮了，你家婆婆已經把你藏得很好。」

九娘不妨陳青這樣的英雄、這樣的地位還如此坦蕩誠懇，眼眶一熱，點了點頭，嬌笑道：「九娘記住了。多謝表叔關心。那位能讓表叔豎起大拇指的，必然是表叔母。傳聞表叔是冰山太尉，幸虧表叔母早就提醒九娘，表叔果然是最和藹可親不過的。」

陳青臉色一僵，轉開眼道：「六郎，你送九娘過去罷。」

趙栩起身朝陳青拱了拱手，轉向九娘輕聲道：「你跟我來。」

看著他二人出了門，陳青默默喝完一盞茶，忽然長歎一口氣：「既有傾國傾城貌，又有七竅玲瓏心，不偏不倚，君子之風，智勇雙全，更有一腔慈悲心，確實是一個世間難得的好女子。我陳家得此佳媳，三代無憂。太初，爹爹再問你一次，你可心悅小九娘？」

陳太初長身玉立，雙手平舉至眉間，坦蕩蕩君子之風：「爹爹，太初心悅九娘，願等她長大再誠意求娶，請爹爹、娘親成全。」

陳青看著兒子，頓了一頓，才問：「可是若六郎也心悅九娘，你待如何？」

陳太初一震，心中忽地千思萬緒，恍然中，趙栩對九娘的種種浮上心間，似乎有所悟，卻一句話也說不出來。

陳青又問：「兄弟情還是兒女情，太初要如何選？」

陳太初思忖一番，正色道：「爹爹，若是九娘和他人兩情相悅，不管是六郎或任何人，兒子自當退避三舍，視九娘如妹妹一般愛護。若只是六郎、太初同傾心於九娘，太初卻也不會拱手相讓。就等日後九娘長大了，由她來選就是。她要是願意，兒子必守護她一生平安喜樂。」忽然陳太初想起了蘇昉，他垂眸道：「九娘素來很有主張，太初只想等上三年再說此事。爹爹，還請娘親別再——」

陳青大笑起來：「好！不愧是我陳青之子。你說得不錯，由她選也不錯。難道你就會輸給六郎不成？你娘隨意慣了，只怕這次嚇到了孟家，但我的妻兒，為何不能隨意！便是公主想要嫁進我家，還要看我肯不肯！無妨。」

九娘跟著趙栩出了門，輕輕地扯了扯趙栩的袖子。

趙栩卻不停留，逕自帶她下了樓。立時有四個人從暗處出來，分別守在了三樓和一樓的上下出入口。那瓦子的執事趕緊哈著腰來向趙栩打招呼，守著三樓的大漢沉著聲音說：「你們放心，你家這三樓的貴人，進出之間，我們絕不侵擾，只是看著別讓閒雜人等擾了我家主人而已。」

九娘跟著趙栩到了二樓平臺處。趙栩一轉身，吸一口長氣，手中扇子已經敲在九娘頭上，帶了三分薄怒叱道：「你這愛賣弄的習慣，這幾年又長了不少啊。誰讓你亂說的！你可真敢說啊！啊!?」

九娘捂著頭雪雪呼痛了幾聲，瞪圓了眼睛：「你——！那是你舅舅！我當然知無不言啊！」

趙栩心中一甜，卻斜著眼睛看她：「傻，你啊，記得少說點少做點少惹禍，懂不懂？你這愛出頭的毛病，就是病，得好好治治！」

九娘一愣，心中卻也一暖。趙栩說話一貫難聽，卻都是為了她好。忽地樓下爆出震天的喝彩，臺上的雲板響了兩聲，卻是上段劇已經演完了。九娘抻長脖子也看不到臺上，忽然想起一事，趕緊問他：「阿予呢？」

趙栩：「她今日先去開寶寺供經，恐怕正在來的路上了。」

九娘又問：「官家——你爹爹眼下怎麼樣？」

趙栩垂首片刻，握了握手中的摺扇，長長吸了口氣：「我爹爹還沒醒。醫官每日針灸推拿敷藥用藥，只是身下已經有了一個褥瘡，嘴上的瘡毒也越來越厲害了。」想到自己已經要使出七分力，那銀挑子才挑得開爹爹的口齒，趙栩默然。

九娘細細問了問其他症狀才問道：「我看皇榜上貼出了官家的症狀，可有找到什麼民間的神醫？」

趙栩搖搖頭：「欺世盜名者甚多，在翰林醫官院一試就不行，娘娘仁慈，也未懲治他們。各地的皇榜恐怕節後才能送到。」

九娘說：「我這幾年看了許多過雲閣裡的古籍，記得有一本上記載過一個古方，好幾例病案也和皇榜上說的官家症狀相似，都屬於熱毒攻心。前幾日找了一找，找到了。只是藥引實在驚人，稍有不慎就怕害得你萬劫不復——」

趙栩猛地抬頭：「是什麼古方？什麼藥引都不要緊，你說！」

九娘靠近趙栩，在他耳邊極輕地說：「牽機藥！」

趙栩呆了一呆：「什麼!?」牽機藥？他渾身起了一層薄薄的雞皮疙瘩，立刻往樓梯上下掃了兩眼。她知不知道因為有傳聞當年太宗皇帝就是用牽機藥毒殺太祖而篡位的!?這三個字在大趙，提也不能提！她真是膽大包天！可一想到這樣的膽大包天是因為自己的緣故，趙栩竟有點鼻子發酸，方才因皇子親事引起的煩悶早已不翼而飛、拋之腦後。

九娘渾身毛孔都豎著，也轉身朝樓梯上下張望了一下，才小心翼翼湊近了說：「我知道那是宮中禁藥，又有那樣的傳聞。但是那古方記載，此藥雖為大毒，卻能逼出熱毒，尤其對癰疽這種外陽內陰的毒瘡有奇效。只是千萬不能過量，一錢要分作二十份，每份用作藥引，再配以日常清火解毒的藥物即可。」

前世杭州安濟坊中有過幾起類似官家的這種病例，靈隱寺的主持就是用牽機藥治好了那幾人。當時由於牽機藥過於駭人，她還和蘇瞻查了不少古籍，的確找到記載後才略為安心，她親眼看著主持用藥，看著那幾個病人甦醒過來慢慢康復。為了查證這個方子，她這幾天一有空就在過雲閣裡查找當年找到過的古籍，竟然功夫不負有心人找到了。九娘也想過蘇瞻不可能完全想不到牽機藥，可以他的性子，官家在不如太后在。那牽機藥又如此驚世駭俗，他是絕對不會冒險提出此方的。

可即便這病人是萬金之體的皇帝，也是趙栩的爹爹。趙栩平時看似不在意，可九娘卻知道，越是這樣的孩子，越是在意家人。看他對趙淺予的愛護就明白了。阿昉失去自己，至今傷痛未愈，九娘實在不忍心趙栩、趙淺予也承受那種喪親之痛。何況官家在一天，陳青和趙栩母子更為安全，至少官家對陳青很是信任。

九娘吃不准自己會不會給趙栩惹來潑天大禍。她從小荷包裡取出那張記載了方子的麻紙：「這是我從過雲閣裡偷出來的，你先給醫官看一看，最好在宮中也找一找還有沒有類似的記載。但千萬要稟報了太后、聖人以後再作決斷。」

趙栩接過那折成四疊的麻紙，卻不打開，胸中激盪，看著九娘，眼睛澀澀，卻只說了三個字：「好，阿妧。」謝謝太俗套，他趙六用不著。

九娘懇切地看著他，憐惜地說：「還有，我剛才說的那些門第出身的話，你別放在心上，也別生氣難過。就算你再好，你很在意的那些人裡，難免還是會有人不喜歡你。世上許多事就是這麼沒道理。你只要喜歡那些你喜歡也喜歡你的人，就不會傷心難過了。」

就像她前世一樣，自己做得再好，一萬個人喜歡，偏偏那個人不喜歡你。可那又有什麼關係！沒有那個人的喜歡難道就不活了？就是要活得更好才是，笑得更美才是！趙栩幼時的經歷，太后、聖人和官家的態度，肯定傷他傷得至深，比起阿昉失去自己，趙栩走到今日，更是不易。這樣一個連她都肯捨命相救的小郎君，赤子之心，仁義大德，才華出眾，卻因池魚之殃而被至親疏遠甚至欺辱多年，實在可氣可歎可憐可惜。

趙栩聽著，心中像著了一把火似的，低聲答道：「好，阿妧。」是，旁人喜歡不喜歡我，我本來就不稀罕。

九娘輕聲說：「而且太后娘娘不喜歡你們，是因為另有秘事，你若是知道了就不會怪她了。」

趙栩也不言語，只深深看著她。

「我婆婆說過，當年太后娘娘還是成宗的皇后時，成宗獨寵郭貴妃，想廢了官家當時的太子之位，改立郭貴妃所出的三皇子。太后娘娘性子剛烈，在福寧殿怒打郭貴妃。要不是司馬相公帶著二府的相公們極力勸諫，當年太后娘娘就要被廢，終生要待在瑤華宮清修了。偏偏你娘親長得和郭貴妃有五六分相似，太后娘娘阻止不了官家，就只能生你娘的氣。」九娘說完輕歎了一口氣。

趙栩一呆，那位在瑤華宮病死的郭仙師，原來是以前寵冠六宮的郭貴妃！那位被遣去契丹二十多年的質子三皇叔，是她的兒子！這麼一說，很多事就通了。想到自己都不知道的事，九娘費盡心機從她婆婆口中打探來。她竟然為了自己操了這麼多的心，打聽了這麼多的事，找了這麼多的書。她在意自己高興還是難過，委屈還是憤怒。這幾日的一腔鬱燥，早已煙消雲散了，一絲歡喜升騰上來變成一腔歡喜。

「阿妧——」趙栩忽然想起一直要問的那件事，還有懷裡藏著的那件東西，柔聲問她：「上次給你的喜鵲登梅釵，你是不喜歡喜鵲，還是不喜歡翡翠？」

第六十三章

九娘還沒反應過來：「喜鵲登梅釵？」怎麼忽然說到釵子上頭去了？

她看著趙栩眼中的小心翼翼和一絲討好，有些像阿昉小時候送那個傀儡兒時問自己喜不喜歡的神情，心就一軟。

趙栩點頭：「那是我頭一回自己試著做的，手生，弄壞了幾回。」他有些赧然，神情一黯：「還是你不喜歡那釵子的式樣？」

終究還是說不出要將禮物退給他的話，九娘搖搖頭柔聲說：「沒有不喜歡，好看極了，我很喜歡。只是太過奢靡，我家裡姊妹這麼多，我不好戴出來。」

九娘頓了頓正色道：「我那時拉了阿予一把，只是順手。你才是我的救命恩人，該我送你謝禮才是。你以後別再送禮物給我，不然我實在虧欠你太多了，心裡很是不安。」

她希望趙栩能聽明白自己話裡的意思，畢竟都是十幾歲的小郎君小娘子了，他再送這許多禮，幸虧是她重活兩世，不會往歪處想，知道趙栩是因為極疼愛趙淺予而愛屋及烏。換了真正十多歲的小娘子，難免會生出些心思多出些盼頭，甚至起了不該有的奢望，最後恐怕只會壞了一起長大同過生死的情分。

趙栩卻心裡一鬆：「喜歡就好，原是我忘了你家那些嫡姊庶姊的糟心事。」他壓根沒聽進去九娘後頭的話，只顧著歡喜，把那些煩心的事先拋在一邊，掏出懷中藏了一天的寶貝，已經在胸口溫得熱熱的，卻是一枝極精美的白玉牡丹釵，釵頭由整塊白玉圓雕而成牡丹花正當初放時，花瓣一片片極薄，幾近透明，層層疊疊，花心正嵌著三顆黃玉，在昏暗的燈下粲然發光。

九娘只覺得眼前一亮，頭一回見到能美到這種地步的髮釵，讓人想碰一下又不敢碰，嬌弱的花瓣似乎就要隨風而墜，看著又是心醉又是心碎。

趙栩卻不等她開口，已抬手將牡丹釵插在她雙丫髻一側。看燈下人小臉有些呆呆的，更顯得水沉為骨玉為肌。他臉上一熱，就笑了開來：「果然還是白玉襯你。」

趙栩這展顏一笑，宛如千樹萬樹梨花開。九娘看著他喜不自勝的模樣，不知為何心就一慌，猛然想起他方才是給自己插釵了，插釵!?這個趙六還是這麼莽撞！不拘小節！自說自話！她兩世頭一回被人插釵，竟然是在這麼稀里糊塗莫名其妙的情形之下！她還懵裡懵懂地沒反應過來，真是白活一世了。九娘臉皮一熱，出了一身薄汗，竟一時不知道說什麼才好。

樓下傳來一些嘈雜的聲音，聽見一個女聲說：「玉郎的確是蔡相的貴客，還請通融一下。」

蔡相竟然也在此地？九娘一驚，回過神來，紅著臉立刻伸手要將牡丹釵拔下來，釵尾的倒鉤卻勾住了髮絲，疼得她輕呼了一聲。

「真笨！我來。」趙栩嫌棄地笑道。他上前半步，極小心地按住釵身，替她將那幾根髮絲從釵尾上繞出來。一呼一吸，幽蘭之芳。一繞一放，幾根青絲，有種繞在指間纏在心頭揮之不去的感覺，一時竟捨不得放開來。眼底她那托著釵頭的小手，比白玉還白三分。那白玉牡丹釵盛放在她手中，重似千鈞又輕如鴻毛。

九娘冷不防趙栩忽然就和自己幾乎靠在了一起，少年的氣息撲面而來，他的衣襟近在咫尺，他的袖子輕拂在自己臉上，有點癢，他呼吸間的熱氣似乎就撲在自己的額頭。九娘眼都不敢眨一下，平日裡的七竅玲瓏心此刻竟停了跳動似的，腦中一片空白，想動卻不知為何動彈不得。依稀聞到趙栩腕上那串金絲伽南念珠，散出如夢似幻的奇香，隔絕開三千世界，只餘這方寸之間。

不過一息，此時露濃花瘦，無語含羞。那外間的嘈雜，戲臺上的樂聲，都似乎遠在千里之外。

九娘忽覺頭上一鬆，髮釵已落在她手心裡。眼一眨，只覺得眼睫輕掃過趙栩的袖子。九娘趕緊心慌意亂地將髮釵塞入趙栩手裡，連退了兩步，也不看他，垂首低聲說：「還是你收著吧。我——我先上去了。」人還是心慌不已，側過身子福了福，就要上樓去。

趙栩一挑眉，看著她耳尖都紅了，方才那一息閃過腦中，自己也莫名地臉紅心跳起來。他將牡丹釵放回懷裡，低聲說：「我看這黃玉還是換成火玉才好。」又揚聲向樓下吩咐道：「放了吧。」

九娘一怔，定了定神，停了腳，未及多想就退到趙栩身旁，十分好奇想看一眼蔡相的貴客玉郎究竟是何方神聖。方才那片刻，她想著趙栩向來行事恣意狷狂，不忌世俗也不奇怪，倒暗暗自嘲枉費多活了一世，明鏡無塵的心竟被這十五歲的少年郎擾亂了一剎，委實慚愧。可見人長得太美，的確是禍水。她到底有些心虛，不敢再多看那禍水一眼。

傳來道謝聲後，一個女執事領了兩個人緩步走了上來。經過平臺，昏暗的燈下，雙方打了個照面。

九娘嚇了一跳，脫口而出：「阮姨娘!?」

那兩人都停住了腳，前面那人緩緩側過身來，這下九娘才看清楚，竟然是一個頭面假髮戲妝還未卸下的男子。看服飾打扮，似乎是扮演目連之母青提夫人的伶人，可眉目之間的確和阮姨娘十分相似，難怪九娘一眼認錯了人。

女執事趕緊福了福：「玉郎這邊請。」

這位被九娘錯認了的玉郎卻緩緩朝九娘行了個女子的福禮：「這位小娘子是？」他似笑非笑地勾起了一邊唇角，無盡風流嫵媚盡在眉梢眼角，聲音如浮冰碎玉，令人神魂俱醉。九娘心一跳，不知怎地，眼前浮起那位阮姨奶奶餵魚時的驚鴻一瞥。

趙栩卻已經一笑：「對不住，我妹妹認錯人了。兩位上去吧。」他一把拉過九娘，一手裝作替九娘理髮髻，順勢就用袖子遮住了九娘的臉，一手已撩開前面的輕紗指向高臺笑著說：「快看，臺上在小唱呢。」

片刻後，才傳來那幾人繼續登上樓梯的聲音。九娘忍不住又悄悄回了回頭，那跟著玉郎上去的娘子，頭戴極長的黑紗帷帽，垂落至腳踝。連穿什麼衣裳都看不出來，隱約只覺得身材嫋嫋婷婷。

趙栩這才歎了口氣：「你這愛說話的毛病，改不了嗎？」

九娘也十分懊惱，心虛地看看趙栩：「是我錯了。」

趙栩又歎一口氣：「知錯不改，屢錯屢犯。你還真是！那人果真長得很像你家的姨娘？」

九娘皺眉想了想：「真的很像。」可是舉手投足的風韻，卻該說像阮姨奶奶才是。

「咦，蔡相竟然也在這裡？會不會遇到你舅舅？」九娘想起來趕緊問。

趙栩笑了笑，也不瞞她：「不止蔡相在，蘇相也在，他們約好了來找我舅舅的。應該說是蘇相知道舅舅要來看戲，特地約了蔡相一起來的。」

九娘嚇了一跳，這三人私下相見，真是天大的事。想起先前陳青說的七月十七，中書省要上書立儲，不由得擔心起來：「難道？那你——？」

趙栩卻知道她想說什麼，搖搖頭：「我本來就不想做什麼太子，做個親王逍遙自在，好得很。只盼舅舅能順遂平安。」蘇瞻如果能和舅舅能達成一致，百姓別再受苦就好。

九娘想了想，點點頭：「只盼國泰民安，誰做官家都不要緊。可是——」

趙栩鄭重地說：「阿妧，我舅舅的事，我的事，宮裡的事，朝廷的事，你以後都不要再想不要費心打聽，知道嗎？兩三天後就都沒事了，我會想辦法讓娘娘同意試試你給的古方。」又加了一句：「你放心，你安心——多吃點兒才是，現在也太瘦了，還是小時候胖胖的看著順眼。」

他不想胖冬瓜太聰明，不想她太操心。她為了贏捶丸脫臼也不怕，為了救阿予也是拚了自己的小命。那性子啊。娘娘說的慧極必傷四個字，他一直很信，今夜開始甚至有點害怕。那麼好那麼聰明那麼厲害的榮國夫人，那麼年輕就沒了。他只想胖冬瓜好好地懶惰下去，貪吃下去，沒規矩下去，才能胖回去，七老八十還活得好好的。七老八十還圓滾滾的多好。

九娘雖然知道趙栩必定在心裡喊自己胖冬瓜，可還是笑著應了。

樓下傳來問安聲：「參見公主殿下！」

九娘笑著轉過身，果然是趙淺予帶著一個人上了樓。那人身穿精白道袍，玉簪束髮，公子如玉，世上無雙，不是蘇昉還是誰。

九娘又驚又喜，想到六娘的話才好不容易克制住自己，是啊，阿昉今日也在開寶寺，是在替自己祈福吧。這孩子！

趙淺予一見他倆，急著湊近來神秘兮兮地壓低了聲音說：「六哥！阿妧！你們猜猜我們在開寶寺看見哪兩個人了！保管你們想破頭都想不到！」

趙栩和九娘對視一眼，同時開口問：「吳王？」「張蕊珠？」

趙淺予和蘇昉面面相覷。

趙淺予張大了嘴，下巴快掉在樓梯上：「你——你們怎麼知道的？」

趙栩卻立刻問蘇昉：「他們可有看到你們？」

蘇昉臉一紅：「沒有。幸好我們躲了起來。」

九娘一皺眉，阿昉竟然臉紅了？難道張蕊珠和吳王膽大到在佛門聖地私定終身？張子厚又是什麼態度？

三樓西盡頭的屋子裡靜悄悄。

執事恭恭敬敬地將兩人送到門口，不敢多言，退了開來。此時中間的房裡出來一人，高大魁梧，五官刀刻斧鑿一般，他看著正走進蔡相房間的兩個人，若有所思，便叫了那執事進屋問話。

玉郎進了門，停了停，側身柔聲道：「你在外間候著，等一會兒舅舅喚你，你就進來。」

四娘的腿還在發抖，她已經幾乎快暈了過去。她也的確已經暈過一回了。

他們一行人到了青玉堂訂的二樓房間裡，茶才過一盞，府裡就來人說姨奶奶心疼得厲害。翁翁想要帶她一同先回去，來人卻說姨奶奶特地囑咐千萬別因為她壞了孩子們的興致。九郎、十郎明明向翁翁保證會照顧好她，同進同出，聽到程家大郎請他們過去程府房間裡玩，就立時將她和女使丟在房中，帶著人走了個精光。她攔也攔不住。

等到那剛才明明在戲臺上演戲的青提夫人出現在房裡，自己的女使竟然毫不奇怪，直接對他行禮喊舅爺！她就暈了過去。

再醒來的時候，依然看見了那張酷似姨娘更酷似姨奶奶的臉，或者酷似她自己的臉，四娘恨不得再暈過去一次。這就是那位姓阮的舅舅，這個姨娘口中不得了的大人物，竟然是一個伶人！就是他要將自己帶到蔡相的面前。他到底要做什麼！路上竟然還遇到了燕王和九娘！要是遇到了陳太初，她除了羞憤欲死，恐怕沒有別的路。

不一會兒，聽見裡面一聲喚：「阿嫻進來。」

四娘強忍著恐懼，帶著全身雞皮疙瘩慢慢繞過屏風，一呆，她在外間聽著裡面靜悄悄的，竟然有這麼多人！

裡間一張長桌前，兩個男子正在對弈。一旁有七八位美貌侍女，均身穿抹胸配豔色薄紗褙子，披各色披帛。有兩位手持舊玉柄白尾麈靜立一側，有兩人拿著宮扇替主人緩緩打扇，又有人手捧玉如意，竟然還有人捧著一個光亮滑溜的瓢。還有兩人正在一旁的小案几上，用一個小石鼎在煮茶湯。她那個憑空而降的「舅舅」，穿著戲服慵懶地斜在一旁的羅漢榻上，唇角含笑，眼角含情，就連她看著都心跳臉熱。

對弈的兩個男子，一個四十多歲、五官秀氣長鬚三縷的男子，身穿紅色圓領大袖襴衫，正執子欲行。另一個看著不過二十五六歲模樣的俊俏郎君，穿了水綠杭綢竹葉紋窄袖褙子，頭戴長腳幞頭，正抬頭笑吟吟地看著四娘。

看見四娘，那俊俏郎君側過頭來對榻上的阮玉郎笑道：「玉郎啊，你這外甥女若有你三分風情，這事就成了。」

阮玉郎卻不理他，只眼波流轉，瞥了他一眼，眼尾上挑欲說還休，嫵媚之至。他手指輕翻間，對身邊那個拿著玉如意的侍女說：「去替小娘子將帷帽去了。」

啪嗒一聲，那年長的男子落了子，也側過頭來，就看見一個嬌弱弱的小娘子，怯生生地站在那屏風旁邊，罥煙眉微蹙，含情目泣露，兩靨帶愁，嬌喘微微，臉色蒼白，更顯得弱不禁風惹人憐愛，又或讓人忍不住想辣手摧花恣意糟蹋。

那俊俏郎君一拍手中的宮扇，驚道：「呀！成了成了！」

年長的男子卻柔聲吩咐：「走上兩步待我看看。」

四娘又驚又懼，羞憤得滿面通紅，她雖然被迫跟了玉郎上來，可畢竟是世家閨秀，怎麼可能如同伶人伎子那樣任人審視挑揀。當下咬了牙只垂了頭，顫抖的一雙纖手緊捏絲帕，看著自己腳尖的絲履，一動也不動，心想如果他們膽敢逼迫自己，自己拚了閨譽不要，也要大聲呼救，畢竟陳府的房間也在這三樓之上。這什麼舅舅，她是堅決不肯認的。

俊俏郎君大笑起來：「爹爹，玉郎這外甥女倒是像足了他，氣性不小。罷罷罷，與其便宜了趙棣那小子，還不如我娶回家來，和蘇瞻做個便宜姻親，也讓玉郎常見見家裡人。」

四娘猶如被晴天霹靂劈了個正著，靈光一現，明白青玉堂為何一直拿捏著她的親事不放，究竟是翁翁的意思，還是姨奶奶的意思？她激憤難忍，想要轉身衝出這地獄，卻極為驚恐，雙腿卻灌了鉛一樣動也動不了。

榻上的玉郎卻不置可否，緩緩起身朝那年長的男子行了個福禮：「相公既然看過了，玉郎就帶著外甥女兒先告辭了。」

他走到四娘面前，一手抬起四娘的下巴，輕輕摸了兩下，雙目含笑：「是想喊還是想跑？哪裡像足了我？」手下驟然一收。四娘痛呼一聲，只覺得下巴快裂開了，兩行珠淚滾滾落下來，驚駭欲絕。他卻已鬆開手，一隻手指替她拂去淚珠，憐愛地歎道：「唉，果然還是哭了更好看些。跟舅舅走吧。」

他伸手接過那黑色長帷帽，替九娘戴上，也不再行禮，逕自飄然出門，口中輕笑道：「又到奴家上場了。」

四娘顫巍巍跌跌撞撞地跟著他，心慌意亂，卻看見前面三個少年等在廊上，兩個少女正說笑著從東首第一間房間出來，五個人魚貫而入了東首第二間房間。最後那人積石如玉，列松如翠，世無其二，正是她心心念念的陳太初。淚眼朦朧中，四娘依然看見他含笑所看的人，還是她的妹妹，九娘孟妧。

四娘拚命咬住唇，全身卻依然發起抖來。她不姓阮，她也姓孟……為什麼？憑什麼！

阮玉郎頗具興味地看著前面的一群少年人，其中兩個，正是剛才二樓平臺所見的。他放緩了步子，輕聲問：「那個剛才認錯我的，就是你家九妹？」

四娘正待搖頭，卻停了一息，輕輕點點頭，哽咽著說：「是我家九妹，她自小聰慧過人，過目不忘。和燕王殿下、淑慧公主，還有蘇相公家的東閣，陳太尉家的衙內，都十分親近。」

阮玉郎停了腳，微微偏過頭來，掃了一眼四娘，唇角勾起那顛倒眾生的媚笑，低聲道：「呀，你看，你骨子裡就是流著我們阮家的血呢，壞東西。」

二人轉下樓梯。中間房裡跟著出來一位執事，滿頭大汗，卻不敢擦一擦，送他出來的大漢，輕輕關上槅扇，站在長廊之中，若有所思。

州西瓦子高臺上雲板又響了兩聲，《目連救母》下半段戲開始了。

三樓陳府房間的外間長廊裡，安置了兩扇屏風，將長廊又一分為二。另一邊長廊的四個房間門口，已站滿了二十多個不同服色的精幹漢子，各自默默打量著對方的人馬。

陳青和蔡佑慢慢踱出自己的房間，往中間一間根本沒掛牌的房間走去。

蔡佑搖著紈扇，伸出手：「太尉請——」

陳青面無表情地略一拱手，伸出手推門而入，又恢復了一貫冰山太尉的模樣。

一身天青色直裰的蘇瞻正在屏風處相迎：「蔡相，陳太尉，蘇某不便外迎，失禮了。」

蔡佑一拱手，甩了甩寬袖朝裡走去：「你個蘇和重最是麻煩，到我那裡多好，溫香軟玉伺候著，好過你這裡冷冰冰的，已經有一個冰山和這麼多冰盆了，還怕不夠冷？」

蘇瞻笑著說：「上天有好生之德，蘇某擔心萬一說錯了話，帶累了蔡府八美的性命，豈不可惜？」

蔡佑臉上抽了一抽：「你這話說的——。」和蘇瞻打嘴仗，他贏過沒有？算了，不和他廢話。

陳青還了一禮：「請。」

蔡佑斜睨了他一眼：「惜字如金的陳太尉，肯賞光同咱們私下一見，不容易啊不容易。」

陳青冷冷地看了他一眼：「言多必失。」

蔡佑打了個哈哈，鼻孔朝天哼了一聲。

三人落了座，蘇瞻親自給他們注入茶湯。

陳青老神在在，一言不發。蘇瞻和顏悅色開始說今日這《目連救母》如何如何。蔡佑半合著眼聽了半天，覺得這兩個人太壞了，合計是要比體力啊，怪不得要他來坐硬板凳，喝這麼難喝的茶。

外間喝彩連連，蔡佑喝得肚子都漲了，蘇瞻還在引經據典神采飛揚說個沒完沒了。

陳青走後，房間裡似乎依然還殘留著他的威嚴，靜悄悄的。

趙淺予剛剛在隔壁向程氏借了九娘來陪伴自己，一進這間屋就蔫了。好不容緩過氣來，好奇地悄悄問九娘：「阿妧，你不怕我舅舅啊？」

九娘抿唇笑道：「你舅舅最和藹不過的了，我為何要怕？」

趙淺予鼓起腮幫子，又輕輕地問陳太初：「太初哥哥，阿妧真的不怕舅舅？」

陳太初淺笑道：「真的。爹爹和九娘相談甚歡。」

蘇昉也略驚訝，又將他們二人如何在開寶寺相遇，如何巧遇趙棣、張蕊珠的事說了，問趙栩：「此事可大可小，你想想怎麼做才最好。」

趙栩卻一邊用自己帶來的石鼎煮茶，一邊輕描淡寫地說：「什麼都不做。」

「啊——？」趙淺予輕呼起來：「為什麼！我要告訴娘娘，告訴聖人！」

九娘輕挽了她的手：「阿予別急，聽你哥哥的。」

趙淺予越想越氣，甩開九娘的手，坐到蘇昉身邊抬頭問：「阿昉哥哥，你說說他們這是什麼道理！」

蘇昉仔細想了想，問趙栩：「可是一動不如一靜的道理？」

九娘輕笑道：「是這個道理。何況就算阿予說了，反而有為了太子之位構陷吳王的嫌疑。沒有現場捉到，全憑各說各有理。張蕊珠必然找得出十幾個小娘子證明她當夜留在城內，到時阿予，你除了阿昉哥哥，還能有誰可以證明此事？」

趙淺予一時語塞，又氣又急又委屈，轉過身不理他們。九娘笑著走過去寬慰她：「你放心，要得人不知除非己莫為。他們此時種的因，他日必然自食其果。阿予不能因為他們汙糟了自己的眼，汙糟了自己的心情。」

趙淺予扭了扭身子：「我才沒有看，阿昉哥哥捂住我眼睛了！」

九娘一回頭，看見蘇昉玉面微紅，心中不免一動。阿昉年已十六，難道他竟然對阿予有了什麼不一樣的心思？

蘇昉正驚訝地看著陳太初手中的兩個不太一般的箭袋：「這用來做什麼？」

陳太初笑著說：「這是六郎做出來的好東西，名叫矢服❶。我爹爹大為稱讚，上個月軍中就開始用了。」蘇昉、九娘和趙淺予都過去上下打量，見是兩個普通的牛皮做的空箭袋，只是箭袋開口的上方，牛皮卻收成了小小的口，串了繩子，卻沒有普通箭袋的上蓋。

趙栩不慌不忙地將茶湯注入五個茶盞中，起身和陳太初一起，往那兩個空箭袋中又吹了一會兒氣，那兩個箭袋的中間部分微微鼓了出來。兩人將袋口的繩子抽緊，繫緊了。

九娘伸出手指戳了戳那鼓出來的部分，有些疑惑。趙淺予卻皺眉問：「六哥你帶兩個枕頭作甚？這牛皮有什麼可吹的？」

趙栩笑著將手中的矢服平放在貼著西牆的地面上，竟真的將那矢服做了枕頭，往下側身一躺。

九娘嚇了一跳，只覺得這中元節甚是古怪，連愛潔成癖的趙栩都不像趙栩了。

❶ 矢服：宋代發明的一種利用空腔接納聲音原理的竊聽器。沈括《夢溪筆談》記載：「古法以牛革為矢服，臥則以為枕，取其中虛，附地枕之，數里內有人馬聲，則皆聞之，蓋虛能納聲也。」

第六十四章

三樓房內，眼睜睜看著趙栩躺下的九娘，不自覺轉頭看向陳太初。

這趙栩一直離經叛道不稀奇，可是太初表哥，你怎麼也——？

陳太初笑著將另一個矢服也放到地上，和趙栩的平平靠在一起，也隨意躺了下去，特意空出了中間的位子，還朝蘇昉招招手。

九娘眼睜睜地看著蘇昉笑著上前兩步，竟然也以矢服為枕，側身躺到他們兩人之中。

九娘和趙淺予面面相覷。

看著三個芝蘭玉樹般的美少年，包括自己的寶貝兒子，這般躺在自己面前，像三把玉勺排得齊齊的，既怪異卻又美不勝收。九娘呆了片刻，若是在前世，身為伯母輩的她，必定要調皮地上前踢踢他們，揉亂他們的髮髻，哈哈大笑一場。眼下，卻——只能看，不能動。

看著他們三個凝神側聽的模樣，九娘忽然輕聲問：「這難道也是一種聽甕？」

趙栩露出讚賞之色，朝她們兩個招招手：「你們也來試試。」他抬起身，把他枕著的矢服推開來，讓給九娘和趙淺予。蘇昉和陳太初退了退，讓出一個位子。趙栩皺了皺眉頭，就和蘇昉靠到了一起。

九娘興奮地走近過去，看見陳太初、蘇昉、趙栩三個同一個姿勢依次側躺在她腳下，模樣趣致古怪之極，實在忍不住要笑，忍笑忍得肩膀都抽動起來。

趙淺予瞪眼看著他們三個，不明白九娘笑什麼，走到趙栩身邊，雙膝著地，屈低了上身，將頭側枕上矢服，一雙桃花眼立刻瞪得滴溜滾圓，直朝九娘招手。

九娘趕緊到趙淺予身邊，伏低了也側枕著矢服。

「蘇和重！」矢服裡忽然傳來一聲大喝，伴著那戲臺上的模糊唱詞和樂聲，竟似都被吸到了這個小小的矢服裡再被傳出來。九娘側耳細聽，樓下依稀傳來細細的女子幾聲哭泣，不知哪家的小娘子受了委屈。大堂裡似乎有人買東西，隱約有銅錢發出的碰撞聲，甚至瓦子外街道上的高聲叫賣，更遠處牛車的牛蹄聲，紛沓遝而至，嘈雜一片。

九娘瞪大眼，不可思議地輕輕抬起頭看向趙栩：「這是——！我們能聽嗎？」

趙栩卻以為她聽不出那聲大喝是誰，輕聲解釋道：「這是蔡佑的聲音，放心，是舅舅特意讓我們聽的。」

九娘當然知道這是蔡佑的聲音，隔壁畢竟只有三個人，而蘇瞻的聲音她極為熟悉，陳青的聲音她也不陌生。她吃驚的是這個由牛皮箭袋做成的矢服，竟然能偷聽到方圓數里的聲音，雖然遠處的聽不清，隔壁的卻聽得很清楚。

九娘更吃驚於趙栩到底是怎麼想到做出這個的。她一直知道趙栩擅長奇思妙想，喜歡搗鼓各種玩意兒，但天賦如此之高，觸類旁通，真是匪夷所思。雖然聽甕從春秋戰國就有了，畢竟要埋在地底，聽起來不甚清晰，距離也有限。可矢服竟然如此神奇，如果用在兩軍對陣上更為厲害，聽敵方的騎兵和大軍移動的方位，已經綽綽有餘。

怪不得剛才陳太初說軍中已經開始用了，只這一項軍功，換作常人，足夠換個團練的功名。可惜他是趙栩啊……

一把柔和帶笑的聲音傳來：「蔡相這是怎麼了？蘇瞻的佛家經典說錯了嗎？」

這一句話，在眾多紛雜聲音裡，依然如箜篌般清靈悠遠，近在耳側熟悉無比。九娘剎那有些恍惚，不自覺地握緊了手。

蘇昉也同樣緊張地握緊了手，甚至合上了眼。這兩年他和爹爹說話越來越少，爹爹也越來越少說話，更少展顏。似乎連這樣客套疏遠的笑聲，他都已經很久沒有聽到了。那個看見母親掛在樹枝上蹬腿，哈哈大笑著去抱她的父親；那個看見母親從梯子上滑溜下去，想要接住她卻反而被砸倒在地、苦笑不已的父親；那個牽著他的手，在窗外看母親梳不好髮髻，忍不住進去幫她卻梳得更糟糕、偷偷笑的父親，離他越來越遠，甚至和母親一樣，似乎只存在於他的記憶裡了。

蔡佑的聲音帶著一絲不耐煩：「蘇瞻，你明知道我跟著官家修道，就別同我沒完沒了地念這些佛家典故了。既然咱們三個已經坐在一起，還是打開天窗說亮話吧。後天就要上書立儲了，到底同意擁立誰，咱們也學學孔明、周瑜，各自寫出來就是。若是能先定下此事，也免得在太后娘娘和宗室面前白白打嘴仗。要是這個都說不攏，今天也不用談條件了。」

蘇昉睜開眼，忽地想起前幾日在爹爹書房裡所見到樞密院的節略和摺子。當時他以為爹爹要彈劾蔡佑，還為之一振。可不過幾天，就在隔壁，就在他耳邊，父親卻又和蔡佑如此說話，難道父親改變了主意？朝廷上又發生什麼樣的大事，能促使他們新舊兩黨坐下來和談？

蘇瞻的聲音依然清醇自在：「蔡相修道後果然說話反而少了玄妙，痛快了許多。不如我們以水為墨，寫在案上，看看各自的想法？」

矢服裡卻沒有陳青的聲音。九娘看著趙淺予朝自己做了個鬼臉，不由得笑了，方才那恍惚那心酸，如蜻蜓點水一晃而過。想著陳青是不是把所有的話語和笑聲都留給了家人，所以在外面就懶得說話才變成冰山太尉的，九娘也對著趙淺予做了個鬼臉。

隔壁房裡一陣靜默。

枕著矢服竊聽的趙栩、陳太初和九娘同時起身互相看了看，伸出一個巴掌，都朝蘇昉示意，見蘇昉點頭表示明白了，才又枕回矢服上。

自小常聽父母分析朝政的蘇昉，並不難理解方才那些話，也明白趙栩他們三人手勢代表的含義。看來二府是要商議好擁立吳王做太子了。在父親心裡，只要能花最小的代價達到他的目的，就算是宿敵，恐怕也可以先放下善惡和對錯，而壓下那些節略和彈劾的摺子吧。又或者，那些節略和摺子，也是他讓蔡佑不得不來和談的原因？

蘇昉意外的是陳太尉會留他下來，而趙栩和陳太初毫不見外，竟將這般機密大事讓自己知道。難道趙栩明白立儲的局勢微妙而自行放棄了？可他們為何要讓完全沒有關係的小九娘也參與其中，剛才提到的陳太尉和小九娘談話，又有什麼玄妙？小九娘看上去卻又全然瞭解的樣子……蘇昉實在吃不准他們幾個到底發生了什麼。

九娘卻在意著蘇昉面上一絲疑惑，忽然起了身，走到蘇昉身邊蹲下。趙栩、陳太初和蘇昉不明所以，都直起身子來。

九娘一雙澄清美目誠懇地看著蘇昉輕聲說：「阿昉哥哥，今晚的事實在一言難盡。表叔信任我們，留下你和我一起聽，肯定有他的緣故。等他們談完，我再告訴你表叔和我都說了什麼。關乎國和家，茲事體大。我們是一家人對不對？你相信我們的對不對？」

蘇昉看著她生怕自己會心有芥蒂的神情，心中一暖，笑著點頭：「你放心，我懂。我們當然是一家人。我當然相信你，相信你們。」

九娘凝神看了他一息，是，你我原本就是家人。怕自己又控制不住要流淚，她趕緊對趙栩陳太初也笑了笑，起身回到趙淺予外側，伏地下去，才覺得眼角有些濕潤。

趙栩看了看屋頂，翻了個白眼。白眼狼就是白眼狼！

陳太初有些悵然，九娘對蘇昉，果然是不一樣的。

蘇昉卻跪坐了，雙手平舉至下頜，看著趙栩和陳太初正色道：「六郎，太初，今日能和你們一起參與此事，是蘇昉之幸。此刻我們五人用這兩個矢服，將要見證大趙一國二府三相的和談與決策。我們五人，也將是全天下最早得知這個國家將何去何從的人。黃河之水天上來，奔流到海不復回。大趙一國的滾滾洪流，昉必投身其中。自反而不縮，雖褐寬博，吾不惴焉？自反而縮，雖千萬人，吾往矣。蘇昉一腔熱血，願盡付大趙！多謝。」他深拜下去，再直起身來，面容熠熠發光。

九娘熱淚湧出，不能自已。阿昉！娘的阿昉！你已經長大了！

趙栩和陳太初面露一絲慚色，跪坐於地，肅容正色，回了禮，異口同聲道：「雖千萬人，吾往矣！一腔熱血！願盡付大趙！」

趙淺予崇拜地看著他們，懵懂的心中竟然也熱血澎湃起來，覺得自己也參加了一件了不得的大事。她坐起來擊掌道：「六哥！咱們結社吧！一腔熱血！盡付大趙！真好聽，咱們叫熱血社還是大趙社？」

她這話一出，趙栩頓時滿腔豪情煙消雲散，嫌棄地瞥她一眼，躺下了。陳太初和蘇昉笑著稱讚她：「好！阿予這主意不錯，回頭咱們再好好商量。」

九娘聽見矢服裡有動靜了，趕緊笑著催促：「說話了說話了！」

聽到蔡佑的冷笑聲：「蘇和重你果然打得一手好算盤。既然大家都同意擁立吳王，不妨把你們的條件明說了罷。你待如何？」

九娘悄悄臉朝外拭了淚，仔細思量起來。蘇瞻著眼的，必然是先安內，再攘外。當務之急，若是能讓蔡佑主動退讓，更改國策，總好過硬碰硬去彈劾他。蔡黨的勢力，遍布朝野內外。官家不醒，太子未定，太后娘娘和其他朝臣也都會求穩求緩。蘇瞻和陳青，看來已經達成一致，只看蔡佑會怎麼反應了。九娘總覺得蔡佑似乎處於下風，雖然只幾句話，卻似乎比蘇瞻、陳青二人更加迫切地需要這場和談。除了她能想到的貪汙、疏忽職守、國策失誤，還會有什麼？

蘇瞻清朗的聲音傳來：「蔡相快人快語，蘇某原想奏請聖人將十五皇子記在名下親自教養，這樣立嫡順理成章，十五皇子年紀小，聖人花上幾年時間，將來必然也會教出一位明君。」

趙栩眼睛一亮，這樣的威脅，幾乎把蔡佑在立儲一事上能獲得的好處全打消了，看來蘇瞻今夜勢在必得。

果然他們聽到蔡佑說：「蘇和重，你這樣有意思嗎？何必又來這套？怕我不知道你舌燦蓮花？說吧，你到底想要幹嘛？」

趙栩心思一動，蔡佑手裡沒有了魯王，現在吳王對他又感激又信任。蔡佑肯這麼低聲下氣，一定是發生了對他極為不利的大事。但難道他還有什麼萬全之策能在日後左右吳王，給他帶來更大的好處？想起阿予和蘇昉今晚開寶寺所見，如果張蕊珠是蔡佑手中的這步棋，那張子厚五年前棄文從武，就已經是蔡佑謀算太子妃一位的手段了。這個倒是要記得提醒舅舅一聲。

蘇瞻的聲音清晰又堅定：「若要蘇某也擁立吳王，便要二府立刻下三道政令：一要回收所有市面上的當五錢；二要廢差役法，改回雇傭法；三要免除兩浙路兩年的賦稅，其他二十一路的賦稅來年減免一半。這三條少一條，蘇某也不能附議蔡相的上書。」

好！趙栩、陳太初、九娘和蘇昉胸中都湧起豪情壯志來。

蘇昉握緊了雙拳，當五錢誤國，差役法害民。多少有識之士這兩年不斷上書，若能停了這兩條，安民利國，大趙回歸往日的繁榮和安定，指日可待。爹爹畢竟還是爹爹！他還是那個一心為國，一心為民的爹爹。

九娘也是心中一熱，蘇瞻到底還是蘇瞻。她一直擔憂他只會提出取消當十錢的發行，那樣治標不治本。只要有當五錢在市面上流通，百姓依然會有人鋌而走險私鑄大錢，這錢幣混亂，物產的價格依然會高漲不下。只有斷絕鑄大錢這條路，才能平抑物價，回歸正途。可蔡佑會讓這麼大的步嗎？

趙栩和陳太初心中也緊張萬分。他們親眼所見，差役法害得多少百姓流離失所，甚至被迫去做盜賊。如果差役法被廢除，朝廷用回雇傭法，給當差的平民發放月糧和俸薪，百姓當差也無需承擔賠償之責，自然就不會再有那許多人荒廢田地，甚至逃離家鄉了。

可如果蔡佑不肯，那只剩下彈劾他一路，彈劾得成，也至少花費幾個月的時間，萬一彈劾不倒他，蘇瞻為首的舊黨恐怕就要一敗塗地。

隔壁靜默了一會兒，才傳來蔡佑的笑聲。他笑得溫柔之極：「房十三鬧成這樣，也沒法秋收，兩浙路賦稅總要減免的，賦稅這個不難，咱們一道批示了就是。當十錢雖然京畿錢監已經鑄了樣幣，倒也可以不發，但是這當五錢回收太難，這民間誰願意自己吃虧還給你當五錢？還有差役法和雇傭法不妨並行，何須廢除？和重你看如何？咱們各退一步，和而不同。」

九娘心裡一沉，兩浙路賦稅向來是朝廷二十三路裡歲銀收入極高的兩路，如今蔡佑竟這麼輕易地同意免除，還同意其他二十一路賦稅減免一半。難道房十三已經猖狂到橫掃兩浙？如今兩浙的官員自從趙昇入京後，幾乎都是蔡佑的門生，若不是浙江出了大事，甚至可能動搖到蔡佑的相位，蔡佑豈會如此謙卑？

蘇瞻的聲音並不急躁：「若差役法、雇傭法並行，地方上必然為了斂財選差役法。所以不可並行，只能選一。」

突然傳來一句冷冰冰的聲音：「不錯，必須廢除差役法。」卻是陳青在說話。

蘇瞻的聲音又道：「回收當五錢並不難。如今當五錢共計發行了三億文，不到市面錢幣的十分之一。加上民眾私鑄的大錢，朝廷均可每一枚補貼百姓兩文錢回收，百姓有利可圖，自然願意上繳大錢。如今汴京米價已經漲到一石一千五百文，再不遏制，民怨迭起，恐怕就要出許多個房十三了。就連蔡相家，不也好幾天不吃蟹黃饅頭了？」

蔡佑鼻子裡冷哼了一聲：「難道就只有你蘇和重掛念天下百姓？這地方上的官員不是人？不要吃飯了？巧婦難為無米之炊，要不是沒辦法，我何用擔著惡名發行當五錢？再說這差役法，我也是為了大家好。光省陌制❶一項，眾人所領俸祿要去掉兩成三，去年朝廷文官一萬三千人，能養家活口吃飽飯的不足兩百人而已。我蔡佑今年只領到白條七張，俸薪分文不見。還蟹黃饅頭，我連饅頭都快吃不起了！」

趙淺予雖聽不明白其中的奧妙，卻頭一次聽到兩個位極人臣的宰相原來也會打嘴仗，聽到蔡佑最後一句，忍不住捂了嘴輕笑起來。

九娘看著眼前的公主不知人間愁苦，暗歎一聲。蔡佑所說的也非虛假，歷來大趙富民窮官，雖然三品以上的官員俸祿豐厚，但是做二十年京官也買不起汴梁內城的三進屋子，那底層的文武官員靠俸祿哪夠養家糊口。

他們聽到蘇瞻笑道：「蘇某在杭州時，也收過朝廷十一個月的白條。內子無奈只能在後衙種菜，蘇某還曾挑菜去賣，但也從未想過盤剝百姓養活自己。豈可靠差役法以民脂民膏養活父母官？」

九娘不妨聽到蘇瞻竟然在這樣的場合坦然提到往事，心中一痛，眼睛發酸。那時候她還以為，雖然日子清苦，自己卻是天底下最幸福的女子呢。

蘇昉卻已經熱淚盈眶，即使是矢服裡傳來的聲音，摻雜著其他各處的雜音，可他依然聽得出爹爹提到娘親時，聲音都柔和了許多。

趙栩他們三人卻都呆住了，榮國夫人竟然還種過菜？蘇相公還上街賣過菜!?

矢服裡又傳來蘇瞻的聲音：「何況既然欠薪一事盛行，為何蔡相還要力主大修延福宮呢？蘇某丁憂前，明明已經停造，官家也答應了工程結算應走宮內私庫。可蔡相起復後卻立即恢復大修，不走私庫走國庫，只延福宮大修就耗資三千萬貫，足足消耗了去年歲銀的四分之一！看來我們也應當徹查工部帳目。」

半晌後，才聽見蔡佑的聲音傳來：「你要回收當五錢就回收，要廢除差役法就廢除，我都肯了就是。為人臣子，為君分憂，我蔡某問心無愧。如今皇城窄小，皇十五子至今只能和生母同住。官家前些年就想要擴建，因為不忍心拆除民居和寺廟，才不了了之。如今能將延福宮擴修，既全了我們臣子一片為君著想的忠心，不也是體恤了百姓嗎？免得日後擴建皇城再行搬遷。」

忽然矢服裡傳來陳青冷冷的聲音：「你修延福宮是體恤百姓，還是方便魯王跳樓？」

❶ 省陌制：宋朝沿用的折算錢幣的方法，為了規避鑄錢的損耗，一般按百分之七十七實際發放。

趙淺予一下子笑出聲來，九娘也笑著點點頭，這一針見血，刀刀見肉，是陳青戰場上的風格吧。果然好一陣子聽不到蔡佑的聲音了。九娘依稀感到蔡佑被蘇瞻和陳青拿住了痛腳，才磨蹭了許久還是讓了這麼大的步。

他們又聽陳青說道：「要陳某擁立也不難，這份節略上寫著的人名，你們二位宰相都得幫我撤下來，不然日後有了戰事，也是只會臨陣脫逃的孬種。這個數字，是河北兩路軍馬虛報一事，被某些人裝到自己口袋裡去的，至少得吐出來放回軍中備用。還有軍中一應裝備該維修的、該更換的，年底前你們得該盯著六部弄好。」

九娘聽陳青說話，大刀闊斧，直來直往，不由得擔心這樣的條件，蔡佑怎麼可能同意。卻看見趙栩和陳太初兩人抬起手來在空中虛擊了下掌。軍中查出這麼多事，竟然是趙栩和陳太初所為？片刻後隔壁傳來蔡佑的聲音：「這倒也不難，今天蔡某都如了你們的願，那蔡某卻只有兩件事，需要你們答應。」

陳青的聲音依舊冷冰冰：「陳某猜這頭一件，是房十三吧？」

蔡佑歎氣道：「不錯，軍情急報想來太尉昨日已經收到了。這房十三領著一幫烏合之眾，竟然殺死兩浙路制置使陳健和廉訪使張約，占據了杭州，杭州知州陳翎棄城而逃。如今江南大亂，兩浙路十四州已經有六州落在房賊之手。沒有太尉你出面，恐怕難以剿滅反賊，兩浙危矣。」

房裡的五人都大吃一驚，房十三竟然占據了杭州城!?兩浙路竟然丟了六州！蘇昉也不敢置信，他出生沒多久就跟著娘親去杭州會合爹爹，在杭州生活了兩年，對杭州頗有感情。眼下那風光秀美百姓安寧的一座城池竟生靈塗炭！娘親所辦的安濟坊如何了，慈幼局如何了？朝廷又怎麼會如此失策！

趙栩、陳太初和九娘卻顧不得多想，屏息等著陳青的回覆。

傳來的卻是蘇瞻的聲音：「兩浙路制置使是蔡相的門生，這杭州知州陳翊，也是蔡相的門生啊。還有禁軍的監軍也是去年蔡相你舉薦的。他們竟然捨棄禁軍而用廂軍對抗反賊，失策之至！蔡相之責，不可推卸！」

蔡佑長歎一聲：「蔡某也想不到在幾千反賊面前，兩浙路的上萬廂軍竟然一敗塗地，怕是太平日子太久了。蔡某自當好好反省，以後舉薦門生要謹慎從事了。但如果有太尉出馬，相信房十三伏法指日可待，六州收復易如反掌。」

陳青冷笑了一聲，說道：「還是我替蘇相說明白點吧，免得蔡相到時候推諉到我大趙禁軍身上。蔡相你為了遏制我樞密院，派了內侍省的朱勉去做兩浙路禁軍的監軍。以為房十三不過是一幫鄉民鬧事，就壓著不讓杭州三千禁軍出動，反而讓一萬廂軍去對敵，好讓陳翊掙份大功。卻不料杭州廂軍裡，發配的配軍占了不少，有一半老弱殘兵是平日裡做雜役的，更有不少因你差役法怨恨朝廷的，竟然十有七八都跟了房十三，反過來一舉占了杭州城。民怨滔天，那剩餘五州卻不是房十三打下來的，而都是民眾殺官造反占據了。如今他們號稱十萬之眾，兩浙路全部的一萬禁軍反倒被迫退到了秀州。陳某所言，可有一字不實？」

趙栩忽地一躍而起，胸前起伏不定。九娘嚇了一跳，立刻起身一把拉住趙栩：「你做什麼去？」

忽然天上一陣滾滾雷聲，呼喇喇潑下傾盆大雨來。大堂爆出了更響的喝彩聲，甚至蓋過了雷聲，眼看《目連救母》一戲就要收尾了。

第六十五章

四娘被阮玉郎送回二樓，一進門，走了沒兩步，覺得渾身發抖、雙腿無力，她死死扒住屏風的一條邊，小臉貼著屏風架子，就滑了下去，坐到地上才哭了出來。

一直等在門口的女使鶯素關上門，上前來攙她：「小娘子這是何苦？舅老爺又不會害你。」

四娘用盡力氣要掙開鶯素的手，越想越怕：「你，你到底是誰？你是哪裡的？」

鶯素力氣卻很大，攙住四娘的胳膊，微笑道：「小娘子糊塗了，奴是您的女使鶯素啊，奴自然是孟府的。」

四娘驚懼交加，連連搖頭：「不是，我問你原來是哪裡的？牙行舉薦你來的時候明明是我親自選了你的。你看起來最本分，又得體，你怎麼變成這樣？」

鶯素兩手插到四娘肋下，輕輕一提就扶起了她：「小娘子明白就好，那幾個人不是胖就是瘦，不是木訥就是蠢鈍，和奴放在一起，小娘子又怎麼會不選奴呢？」

四娘一顫，想起兩年前她原先的女使跟了她十年，家裡人將她領回去嫁人。呂氏讓相熟的牙行把人送來木樨院，給她自己選。那七八個人都在官宦人家做過三四年的女使，不是太胖就是太瘦，要麼心不在焉，要麼不夠機靈。只有鶯素五官端正，帶著一臉溫和謙卑的笑容，答話也得體知趣。

如今日常服侍了她兩年，平時也很本分體貼，誰想到竟然是有目的而來。聽鶯素的話，那些人怕也是事先安排好的。還有府裡相熟的牙行會不會也——

四娘遍體生寒，想起剛才下巴快被捏碎的感覺，明明還是七月暑天，自己卻墮入了冰窖一般。

鶯素不顧四娘掙扎，把她扶到桌邊坐下，替她倒了杯熱茶：「小娘子莫怕，奴是一直服侍舅老爺的，過去幾年都在泉州，回汴京也才四年。你放心聽舅老爺的安排，不會錯的。就是蔡相公，小蔡郎君，也少不了舅老爺呢。」

四娘嫌惡地看了茶盞一眼，閉上眼，下巴隱隱作痛。想到方才那房間裡那人看上去風情萬種，卻心思陰險、下手狠辣，不由得臉色更慘白。這汴京城裡玩弄戲子伶人的富貴人從來不少，她雖在閨中，可卻也聽聞過一二，那小報上還登過因此出了人命官司的骯髒事。那樣的人！她打了個激靈，卻強作鎮定：「鶯素，我兩個弟弟去了程家的房間。你去替我找九郎和十郎回來可好，我頭疼得厲害，想先回家去。」

鶯素卻笑著說：「小娘子還是在這裡等著吧。舅老爺不發話，那程大郎是不會讓九郎、十郎回來的。」

四娘的心砰的幾乎跳出腔子：「你——你說什麼!?」

鶯素福了一福：「小娘子別怕，這汴京城裡，誰敢拿舅老爺當個伶人？他只是喜歡這個，聊當消遣而已。便是開封府的府尹，上門請了三回，舅老爺也不曾去演過一回。那程家的大郎，能被舅老爺選中，結識舅老爺，是他的造化，不知道多少人羨慕他呢。」

四娘眼前一黑，程之才那無賴，明明是程氏的侄子，這阮玉郎將他拿捏在手裡要做什麼？

鶯素笑了笑，又屈膝行了一禮：「小娘子果然提出來想回去，那奴只好按舅老爺的吩咐，替他問一問小娘子：您是願意嫁給程大郎做妻子，還是願意嫁給吳王。大富還是大貴，任由您選。這也是舅老爺頭一回見外甥女，送您的見面禮。」

四娘聽見自己的上下牙不受控制打顫發出的咯咯咯聲音：「什——什麼？」她驚懼太過，看著眼前依然微笑著的鶯素半天，才幾乎是呻吟著開了口：「不要，我不要嫁給他們！我沒有這樣的舅舅！我不是他的外甥女，我不要什麼見面禮。」說到末一句終於崩潰，捂臉哭了出來。

鶯素卻搖頭道：「小娘子您是阮姨娘生的，三郎君是阮姨奶奶生的，這孟府上下，九郎、十郎和您是舅老爺嫡親的外甥、外甥女。多少人想求富貴也求不到。舅老爺心疼您，都給您準備得妥當極了，您這樣豈不是讓舅老爺寒心？」

四娘捂著臉哭道：「我姓孟！我母親是眉州程氏，我親舅舅姓程，表舅舅姓蘇！我沒有姓阮的親戚！你不懂你不會懂的！你放我走，我母親就在樓上！我要去找她！」

鶯素就幽幽歎息了一聲：「這人，要是忘了本，就不好辦了。小娘子執意如此，奴就按舅老爺的吩咐，說得再清楚一些。您若是嫁了吳王，至少也是位太子孺人，甚至良娣。待太子登了基，小娘子至少是一個三品婕妤，若能母憑子貴，那妃位也是囊中之物，若是再有造化一些，日後太妃也能做得。您若是嫁去程家，以後便是豪富之家的當家主母，花不完的錢財，穿不完的錦繡，那巴蜀一地，便是一州的太守夫人，也要看您的臉色，仰您的鼻息。」

四娘用手捂住嘴，一邊搖頭，一邊淚如雨下：「我不要，我不要。我不要這些。」她為什麼要嫁給這些人，這些她完全不認得或者避之不及的人？若是那個人，為妾，為奴為婢她都心甘情願。她為何要聽阮玉郎的擺布！她姓孟可不姓阮，她要回去告訴婆婆，婆婆不會任由他們糟踐自己的。

鶯素上前替她拭淚：「小娘子還真是天真可愛，舅老爺還說了，小娘子回來，恐怕會先想要告訴你嫡母或是你家老夫人，想要趕走奴，甚至想連庶母也不認，連阮家也不認。若是小娘子不肯選，就讓奴問一問小娘子心裡頭是不是有這樣的打算？」

眼前平時溫和端莊的女使，此刻卻像露出尖牙的毒蛇。四娘覺得自己所有的心思，似乎都被那所謂的舅舅料中了。看著她臉上讓人不寒而慄的笑容，四娘不禁縮了一縮，定了定神，搖頭辯白道：「我沒有——沒有這樣想。我做不了主，我哪裡能選呢？我是孟家的四娘，親事是家裡人做主，我婆婆我爹娘都不會答應的。」

鶯素輕歎了一口氣：「看來小娘子還不信舅老爺的能耐呢。往日泉州府，今日汴京城，奴還沒有見過有舅老爺辦不成的事。若是小娘子不是自己不肯，自然是好事。那些自以為很聰明不聽舅老爺話的小娘子們，今夜恐怕能收到些冥錢吃食，倒也不至於淪落在餓鬼道中。」她頓了頓低下頭靠近四娘的耳邊說：「就算變成了鬼，舅老爺高興的時候，還扮成青提夫人下去探望探望她們呢。」

四娘發著抖，拚命掐著自己的手心：「我——我沒有不信。他能把你安排在我身邊，自然是神通廣大。我是真的頭很疼，你去跟九郎、十郎說，讓他們安排牛車先送我回去吧。我難受，難受得很。」

鶯素屈了屈膝，意味深長地說：「既然小娘子要奴去，那奴就替小娘子去尋九郎、十郎了。」

四娘一愣，看著她行了一禮，竟真的出去了，跟著她到門口張了張，看她果然是往西邊二樓程府的包廂而去。她跨出門檻，東張西望，想就去三樓找嫡母和七娘、九娘。

一位女執事看著她一個人，笑著迎了上來：「小娘子這是要去哪裡？奴好為您引路。」

四娘低聲說：「我母親在三樓看戲，我想上去找她，勞煩姊姊帶我去。」

女執事心中疑惑，臉上卻不顯露，屈膝福了一福：「小娘子，我們這二樓和三樓的人和物都不互通。只有一樓才有專供貴人進出的門。要不，奴帶您過去，讓那裡的執事先通報一下？或者小娘子先回房裡歇一歇，奴去傳了話，若是三樓的貴客知道了，那執事娘子自然會來接您。」

四娘一愣，她剛才隨著阮玉郎東繞西繞，太過緊張，都沒注意這個。這時東長廊上專供女眷使用的淨房裡，走出兩個人來，四娘定睛一看，竟是蘇昕和她的女使，她心中一動，趕緊對女執事說：「勞煩姊姊替我去通傳一聲，找陳太尉家房間裡作客的程娘子，就說孟家的四娘子頭疼得厲害。多謝姊姊。」

她看著女執事去了，趕緊回房裡，用帕子沾了茶水，將臉上淚痕擦了，再回到門口，聽著蘇昕的腳步聲由遠而近，才打開房門，跨了出去。

「蘇姊姊！」四娘一臉驚喜地喊道。

蘇昕陪著家中長輩們前來看戲，蘇昉又不在，本就覺得無聊，已經來回外間的淨房好幾次，只當散步。女使勸了她好幾次，求她不要去那奴婢們更衣的淺窄簡陋之地，她也不肯聽。史氏見她實在沒勁，才由著她去了。

看到四娘，蘇昕也一喜，就房裡看：「竟這麼巧！九娘她們呢？」

人人都只想著九娘！四娘心中一刺痛，福了福笑著說：「都在三樓陪長輩們看戲呢。今日我陳家表叔母請我們來看戲。」

蘇昕一愣：「是太尉家請你們來看戲的？你怎麼倒一個人在這裡？」

四娘點點頭：「這是我翁翁帶著兩個弟弟看戲的地方，剛才我下來探望一下他們。現在正要上去找她們，不如你和我一起去？可巧剛才還看見你哥哥也在三樓呢。燕王殿下、陳表哥還有淑慧公主，都和九娘在一起說話，熱鬧得很。」

蘇昕眼睛一亮，笑著說：「好啊！怪不得大哥今日開寶寺回來都沒來二樓陪我，原來九娘在上頭呢。」

四娘挽了她的手，兩人說笑著就往東面長廊盡頭的出口而去，沿路的幾位女執事笑著同她們行禮。

這時身後卻傳來一聲喊：「四妹妹——四妹妹你要去哪裡？」

蘇昕一愣，四娘聽那聲音，哪敢回頭，匆匆抓緊了蘇昕的手：「別理會，瓦子多有這種潑皮無賴借機調戲女子的。」

蘇昕自己雖然沒有遇到過，卻也聽了四娘的，兩人帶著女使加快了步子。

剛至東長廊的盡頭，已經有人擠了過來，推開蘇昕的女使，擋在她們前面，笑眯眯行了一禮，柔聲道：「多日不見表妹，怎麼連表哥也不認識了？表妹可安好？」

眼前不是旁人，正是程之才。他身穿翠綠寬袖道袍，頭上簪著一朵木芙蓉，臉上還有七夕那夜趙栩一拳留下的些微烏青，正神魂顛倒地盯著四娘。

四娘猛然回頭，身後卻是程之才的三四個伴當和隨從，正推搡開瓦子裡二樓的幾位女執事：「我們大郎見自己家的表妹，要你們多事！」一見她回頭，紛紛吹起口哨來，喊著：「大郎你家表妹著實是個美人兒！」那旁邊房間裡出來兩個侍女，一看這勢頭，也不敢斥責這幾個潑皮，只責問女執事為何如此喧囂。一位女執事趕緊匆匆下樓尋人去了。

四娘一眼卻看見鶯素正等在那房間的門口，看著自己，臉上還帶著謙卑的笑容。她渾身顫抖起來，卻只能抱著蘇昕的手搖著頭說：「蘇姊姊，我不認得他。」

蘇昕大怒：「你這無賴！敢瞎攀官家親戚！我家的妹妹，什麼時候有你這樣的潑皮親戚！」她這一罵，程之才方轉頭看了眼蘇昕，當下心花怒放，這四表妹嬌怯怯扶風弱柳西子捧心一般的人物，可現在說話的小娘子卻也不遑多讓，眉如遠山，眼似秋水，縱然在發火，一雙含情目雖怒仍似笑，嗔視也帶情。

這個月果然是他桃花最旺的一個月，短短幾日，連續見到了這許多美人兒。程之才伸出手又去拉蘇昕：「你既然是四妹妹的姊姊，那就也是我的表妹了。不如一起跟哥哥去聽戲玩耍可好？」

話還沒說完，他膝頭已被蘇昕蹬了一腳，痛得直跳了起來，眼中又不知被什麼細細的東西戳了個正著，又驚又怕，痛楚難當，跟著不知是拳頭還是什麼劈頭蓋臉地打了下來。

程之才抱頭彎腰大喊：「救命——救命——又打人了又打人了！」這汴京城裡，長得好的人怎麼都喜歡一言不合就動手？還動腳、動傢伙！

後面那三四個伴當隨從目瞪口呆，回過神來時，兩個女執事已經帶了七八個大漢上來，將他們挾持住，幾個人不免都吃了一頓老拳。瓦子最恨有人借機鬧事，影響了名聲不說，萬一得罪了達官貴人，才是大禍，對這群慘綠少年下手並不留情，誰讓他們得罪的是蘇府的小娘子，聽說宰相夫人今夜還來了呢！

女執事過來勸了幾句，蘇昕這才收了手中的竹柄宮扇和一雙粉拳，怒瞪著程之才罵道：「沒戳瞎了你的狗眼算你走運！你是隻什麼鬼！我蘇府的親戚你也敢瞎攀誣！待我大伯送你去開封府尹走一遭，讓你知道冒認官親要吃什麼苦頭！」蘇昕幼時也跟著蘇昉練過一年騎射，又多在民風剽悍之地生活，看著水一樣的人兒，卻是火一樣的性子。蘇昕的女使一看蘇昕又動手打人了，趕緊擠出人群回去報信了。

那女執事就笑著說程之才：「這位小郎君，宰相府的親戚你可不能亂認，咱們這也不是大街上，還請回去你自己的房裡去看戲吧。要是得罪了蘇相，恐怕真要去開封府的牢獄裡一遊了。」

程之才一呆，又高興起來，嚷道：「蘇相公府？蘇相公府上可不正是我家的親戚！我嫡親的姑婆婆——啊呀啊呀救命！怎麼還打啊你！」

女執事又好氣又好笑，趕緊將兩位小娘子護到一邊。這時西長廊的女執事帶著兩個小郎君匆匆而來，卻是九郎和十郎。

九郎、十郎扶起程之才，就對四娘怒目而向：「四姊姊你這是怎麼回事？大表哥憐惜你一個人在房裡看戲，好心好意來帶你過去我們那邊。你怎麼倒讓外人欺負他？」又問蘇昕：「你是哪家的小娘子？如此兇惡？這是我孟家的舅表哥，你竟敢當眾行兇！」

「阿昕——阿昕——！」長廊上又出來幾個人。

蘇昕一回頭就牽著四娘跑了過去：「娘！婆婆——！」

程之才一愣，探頭探腦地看了片刻，想了一想，忽地大喜過望，甩開九郎、十郎的手，也跟了過去，嘴裡喊道：「姑婆婆！姑婆婆！我是大郎啊，我是程家的大郎，程之才啊——」

長廊上混亂一片，那些被鬧騰得看不成戲的客人，有不少也跑了出來大聲呵斥責罵，那女執事們又上前勸慰，將長廊上幾十號人終於又都勸回了各自的房間。

蘇家的房間裡，史氏一臉無奈地摟著蘇昕，房內眾人看著跪在蘇老夫人膝下放聲大哭的程之才。蘇昕撇撇嘴，這是什麼無賴，哭成這樣一滴眼淚都沒有！

一個侍女推門進來屈膝稟告：「瓦子裡的人不讓奴上三樓，有位娘子說會替奴去三樓找程娘子，稍後她再來回稟。」

坐在蘇老夫人下首的王瓔粉臉鐵青，手中一把宮扇啪地拍在桌上：「豈有此理！你說了自己是相府裡的人沒有？」

那侍女趕緊跪了：「稟告夫人，奴說了。那上樓的地方還有好幾個漢子，說是燕王殿下和淑慧公主殿下都在三樓，閒雜人等不得入內。奴實在無法，這才——。」

蘇老夫人歎了口氣：「好了，算了吧，這又不是她的錯，何況也不是什麼大事。阿程今日同太尉家的魏娘子一同看戲，去叫她作甚？大郎和她們兩個，確確實實是嫡親的表兄妹，一場誤會鬧得人盡皆知，也是丟自家的臉面。只是大郎啊，你怎麼來汴京讀書這麼些年，竟也不來探望姑婆婆？」

王瓔被老夫人一句話撅了回去，更是氣得厲害。平時在百家巷，是史氏當家，她要給早產的女兒吃金絲燕窩，史氏當面不說，給她買了送過來。可轉頭阿姑就給她送來《蘇氏家訓》一本，讓她抄上三十遍，還派女使來問她可知道由儉入奢易，由奢入儉難的道理。現在出了門在外面，阿姑當著這麼多人，竟然也這麼讓她沒臉。

三樓上，九娘攔住要往外去的趙栩。外面又一陣轟隆隆雷聲滾過，嘩啦啦的雨聲，彷彿從天上傾盆潑下一般。

陳太初也一把拉住了他：「六郎！冰凍三尺，非一日之寒！這等賊子，總有罷相受懲的時候！」

趙栩吸了口氣，平復下來，也知道自己不該一時衝動，只是胸腔裡一股鬱燥之氣揮之不去。

門外忽地傳來玉簪急切的呼喚聲：「小娘子小娘子，樓下四娘子和蘇娘子出事了！」

蘇昉和九娘一驚，趕緊打開門，卻看見程氏正帶著七娘和女使們往樓梯口而去。

程氏看見九娘，沒想到蘇昉同她竟然在一起，不由得吃了一驚。看見趙淺予也出來了，才定了心。

趙淺予不等眾人行禮一驚揮手說：「免禮了，你們快去看看蘇家姊姊怎麼了。」她看著蘇昉急切，立刻想到六哥也是這麼愛護自己的，特地跟出來看看。

九娘想起先前矢服裡隱約傳來的女子哭泣聲和吵鬧聲，心一下子揪了起來，阿昕怎麼會和四娘在一起？四娘明明是隨著老太爺而來的。她轉身朝趙栩他們匆匆行了禮，接過玉簪手裡的帷帽戴上，趕緊跟著程氏下樓。蘇昉也隨同而去。

趙栩、陳太初對視一眼，都靠到長廊上朝下看去。這三樓的長廊之下正是二樓的長廊，雖有輕紗垂墜，卻依稀能看見二樓的西邊長廊上人影綽綽，有些混亂。那些瓦子裡的女執事們帶著一些漢子正在撫慰其他的看客。

第六十六章

程之才起初擔心自己腆著臉撲上去認親會被嫌棄，沒料到老夫人這麼念舊，一聽老夫人問他怎麼不去蘇府，就抱了她的膝蓋哭訴道：「我寄住在姑父家中，一直想要探望您，可侄孫不敢，怕表叔氣性大，看見我更生家裡人的氣。」

蘇老夫人垂淚不語，輕輕拍拍程之才的背：「唉，你是個懂事的。以後不要緊，你來就是了，還是個孩子呢，你表叔怎麼會和你計較……」

程之才趕緊又哭起來：「姑婆婆——我的親姑婆婆啊——我爹爹和翁翁都想死您了！翁翁身子不好，就怕再也見不上您一面了！」

自從蘇程二族絕交，蘇老夫人也有十幾年沒見過娘家人，逢年過節只能心中想念。現在看著程之才和自己的兄長、侄子長得極為相似，這番話正說在她經年的心病上，忍不住摟住程之才老淚縱橫起來。

程之才嗚啊嗚啊地哭，眼睛卻往外面四娘和蘇昕身上瞄啊瞄。王璎在一旁看到了，更是厭惡。她家是青神王氏的二房，早就因為父親入仕搬來了京城。她並不認識程家，這幾年一直看阿姑的臉色，受程氏的閒氣，對程家人一點好感都沒有。看到這個色胚裝腔作勢，心裡恨不得趕走這無賴。

蘇昕氣得在史氏懷裡掙扎了兩下，這樣的無恥之尤，竟矇騙了善良又念舊的婆婆。

程氏一進來，就看見程之才正抱著姑母的腿，跪在地上說眉州程家的事，一雙眼睛卻只朝外溜，黏在四娘和蘇昕身上來回轉悠。四娘臉色蒼白搖搖欲墜，多虧身邊的女侍攙扶著。王瓔一臉不耐煩地搖著宮扇。史氏正在摟著蘇昕低聲說話。

程氏知道程之才一向貪圖四娘的美色，也來不及感歎蘇家沒有一個合適的當家主母，趕緊先讓侍女們將門口那素屏搬到房內，隔出左右來，讓女使們領了戴著帷帽還紛紛用宮扇遮面的小娘子們去左邊坐定。自己到右邊給姑母和王瓔、史氏分別見禮。王瓔和史氏這才自覺是疏忽了，都臊紅了臉。史氏心裡感激程氏處置妥當，王瓔卻心裡冷笑，又把多管閒事的程氏罵了一遍。

程氏見完禮，不由分說，上前一把揪住程之才的耳朵就把他拎了起來：「大郎你狗膽包天了不是，大庭廣眾之下也敢調戲妹妹們？」另一隻手上的翠玉柄紈扇就劈里啪啦地拍在程之才頭臉上：「三日不打你就敢上房揭瓦，還敢帶壞了你九弟、十弟。不用等你表叔和姑父回頭收拾你，今日姑母先好好替你妹妹們出氣！」

程之才真被打得極疼，卻不敢躲閃，只哀哀地喊著：「姑母！姑婆婆！之才錯了，我沒有調戲妹妹們，就是怕四妹妹一個人害怕，才去接她和九弟、十弟一起看戲，誤會一場，一場誤會啊！」

左間的四娘，對著七娘和九娘一臉關切卻不知從何說起，想起陳太初對九娘，再想起自己的遭遇，只搖頭低泣不止。

蘇昕輕聲把事情都說了，心裡卻感覺四娘前後所言有些對不上號，現在看來四娘並不是在三樓看戲的，而是在二樓和孟家的九郎、十郎在一起，那又怎麼會在三樓看到哥哥、燕王、陳太初和九娘說話的呢，難不成她是騙自己的？還有這程之才明明是她表哥，她為何要說不認識呢。蘇昕正想開口問個明白，就聽見七娘恨恨地低聲道：「程家這個色鬼表哥最是可恨！真該趕出我們家去！」

難道那程之才以前就調戲過四娘？她害怕才騙自己說不認識的？蘇昕看著四娘的淚眼，壓下了詢問她的心思。

九娘默然，她知道蘇老夫人的心病，程之才今日算誤打誤撞認了親，事隔多年，恐怕蘇瞻也不會那麼強硬。這個紈褲子弟說不定會變成蘇孟兩家的麻煩。她歎了口氣，在蘇昕耳邊低聲說：「你把事情找機會告訴阿昉哥哥，最好能和表舅說。那人不是好東西，將來早晚怕要出事。」

蘇昕點點頭，想起一事，輕笑著問九娘：「你還是什麼都想著我哥哥呢，真是個乖妹妹。」又摟著九娘說：「放心，我一定跟哥哥說，那壞東西活該挨了我一頓揍，哼，你蘇姊姊可是打遍江州無敵手的。」她的女使默默地低了頭，小娘子兩個哥哥的不少同窗都挨過她的花拳繡腿呢。

蘇老夫人說程氏：「好了好了，你還是這麼個爆脾氣，都說是誤會了。我家阿昕也是個性子烈的。也該讓他們表兄妹認識一下才是。阿昉，你先過來見一見，你以前也在孟家族學進學，和你之才表兄可熟悉？」

蘇昉上前執禮道：「婆婆，請恕阿昉不孝。全因爹爹有言，蘇程二族永不來往。阿昉並無這樣的程家表兄，還請婆婆讓他離開吧。至於究竟是誤會，還是存心不軌，妹妹們心裡更清楚，受的驚嚇也不小，還是不要見的好。」蘇昉說完便跪了下來，背卻挺得筆直。

程之才差點沒跳起來，他又哭又討饒又挨打，受驚嚇？他才是受驚嚇的那個好不好！這蘇昉，當年在孟家修竹苑就眼高於頂，看見他就當沒看見，現在當著自己婆婆的面，竟然敢違逆長輩！

蘇昕心裡暢快，悄聲問九娘：「我哥哥是不是最好了？」九娘點點頭：「那是自然！阿昉哥哥當然是最好的！」七娘也點頭表示認同，蘇昉還真是厲害，連婆婆的話都敢駁！想到自己的婆婆，七娘又歎了口氣。

蘇昕朝九娘眨眨眼睛，笑得怪怪的。

程氏一聽，就把程之才往外推：「你啊，還是快點滾回自己房間去，要給你表叔知道了，你可就慘了。」程之才還想喊兩聲姑婆婆，扭頭一看蘇老夫人竟然垂頭不語，想著屏風那頭四個好妹妹，只能歎一聲可惜，喊著：「姑婆婆！等表叔消氣了，您記得讓姑母告訴大郎，大郎來好好拜見您老人家！」

程氏將程之才推了出去，又狠狠擰了他兩下，囑咐他長點心，讓隨從趕緊帶他走。回到房裡，一看靜悄悄的沒人說話，就上前勸慰蘇老夫人，陪著她灑了幾滴眼淚，又吧蘇昉扶起來，拉到老夫人跟前說：「姑母且寬心，要是阿昉說錯了，你只管罵他打他。他也是聽表哥的話而已，你就不要生他的氣了。再說哪有為了侄孫生親孫子氣的道理！」

蘇老夫人歎了口氣，拉著蘇昉的手，問他今日開寶寺可順利，又歎一口長氣：「若是你娘還在，你爹爹也不會這麼聽不得勸，這麼多年氣性還這麼大。也就不至於——唉！」

王瓔一聽，氣得手腳發顫。自當年暖房酒那天後，蘇瞻對她就很冷淡。她早產時參湯喝了好幾碗，娘親抱著她哭得不行。家裡僕人連著去宮裡跑了三回，可等蘇瞻回到家，女兒都已經生下來，洗完澡喝完奶睡著了，他也不過說了句：「累著你了，你好生休息。」看了看女兒，就去了書房。若不是她娘來守著她，她真是月子裡就要把眼睛哭瞎了。

等回到眉州守孝，她更是備受蘇家老宅上上下下的氣，明明她才應當是蘇氏一族的宗婦，可阿翁的喪事，卻是史氏操辦的。族裡的那些老的，見著阿姑說著說著就開始誇獎王玞，好像那些年王玞不是在汴京倒是在眉州伺候她們似的。最後眼看著蘇瞻忽然就把他日後的壽棺埋入了王玞的墓裡，那種肝腸寸斷，心都碎了，卻沒有一個人能安慰她。這做阿姑的，現在依然動不動就把王玞掛在嘴邊，當她是什麼！

九娘聽得也暗暗感歎。十七娘費盡心思，得到了她想得到的，卻未必不會後悔，想起當年炭張家峰迴路轉驚心動魄的事，想起暖房酒自己為了阿昉決然問難的事，只能說人算不如天算，有因就有果。

程氏把她們三個叫出來給長輩們見禮。外頭大雨瓢潑在瓦上，眾人說話聲音都不自覺響了許多。

戲臺上的雲板響了兩聲，《目連救母》終於演完了。有兩個女相撲上臺賣藝取悅看客，穿得十分暴露不雅。大堂之上口哨擊掌尖叫聲不斷。二樓包間的顯貴人家按慣例開始先行離場。

深夜的天邊一道道長龍似的閃電，風如拔山怒，雨如決河傾。

州西瓦子東南口建著高高的寬屋簷，走出去十幾二十步也淋不到雨。各府的馬車牛車已排成一溜停在簷下，地面已經濕滑。十幾個執事娘子手持油紙傘帶笑候著，眼睛卻止不住往簷下站著的陳太初身上飄。

州西瓦子斜對面是亞其巷，巷東是高門大戶的蔡相宅，此時四扇朱漆大門斜對著州西瓦子的東南口，緊閉著。巷西是一家亞其瓦子，被州西瓦子壓制了多年，早歇業了好幾個月，黑漆漆的無半點燈火。亞其巷狹長街道上的攤販因為大雨早就一個都不見了，兩邊的店鋪也早早地落了鎖，只剩下簷下兩排長溜的紅燈籠，有的早滅了，有的還燃著，星星點點順著長巷下去，能看見大雨潑灑在青石板路面上濺起的水珠，隱隱的那長巷中似乎水霧拔地而起，如夢如幻。

看見貴客出了門，執事娘子們立刻撐起專用的大油紙傘上前，擋住屋簷下飄進來的雨霧。陳太初迎上前隨母親一同送客。魏氏早先問了程氏，知道她們要和蘇老夫人一道走，便直接和杜氏、呂氏下來了。孟府的隨從婆子們早穿好了蓑衣、戴上了斗笠，在油紙傘下伺候主人家互相道別，為她們換上木屐登上車駕。

魏氏又叮囑了陳太初幾句，讓他和陳青早些歸家，想著和程氏在九娘一事上也算心照不宣了，越想越高興，笑眯眯地上了車。

陳太初撐著傘，雨幕中目送府裡的車駕慢慢離去，回過身來，想了想，卻向東又走了幾步，朝左一轉，沿著州西瓦子和建隆觀之間的東巷向北而行。沒了屋簷遮擋，雨潑灑下來，雖然有傘，他的衣服下襬立刻濕透了。一巷之隔的建隆觀裡傳來香火的味道，借著雨氣彌漫在這條巷子裡。他的心情輕快卻又帶著一絲苦澀，修長的手指不由得捏緊了傘柄。

走了一會兒，就看到巷子裡州西瓦子東北口的車馬處，正排了一長溜車駕，人聲不斷，一輛輛駛入大雨中，陳太初靠到牆邊，微微傾斜了油紙傘。那車軲轆濺起的水花，灑在陳太初木屐上，娘給他做的雲紋素襪很快就濕透了。又有跟著牛車的侍女、隨從、婆子們，戴著青色的箬笠，穿著綠色的蓑衣，木屐踩得噗噗響，小跑著一路過去，蓑衣不斷刮擦到傘下的他，他也不想躲閃。

漸漸的，只剩下孟府和蘇府的幾輛牛車還等候在那裡。

不一會兒，出來兩個小郎君上車走了。陳太初依稀記得是三房的九郎、十郎，他壓低了傘面，垂目看著自己已經在滴水的下襬，看了片刻，覺得自己的確有些犯傻。正要轉身，卻看見蘇昉領頭帶著家人，程氏帶著四娘她們也走了出來。瓦子裡的執事娘子也早撐起了傘，兩家的婆子、侍女上前，替她們換穿木屐。

陳太初將傘抬了抬，退了兩步，面上忍不住露出一絲笑意。那邊的屋簷下頭，九娘站在最邊上，一手壓著被風吹得亂飛的帷帽輕紗，一手壓著裙襬，側著頭和蘇昕說話。屋簷下的燈籠雖然用竹網罩住了，仍然被狂風吹得亂飄。雖然有傘擋著，但昏暗燈下依然看得見地面不少白雨跳珠，濺在九娘的裙襬上，她也毫不在意。

玉簪換好了蓑衣，親自接過木屐，蹲下替九娘換鞋。隔著七八步遠，陳太初在傘下看著九娘裙底輕巧地伸出一隻腳，腳上的絲履被玉簪取了下來收好，只剩白羅襪鬆鬆欲墜，忽地她的腳趾頭調皮地翹起來動了幾下，似乎想把即將滑落的羅襪咬住，隨後就蹬入了木屐中，站穩在濕地上。

陳太初心裡也像被九娘那調皮的腳趾撓了幾下，覺得自己不但犯傻，還看了不該看的，又羞又慚，索性轉過身面對著牆站定。

九娘最後一個提裙上了牛車，轉頭朝蘇昕揮揮手，看到不遠處一把油紙傘下露出一大截濕透了衣裳下襬和木屐，正覺得奇怪，外面的玉簪已經將車簾放了下來。

陳太初微微抬起傘面，看著孟府、蘇府的牛車分頭離去，才轉身往回走去。

蘇瞻及隨從們戴上斗笠、披上蓑衣，剛剛上馬而去。趙栩、趙淺予也帶著人走了出來，正好見到孟府的牛車轉了個彎，大雨裡就要遠去。趙淺予趕緊讓小黃門撐了傘去攔，將牛車慢慢趕回頭，停到這邊屋簷下頭，她套了木屐，帶著女史們過去。

程氏見車忽然調頭停了，掀開車簾，一看是淑慧公主派人攔下車，就要下車給公主見禮。趙淺予笑盈盈地說免了免了，只是單請九娘下車說幾句話。

九娘戴上帷帽下了車，就被趙淺予拉到門口。趙栩正等著她。

趙栩就問：「蘇昕剛才打的，是不是上次我打的那個狗東西？」

九娘忍俊不禁，點點頭：「是他。」

趙栩冷哼了一聲又問：「他可還敢眼珠子亂轉？」

九娘笑著搖搖頭，卻看到陳青走了出來，便朝陳青福了一福，待要告退。

陳青伸手虛扶了一把，低聲告訴她道：「蔡相想要太子妃一位，你表舅只答應不插手禮部的選妃名單。」

九娘一驚，這應該是她跟程氏下樓之後他們三位所談到的事，心念急轉中想起二樓平臺上遇到的酷似阮姨娘之人，那個他帶著去見蔡相的女子，會不會列在選妃名冊裡？趕緊問了一句：「名冊裡可有張蕊珠和蔡五娘？」

陳青搖頭：「尚不知曉。但你表舅私下告訴我，太后有意讓你們孟家的小娘子進宮待選。你回去告訴你家婆婆早做準備。」說完就邁步往外走去。

九娘嚇了一大跳，一抬眼，卻隔著帷帽的輕紗，見到趙栩正神情複雜地看著自己。夜燈之下，他那桃花眼一眸春水照人寒，千斛明珠覺未多，似有萬言千語待訴說。九娘臉上一熱，彷彿那拔釵時的一剎那心虛又至，不敢再看他，趕緊屈膝一禮，轉身還想追上陳青再多問兩句。

趙栩悵然若失，帶了趙淺予和一眾隨從跟上他們。東邊陳太初正好也走了回來，沒想到又看到九娘在這裡，收了傘笑著迎上來。

兩邊靜立的執事娘子們跟著上前，撐開油紙傘，要替他們遮擋兩側的雨霧。

這時正值一道閃電劈在當頭，照得人鬚髮盡亮。九娘一抬眼看見身前執著傘柄的手纖細白嫩，十指塗著朱色蔻丹，說不出的妖魅豔麗，那執事娘子所穿的青色褙子被風一吹，露出真羅紅的底衫來，她心猛地一跳，不及多想，立刻大聲問：「你為何冒充瓦子的娘子？」

寒光一閃，天上炸雷響起，趙栩已經衝上前一把拉住九娘，朝傘下人就飛起一腿，大喝：「小心刺客——來人——！」

陳青反應極快，九娘話音未落，他已經矮身向前衝了兩步，堪堪避過兩側飛來寒光。九娘眼睛才一霎，陳青又回到了她面前，一手拉了趙淺予一手拉住她，朝後直退入侍衛群中。再回過頭，趙栩和陳太初已經和兩個女子鬥在一起。瓦子裡其他執事、僕從們嚇得趕緊去喊人，十幾個大漢手持棍棒朴刀湧了出來。陳青一揮手，身後十幾個侍衛上前橫在幾家的車駕之前，利索地蒙住了牛眼，護住了牛車。大雨裡傳來車裡女眷們的叫聲。

七娘剛一探頭，就尖叫一聲縮了回去，半晌車簾才又悄悄掀起一角。

陳太初正接著東面被趙栩踢開的那人，他手中的傘遇到那執傘人袖中的短劍，幾瞬就傘面破裂開來。他也不慌，清嘯一聲，手持傘柄也當劍用，直把那人從簷下逼到雨中，遠離了孟府的牛車。那人手中劍氣縱橫，發出嗤嗤聲，陳太初出手如電，絲毫不落下風。

西邊，趙栩手上精光閃爍，兩柄短劍翻飛不止，也將一個女子逼退簷下，兩人都是短劍，在大雨中幾乎是貼身廝殺，雨花飛濺。瓦子的護衛們遠遠圍著，卻無人再敢上前。

忽然趙栩大笑一聲，刷刷兩下，那女刺客手中短劍已斷成三截，連著退了幾步，忽地揚聲大笑道：「且住！秦州故人特來問陳太尉安好！太尉這麼招呼客人可不合適吧？」

場上眾人都一愣，秦州故人!?趙淺予和九娘不自覺地朝前走了兩步，想看清楚一些。

陳太初手下也一滯，不防那和他對戰的女刺客欺身而上，柔荑一伸，竟朝他面上摸來。陳太初手中傘柄格住短劍，一個後仰，那染著朱紅蔻丹的如蔥段一樣手指堪堪擦過他的右臉。

這女子嬌笑道：「太尉的兒子們也長得好！」人已連續往後空翻，和那自稱秦州故人的女子並肩在大街之中站定了。兩人相視一笑，一伸手，已將身上的青色褙子除去，大雨滂沱下，兩人身上紅似血的貼身薄紗胡服盡濕，纖毫畢現，玲瓏有致，看不清面容，也覺得是難得一見的如花嬌顏。

不少侍衛都倒吸了一口氣，手中兵器也無意識地鬆了一鬆。九娘和趙淺予不由得都啊了一聲，又往陳青身邊走近了兩步。秦州來的？還是這麼厲害這麼好看的女人？九娘的好奇心作祟得厲害，探頭看看陳青，陳青卻毫無表情。

和陳太初對戰的女子揚聲笑道：「方才那位厲害的妹妹，一眼就認出我來，不如你把帷帽拿下來，讓姊姊也認識認識你罷。」

趙栩暗叫不妙，和陳太初一矮身已往回急退。

那兩個女子話未說完，已同時一翻手，身子往下一蹲，兩台精巧的袖弩已托在臂上，嗤嗤幾聲急響，十多枝精鐵利矢帶起水花，直往陳青、九娘、趙淺予站立的門口急射而去。

陳太初心知這樣的袖弩在這個射程裡極為霸道，不及多想，手中傘柄擲出已擊落兩根小箭，叮噹落在一地水中，一看趙栩也已削斷了幾根利箭。

兩人眼睜睜看著剩下的近十枝箭急嘯而去，門口那些侍衛還來不及反應，趙淺予發出一聲尖叫。九娘一瞬間下意識地就將趙淺予摟在懷裡背轉過身子，以身擋箭！

以身擋箭！九娘要以身擋箭！趙栩和陳太初肝膽俱裂，同時飛身疾奔。

一聲長嘯，一道劍光自上而下當空一劈。

幾乎只發出一聲脆響，十多隻利箭驟然半途失力，叮叮噹噹墜落在地，有些精鐵箭頭滾到九娘、趙淺予的木屐前面，幽幽泛著光。趙淺予小嘴一扁，要哭卻哭不出來，只緊緊抱著九娘。

陳青丟開長劍，冰山一樣的俊臉毫無表情：「弓來！」

九娘、趙淺予的帷帽忽地齊齊裂開，掉落在地上。兩人臉色蒼白，面面相覷，心有餘悸，腿腳發軟，委實嚇得不輕。侍衛們趕緊團團將兩人護住。

不遠處兩個女子正應付著趙栩和陳太初的殺招，一見就連退了三四步，笑道：「妹妹果然美得很，我可記住你了哦！」

雨勢不減，閃電不退，雷聲不弱。這幾瞬間，如此漫長。

第六十七章

雷聲千嶂落，雨色萬峰來。

陳青接過手下遞上的弓和黑翎羽箭，緩步上前，更無二話，猿臂輕舒，已滿月在懷，右手輕搭，四根羽箭已在弦上。

趙栩和陳太初面露喜色，立刻退到九娘和趙淺予身邊。趙栩揮揮手，侍衛們半攙半扶要將她們護送入門內。

那兩個女刺客對視一眼，轉身躍起，乳燕投林般落向亞其巷口，嬌笑道：「太尉不念舊情，痛下殺手，奴等先告辭了！」

九娘還沒跨入門內，就聽到身後弓弦輕響了一聲。她急轉過身，那四枝羽箭已離弦而去，箭頭簇亮，如電火行空追著雨中紅衣人而去，星馳電掣般破開雨幕，一息千里，竟忽地又分成上下兩路，黑翎尾羽急速甩起的雨水帶出四團水霧，轉瞬水霧裡各爆出一團血霧。

那兩個女子在巷口身形倏地一停，搖了幾搖，躍上屋頂，在民房院落中幾個起落就已經不見蹤影。

三十步外的亞其巷口空無一人，大雨漫過的地面，血水潺潺，轉瞬就變成了淡紅色，蔓延開來。

趙栩顧不得身上還直往下滴水，上前幾步，看向陳青。陳青看著雙眼赤紅的趙栩，點了點頭：「你來。」

趙栩眉頭一挑，手一揮：「追！」身後躍出四個皂衫短打的漢子，對他躬身行了一禮，往雨幕中追去。

他又一揮手：「殿前司信號！報開封府和內城禁軍！」

兩個漢子隨即奔入雨中，躍上對面屋頂，朝天點燃手中兩管物事，嗖嗖兩聲，空中爆出赤紅和橙黃兩道煙火。兩人剛返回趙栩身邊，東邊順天門內的開封府已響起急鼓聲，離此地最近的金水門內城禁軍營，隱約傳來馬聲長嘶。

有人上前將刺客所用的弩箭用粗布包了，送到趙栩面前給他查看。後面也有人喊：「找到了！」西巷裡抬出兩具女屍來，兩個刺客下手極為狠毒，兩個執事娘子均遭一劍封喉而亡。

趙栩在外面指揮手下眾人有條不紊地處置現場。門裡的趙淺予依然嚇得抱住九娘不放，不住抽泣。九娘雖然也驚懼不已，但仍盡力安慰著趙淺予，可惜說了好些話也不見效，轉頭見到渾身濕透的陳太初守在門口，他的木屐正踩在自己身上流下的一灘水中，臉色平靜如常，看見他似乎自己的心就也能漸漸安定下來。

陳太初似乎知道在安慰趙淺予的她也極需要人安慰，他朝九娘點點頭，微笑著輕聲道：「沒事了，放心。」但他的手背在身後，仍在顫抖，不想也不能給她看見自己心中的恐懼。若不是爹爹，他還來不及說出心意，就已經失去她了。前一刻嬌顏如花，後一刻血流成河。那徹夜的守望，雨中的靜候，一顰一笑，全然沒有了意義。似乎就是這一刻，陳太初無比渴望自己能變得更強，至少強大到無論何時何地都能守護住眼前的人兒。

九娘的心漸漸定了下來，靈機一動，拍拍趙淺予：「你看！太初哥哥剛才被壞女人摸到臉了，你的帕子呢？快給他擦擦臉。」趙淺予抬起頭，看到一臉古怪的陳太初，想笑笑不出來，慢慢收了淚鬆開九娘，抽抽噎噎地問陳太初：「太初哥哥，你被那壞女人摸到了嗎？」

陳太初搖搖頭輕聲問：「沒有，沒有！放心，真的沒有！」又覺得自己話裡有語病，臉一紅，趕緊又問：「你們兩個沒受傷吧？」

九娘仔細看了看趙淺予，搖搖頭說：「我們沒事。」從她開口叫破那刺客身份，到刺客中箭逃離，不過幾瞬的事，已有一種劫後餘生，鬼門關轉了一圈的感覺。

趙栩將善後事宜安排妥當，才過來看她們，心裡火燒一樣，灼得他五臟六腑都疼，急死了怕死了嚇死了恨死了又心疼死了。這胖冬瓜就是這樣的性子改不了，那樣的生死關頭，只想著護住阿予，從不惜命，也不想想她的命是他的了，說不要就不要嗎？想罵她幾句，可看著九娘蒼白的小臉和趙淺予眼淚汪汪的樣子，最後一聲不吭，抹了把臉，垂目收起雙劍，悶聲說了一句：「別怕，沒事了，出來吧。」

九娘本以為難免又要被趙栩臭罵一頓，看到他這個樣子，倒覺得是自己又沒聽他的話，又錯了。屢錯屢犯，知錯不改，他說得全對。

趙淺予牽著九娘應聲想朝外邁步，兩個人腿卻都是軟的。幸虧趙栩和陳太初見機得早，一把將兩人扶出了門。

陳青仔細看了看那兩具屍體，才收了弓交給隨從，走過來問九娘：「九娘怎麼看出那人是冒充的？」

九娘手心裡全是汗，聲音還有些發顫：「今夜看到那許多執事娘子，手上都不塗蔻丹，青色褙子下應該是鵝黃色裡衣。那女子手上塗著朱色蔻丹，青色褙子下面卻是真羅紅的裡衣，覺得不對頭就開口問了。」

陳青點點頭：「今夜多虧九娘了。太初，你帶些人送孟府的車駕回府。我和六郎先送阿予回宮。」

九娘一進牛車，程氏一聲阿彌陀佛，雙手合十：「嚇死我了！還好你沒事！」想到席間魏氏的話，原本還高興眼看就要撈到衙內女婿，現在心裡頭卻又開始覺得陳家不是適合結親的好人家，這動不動來個刺客，萬一人沒了，還談什麼權什麼勢，還不如那榜上的進士實惠呢。

七娘卻兩眼放光：「阿妧，你看到了嗎？燕王殿下好生厲害！」那樣的人，那樣的外貌，又有那樣的本事！

四娘滿心都是陳太初的英姿，一想到那個總是謙卑笑容的女使，又不寒而慄起來。

九娘輕聲道：「娘，別怕，那兩個刺客中了表叔的箭，帶著傷走不遠的。太初表哥送我們回去。你們放心吧，沒事了。」她心裡裝著陳青之前說的話，略加思索，大概已猜到太后中意的是誰。

陳太初在馬上揚聲道：「還請表叔母放心。」

驚魂初定的車夫舉起韁繩，喊了一聲，牛兒慢慢揚起蹄子，往西邊雨中去了。

蔡相府，六鶴堂，高四丈九尺，觀人如蟻。大雨中通體漆黑一片，只有外簷下的燈籠隨風飄搖。頂層的窗子被人輕輕掩上，不多時，屋內琉璃燈亮了起來。阮玉郎濕漉漉長髮隨意散在背後，洗淨鉛華的一張素臉，白越發白，黑越發黑，身上披著一件玄色道袍，衣襟隨意敞開著，若隱若現出一片瑩白的胸膛。

他伸手將案上一盞珠燈彈了兩彈，幽然一聲歎息，帶著說不出的纏綿悱惻之意。

「珠燈璧月年時節，纖手同攜。」

輕薄的吟唱自屏風外而來，蔡濤笑盈盈地進來：「香膚柔澤，素質參紅。團輔圓頤，菡萏芙蓉。玉郎這麼多年還是美得如此驚心動魄，怎不叫人神魂顛倒？你若一直在泉州不肯回來，可叫弟弟怎麼活？沒了那些錢，換了你回來，還是值當極了。」他兩頰泛紅，滿面春色，一臉迷醉，伸手就往榻上人的衣中探去。

阮玉郎也不躲，任他抱著恣意妄為了一番。兩個童子提了食籃進來，熟視無睹，自將酒菜擺了，行禮下去，不敢多看榻上的兩人一眼。

阮玉郎推開蔡濤的手，將被他壓在身下的長髮取了出來：「你不去妻妾房裡，跑來這裡做什麼？壓得我頭髮疼。」

蔡濤看他秋水橫波似嗔似喜，不免欲火中燒，又撲到他身上：「玉郎你冷落我這麼久，是不是因為我新納了嫣翠？你跑去演什麼青提夫人，可是為了讓我難受？一想到那許多人看得到你的模樣，我就恨不得殺了他們！」

阮玉郎一隻手頂住他胸口，推拒開來：「那你怎麼還不去殺？正好今夜我沒心思陪你玩。」

蔡濤一怔：「今日爹爹也說你那外甥女好，你還有什麼不放心？可是擔心她不聽話？還是擔心爹爹不肯你同我好？」

他話一出口，看見阮玉郎目中厲色寒光一閃而過，心裡後悔，起身坐正了笑道：「她恐怕還不知道你的手段，知道了豈會不聽話？」

阮玉郎下了榻，將道袍隨意攏了攏，走到桌邊，高舉起酒壺便往口中倒。蔡濤看著那酒水順著他口中流下那極美的下頷，喉嚨，沒入胸口，哪裡耐得住，下了榻就要去抱。阮玉郎卻將桌上的兩隻酒杯擲入他懷中：「唱戲累得很，你先回去，明日來我家中，正好訂了套新的鞭子，明天才能送到。」說完便斜睨了他一眼。蔡濤捧著酒壺，臉頰燙得要燒了起來，被他那一眼掃到，渾身已酥軟得不行，竟然一句話也說不出，半身發麻，捧著空酒杯依依不捨地去了。

蔡濤走後良久，阮玉郎才淡淡地道：「出來吧。」

屏風外的樑上落下二人來，正是方才行刺陳青的兩個女子，面色蒼白，卻不露痛苦之色，進了裡間，將身上裹著的青紗簾子散了開來。那簾子又是水又是血，皺巴巴地落在地上。兩人忍痛多時，腳步虛浮，相互攙扶著朝阮玉郎苦笑道：「郎君所言非虛，我們一時不慎，失手了。」

阮玉郎從案上取了把剪燈芯的剪刀，眼也不抬一下：「過來，拔了箭再說。」他擊了三下掌，外面進來兩個垂首斂目的少年，捧了巾帕和藥物，到榻前靜立。

那兩個女刺客依言過去。阮玉郎站起身仔細查看，兩人傷口幾乎一樣，只是一左一右，分別傷在肩和小腿。箭勢極猛，穿透了身體，箭頭猙獰地露著外頭，滲著血絲。

箭頭上赫然刻著一個「陳」字。

「側躺到腳踏上。」阮玉郎柔聲道，他微微側頭，眼波掃過，兩女心中一顫，竟不敢和他對視，便上去一人側躺在榻前的腳踏之上。

「石棱都能沒入，何況血肉？」阮玉郎伸手輕輕碰了碰箭頭，歎了口氣：「二位梁娘子，現在可相信陳青的人頭值六個州了？我要的是蘭州、涼州、甘州、肅州、瓜州、沙洲，記得同你家梁皇后再說清楚些。」

被阮玉郎這一碰，疼得發抖的女子咬著一縷青絲點頭：「是！郎君放心，奴家記住了。」

咯嘣兩聲，阮玉郎已剪斷尾羽，幽幽地道：「以往只聽說秦鳳路軍中小李廣高似的箭法如神，今日才識得陳青一箭正墜雙飛翼的厲害。難怪皇城禁軍招箭班的都指揮使都出自太尉麾下。他的箭法，你家梁皇后既然是太尉的秦州故人，怎會不知道？」說完就著案上的酒壺又喝了一大口酒。

那女子正專心聽他說話，只覺得肩上一陣劇痛，身子直蹦了起來，卻被阮玉郎一口酒噴在傷口上，又撒上一把金創藥，疼得無法忍受，無奈被他狠狠踩住了背動彈不得，只能如缺水之魚急顫著，口中銀牙已咬出了血。那傷口被阮玉郎拿那一旁的布巾按住，幾下就裹了個結實。

旁邊的女子看著都覺得膽寒，這如花一般的男子，下手之狠前所未見，呆了一呆才說：「我家娘子只說過他槍法和劍法如神——」

阮玉郎左手往腳下女子口中塞了一塊帕子，笑著說：「是哥哥不好，倒忘記給你這個，咬著，就不會傷著自己的舌頭。」話未落右手又已拔出她腿上中的箭來。

那女子悶哼一聲，已暈了過去。兩個少年放下手中物，將她抬了開來。

阮玉郎隨手取過巾帕擦了擦手：「他出門時手中並無兵器，你們又怎會失手的？」

尚未拔箭的女子忍著傷痛說道：「陳青身邊跟了個極美貌的小姑娘，不知怎麼就認出奴家不是瓦子裡的人，喊了出來，這才功虧一簣。」

「極美貌的小姑娘？」阮玉郎皺起眉頭：「難不成是淑慧公主？是不是和陳青長得有幾分相似？」

女子搖頭：「不，隔得遠看不太真切，那小姑娘和太尉並不相似，看上去該有十三四歲，極為美豔。倒是太尉有個長得和他很像的兒子十分厲害，手下能人輩出，奴家姊妹差點回不來。」

阮玉郎搖頭道：「太尉只有個外甥長得和他很像，那是燕王殿下了。原來發出殿前司信號的竟然是他？」他想起四娘所說的「我家九妹，她自小聰慧過人，過目不忘。和燕王殿下淑慧公主，還有蘇相公家的東閣，陳太尉家的衙內，都十分親近」，便沉思了起來。

女子不敢多言。忽地，眼前的蛇蠍美人抬起頭，歎了口氣：「到你了，躺下吧。一弓四箭，箭箭命中，真是厲害。」

他輕笑道：「我最討厭的，就是厲害的人和聰明的人。」他又垂下頭擦了擦手：「這樣的人啊，活不長。」

半邊青絲垂下，瞬間暗了的半張容顏，明暗光影中，傾城又傾國。

程氏回到孟府，一看已過了亥正，便極力挽留陳太初，說不如今夜就住在修竹苑，明早帶著妹妹們一起去福田院也方便。

陳太初謝過程氏的好意，飛身上馬，笑著拱手道別，少年頭戴青箬笠身、披綠蓑衣，腳踏木屐，卻毫無旁人被雨淋得那般狼狽瑟縮模樣，依然鬢若刀裁，眉如墨畫，端坐馬上岩岩若孤松之獨立。

四娘目送他沒入滂沱雨夜中，忽地悲從中來，帷帽下止不住兩行淚滾滾而下。鶯素一把扶住她：「小娘子需看好腳下，別摔著。」

回到木樨院，翠微堂的侍女等候了多時，說老夫人有請。眾人都一愣，趕緊各自回房梳洗換衣裳。

聽香閣東暖閣裡，林氏在榻上給十一郎做冬襪，慈姑在給九娘做秋冬的抹胸。兩個人在雨夜裡精神抖擻，沒完沒了地說著自家小娘子。

林氏正煩惱著：「慈姑，你說九娘這個年紀，那胸前肉還沒我以前重吧？怎麼一碰就疼成那樣？哦呦，你相信我！我真的真的沒下狠力氣，就這樣就這樣的——」昨夜又被慈姑責備的她，委實想不通，伸手在慈姑手背上一按：「就這點力，她就嗚嗚哭？」

慈姑也真沒覺得她下手重，想了想：「我以前在宮裡的時候，倒也見過小娘子這樣的嬌嬌，動輒喊疼，身上一碰著磕著就出來好大一個烏青塊，半個月才能消。」她想到玉簪給九娘擦背，一擦就是一條紅印，一夜都消不下去，就笑著搖頭：「我們小娘子啊，也真是個小嬌嬌。」

林氏眼睛瞪圓了脫口而出：「那她以後這洞房夜可怎麼熬得過去？」

看到慈姑瞠目結舌，啊？說錯話了？林氏趕緊加了一句：「還有生孩子怎麼辦？啊——這不都是痛死人的事嘛……」她聲音越來越低，頭也越來越低。

慈姑正要罵她，九娘子雖說看起來十四五歲了，翻過年也才十三歲呢！有你想那麼多想那麼早說什麼亂七八糟的啊！

「什麼痛死人的事？」九娘跨了進來奇道。

林氏眨巴著眼睛：「沒——沒事！不痛，其實都不痛，熬過去了就好得很。」啊，這是不是又說錯話了？

慈姑無奈地歎了口氣：「小娘子總算回來了，姨娘你也快回東小院去吧，今晚寶相也是，到現在也沒來找你。」

林氏嘴快得很：「今夜雨太大，郎君擔心田莊被淹壞了，帶著管事們去城外了。」

慈姑推了她出門：「你這嘴，該找個把門的傢伙才是。」

侍女們端了熱水進來，九娘來不及沐浴，玉簪用熱水替她擦了一擦，重新梳了頭髮換了衣服。一出門，對面四娘也出來了。

九娘看著她臉色極差，不由得勸她：「四姊，你今夜臉色很差，是不是著涼了？不如留在房裡歇著，要有什麼事，我回來同你說。」

四娘搖搖頭，上來挽住她的手：「沒事，走吧，別讓婆婆等久了。」

九娘這才覺得她手冰冷發抖，趕緊摸了摸她額頭，幸好是溫的，只好握著她的手，暗歎恐怕她是被程之才嚇壞了，怕萬一被嫡母嫁給程之才那樣的紈褲子弟，一輩子真是完了。她們卻不知道，今夜程之才從州西瓦子出來，路上就被人截住，拖到車下暴打了一通，這會兒在修竹苑哭天喊地呢。

翠微堂裡燈火通明，梁老夫人正在和呂氏、杜氏商量著，六娘持筆正在記錄。

程氏帶著她們行禮落座，才知道今夜驟降百年罕見的大暴雨，汴京城數百戶人家被雷電劈塌房屋，幾千人沒了安身之所。相國寺已經大開三門，容納了數百民眾，寺內也例行開始施粥贈藥。開封府有衙役照例來請求富貴人家和世家大族開門納民。正好三個媳婦都不在家，老夫人已經應下了，待商量諸事如何安排。

程氏以往當家，遇到過一次澇災納民，一次雪災納民，這又是積善行德的好事，當下就爽快地將前後院一應安排說了，六娘記在紙上，七娘在一旁打算盤，齊心協力，很快就列出了條目和帳目。

呂氏一看，嚇了一跳：「這納民竟要花費五千多貫錢!?我看那年雪災納民一百七十多人，一個半月不過才三千貫而已！」

六娘笑著說：「可娘看看如今的米價呢，漲了多少倍了。」

九娘也說道：「冬日裡不怕疫病，薑湯驅寒就好，夏日裡澇災後就怕疫病，最好這醫藥上也預上一筆錢才是。」前世杭州多暴雨，錢塘江和太湖澇災不斷，她耳熟能詳這些災後要做的事情。

七娘又取過帳冊，查了上半年的醫藥費用、大夫診金，按人頭大概核算了一番，又添了五百貫錢上去。

堂下的各處管事娘子們都被召了進來。梁老夫人喝了口茶，慢慢說道：「咱們府，子時就去把大門開了，點上紅燈籠，把那個納民的告示貼上。一應事，你們聽二夫人的安排，叫你們進來，是三句話要你們帶給下面的人。家裡不是第一次納民了，切記：第一，不可無防人之心。這各處的門戶，庫房，內宅，都要緊著看好，部曲護院也要多巡幾班。」

眾人躬身應是。

老夫人又說：「第二，不可有欺人之心。來者都是客，貧賤也好，窮困也好，入我孟家門是我孟家客。祖宗家法都看著呢，誰若給客人臉色看，餓著他們，我孟家供不起那樣的菩薩。」

眾人又躬身應是。

老夫人喝了口茶，才慢慢道：「這第三，不可有憐人之心。」堂上只有四個小娘子沒有聽過每次納民前老夫人必說的三句話，聞言不由得都一愣。這做善事，若沒有憐憫心，可怎麼行呢。

老夫人擱下茶盞，看了看孫女們，語重心長道：「憐憫之心，人皆有之。我們開門納民，必然有老有小，有男有女，若你們因為憐憫心，多給這個一些，多照顧那個一些，這不患寡而患不均，難免有人就存了憤憤不平之心，反倒害了那些弱者。這訂下的條例，貼出去了就不能改，照著做才是，可記住了？」

事。

眾人躬身應是，便行禮退到廊下。呂氏帶了六娘、七娘寫的條目、帳目，自去抱廈調派人手物事。

四個小娘子起身朝老夫人屈膝道：「孫女們受教了。」

四娘心裡更是委屈難當，不患寡而患不均，可同樣是庶出的女兒，為什麼九娘卻和自己不一樣？她正要上前訴說今夜的離奇事，九娘卻已經上前跪在老夫人膝下：「婆婆，阿妧有要緊事稟告，還請屏退左右。」

程氏嚇了一跳：「阿妧你這是幹什麼？」

老夫人卻揮揮手，貞娘帶著所有的女使退了出去，到廊下候著。

九娘正色道：「今夜九娘蒙表叔召見，說了會話。表叔說宮中太后娘娘有意要召我孟家的小娘子進宮待選，還請婆婆早做準備。」

堂上一靜，跟著幾聲驚呼。

「啊——!?」

第六十八章

翠微堂中，靜悄悄的，唯有雨聲。

老夫人合上眼：「阿妧起來說話。」手上慢慢開始摩挲起那串數珠。

七娘抑制不住喜出望外之情，看著對面娘親的嚴肅臉，又不敢流露出來。

四娘心裡一個咯噔，難道！難道真像鶯素說的，那人的本事通了天？若是太后娘娘宣召，那就確實連婆婆也阻止不了。怪不得！怪不得他根本不怕她告訴嫡母和婆婆。四娘越想越灰心越絕望，幾乎要從繡墩上滑到地上。

杜氏皺了皺眉問九娘：「你表叔怎麼會同你說這個？」

「表叔問起女學今年可有姊妹會進宮做公主侍讀，這才說起的。」九娘答道。

程氏趕緊起身：「娘，咱們家——。」

老夫人伸手制止了她，開口就問：「阿嬋，阿姍，阿嫻，阿妧，你們四個過來，婆婆有話問你們。」

四姊妹齊齊跪倒在老夫人跟前。

「你們四個，可有人想要入宮？」老夫人沉聲問道。杜氏和程氏站到老夫人下首，看著她們，面露焦急之色。

杜氏和翠微堂最是熟悉，她心中清楚，老夫人當年為了從宮中全身而退，花了多少心思精力。大趙一朝，自太祖皇帝說了：「諸班之妻，盡取女子之長者，欲其子孫魁傑，世為禁衛而不絕也。」宮中的女史，一旦被上八班的班直將領看上了，皇帝極少會不點頭，又有誰能不嫁、誰敢抗旨不嫁？老夫人最後能安然出宮歸家，再嫁入孟家，其中的驚險，不足以同外人道也。孟家這許多年，從來沒有一個小娘子入宮，也是因為老夫人一直護著的原因。否則當年孟在身為武將，長房的三娘哪裡能嫁給進士!?

程氏卻害怕七娘不慎將心思外露，那位可是皇子啊，燕王那樣的皮相，哪個少女不愛？喜歡美男子不要緊，人之常情，但若存了妄想要嫁入皇家，卻是萬萬不可能也萬萬不能的。

四娘趕緊含著淚朗聲道：「婆婆！阿嫻不願入宮！不願入宮！求婆婆成全。」入了宮，就永遠見不到那個人，甚至連想恐怕都不能再想了。她正愁沒有機會能說出口，虧得九娘替她起了頭。

老夫人點了點頭，看向六娘。

六娘思忖了片刻說：「若是阿嬋自己，在家裡如此快活自在，自然也是不想進宮的。」老夫人一震，杜氏和程氏也一驚。四娘、七娘、九娘都詫異地看向她。七娘心道難怪她不肯在女學考核時讓讓自己，心裡難免又疑心起六娘來，難不成她也喜歡燕王殿下!?

年方十四歲的孟嬋仰起小臉，依舊溫和嫻雅，觀之可親，一雙鳳眼望著自小撫養她寵愛她的婆婆，柔和又堅定，帶著笑意：「可若是為了孫女，要婆婆勞心勞力，甚至要冒險違逆太后娘娘的旨意，稍有不慎還可能危及家族，那阿嬋還是寧願入宮。」

老夫人雖然對自己一手撫養長大的她甚是瞭解，可這幾句話說得老人家已經眼圈發紅。

六娘笑著看看姊妹們：「太后娘娘和聖人對阿嬋素來和藹。再說，入宮待選未必就會選作皇子宗室的妻妾，也大有可能成為女史。日後也許能像婆婆一樣，好好的出宮回家來。晚多少年阿嬋都不怕，到時候賴著婆婆幫阿嬋選個好人家就是了。」

不等老夫人開口，六娘自己眼中也泛起了淚花，哽咽道：「婆婆，當年三姊入了待選名冊，婆婆您在慈寧殿跪了四個時辰，才換來太后娘娘的恩典。三姊雖然遠嫁在外，可每每來信，都會念叨婆婆的慈心。婆婆您的膝蓋就是那時候落下的病根，六娘不願意您為了我們姊妹任何一個，再去違逆太后娘娘。婆婆，阿嬋真的願意入宮。」

後面忽然響起哭叫聲：「阿嬋！你在胡說什麼！」

呂氏剛剛安排好一應事項，聽女使說翠微堂屏退左右，連貞娘都在廊下等候，匆匆趕了回來，就聽見六娘所言。她幾步上前，一把將六娘摟入懷裡，哭道：「你這傻孩子！怎麼能去那見不得人的地方！娘都已經幫你把嫁妝準備好了！」她轉向老夫人道：「娘！皇子宗室的婚約不是都得武將之後嗎？我家郎君可是文官——」

杜氏低聲說道：「阿呂你別急，慢慢說。娘還沒說話呢。」

程氏卻一驚：「難道因為老太爺是武官，所以我們家的孩子就都算武將之後了？」

跪著的四個小娘子，三個心中一片冰涼和吃驚，一個卻更加火熱了。

七娘揚聲說：「婆婆，阿姍也願意入宮！」

堂上更驚倒一片，杜氏翕了翕嘴唇，竟不知說什麼才好。程氏幾步上前就掐在七娘胳膊上：「你這丫頭在胡說什麼！昏頭了你！」

呂氏抱著六娘哭起來：「阿姍願意去不就好了？就讓願意去的去好了！」

程氏眼眶也紅了：「二嫂這是什麼話？這種事，是我們想誰去就誰能去的嗎？何況就阿姍的性子，哪怕是做女史，能活過一年半載嗎？那是個什麼地方？我們不清楚，娘還不清楚嗎？當初為了三娘能不入宮，娘都——」

「好了！」老夫人一聲斷喝，手上的佛珠串敲在案几上，竟斷了，那金剛菩提子的珠子散落了一地。

呂氏和程氏嚇了一跳，各自抱著自己的心肝寶貝，含淚不語。

九娘默默起身，將地上的數珠撿了起來，用帕子兜了，交給杜氏收著。

老夫人深深吸了口氣，讓杜氏把貞娘喊了進來，吩咐道：「貞娘，你去阿嬋房裡給她們多架一張藤床，女孩兒們都跟著阿嬋去歇著，今夜你們就都留在翠微堂睡。」

她看看呂氏和程氏：「好了，你們和老大媳婦留在這兒，咱們好好商議商議。別在孩子們跟前哭哭啼啼的，好歹你們都是當家的主母，做娘的人了。」

貞娘領著四個小娘子去了。

程氏趕緊跪倒老夫人膝下，含著淚說：「媳婦再是個不懂事的，也知道宮中不是好去處。阿姍心裡頭存了妄想，她才說出這種糊塗話。娘！」

杜氏扶她起身：「阿程你還真的不如六娘懂事！她一個做孫女的，都知道體貼婆婆，你還不知道娘的心思？」

程氏沒了話，靠著她，眼淚汪汪看著老夫人。

老夫人看看一旁不停拭淚的呂氏，長歎了口氣：「一有個風吹草動，你們就這樣禁不住事，我百年以後，孟家靠你們誰才好？」

三個媳婦趕緊跪了下來：「娘！媳婦們知錯了。」

老夫人擺擺手，將那金剛菩提子的數珠兒取了四顆在手中，摩挲著上頭細小的花紋：「好了，都起來說話吧。」她喝了口茶感歎道：「這不進宮有不進宮的做法，你們慌什麼？你們萬事都只想著靠著我，我還能活幾年？唉！也是家裡幾十年沒經過大風大浪，你們哪！」

三個媳婦都低下了頭。

老夫人就問杜氏：「老大家的，你且想想，禮部出名冊，最早得什麼時候？」

杜氏心中暗暗算了算，很是慚愧，紅著臉說：「依媳婦看，禮部的冊子至少得明年五六月才能出來。」

程氏、呂氏眼睛一亮，又都不甚明白：「明年五、六月？怎麼會這麼晚？」

老夫人示意杜氏接著說。

杜氏應道：「這次選人，想來是為了吳王、燕王這些皇子，但又不能打著選妃的名頭，畢竟官家還病著。太后娘娘應會按慣例，年底先放一批滿了二十五歲的女史和宮女出宮，再以選女史、宮女的名義將人選進去。那跟著就是過年和元宵節，都是禮部最忙的時候，明年又是大比之年，三月就要禮部試。等禮部試結束，恐怕才能出名冊，繪製畫像。等宮裡選好人傳旨，可不就得要五、六月份了？」

呂氏和程氏都長長地舒出一口氣來。呂氏暗暗慚愧自己慌了神沒了分寸，也沒有好好想一想。程氏卻已經在心裡開出一張名單來，想要儘快給七娘定下親事。

老夫人放下茶盞點點頭：「你們也是關心則亂。水來土掩，兵來將擋。萬一太后娘娘真的宣召我了，那便逃不過去，我自盡力而為。你們也不用多想——」

杜氏撲通跪了下來：「娘！那是好些年前的事了，當年為了三娘，您老人家的膝蓋才落下病根。如今年事已高，實在不能——」

呂氏和程氏臉上又都一白。

老夫人搖搖頭：「無妨，我自有分寸。我們家就這幾個女孩兒，嫡出庶出，都該嫁個好人家做正妻，才不墮了孟家的名聲。你們趁早開始給她們相看吧，能在年底下小定大定就最好。」她看著程氏說：「九娘年紀小，不在待選範圍之內。只是她過於聰慧，又長著這副容貌，平常人恐怕護不住她，實在不是好事。你也給她看起來，十一二歲訂親也是常有的事。但若哪個女孩兒存了攀附貴人的心，甘願下賤為妾的，可不要怪我老婆子狠心了！」

老夫人最後一句話字字雪亮，斬釘截鐵，擲地有聲。

第六十九章

老夫人的最後幾句話擲地有聲，全砸在程氏心坎兒上。

程氏心一抖，想起自家的小冤家，真是急死人了。忽地想起魏氏晚上的話，趕緊道：「娘，倒不用多操心九娘。今晚太尉特地喚了九娘去說話，說了好些時候還不回來。媳婦要讓人去看，表嫂就拉了媳婦去更衣，才說起她家替太初看中的是九娘，上回其實她是特意帶了草帖子來的，沒想到阿妧年紀這麼小，才臨時改了口。要是咱們願意將阿妧許給她家太初，節後她就能送草帖子來。」

呂氏脫口而出：「怎麼會？九娘可是三房庶出的——！」

老夫人想了想：「魏氏上次那樣，我是不樂意的。看來倒是我誤會她想挑挑揀揀了。原來是看中了阿妧。這嫡庶是她家該在意的事，咱們自己家難道還要輕賤自己的孩子？」這末一句卻是對呂氏說的。呂氏臉一紅，想起當年為了長房的三娘，老夫人的所作所為，更是羞慚不已。

老夫人道：「陳青能讓九娘來轉告此事，想來是中意這個媳婦的。只是陳家此時並非良配——」她端起茶盞歎了口氣。

程氏和呂氏都一驚。這三房庶出的小娘子，要能嫁入太尉家，做個衙內娘子，是幾世修來的福氣，怎麼老夫人卻這麼說！

杜氏卻輕輕歎了口氣：「娘說的是，若是官家沒事，天下太平，就是咱們長房、二房，也不敢有攀附太尉府的心，太初那樣的，可是官家一直看中想要下降公主的人兒。」

老夫人垂目猶豫了片刻：「想多錯多，如今也顧不上這些了。陳家都敢求，難道我孟家還不敢給？老三家的，節後你就告訴陳家，讓她遞草帖子來吧，我來和青玉堂說一聲。」

程氏心裡不知道是喜還是悲，這太尉親家八字算有了一撇，可自己的心肝還不知道該怎麼辦才好，還有個燙手的山芋，青玉堂也不知道要插手到幾時。

老夫人也看出她的憂心，提醒她道：「阿嫻的事，你索性最後知會一下青玉堂，她們再不定下來，那你就替她定一門說得過去的親事。只是不可聲張。外院來趕考的貢生，也讓老二替你們看一看有沒有身家清白、家底殷實的。倒是阿姍，我看著這孩子心大，你好好和她說說。若是能嫁到你表哥蘇家，親上加親，也是件美事。」

程氏尷尬地低了頭：「我倒是早就和姑母提了，只是阿昉——」

老夫人氣笑了：「你倒比阿姍心還大！蘇昉是什麼人？可比陳太初遜色？蘇瞻又是什麼人？可會讓唯一的嫡子娶你的女兒！你眼睛看遠一點！你就一個表哥不成！你二表哥蘇矚可是有兩個兒子的！如今都在嶽麓書院讀書，明年大比，今年年底都要回京，你抓著哪個不好？」

程氏茅塞頓開，笑道：「是媳婦糊塗了！」

老夫人這才轉向呂氏：「太后娘娘如果有意，多半是相中了阿嬋。如今趁著旨意沒下，你在娘家弟兄裡好好選一個孩子，表兄表妹的，他們小時候也常來往，你和娘家人也一貫親近，只要下了定，這皇家也不好拆人姻緣。」

呂氏這才稍稍放下一顆心來。她原本是看不上娘家那些侄子的，全都是讀書人，就算考到了功名，等一個官職等上一兩年也是常見的事。一甲二甲的天子門生，也得從八品官熬起，外放到那些苦寒之地。她哪裡捨得六娘去吃那種苦！女兒生下來就在翠微堂養著，她也沒多少時間和女兒親近，日後嫁在身邊，她還能常常見到。只是呂氏自己也明白老夫人所言非虛，和入宮比起來，現在這些娘家侄子瞬間都鍍了一層金，閃閃發光起來。

子時一到，孟府外院沸騰起來，四扇黑漆大門大敞，紅色燈籠上的黑色「納」字清清楚楚，高掛門上，納民告示和條例貼在了貼春帖子一邊的空處。負責登記災民姓名，發放各色絲帶的外院管事們在門內左邊的一溜大傘下安坐著，旁邊雨具、茶水一應俱全。接應女眷孩童的內宅管事娘子們帶著人坐在右邊的一排大傘下。翰林巷裡穿著蓑衣提著茶水挑子往返各家問候的街坊見了，木屐踏得吱吱響，在深夜大雨中喊了起來：「孟府開門納民——孟府開門納民了——」

族裡從各家收集的吃食、熱水、乾淨舊衣裳，陸陸續續地從甜水巷運了過來，族裡一些房屋坍塌的人家，也被牛車送了過來安置。更有不少熱心的娘子們也跟車過來，準備留下搭一把手。

汴京城依舊在大暴雨中苦苦掙扎，內城各處，卻不斷傳來了某某家開門納民的呼喊聲，開封府的衙役們忙著四處檢查低窪處的民房，運送傷了的百姓。各大醫館藥房，也都敞開了大門，燈火通明，往開門納民的人家和相國寺送藥去的藥僮們，在雨中提著燈籠往返穿梭。

內城禁軍的兵馬舉著火把，在順天門、梁門、新門之間，挨家挨戶地搜索。

翠微堂後面的綠綺閣，除了大雨聲，外院的喧鬧毫無所聞。密密的芭蕉垂下長圓形寬闊葉面，低一些的已經完全被大雨肆虐在地上，一沾上泥濘又立刻被雨水沖刷得碧綠透亮。那高一些的葉子，被壓得低低的，葉面上銀光閃閃，似乎流淌著無數條小河。

六娘的閨房裡，安息香靜靜燃著。貞娘很是體貼她們，將幾個人的女使都安排在了外間，讓她們能好好說說話。

花中四君子的紙帳外面，加了一張藤床。四娘和七娘穿著小衣，搖著紈扇，聽著大雨嘩嘩砸在窗上，連平時的蛙聲也都沒了。七娘跟煎餅子似地來回翻身，四娘卻背對著裡面的三人，側身蜷著。兩人都滿腹心事，卻不知從何說起。

紙帳裡面的藤床上，最裡面的九娘抱著六娘的胳膊，一雙杏眼流光四溢晶亮微濕，滿肚子的話想同六娘說。

自從金明池落水後，老夫人怕她春日裡落水那麼久會受寒，特地請許大夫每七日來三次翠微堂，給九娘針灸，足足灸了半年。直到許大夫拍著胸脯說絕對沒事，保證日後三年抱倆，老夫人才笑罵著放了心。又請許大夫開了暖經絡的方子讓慈姑盯著，足足喝了整一年。夏天不讓吃冰碗，就連井水裡的瓜果也不許吃，三伏天裡也不許用冷一點的水洗澡。拳拳愛意，盡在日常。

每逢針灸，老夫人就留她和六娘同睡在碧紗櫥裡。六娘自小一個人住在翠微堂，雖然老夫人寵愛有加，卻也十分孤獨，閒暇時間只能逗弄鳥雀。終於來了個那麼可愛的胖妹妹，心裡頭喜歡得厲害，巴不得九娘天天來翠微堂針灸才好。吃的，喝的，用的，穿的，總是第一個想著九娘，只要九娘睡在翠微堂，六娘夜裡陪著她讀書寫字，第二天一早還定要親自給她梳頭穿衣，恨不得如廁都拿根腰帶拴著這個小「白胖」帶著走。

有一回九娘夜裡睡得不踏實，翻個身，掀開自己的被窩，小胖腿架在了六娘肚子上，六娘不忍心搬開她，竟就這麼將就了大半夜，生怕她著涼，還將自己的被子角反過來蓋在六娘的小胖腿上。早上慈姑嚇得直念叨，九娘十分慚愧，也更加感念六娘的愛護之情。直到現在，慈姑說起她的睡相，總要提提當年這件事。林氏也時不時掛在嘴邊：「你六姊真是個好人！」

六娘留頭後，搬到了翠微堂後面的綠綺閣住，時不時讓人請九娘過來陪她住。倒是九娘擔心四娘和七娘不高興，叫十次才應兩次，但兩人素來特別要好。這些年裡，在六娘面前，九娘早已經適應了自己是「妹妹」的感覺，兩輩子第一次做這麼舒服的「妹妹」，她十分貪婪地享受著這種愛護，雖不至於故作天真嬌癡，卻也好像真的時光倒流，回到了自己兒時，那種被母親無微不至地照顧著的日子。她對六娘是真心依戀，所以當六娘一提她對阿昉會引人誤會，她立刻就警醒了，聽了進去記在心裡。今夜聽著六娘剖析心聲，九娘對六娘又敬又愛又憐惜萬分，心中酸楚，著實捨不得她進宮。

七娘忽地側起身子，撐在瓷枕上問：「六姊，你可喜歡吳王？聽說他長得很像官家，十分俊俏倜儻，就連張蕊珠也喜歡他呢。」

六娘笑著搖頭：「我呀，誰也不喜歡，就喜歡婆婆和家裡的人。阿姍你話本子看得太多，滿腦子都是才子佳人的故事，可要收收心才是。知好色則慕少艾雖然是人之常情——」

七娘趕緊打斷她：「求你了六姊，別又來大道理一堆，除了阿妩誰也不想聽！」她想了想，輕歎了一口氣：「我啊，可不只是喜歡他長得好看——」十四歲少女的眼波瀲灩，含羞帶怯，聲音忽地低了下去：「哎！我要是說了你們可不許笑話我！」

九娘抿了唇笑，她雖然早看出七娘少女懷春心有所屬，卻還真不知道她喜歡的是誰，如果是阿昉，嘿嘿。她這個做娘就第一個不樂意，她可還想著最好阿昉從表哥變成六姊夫呢。

九娘就打趣七娘：「啊!?七姊你竟然有了鍾情的人！我怎麼一點都不知道！」

六娘手中紈扇捂了嘴，想調侃九娘滿心滿眼只有蘇昉，哪裡看得見旁人？想起那天兩人坦誠相見，又不好意思說她了，只輕輕拍了拍九娘，對七娘笑道：「阿姍你還是別說了，我不好意思聽，也忍不住不笑話你。九娘，我們快睡吧。」

七娘撲上來撓六娘的癢癢：「六姊你最是可恨了！又喜歡掉書袋又喜歡捉弄我，成天裝成一副老太婆的模樣。我就要說就要說就要說！再不讓我說，我可要憋死了。不不不！我就想說出來我喜歡他，可是我又不敢說，更不敢讓他知道，我已經喜歡他喜歡得快死掉了！」說著竟趴在六娘身上哭了起來。

九娘傻了眼，她頭一回見識到少女心竟如此不可捉摸。前一刻還是又羞又惱雀躍不已，後一剎竟癡迷傷感甚至絕望痛苦。

她前世長到十五歲，雖然偶爾也有師兄偷偷地望一望她，卻從未有人表露過什麼。她自己要學的東西太多，眼中只有爹爹和娘親，和庶出幾房的兄弟姊妹也並不親近，所以竟不知道慕少艾是什麼滋味。

那日她在爹爹書房等蘇瞻來相看，蘇瞻沒來。第二天張子厚竟親自向爹爹提親，被爹爹罵得厲害。她知道後嚇了一跳，卻只有好奇不解而已，她和張子厚一句話也沒有說過，他那喜歡她喜歡到要自己提親的感覺，從何而來？

她依父母之命媒妁之言，嫁給了蘇瞻。嫁了人，自然就只會喜歡丈夫。何況蘇瞻豐神毓秀，和她志同道合。她也以為兩個人有說不完的話，志趣相投，就能得此一心人，白首不相離。等知道蘇瞻其實別有所愛後，她也很傷心了一段時間，那種「我本將心向明月，奈何明月照溝渠」的感覺的確不好受。那她自以為是夫妻恩愛情誼的點點滴滴，更變成了自作多情的諷刺。只是「你若無情我便休」也並不難，像七娘這般相思入骨纏綿悱惻之意，她是真的體會不了。

七娘肩頭抽動著，眼淚浸濕了六娘的小衣，搖著頭喃喃自語道：「你們都不懂我！沒人懂我！你們都不懂！」

九娘暗歎一聲，起身將七娘扶了起來，替她拭淚：「虧得我們不懂，要都像你這樣喜歡一個人，六姊這床可就要變成河了。」

六娘也起身，替七娘理了理鬢角，歎道：「山有木兮木有枝，心悅君兮君不知。自古以來，相思最是害人。可難免多情總被無情惱。男女情愛，最是縹緲虛幻。」

七娘抹了抹眼淚：「不是的，六姊，等你喜歡上誰了，你就知道不是這樣的，你別總是聽婆婆的那些話。就是翁翁不也一輩子只喜歡一個人嗎？」六娘身子一僵，七娘趕緊抱住六娘：「好姊姊好姊姊，是我說錯話了，你別生我的氣！」

六娘歎道：「不要緊，我不生你的氣。你願意同我們說真心話，我高興還來不及。說句大逆不道的話，若是翁翁真的一輩子只喜歡一個人，怎麼會娶了一個又一個，還不好待她們呢？你看看咱們家，算是家規森嚴了，可哪一房沒有個姨娘？大伯伯和大伯娘那麼好，都還有個宛姨娘呢。便是汴京城裡，你蘇家表舅，人稱情種，不也接著續弦生女了嗎？那些個戲文裡的，不過為了騙天下女子癡心一場，好讓那些薄倖男子遂了心願而已。」

九娘輕歎了一聲，躺了下去。六娘說的句句在理。她一直以為六娘深受婆婆的影響，才少年老成持重，卻沒想到她竟是從家人身上看得這麼透徹，卻不知道是好還是不好。

七娘搖頭道：「那不一樣，不一樣的。我的喜歡，和她們不一樣！」

九娘側了身子歎道：「話本子也好，別人家也好，自古以來，真沒有哪段情愛之事是圓滿收場的。」

七娘一怔：「怎麼沒有？多的是了，鳳求凰，金屋藏嬌，長生殿，會真記，白蛇傳，人和妖還能結婚生子呢！」

九娘倒被她逗笑了，掰著手指說道：「七姊！你可真是只看自己想看的，你說的這些，可有哪個是歡歡喜喜收尾的？那白蛇如今還被壓在雷峰塔下呢！」

七娘惱恨地轉過身：「就你們什麼都懂什麼都對！等你們哪一天喜歡上人了，你們才知道我的苦！不，也不都是苦，想想他，也甜，看見他也甜。可是甜過了又更苦，苦完了又會更甜。我真的快死了！隨便你們怎麼說，我也就只喜歡他，我也沒辦法！我要能自己做主從此不再想著他，我也就沒這種苦了！不不不，全天下的人我都能不喜歡，我也不能不喜歡他！」說著這幾乎完全語無倫次又繞口的話，她又急又羞，不由得悲從中來，眼淚又汪汪起來。

九娘聽著七娘如火一樣的傾訴，心中百感交集，也許七娘這樣的性子，這樣的敢愛敢說，也是一種幸福。她兩世活了幾十年，似乎也不明白，喜歡不喜歡一個人，怎麼就不能自己做主呢。不知為何，趙栩那如落日如霧燈深深深的眸子，微微勾起的唇角如一彎新月，倏地在眼前閃過，九娘心陡然一慌，不敢再想。

七娘趴到枕上，還沒哭出聲，身側卻傳來壓抑不住的哭泣聲。

六娘和九娘探頭一望，暈，又哭了一個。

四娘背對著她們，全身都忍不住抽動著，看樣子哭了好一會兒了。

連七娘都忍不住去看她：「四姊！你——你不會也——？」

六娘心中雪亮，又歎一口氣。這相思太可怕，一入相思門，受他相思苦。唉！

九娘何嘗不知道朝夕相對的四娘那點心思，無奈地和六娘對視一眼，也歎了口氣。這相思之事，真正可怕！

六娘搖搖頭，又慶幸阿妧還沒開竅，一派天真無邪，若是她也喜歡上了蘇昉，恐怕今夜她這紙帳都要被淹了。

七娘實在忍不住：「四姊，你是不是也喜歡誰了？你和我說說吧。」

四娘背對著她只是搖頭低泣。七娘那些似火一般不知羞的話語，每一句似乎都替她說出了肺腑之言，她又是酸楚又是絕望。她甚至不能吐露一二，想到自己默默凝視的那個人，卻只看著自己的妹妹，眼淚決堤般的湧出。

九娘躺倒在瓷枕上，少女心海底針，她現在身邊有兩根針了。

七娘問了好一會，忽然一急：「難不成你也喜歡燕王殿下!?」

啊——？九娘心砰地一跳，直直坐了起來問：「七姊！你喜歡燕王!?」

七娘臉一紅，恨不得躲進瓷枕裡去，一把搶過九娘手中的帕子，倒在床上蓋住了臉不肯言語了。

九娘看著七娘，心中五味雜陳。七娘喜歡六郎？她搖搖頭，覺得不可思議。這兩人似乎從來沒說過幾句話吧，甚至見面的次數一巴掌數得過來。七娘怎麼就如此一頭栽了進去？想想趙栩那雙眼睛，九娘臉一熱，輕聲問道：「七姊，你是喜歡他長得好看吧？可是他那樣的人——」

七娘掀開帕子骨碌坐了起來，臉漲得通紅，大聲道：「你根本什麼都不知道！他是長得好看怎麼了？長得好看是罪嗎？有錯嗎？他那樣的人怎麼了？他怎樣了!?他對自己的妹妹那麼好，連著對你也那麼好，你落到金明池裡，他一個皇子都肯跳下去救你！他哪裡不好？他是說話凶一點不客氣一點，可他就是比誰都好！不就是喊你幾句胖冬瓜嗎，笑你胖和矮嗎？你怎麼能這麼說他！他長得好身手好心地好樣樣都好，在我心裡，他就是那個蓋世英雄。我就喜歡他，別說做侍妾，做奴婢我都肯！」

她聲音發顫，眼中淚直往下掉：「你什麼都不懂！我哪怕什麼都不是，能守在他旁邊，多看他一眼我都心滿意足了。我怎麼不能喜歡他了，他就算不是燕王不是皇子，我也喜歡他！」

九娘瞠目結舌，心想當初說「小廝再好看也只是小廝」的不知道是哪一個，只能低聲說了句：

「我，我沒說你不能喜歡他啊。」

旁邊忽地一聲幽幽地歎息：「你是沒說阿姍不能喜歡他，可你卻喜歡霸著她喜歡的人不放。」

七娘猛地轉過頭去。六娘皺起了眉。九娘想了一想才明白四娘話裡的意思：「四姊這話我不懂，你且說說清楚。」

四娘沉默了片刻起了身，轉過來，兩眼已經跟核桃似的。她看了看七娘，握住她的手歎道：

「你是個傻的，只明白自己的心，卻不知道那聰明的，喜歡霸著所有好的不放。」

六娘沉聲道：「四姊這話連我都聽不明白了，你倒是說說清楚誰是那聰明的？誰又霸著誰了？那所有人又是哪些人？」

九娘愣了愣，細細思量著四娘話裡的意思。

七娘卻已轉頭問九娘：「阿妧你是不是喜歡燕王!?」

九娘下意識搖了搖頭。七娘卻又問：「那燕王喜不喜歡你!?」

九娘腦中一閃而過趙栩的雙眸，猶豫了一下，也搖了搖頭。

七娘甩開四娘的手：「四姊，你又來了，早些年你總說張蕊珠，這些年總在我面前說九娘。你聽到了？以後別說這個，我不愛聽！」

四娘冷笑道：「那我替你問問阿妧，若是燕王心悅你，你可願意將他讓給阿姍？」

九娘搖搖頭。

「你可看見了？說你傻你還不信！」四娘輕拍了七娘一下。七娘正要發話，九娘已經搖頭說道：「我雖不懂相思為何物，可也知道一件事，這人也好，情也好，不是我想讓就能讓的，也不是我想爭就能爭的。自古以來，兩情相悅的少，長相廝守的更少。可我孟妧，不屑於同人爭，」她想了想又說，「若是那男子，需要我去爭，就不值得我心悅。若那男子，讓一讓就變成別人的了，我也是不要的。」

七娘悶了口氣，卻又覺得九娘說的也在理，一時也無言以對。

六娘拍拍九娘的手：「阿妧說得對！我孟家的女子，自當傲如寒梅，清如孤蘭，何須同百花去爭豔！」

九娘一雙澄清妙目看著四娘：「四姊，我不知道你鍾情何人，可我心無旁騖，清者自清。」

四娘聲音倏地尖銳了起來：「你就別假惺惺了！好，你心無旁騖，那要是宣召你入宮，你去還是不去？」

九娘聲音沉靜：「我是孟家的女兒，若是宣召，我自當入宮。何況六姊說得對，未必就會被選給皇子們，安分守己做女史，將來一樣有機會能出宮。」

六娘鼻子一酸，沒想到九娘年齡最小，卻能理解自己的心思，她拍拍九娘的手：「阿妧！」

四娘冷哼了一聲：「你倒捨得你的阿昉哥哥？」

七娘一愣，驚叫起來：「什麼？阿妧你喜歡蘇昉!?我怎麼不知道！」

紙帳內驟然靜了下來，九娘一雙妙目凝視著四娘不語。

窗外大風大雨，尚未停歇。

第七十章

窗外一陣電光閃過，呼喇一聲，外頭傳來一陣巨響。嚇得四姊妹都一震，面面相覷，就要下床去看。

貞娘卻掀開湘妃竹簾跨了進來，行了一禮：「小娘子們別怕，院子裡一棵小樹被雷電劈倒了，婆子們已經去查看了。不要緊，你們儘管歇著就是。」說完不再入內就告退出去了。

七娘左看右看，越想越覺得四娘說得有道理。

四娘微微揚了揚下巴：「怎麼？我可說錯了？」

九娘輕輕搖頭道：「四姊！你想多了。我對阿昉哥哥視若親兄長，當他是家人一樣親近，絕無男女之情。六姊明白我的。」

四娘冷笑道：「你要當旁人都不長眼睛，我也沒法子。心悅一個人，是藏得住的嗎？」

六娘道：「我信阿妧。阿妧說沒有就是沒有。」

四娘絞著手中半濕的帕子，氣道：「你從小就一貫護著她，自然這麼說。她心裡對蘇昉怎樣，她自己清楚，我可有冤枉了她？」

七娘看看九娘，笑著說：「喜歡就喜歡好了，有什麼不敢承認的？你從小就黏著他，捶丸賽那次還記得嗎？你的鼻涕眼淚都擦在表哥袖子上，他還對你那麼好。我看表哥也喜歡你。只是你這心思起得也太早了，你放心，我絕對絕對不告訴娘，六姊更加不會說，四姊你也不會說的對不對？」

九娘搖頭道：「我對阿昉哥哥的喜歡，不是你們想的男女之情，就像對二哥對十一郎那樣。你們不懂也無妨。六姊說得有道理，多情總被無情惱。我也不懂你們為何一會兒哭一會兒笑一會兒怨，但你們這樣的喜歡，我也不會勸阻。各人有各人的想法，有各人的做法。我自己雖然也身為女子，並不願將時間耗費在這上頭。」九娘頓了頓，說了句大實話：「我就是覺得無甚意思。」

四娘冷笑起來：「你既然覺得沒意思，又霸著三個表哥做什麼？」

七娘眼睛瞪圓了：「哪來的三——三個表哥？」

六娘沉下臉：「四姊越說越沒邊了！」

四娘氣道：「她做得沒邊的事，倒不許我說實話？」

九娘攔下六娘：「六姊，你讓四姊說，我做了什麼沒邊的事了？」

四娘冷哼道：「好，那我就說個清楚！你仗著自己年紀小本事大，行事肆無忌憚，好出風頭。一邊燕王殿下百般討好你，假借公主的手賜下那許多東西，你那套頂好的捶丸棒怎麼來的？淑慧公主最粗疏的性子，能一個月要送那許多吃的用的來？一邊太初表哥也一樣，說是說當年那個內造黃胖三房他只送給我和阿姍兩個人的，可十一郎明明說了那樣的內造黃胖你早就有了！天上掉下來的不成？二哥月月給你送來那許多紙筆墨硯，一樣是妹妹，我和七娘為何一張紙都沒有？到底是誰送的你心知肚明吧。還有蘇家表哥第一面就送了哥窯八方碗給你，當年我們不懂，還以為那金鐲子才是好東西，誰知道那只碗能打十只金鐲子呢！他人回了四川，連花椒、茱萸都要寄來府上，讓二哥轉給你，你把好好的聽香閣小花園當成了菜園子，種那些東西不是因為蘇家表哥又是因為誰？你要是心裡只有蘇表哥一個，我也不會這麼說你，你人小心大，三個表哥你都要捏在手裡不放，我真替蘇表哥不值，更替阿姍不值！」

九娘歎了口氣：「原來你心悅太初表哥。」

七娘卻問九娘：「燕王是不是喜歡你!?」

六娘卻對四娘大喝了一聲：「孟嫻你太過分了！」

三個人同時出聲。

四娘臊紅了臉：「你胡說！」答的卻是九娘那句。

門簾掀動，貞娘跨了進來問道：「小娘子們這是怎麼了？」

四個人都收了聲，各自躺倒。六娘握了握九娘的手，應道：「沒事，我們說著玩呢。」

貞娘將銅香爐裡的安息香換了新香，將琉璃燈熄了，只留了屏風外羅漢榻案几上一盞小燈，柔聲道：「府裡已經接納了不少災民。你們也都早些睡吧，明日巳時，陳衙內就要來接你們去福田院了。」

不多時，昏暗的夜裡，偶爾可聞壓抑的啜泣聲，卻再沒有人說話了。

申時一刻，陳青才從都堂回到城西的太尉府，知道陳太初帶了人去相國寺幫忙，搖了搖頭。今夜發生了這麼多事，明日又要陪著去福田院，還這麼不愛惜自己的身子，到底是少年郎。

回到房裡，魏氏卻也剛剛洗漱好，看見他回來，心疼地替他脫了外衣：「怎麼這麼晚？」

陳青卻同時問她：「你怎麼這麼晚？」夫妻倆相視而笑。陳青攬過妻子，埋在她還有些濕的長髮間深深吸了口氣：「你去相國寺了？」

魏氏點點頭：「太初回來後，知道我去了相國寺，過去換我回來的。今夜砸傷了好些——嘤——」卻已經被丈夫堵住了嘴，不由得兩腿發軟靠在他胸口。

似乎感覺到陳青和平時的不同，魏氏摸索著，將他的手用力拽到身前，摸了一摸，觸手冰冷，掌心滿是細汗，多年沒有這樣了，還是以前在秦州上陣回來才會如此。她心中一疼，又憐又愛，盡力後仰微微推開他問：「你，你今夜殺人了？」

陳青深深看著她，慢慢反過來捉住她的手，攏到背後抱住自己的腰，搖搖頭：「不曾。想殺，可惜只是射傷了而已。」

魏氏正想好好和他說幾句。陳青卻已用力將她摟緊，似乎恨不能將她融入自己骨血，低下頭一張口含住了她的耳垂，模糊不清地呢喃道：「想要你，嬌嬌，我想要……」

魏氏忽然被丈夫這般叫出閨中小名，那敏感處又被他含在唇舌之間百般吮咬，全身不由自主地顫抖起來，更是疼惜他，眼中一熱，含著淚緊緊地抱住丈夫的背，一口咬在陳青的肩頸上，含糊地「嘤」了一聲。

屋內的藤床吱吱響了許久，忽地傳來刺啦一聲，魏氏低低地驚呼了一聲：「紙帳——」卻又沒了聲音，只餘那毫不克制的喘息聲和極力抑制的呻吟交織在一起，在猶自嘩嘩的雨聲中熱透了殘暑，熏透了一室。

天色漸漸亮了，大雨也終於耗盡了所有的力氣，殘風細雨苟延殘喘不肯離去。魏氏背靠著陳青的懷抱，輕輕撫摸著丈夫那總不肯離開自己胸口的一雙手臂。一下一下，一下一下，從左到右再從右到左。他帶著微汗的肌膚冰涼，手臂上的傷疤，有著跟旁邊肌膚不同的觸覺，有的還微微凹下去一道，似乎雋刻著往日刀劍劃過的痕跡。她就這樣一下下地如羽毛掠過，不知疲倦，像是安慰，又像是愛撫。

陳青的手臂忽地緊了一緊。

魏氏嘴角微勾，手掌輕輕按在他手臂上，拍了幾拍：「我在這裡，在這裡，在呢，你好好睡。」兩隻手臂卻箍得更緊，陳青將下巴擱到妻子的肩窩中，蹭了幾下。肌膚是冷的，呼吸卻灼熱。

魏氏將自己的小手放到他的大手裡，撓了撓他的手掌心：「有話要告訴我？」

陳青嗯了一聲，半晌才說：「太初和九娘的事，恐怕得先放一放。」

魏氏手上一停，歎了口氣：「我昨夜才同程氏說了下草帖子的事呢。」

陳青握住她的手：「太后要選孟家女進宮。」

魏氏吃了一驚：「啊!?不是說只會選武將之後嗎？」

陳青苦笑了一聲：「我們都忘記他家老太爺是六品武官致仕的了。」這位孟老太爺二十幾年來被太多人遺忘了。

魏氏沉默了片刻又問：「可九娘年紀那麼小，怎麼也不會選到她的吧。」

陳青拿起她的手親了一下：「不是這個緣由，若是太后選了九娘的姊姊入宮，六郎就也有了機會——」

魏氏明白過來：「那就要看九娘到底喜歡誰？」

陳青也犯愁：「是啊，她實在還太小，怕還沒有這種心事。太初想說等個兩三年再說，只怕孟家等不及，六郎也等不及。」

魏氏問他：「今日九娘要和我們一起去福田院，要不我試著問問她？」

陳青猶豫了一下，抱緊了妻子說：「也好。」

魏氏輕歎了一口氣：「那孩子你可滿意？」

陳青歎道：「太初能娶到九娘，陳家無憂了。咱們就找個山青水綠之地養老，對了，不如回秦州可好？還能陪陪元初。咱們就住到麥積山下，買幾畝薄田，給你養幾條狗，我種地你織布，什麼都不管了。」

魏氏輕輕翻過身來，摟住丈夫的脖子：「好，只要跟著你，去哪裡都好。」

陳青密密地吻著她的眼睫，忽然輕聲說：「十日後我出征兩浙，少則三個月，多則半年，讓太初留在家中照顧你。」

魏氏眼睛一睜，雖然隱隱有了預感，此時親耳聽見，心口還是被重重撞了一下，眼睛立刻起了霧。陳青親了一下她的眼睛：「乖，放心，我這次一定不衝在最前面，還得回來給太初娶媳婦呢。」

魏氏眨眨眼，把淚忍回去：「嗯，好，我給你送行，像以前在秦州那樣可好？」

陳青將下巴擱到她額頭上，悶笑起來。

魏氏被他震得一抖一抖的：「你笑什麼!?」

陳青輕輕吻了吻她的額頭：「好啊，只是不知道我家嬌嬌的紅衣可還在？烈酒可還在？秦州小調可還在？」

魏氏抬起頭，癡癡地望著丈夫，眼淚還是不受控制地落下：「在！在！在！都在！」

陳青看著她，手臂摟得更緊，頭低了下去。魏氏極力仰起頭回應著他的熱情。

一聲低低的呢喃響起：「嬌嬌，要……」

「嗯」唇齒間那一聲低不可聞……

流光飛舞間，浮生千重變，跟有情人做快樂事，盡纏綿。

大雨終於歇止，無數人徹夜不眠，汴京城也筋疲力盡地熬了過來。

第七十一章

天已大亮，福寧殿後寢殿裡緩緩邁出兩個人，身後幾個小黃門和宮女離得遠遠的跟著。再後面，拎著藥箱的醫官、醫女、入內內侍省的幾位都知也都謹慎恭敬地退了出來。

候在廡廊下的新一撥御藥和翰林醫官院的人，跟著小黃門緩緩地進了寢殿。

趙栩停下腳，深深吸了口氣，默默看著東南初升的太陽落在正殿的琉璃瓦上。被雨洗過的琉璃瓦剔透晶瑩，殿頂正脊上的鴟吻也格外亮眼，沿著正脊盤旋而去的龍身金光閃閃。垂脊上的儐伽依然是那懸崖勒馬狀，身後跟著一排琉璃釉面小獸，還和往常一樣，精神抖擻地跟著儐伽而坐。

那上面坐著八頭小獸，他從小就默默數過。每次打了架，被罰跪的時候，他總是高高仰著頭，盯著那一個一個屋脊、鴟吻、小獸、瓦當、滴水看半天。爹爹氣笑了說他根本就不是在認錯，就罰他把看到的東西畫下來。翰林畫院看了，評說他是天賦奇才。爹爹嘴上笑罵，卻讓人將全套的畫具都給他備好了送來會寧閣。

爹爹那樣的官家，也累得很啊。

趙棣直了直背脊，打了個哈哈：「六弟這下可是立下大功了，爹爹要是能醒過來，必定好好獎賞你。」

趙栩眯了眯眼，回過身看著趙棣，一言不發。

趙棣被他看得心裡都有點發毛：「怎麼？哥哥說錯了？」這六郎就是個瘋子，一言不合就出拳。他不由自主地退了一步，也看向那前殿正脊，那些個東西有什麼好看的。他心裡生出說不出的不安。娘娘竟然讓蘇相來看六郎那張所謂的「古方」，用牽機藥做藥引的方子。六郎他可還真是拚了啊，膽大包天。

趙棣斜了趙栩一眼，這廝一副皮相就是好。他想了想蔡相的話，自己給自己鼓勁：你再好看也沒用，你生母那樣的出身和來頭，你那樣的舅舅。蔡相說得對，無論如何，這太子一位，都是我的，和你沒有半文錢關係。

趙栩忽然冷笑了一聲。趙棣嚇了一跳，又退了一步。

趙栩轉過身來，那陽光將他攏在金色光暈中，他看著趙棣說：「你儘管放心，你想要的，我一樣都看不上。」

趙棣看著他遠去的背影，這小子，走路也那麼好看，跟飄似的！哼，我想要的你一樣也看不上？呸！蕊珠就不是那等只看臉的膚淺之輩！她看不上你這樣性情乖戾只懂吃喝玩樂的傢伙。對了，蕊珠還說過，金玉其外敗絮其中就是你燕王。哈。

趙棣鬆了一口氣，回身看了看福寧殿寢殿緊閉的大門，今日，是這扇門緊閉的第十日了。

寢殿內，蘇瞻從明堂臨時被召來，看著高太后遞給他的一張麻紙。那麻紙被水浸透過，墨色已經暈染開來，不少地方糊成一朵朵墨花，字跡模糊不清。

高太后語氣平緩：「蘇卿你看一看這個究竟是不是古籍上撕下來的。六郎昨夜去祭奠陣亡軍士，有個遊方的和尚塞給他的，也沒說是什麼。六郎回來遇到暴雨，這紙浸濕了也看不太清。方才幾位御醫官看了看，的確是個方子。藥引倒沒糊，是牽機藥。」

她看到蘇瞻一震，擺了擺手：「和重別驚慌，自古以來，以毒攻毒也不是沒有，老身也聽說過一些。眼下要緊的是能不能找出這是什麼書上記載的，宮裡有沒有這本書，好讓御醫院和御藥的仔細看看是不是合適官家用，怎麼用。」

向皇后的聲音有些發顫：「蘇相，你最是博覽全書，家裡也多藏書，官家的病，可就指著這個方子了。你快看看。」

蘇瞻應了聲：「臣遵命，自當盡力而為。」

他細細看著麻紙，記起這個和當年杭州安濟坊靈隱寺主持所用的方子似乎很相似。藥引的地方，雖有水跡，卻仍然看得出是牽機藥。但用量和配藥都糊掉了。竟然是燕王拿來的啊，蘇瞻捏在手中仔細摩挲察看，心中卻在思忖方子背後的事。陳青知道不知道這個方子？昨夜他並未提起過。

蘇瞻湊在紙上聞了聞味道後，坦然回稟太后：「臣觀此紙質甚厚，簾紋甚寬，應為隋唐時期的黃麻紙，聞其墨味，察其色，應為唐代大府墨。大府墨大多出自安徽祁門，不如去龍圖閣述古殿中，按古籍印製出處查一查。臣往日在杭州書坊，見過類似的一本唐代所出《千金翼方》，就是這樣的麻紙所印製的，臣當時只是略翻閱了一下，似乎和現在醫官院所用的《備急千金要方》還是略有些不同。當年臣沒有細看，倒也可以讓御醫院去找一找。」

高太后大喜：「還是要和重你來才行！來人！」

福寧殿寢殿的門大開，又出去了七八人。

二府八位，尚書左僕射兼門下侍郎的官邸裡，蘇瞻從明堂回來，已在外書房的案前枯坐良久，手邊的茶早已經冷了。他面上似喜還悲，明暗不定。

案上端端正正，擱著一張麻紙，被水浸透過，墨色已經暈染開來，不少地方糊成一朵朵墨花。只用了兩個時辰，翰林院和翰林醫官院的人，在述古殿諸位學士的幫忙下，就找到了那本《千金翼方》，找到了這一頁，對照這張麻紙，內容完全一樣。那頁上記載的症狀，和官家現在十分相似，藥物用量也詳盡。太后和聖人大喜，遣人來明堂相告，決定今晚就用這個方子。

他特地親自去翰林醫官院，要了這張被水泡過已經沒有用的麻紙，帶了回來。

那暈染開的墨跡，不均勻的墨花，無端端惹得他心酸。

她離去已經八年有餘，卻還在冥冥中幫他。

這樣的紙，這張方子，他見過。當年安濟坊有病患瀕亡，靈隱寺的住持要用這個方子。阿玞擔心牽機藥用出人命，沒日沒夜地跑杭州各大古籍書坊，最後找到安徽祁門所出的一本唐代《千金翼方》。她答應那東家用他的一幅字，換能抄寫那方子的機會。他被她拉著去書坊，為那東家的老母親寫了祝壽詩，又替她抄寫了這方子。那東家笑著說其實就想看看蘇太守到底有多好看，總算見到了，以後這樓上的古籍，任王娘子翻閱抄寫。

她當時笑著說了什麼？他只依稀記得似乎是「早知道能將他賣了換書，一早就賣了」，語氣俏皮之極。

阿玞笑起來，和別人不同，她從來不會掩嘴而笑或是笑不露齒，她更多時候是朗聲大笑。是了，她有一口整齊又潔白的貝齒，大笑時會露出六顆還是八顆？阿昉幼時，她用細長木條替他掰牙齒的事他還記得，竟然真的被她掰整齊了。阿昉的牙，現在也像她，一顆顆，靠得整整齊齊的。

這墨花，像淚花。阿玞為她爹娘哭過，為那個沒來到世上的他們的孩子哭過，為阿昉哭過。她似乎從沒有為他哭過。傷了她的心的他，是沒資格得到她的「金豆子」吧。

早逝的五娘哭過，她不想被遠嫁，是他不肯和她私奔，反而害了她。若不是他，她不至於被迫遠嫁，更不至於十八歲就鬱鬱而終。後來十七娘也總哭，哭著說自己從來沒有害阿玞的心思，哭著說她多麼委屈，甚至為了燕窩也能哭一夜。

她們都哭得梨花帶雨或者撕心裂肺，肝腸寸斷。

阿玞卻總是大聲笑，沒聲音的哭。或許她也為他哭過？五娘離世後的那些天，他傷心欲絕，知道自己實在藏不住，也不想藏沒法藏。阿玞就是那時候明白了的吧。可他自責太甚，傷心太甚，竟沒顧得上她。她背對著他而睡的時候有沒有也流過淚？他永遠不得而知。若是他那時能抱一抱她，和她說一說心裡話，會變成怎樣？他也永遠不得而知。

她的確是從那以後開始對自己淡淡的了，雖然還是知無不言，言無不盡，還會大笑，她還是最好的賢妻良母宗婦，可她對自己，的確不同了。他給她買了梳妝匣子，她就要還一個文具匣子，其實是不想他給她梳頭罷了。他想討好她，為她做的，卻永遠沒有她為他做得多。他送什麼禮物，她都會還禮。她做著最好的妻子，最志同道合的知己，最好的蘇夫人，最好的王夫人❶。可她的眼裡，看著他的時候沒有了新婚那幾年的狡黠，看著他不再含羞帶惱，甚至床笫之間都不再看著他。

他入獄的時候，她依舊天天來探監送飯，只要她一笑，整個牢獄都是亮的。他看見她來，就心安。高似曾經羡慕地說過：「世間竟有這般的奇女子。得之，蘇郎君之幸。」

那天她忽然沒來，他以為會命絕牢中，並不後悔冒險一搏，但洋洋灑灑萬言絕筆書，有一半是寫給她的。他當然知道她的好，他還想過待他出獄，要告訴阿玞，他心悅她，心裡只有她一個。那絕筆書到了官家手裡，倒幫了他。

但她卻出了那樣的事。還是他失策，才害死了未出世的孩子，害苦了她。他追悔，卻莫及。他要說的話，從此就被堵在了胸口、堵在了心頭。除了抱著她任由她無聲地哭，他別無所能。

怎麼又想起她了？蘇瞻伸出手指，輕輕摸了摸那已經乾了有些皺的麻紙。這些年，想起她的時候越來越多，多到他已經懶得克制。每每想起，索性放縱自己想下去，只是想得越多，難免越是悔恨交加。

生、老、病、死、怨憎會、愛別離、求不得。人生七苦，旁人都以為求不得才是最苦的，他們哪裡知道還有第八苦：五取蘊。

他失去阿玞後，才知道有一個真正的活著的自己其實也死去了。再無人可訴，無事可笑。他只是做著蘇瞻蘇和重該做的事。

問君路遠何處去，問君音杳何時聞。從此無人與我立黃昏，無人問我粥可溫。阿玞她吃了那麼多苦以後，終於將他丟棄在這塵世中獨自受苦。

桌上的麻紙被修長的手指緊緊捏著，上頭的墨花又再度暈染開來，如雲如霧。

門外傳來輕輕的叩門聲：「相公，小高郎君求見。」

蘇瞻靜坐了片刻，將那麻紙小心翼翼地疊起來，將身後博古架上那個用了多年的匣子取下來，裡面一塊碎了的雙魚玉墜還在。他將麻紙放到最下面，摸了摸那玉墜，盒上蓋子，差點夾到自己的手指。

良久，高似在門外聽見一聲嘶啞的聲音：「進來。」

❶王夫人：在古代，女性有了傑出成就後會被尊稱本姓。例如創造出簪花小楷的衛夫人，本名衛鑠，嫁給李矩，先被稱為李夫人，但創造出簪花小楷後被尊稱為衛夫人。簪花小楷又名衛夫人體。這裡是說王九娘以賢名獲得世人尊稱王夫人，這也是蘇瞻心結的一個起因。

第七十二章

高似進了書房，看到蘇瞻神情淡然，眼中卻跳躍著兩朵火焰。

「你怕是一夜沒合眼吧？事情都查得如何了？」蘇瞻碰了碰早已涼透的茶盞，坐回案前。

高似卻看了一眼茶盞，先轉身喊外面的隨從將茶換了，又輕輕將鱔魚包子的油紙包放在白瓷碟子上頭，笑著說：「還熱著呢。鹿家的鋪子因昨夜暴雨，今早往相國寺送了三百只包子，這兩只是特地留給相公的。」

蘇瞻點了點頭：「自昨夜子時至今早卯時，京中有二十七戶人家開門安置逾兩千災民，我大趙百姓最重人情高誼，患難相恤。像鹿家包子這樣的商家數不勝數。實在可愛可敬可歎！」

高似看著他一口一口將包子用完，才躬身道：「昨夜陳太尉是相公走後一刻鐘左右遇刺的。兩個女刺客號稱來自秦州，被孟家一位小娘子喝破了蹤跡，最後中了太尉四箭而逃。」

「孟家？四箭？」蘇瞻挑了挑眉。

「當時前後經過僅幾息。瓦子裡的執事只知道喝破刺客的那位小娘子是孟府的，約莫十三四歲上下。陳太尉先用長劍，一劍破了對方的十幾枝弩箭。再用了弓，一弦一響四箭，同時命中。刺客負傷逃離。」高似答道。

蘇瞻想了想：「想來是孟家二房的女孩兒，梁老夫人真是教導有方。」他頓了頓，那應該就是太后看重的女孩兒，再想到阿昉的親事，不由輕歎道：「唉，可惜了。」他手指在案上敲了幾下，轉問道：「一弦一響？四箭命中，太尉的箭術如此厲害？比起你如何？以前在秦州可有什麼舊仇？」

高似笑道：「小的當年在秦鳳路，和太尉只在懷德軍共事過半年，對太尉知之甚少。不過他在騎兵班，小的在弓箭班，也聽說過他身先士卒，銀槍一桿可挑江山，倒不知道太尉原來箭術也如此厲害。」他想了一下，頗為自信地說：「若是小的昨夜暴雨中開弓，當會一弦兩箭，百步內足以擊斃刺客。太尉用四箭，恐怕是擔心自己生疏了。」

蘇瞻笑了起來：「明白了，你還是要比他厲害不少啊。你倒也不自謙一番。」

高似微笑不語。

蘇瞻喝了口茶，又問：「內城禁軍搜得如何？」

「除了蔡相宅、安州巷同文館和甕市子監獄三處未搜，餘處都已搜完，未發現刺客蹤跡。」高似回稟道。

蘇瞻思忖了片刻問道：「刺客號稱來自秦州？」

高似猶豫了一下：「是自稱太尉的秦州故人，小的倒覺得像房十三那邊的，也許是他妹妹房十八的手下故弄玄虛。若是太尉的舊仇人，為何要等了這麼多年才來行刺？畢竟太尉從秦州回京已近十年了。」蘇瞻點點頭：「你說得有理，房十三猖獗至此，必要速速剿滅。你今晚看到的那兩人查過了嗎？」

高似答道：「摸過底了。那個扮作青提夫人的，是玉郎班的頭牌伶人，名叫玉郎。他帶去蔡相房間的女子，那執事也不認識，是玉郎從一樓外面帶進來的。不過玉郎班是蔡相罷相後，才在汴京城出現的，傳言那位玉郎是蔡相的孌童，所以這兩年架子很大，輕易不露臉唱戲。」

蘇瞻手指習慣性地敲起了桌面：「昨夜相見，知道的人只有我們三方。難道是蔡佑想殺陳青？也不對，他既出面求陳青出征兩浙，沒有要現在殺他的道理。」蘇瞻不由得想起這幾年在樞密院風生水起的張子厚。

高似默然，這不是他能插話的。

手指篤篤敲在桌面上，一聲一聲。

「張子厚昨夜在做什麼？」蘇瞻忽然開口問。高似答道：「張承旨昨夜去了開寶寺，他家小娘子昨夜也在開寶寺。」他頓了頓又說：「吳王也在。還有大郎也在。不過大郎是同淑慧公主一起出的寺，一起到的州西瓦子。」

高似抬起眼：「昨夜在州西瓦子，太尉娘子請了孟府的人也在三樓看戲。陳太尉和孟家的一個小娘子說了好一會話。燕王殿下和陳衙內也在其中。」

蘇瞻想了想，說道：「孟家應該沒什麼。讓錢五盯著那個玉郎，最好查一查玉郎的底細，看看是不是當年泉州一案走脫的要犯。泉州案涉及的金額高達兩億貫，查繳出的卻不到十分之一。剩下的錢去了哪裡，才是重中之重。我們船舶司一年的關稅才只有五十萬貫。讓留在泉州的人再仔細查一查，雁過留聲，不可能一絲一毫痕跡都無。還有那個女子恐怕是蔡相要送去吳王身邊的，讓人仔細查一查昨夜瓦子裡還有沒有別的事發生。」

高似猶豫了一下說：「從泉州去大食等國查訪的人要年底才能回來了。瓦子裡是有一事：昨夜瓦子二樓裡，小蘇郎君家的小娘子怒打了一個登徒子。那位登徒子是老夫人的侄孫，眉州程氏的嫡長孫。」

蘇瞻看了他一眼，片刻後才搖頭說：「無妨，早間二弟和我說過了。不必理會。」

高似應了聲是。

蘇瞻又問道：「女真人回去了嗎？」

高似垂下眼：「昨夜他們和相公談完事情，看了會戲直說沒勁，就讓人把他們和高麗人直接送回了安州巷同文館。今日一早小的將他們親自送出了衛州門。他們說請相公放心，一言既出，駟馬難追，女真部必當信守諾言。」

蘇瞻起身，走到書房東側高掛的輿圖前面，抬頭望著右上方，片刻後點了點上頭，輕聲說道：「女真部完顏氏的人馬，若能在十月拿下寧江州❶，契丹的渤海軍一敗，完顏氏就等於在上京❷的眼皮子底下擱了一把利刃。契丹來年必然自顧不暇。張子厚若能說服吐蕃和羌族年底來朝，那麼就算

---

❶ 寧江州：古地名，現今吉林扶餘縣。北宋期間，屬於遼國東京道行政區域。

❷ 上京：遼王朝開國的皇都。遼國時期實行五京制，即上京臨潢府（今內蒙古赤峰市林東鎮）、東京遼陽府（今遼寧省遼陽市）、南京析津府（今北京市）、中京大定府（今內蒙古寧城縣）、西京大同府（今山西省大同市）。

西夏狼子野心，有陳青在，我大趙無憂矣。」

高似點點頭：「高麗既答應幫忙，耶律氏向來又輕視完顏氏，寧江州應該能拿下來。」

蘇瞻轉過身：「你讓錢五明日來見我。」高似躬身應是。蘇瞻忽然說到：「阿似——」

高似一愣。

蘇瞻看著他苦笑道：「以後不必給我帶鱔魚包子了。這些年，謝謝你了。」

高似目光微動，看了看他身後的博古架，垂首應了聲是，退了出去。

路面上的積水還未退去，太廟前面的空地上，樞密院從京城守具所調派了不少軍中的營帳，開封府的一些衙役忙了一宿，歪七倒八地靠在營帳上小憩。街坊鄰里送來的涼飯茶水點心，堆積在一旁。四熟藥局的惠民藥局大夫們還在走動。

九娘掀開車簾，看著外面的一幕幕，仿似回到前世杭州城遭遇澇災的時候，蘇瞻白天在外安頓百姓，晚上舉盆和她一起接著後衙屋頂的漏水，阿昉還在大聲背書。他們也曾同過甘共過苦。這世上大多數夫妻，其實就這樣看似恩愛地過完了一生，像七娘那般濃烈的情感，恐怕也是機緣巧合的註定。

路邊忽然傳來孩童的笑聲，九娘看過去，牛車左邊有一戶人家，年輕的當家郎君和娘子，挽著褲腿，正從門檻裡往外舀水。一個不知憂愁的孩童，看上去一歲還不到，坐在木盆裡，漂在自家已經變成小池塘的院子裡，正在那娘子腿邊抱著她哈哈地笑。

那娘子笑著往孩子臉上甩了幾滴水，逗得他閉上眼睛手亂舞笑得不行。她另一隻手上的瓢，不自覺揚了起來，舀出去的水，正潑在騎馬的少年郎靴子上。那娘子回過頭來，嚇得手裡的瓢一鬆，掉在門檻外的水中，往南邊低窪處飄了出去。

九娘輕呼了一聲。陳太初卻毫不在意，身子一側，右腿離蹬，腳後跟掛在馬鞍上，整個人就朝左邊路面懸空後仰下去，手上馬鞭輕輕一撈，已將瓢帶起，直接飛入了那孩童坐著的木盆裡。他一個挺身，已坐回了馬上。那孩童拍著木盆尖叫起來，笑得口水直掉。陳太初看著他們一家三口也微微一笑，策馬慢慢跟上了牛車。

九娘這才留意到，陳太初今日馬鞍後側掛著半開的箭袋和上了弦的弓，前側掛著一把劍和一把朴刀，竟是全副武裝來護送她們。

陽光穿透被大雨洗淨的天空，照在少年背後，和他的笑容比，卻少了三分春色。彼其之子，美無度。彼其之子，美如英。彼其之子，美如玉。九娘心中默默將趙栩、陳太初和阿昉對照了一下。四娘喜歡的原來是陳太初啊。有陳青和魏氏那樣的父母，陳太初又是那樣的人品，四娘傾心於他也不奇怪。

天下之大，值得她傾心的男子，她已試過傾心而待，不過如此。婆婆那句話說得對，守住自己的心，何時何地何種處境都無懼，都能過好自己的日子。自己前世也正是這麼做的，並不難。這一世，她牽掛的只有阿昉而已。五年來，她留心國事朝事宮中事，家事人事民間事，卻從未考慮過半分男女情愛之事，倒是替阿昉想過許多。

今生的婚姻嫁娶事，她自然也曾周詳地考慮過。對她而言，嫁人生子這條路無可避免。以孟建和程氏在府裡的地位、現在的身份，若是婆婆有心，二伯和二伯娘肯幫忙，能高攀一點，也就是像家中三姊那樣，嫁一個進士，和她前生所走的路並無差別。如何當家，如何與姑翁相處，相夫教子，都不是難事。駕輕就熟做一個盡職的賢妻良母而已，總能做到和丈夫舉案齊眉，就算丈夫日後要納妾，只要婚前商議好，她也無異議。

可她其實卻並不想走這條路，反而想著若能嫁作商人婦，跟著丈夫走南闖北，甚至坐那可載千人的木蘭舟去海外看一看，倒也不枉重生一回。但如果程氏想要將她許配給程之才那等人，卻是萬萬不能的。她今生要嫁的，至少也得是位君子。

趙栩和陳太初，就如阿昉、孟彥弼一樣，心裡她將他們做子侄輩看，經過炭張家和金明池的兩番相救，自然生出了同生共死的情誼，她珍惜他們兩個，愛護他們兩個，為他們的安危著想，可這絕非男女之情。他們也因此善待年幼的她，她更不會因為這種善待而誤會他們。四娘這是將她當成什麼人了，又將他們當成什麼人了。

至於落在他人眼裡會如何，她從來不去多想。君子坦蕩蕩，小人長戚戚。前世也有不少外命婦背後說她沽名釣譽，說她善妒不賢。她何曾理會過在意過一絲一毫？喜歡你的自然看你什麼都順眼，不喜歡你的你費心討好也無用。若要為了旁人而活，她就不是王玞，不是孟妧了。她只嫌時間太少、過得太快，自己要看的書，要學的東西，要關心的人和要做的事太多太多。就連阿昉，若不是擔心他可能會誤會，她也不會想要避什麼嫌。好在州西瓦子裡阿昉的那一番話，她算徹底放心了。只慚愧自己低估了阿昉，阿昉那樣的人品和胸懷，怎麼可能誤會她！

也許，就是因為自己這樣的性情，蘇瞻才沒有心悅自己吧。就是君子，也還是喜歡那嬌柔可人的小娘子。自己連笑都比別人大聲，哭都不肯出聲，稱呼自己奇女子的比比皆是，可從未有人說過自己是美娘子呢。

九娘心下悵然，原來兩世加在一起，三十年有餘，她竟從不知曉真正的兩情相悅是什麼滋味，甚至都沒有一個少年郎對自己吐露過心悅二字，就連頭一回插釵還是昨夜那樣稀里糊塗的情形。

想起插釵，九娘忽然就有些心慌意亂，自昨夜起，趙栩那雙眸子總時不時跑到她眼前晃蕩一下，甚至做夢也夢見他靠近自己，很近很近，那奇楠香彌漫在夢裡，一雙深深桃花眼看得她沒處躲，又忽然那雙眼睛出現在水底，她似乎回到金明池深處，看著他似天外飛仙般朝自己慢慢伸出手。

趙栩待自己，算是四娘說的討好？算是喜歡？他是什麼時候忽然不叫自己胖冬瓜，改叫阿妧了……那自己竟然會不經意地想到他，甚至夢到他，又算是什麼？

九娘不敢再想下去，臉上熱熱的，內心十分羞慚，夢到實際上要比自己小那麼多的少年郎，實在太不像話了。若是自己誤會了趙栩，那才真得無地自容了。

九娘暗地裡使勁掐了一把自己的腿肉，這一定是這具身子到了那個年齡才自然而然引發出來的。趕緊三省吾身！

第七十三章

「九娘——」車外傳來一聲輕呼，九娘嚇了一跳。

卻是陳太初看著前側方車窗口小人兒正悵然發呆，忍不住夾了夾馬腿上前去，矮了身子輕聲問：「昨夜嚇著了吧？」

九娘笑道：「我還好，沒事了。咦，你的嗓子怎麼了？」看著陳太初專注又關切的眼神，往日的陳表哥、太初表哥，坦蕩如她，竟然也會卡在喉嚨裡喊不出來。

陳太初笑了笑：「昨夜我在相國寺，大概說話太多了。」

九娘一怔：「你是一夜都沒睡嗎？」

陳太初搖搖頭：「小事而已。只是一夜暴雨，今天福田院和慈幼局也會不怎麼乾淨——」

九娘笑著打斷他：「小事而已。我們不怕。」

陳太初不再說什麼，只含笑垂目看著她。

九娘想起四娘的話，心一跳，手一鬆，車簾墜落。她轉過眼，看看一早起來用冰過的銀匙敷眼睛的四娘，此時除了面色蒼白外，也看不出昨夜哭了那麼久。

四娘眼風掃過九娘，便低頭不語。她十分懊惱自己昨夜沒忍住，大概是一夜裡經歷了太多的波折，承擔了太多的驚嚇，太過害怕、太過痛苦才發洩了出來。然而今天醒來就是無窮的悔恨。六娘明顯是生氣了，看也不看她一眼。九娘總是像剛才那樣淡淡地掃她一眼。她聽著陳太初在車外說的話，還是難受，還是想哭。可偏偏不能哭。

牛車轉上舊曹門街，兩側的鋪面早就開了。不遠處乳酪張家門口和往日一樣排著長隊，只不過排隊的人們大多穿了木屐，或者索性赤了腳、捲著褲腿的。陳太初囑咐了車夫兩句，自己下馬，排在那群人後面。

牛車放慢了速度，車軲轆在石板路上嘎吱嘎吱，不一會兒，有人敲了敲翻起的車窗。九娘掀起車簾，陳太初遞給她三個小紙盒：「乳酪張家的。」

九娘一愣，六娘已經笑著接過紙盒：「多謝陳表哥，那我們不客氣啦。」

陳太初臉一紅：「貼了紅紙的給九娘，那個不冰。」

三個人捧著小盒子，濃郁的乳香飄散在牛車裡。九娘手中的乳酪很甜，不冰，溫溫的，入口即化，心裡也暖暖的，也有些怪怪的不自在。

四娘的一滴淚，落在冰過的乳酪上，暈了開來，那一塊，就稀薄了一些。

牛車緩緩停在舊曹門街盡頭，福田院和慈幼局對門而望。

九娘下了車，只一眼，已不勝唏噓。放眼望去，福田院門口那株老槐樹還在，樹幹上有昨夜被雷電劈過留下的焦黑痕跡。當年找房屋的時候，她就特意選了東城地勢最高的此處，為的也是避免開封常有的澇災。福田院西邊是下馬劉家藥鋪，方便給老人家病痛看診買藥。旁邊牛行街進去一點就是泰山廟，佛音常在，香火昌盛。當年不少老人家喜歡去那裡聽僧人們做功課。對面慈幼局旁邊就是陳家腳店，老人家和孩子們的被褥床單和衣裳，都交付在陳嫂子家搗練漿洗。

一些孩子正拎著木桶出來傾倒雜物，看見陳太初都喊了起來：「二哥來了二哥來了！」轉頭又看見好些小娘子，紛紛大叫起來：「來客了！來客了！」跟著又笑著跑上前喊：「魏娘子來了魏娘子來了！」

九娘她們回頭一看，竟是魏氏戴著帷帽，騎在一匹灰色矮腳馬上也到了。身後跟了一輛騾車，裝載著好些蔬菜水果。

三姊妹互相看看，都覺得很新奇又羨慕。東京城裡，只有貴女們才從小學騎馬，學著打馬球，也參加秋獵。就是孟家，像孟彥弼也是到了十二歲才有了自己第一匹馬。這買馬並不貴，二十幾貫就能買到一匹好馬，可養馬才貴，還得配馬夫。自然就不可能為了小娘子們專門養馬了。

九娘尤其羨慕得緊，前世巴蜀沒得學騎馬，在杭州也沒有馬可騎，在汴京也沒有機會學騎馬。後來陪太后看長公主和公主、嬪妃們打馬球，向皇后總是要下場跑上幾圈，笑著說終於有王九娘不會的事了。就是太后娘娘，也是能騎馬能射箭的將門虎女。

魏氏笑著受了她們的禮，將手中的轡繩馬鞭交給陳太初：「怎麼，你們都不會騎馬？」

看著三個點頭如搗蒜一臉星星眼的小娘子，魏氏哈哈大笑起來：「不會騎馬，如何踏青？不會騎馬，如何看這大好河山？你們誰要想學，我來教就是。」

六娘和九娘互相看了一眼大喜：「表叔母，我們想學！」

四娘一點也不喜歡這些又髒又臭的畜生，可瞄了一眼陳太初，他正看著九娘面露讚賞。她就咬咬牙也笑著說：「表叔母，我也想學，就是不知道學不學得會。」

魏氏笑著說：「我是嫁給你們表叔後才學會騎馬的，只要有心學，哪有學不會的？」

九娘高興得不行，眼巴巴地看著那匹灰色矮腳馬問：「表叔母，我能摸摸牠嗎？」

陳太初笑著將馬兒牽到她面前。魏氏拉了她的手，走到馬兒面前：「來，你們認識一下，小灰，這是小九娘。小九娘，這是小灰，牠是個男孩子，今年兩歲了。」呀，這女孩兒，手也太好摸了，又滑又軟又嫩。魏氏不由得替兒子羨慕起自家的馬兒來。

九娘將小手伸到馬兒面前，那馬兒便探頭過來，聞了聞她的手。九娘就伸手摸了摸牠的鬃毛，油光順滑。

四娘想從馬後面繞過去，沒走兩步。陳太初趕緊對她柔聲說：「千萬別從馬後面走，小心牠會踢人，得從馬頭過才行。」

四娘心中一甜，趕緊點頭：「多謝表哥指點。」

六娘不動聲色地挽了四娘的手站到魏氏身邊，也伸手去摸了摸：「我們這麼多人摸牠，牠不會發脾氣吧？」

魏氏眼睛一亮說：「不會，牠性子溫順得很，還最愛吃糖，有糖吃就對你們親近了，你們以後想要騎牠就帶一些糖給牠，牠會認人的。」

九娘大喜，她為了這邊的孩童，帶了滿滿一荷包的乳糖呢！趕緊從荷包裡取出兩顆糖，小心翼翼地伸過去。那馬兒機靈得很，早就湊過頭來，舌頭一捲，將兩顆糖捲了去，吧唧吧唧就吃了，又瞪大眼瞅著九娘。九娘被牠舌頭舔到手掌心，嚇了一跳，看到牠這個樣子，忍不住大笑起來，摸摸牠的鬃毛感歎道：「原來你也是個好吃鬼！」

六娘也大笑起來：「可不就和你一樣！也是個好吃鬼！」她將那個也字說得重重的，連陳太初都忍俊不禁大笑起來。

四周圍上來好些孩童，仰起頭叫：「姊姊？姊姊——」

四娘趕緊提起裙子，怕被他們不慎弄髒或抓破，一看陳太初笑眯眯的樣子，又趕緊強忍著不適，將手鬆了開來，捏著帕子渾身不自在。六娘笑著彎腰問起他們的名字來。九娘從荷包裡又掏出幾顆糖，蹲下身問：「你們叫我九娘就好，我這裡有好吃的乳糖，誰喜歡吃糖？我們和小灰一起吃！」

孩童們齊齊露出渴望的神色，卻又轉頭望向魏氏，聽著魏氏笑說：「每人只准吃一顆哦。」這才高興地伸出小手：「我喜歡吃糖！」「我也喜歡！」

九娘笑著給他們小手中一人放了一個：「來，一人一顆，小心這糖很調皮，會黏住你們的小牙齒，別擔心，你們用舌頭尖兒去頂一頂，糖就會掉出來，好吃極了。」

陳太初將馬兒牽到大槐樹下繫好轡繩，耳朵裡聽著和五年前幾乎一模一樣的話語，臉上泛起紅來，更有些哭笑不得，九娘那時候是把自己這個一手就能抱起她的表哥當成幼童在哄的嗎？

孩子們將糖小心翼翼地放入口中，小腮幫子鼓了起來，說著「謝謝九娘」，飛奔回南邊的慈幼局去了。

九娘又從荷包裡取了一把，往自己嘴裡也放了一顆，笑著將剩下幾顆攤開來：「表叔母可吃糖？四姊、六姊吃嗎？」

魏氏笑盈盈地取了一顆放入嘴中，一抿：「啊，是西川乳糖啊。好香。」

四娘從來不愛吃糖，在魏氏面前也只能取了一個勉強放入口中。

六娘也取了一顆，笑著說：「我家阿妧就是貪吃，屋子裡全是各種蜜餞、糖果、乾果，小時候胖得可厲害了，三嬸急得都只給她吃兩頓飯。」

魏氏哈哈笑起來：「能吃是福，我們進去吧。哦，對了，太初，你吃不吃糖？阿妧發糖呢。」

九娘正要收回的手一停，隨即大大方方地遞到陳太初面前。

陳太初垂目看了九娘一眼，修長的手指從她如玉的掌心拈起一顆糖，放入口中。想起她小時候直接將糖塞到自己口中的事，剛剛碰到她掌心的手指尖就麻了，耳根也有點發燙。

九娘也想起幼時對陳太初說過剛才那番哄孩子的差不多的話，還曾經想用兩塊糖算兩文錢，卻被陳太初吃了糖，還沒少算餛飩錢，不由得笑著將手裡的糖放回荷包。

魏氏笑著將她們幾個帶進福田院，哈，自己的兒子自己清楚，小時候從來不愛吃糖啊。

第七十四章

九娘她們幾個跟著魏氏先在慈幼局和福田院走了一圈。兩處倒都沒有被淹，院子裡積水也少。六娘很是佩服：「表叔母此處真是想得周到！我們沿途過來，幾乎沒有不被淹的人家！」

魏氏笑著搖頭說：「你可誇錯人了，想得周到的是你家三房的表舅母，昔日的王夫人。」

九娘低下身子，查看當年沿著院牆為了排水特地挖出的深溝。魏氏告訴她們：「我們這兩處，已經是東城地勢最高的地方。加上這個落水溝，是平常人家的兩倍寬，秋冬天掃落葉雖然吃力一些，可遇到澇災，才知道好處。你們看這裡的院落，中間特地鋪高了，四周低矮，就不容易被淹。」

福田院後院裡，一個大夫帶著背著藥箱的藥僮從屋裡走了出來，笑著和魏氏打招呼：「昨夜才在相國寺見到魏娘子，現在又見到了。辛苦辛苦！」

魏娘子也笑了：「林大夫安好。我們曹大娘可好一些了？昨夜雨大風急的，怕她一夜也沒睡踏實。」

曹大娘!?九娘眼眶一熱就想要進去看上一看。

林大夫看看魏氏後頭，笑著說：「曹大娘啊，看見二郎，病就能好一半。再看看這些漂亮的小娘子，病就全好了。」

身後傳來一個蒼老的笑聲：「林大夫你這靠嘴治病的本事越來越大了！背後編排我婆子！你差也不差？」

眾人一看，一個頭髮花白穿著粗布衣的老人家，拄著一根拐杖，兩個七八歲的女孩兒扶著她走了出來，看來起來精神尚可。

九娘趕緊上前去扶她：「婆婆小心。」

曹大娘眯起眼看了看她：「這小娘子是從那幅畫兒上下來的？生得這麼好看！魏娘子，可是你家的？」

魏氏笑著說：「這是我家表侄女兒。今日她們三姊妹來幫忙的。」她倒想快點把小九娘變成她家的呢。

林大夫摸摸自己的兩撇鬍子笑著說：「頭上三尺有神靈，看來說人壞話得當面說才行。曹大娘你一聽說二郎來了就能下地，這可不是我空口說白話吧？」

眾人大笑起來，曹大娘笑著作勢提起拐杖要打他，林大夫哈哈笑著告辭出門了。

這位曹大娘，正是這福田院的原主人。因無人供養，被迫典出祖屋，想得了錢搬去鄉下養老。九娘第一次上門，便在曹大娘的開價上多加了五十貫，唯一的要求是懇請她留在福田院裡幫忙，另外請她少收點月錢，說一個月只給得起她兩貫錢。曹大娘含著淚說哪有她這般繞著彎子幫人的，當場拍板將屋子賣給她做福田院。後面聽到消息來的一家腳店東家，加了兩百貫錢，曹大娘也不肯毀約另賣。連對面慈幼局的房子，也是她告訴九娘的。

前世九娘沒生病時，常常來這兩處，曹大娘總拿她當親閨女一樣看待，噓寒問暖，幫著她打理雜務，甚至幾次同她說千萬別在意那些個淑人、夫人背後說她善妒不賢，哪有夫妻和美卻硬要自己往裡面塞人的道理，簡直是腦子放在蒸籠上蒸過的，說得她哈哈大笑。後來她生病了，曹大娘一手替她照看著，還去蘇府看了她好幾回，過年期間特地給她送了桃板和桃符，再三叮囑她好生休養。

陳太初笑著上前從九娘手中接過曹大娘：「婆婆躺了三天了，需得出去走動走動，還是我陪著去吧，今日出了太陽，還好不算太熱。」

三姊妹一起給老人家行禮問安。曹大娘問了名字，朝著九娘笑：「好孩子，謝謝你們幾個能來。倒巧了，我原來有個比閨女還親的孩子啊，也叫九娘，可惜命不好，走得早。」

魏氏就笑道：「是巧，這個九娘啊，就是大娘你那九娘的嫡親表外甥女兒。」

曹大聽著稀奇，拉著九娘的手又說了幾句。九娘眼眶熱熱的，說不出話來，只看著她笑，笑著笑著還是留下幾滴眼淚來。她眨了眨眼睛對六娘說：「六姊，好像有小蟲子飛到我眼睛裡了，你幫我吹吹。」

魏氏看看兒子藏不住的一臉關心，暗道可惜，這要讓太初去吹吹該多好啊。轉念又歎氣，這小九娘看上去和六娘、四娘差不多大，怎麼才十二歲呢！這得等多久啊，就算四年後行禮，太初也要二十歲了。卻忘記陳青娶她的時候是二十歲，也忘記在秦州的長子都還沒著落呢。

陳太初扶著曹大娘慢悠悠地出了門。魏氏帶著三個小娘子去看看後兩進十幾間屋子住著的老人家們。九娘看到房裡窗明几淨，茶水點心都有。老人家有些在打葉子牌，有些在念經，有些在打瞌睡，有些在說話。好幾位老人家九娘都還記得是她當年親自接來的。幾間房裡搭著小小佛龕，上頭供著榮國夫人的牌位，一看就是日日上香的。院子裡還有兩位老翁在打五禽戲。人人見了她們都笑呵呵地問好，對魏氏很是熱情熟稔。九娘心裡又酸又甜又安心，更是感激魏氏。

待進了正屋，魏氏的侍女捧著薄薄的兩本帳簿等著。一旁的粗瓷茶盞裡泡好了茶，桌子上筆墨紙硯一應俱全，算盤也擺好了。旁邊放著一個大碗，碗裡滿滿的裝著剛洗過的一粒粒葡萄，水珠兒還在上頭。

魏氏笑著告訴她們：「這是慈幼局院子裡的葡萄，被大風雨弄掉下來不少，不過都洗乾淨了，你們不吃也不要緊。」

四娘笑著上前拿了一顆，柔聲笑道：「表叔母同我們太過見外了。我們姊妹哪就這麼金貴了！我家九妹還在她房後面種花椒什麼的呢。」

魏氏吃了一驚：「九娘自己種？」

六娘不等九娘開口就說道：「是的，我家婆婆嗜辣，正好蘇家表哥他們回川，婆婆就請他寄些調料和種子來。正好九娘從書上看過種法，她才試著種了花椒和食茱萸。」她意味深長地看了四娘一眼。四娘笑嘻嘻地剝了葡萄皮，放入口中。

魏氏高興地囑咐九娘記得到時候送一些花椒給她，九娘笑著應了。魏氏攤開帳簿，大概和她們說了一下，就留她們在屋內理帳。

九娘大概看了一看，心中對魏氏更加欽佩。如今這福田院裡滿當當的住著四十幾位孤寡老人，吃飯穿衣，納涼保暖，求醫問藥，都安排得妥妥當當。對面慈幼局裡二十多個孩子，一樣照顧得十分周全。一年開支近千貫，可帳目上她留下來的三千貫，竟然分文未動，而每個月阿昉送來的錢，也另外列得清清楚楚。

三個人靜悄悄地核對著帳目，小半個時辰後便理清楚了。侍女取了帳簿去回稟魏氏，不一會兒回來說：「娘子正在廚下幫忙，請三位小娘子自便，稍後留下用個午飯，二郎再送小娘子們回府。」

四娘想著難得早上抓住機會遣開了鶯素，無論如何，她今天都要試上一試，就站起來問：「不如我去廚下看看，有什麼能幫上表叔母的。」不等六娘、九娘說話，她就請魏氏的侍女帶她前去。

看著四娘去了，六娘讓玉簪和自己的女使都退了出去，才捏了捏九娘的小手，正色道：「我看她簡直瘋魔了，你別放在心上。只是表叔母這點點小事，勞師動眾地去家裡請我們來，難道——？」

九娘笑著說：「怪不得娘一早耳提面命的，若是四姊能討了表叔母的歡心，以表叔母的為人，想來倒不會計較門第嫡庶。」

六娘搖搖頭：「昨夜瓦子裡我就覺得，恐怕表叔夫妻是看中你了，表叔又特地喊你一個人去說話。你去了後，表叔母也拉著你娘出去了好一會兒，你娘回來時一臉的喜色藏也藏不住。不過四娘昨夜又不在，她是怎麼看出來的我不知道，但她昨夜那樣說你，的確太過分了。她這個性子，多年也改不了。難不成她得不到喜歡的人，就要怪到別人身上不成！」

九娘一怔，又不好說陳青和自己談的都是國事，並無私事，只歎了口氣道：「算了，這都是小事，也由不得我們自己做主。我去對面看看那些孩童。六姊可要一起去？」

六娘想了想：「你去吧，我想先去看看這裡的老人家都在做些什麼。雖說書本上一直說老吾老以及人之老，可真正來到這裡，才知道所學皆虛。」

六娘看著九娘帶著玉簪也出了院子，略一沉思，也出了正屋。

廚下熱氣騰騰，兩個婦人正忙著生火蒸飯，長長的木案上，兩個八九歲的女孩兒帶著兩個四五歲的小童，踩在小木杌子上擇菜。一邊挑出被暴雨泡爛的菜葉子，一邊偷眼去看門口的四娘。

魏氏和四娘坐在門口的小木凳上。四娘呆呆地看著魏氏麻利地殺魚，忽地一絲血濺到她手背上，嚇得她低低尖叫了一聲。

魏氏抬頭一看，趕緊笑著說：「快用帕子擦一擦就沒了，我手上髒，幫不上你。嚇到了吧？昨夜大暴雨，汴河裡浮上來不少魚，撿回來的時候還撲騰著呢。可省了不少錢。虧得叔寶他們幾個機靈，帶了木桶去的。」

後面一個小女孩尖聲尖氣地說：「娘子，我也去幫忙了，還拖了一條大魚回來呢！」

魏氏笑吟吟地回頭讚她：「你也機靈又能幹，一會兒吃多點！」

四娘局促不安地道：「我能幫上表叔母什麼忙嗎？」

魏氏搖搖頭：「你們在大宅子裡長大的，最多指揮奴婢燉個湯什麼的，哪裡能做這些粗活？」

她好奇地問：「九娘真的自個兒種地？誰幫她開墾的地啊？」

四娘將那擦過血的帕子疊了收進荷包裡，柔聲道：「是我二哥還有十一弟他們，為了讓她種個地玩，特地去買了許多農具回來呢，她姨娘還給她做了好幾身粗布衣裳，粗布頭巾，弄得像真的一樣。每次看著她，都笑死我們姊妹幾個了。」

魏氏笑道：「小九娘倒有意思，難得都還被她種活了呢。」

四娘拿起水瓢，替她從一邊的乾淨水桶裡舀了一勺水澆在魏氏手上，輕笑道：「可不是，若這樣都種不活，怎麼對得起蘇家表哥對她的一份心意呢——」她看見魏氏手下一停，便輕輕驚呼了一聲，急著解釋道：「表叔母您可千萬別誤會了什麼，九妹同蘇家表哥自小就特別有緣，比旁人親近一些是難免的。她和蘇家表哥的娘親連生辰都是同月同日同時，從小又愛黏著表哥——可我家九妹年紀還小，只當這是兄妹之情的。若是阿嫻言辭不當，表叔母可別誤會了九妹。」

魏氏抬眼看了看她，笑道：「這有什麼可誤會的，人和人之間親近不親近，本來就要看緣分的。」

四娘點點頭，柔聲說：「可不是，我家九妹和蘇家表哥真是有緣，當年第一回見面，表哥就把他母親的一隻哥窯八方碗送給了九妹。這些年就連燕王殿下那樣的救命恩人，送了那許多好禮給她，也沒有比那只碗更讓她寶貝的了。這兩年，過雲閣裡的書她不知道抄寫了多少本。只希望蘇家表哥能用得上，明年下場大比能殿試折桂。阿彌陀佛，我家九妹也就放心了。」

魏氏又笑了笑，站起身將殺好的魚通通倒入一個大木桶之中，就聽見劈里啪啦一陣響。外面陳太初就笑著走進來：「娘！你別提，重得很。我拎去井邊替你洗乾淨。」

陳太初進來看到四娘也在，便略點了點頭，將魏氏手裡的大木桶拎了出去。

魏氏把那盛了乾淨水的木桶提過來沖了一下手：「這裡頭也沒水了，勞煩四娘你幫我提過去井邊，讓太初也打上水吧。你可千萬別提，他有的是力氣。」

四娘一怔，福了一福，提著那空木桶去了。

魏氏看著四娘的背影，歎了口氣，坐回小木凳上，自言自語道：「這六郎的事還沒完，怎麼又跑出來一個蘇家。太初啊，你可得趕緊加把勁啊。」她擦了擦手，轉過身走到鍋臺前問那兩個婦人：「這一家有好女啊，就是百家會來求，是不是？」

那看火的婦人就大聲笑道：「可不是！魏娘子初來的時候，林大夫的二弟還想求你做他家娘子呢，太尉差點沒把他給活劈了當柴燒！」

廚房裡一片爽朗的笑聲響了起來。

四娘忐忑不安地提著木桶靠近井邊。不遠處有兩個婦人正在晾曬擦洗過的藤席，幾個孩子在幫忙洗著巾帕。井邊一棵大樹，如冠蓋一般，罩住了那井和那人。

接近正午的陽光依然炙熱，井邊樹下的陳太初卻神清氣爽，一隻手輕輕提了一桶水上來，嘩啦啦澆進大木桶裡，又將那髒的血水拎到旁邊，傾入牆角的落水溝中。似乎他做的是烹茶賞花一般雅致的事情，說不出的好看，說不出的悠然自得，說不出的風流。

四娘只覺得自己的一顆心都寸寸捏在他手中，她咬了咬牙，心一橫，走上前去。

「太初表哥——」

陳太初抬頭一看見是她提著一個空桶，就笑道：「我娘還真的差遣上你們了，真是抱歉。你且放著吧，一會兒我一起提過去。」

四娘輕輕將木桶放到他身邊，癡癡地看著他。陽光透過細碎的樹葉，輕吻在陳太初的面容上，明亮處如玉，微暗處如瓷。他眼睫低垂，偶有顫動，如蝶翼初展又如嬌花臨風。

陳太初忽地聽見低低的啜泣聲，一怔，抬眼一看，四娘卻蹲在他近前抱著膝蓋，雙目垂珠淚，煙眉籠愁雲，正怔怔地盯著自己。他立時起身退開了兩步，左右看看，並無異狀。

四娘看他微微皺起眉頭，不復方才軟語輕言，眼淚更是撲簌撲簌往下掉。腹中那想了千萬次的話，竟開不了口。

陳太初輕輕彈了彈手上的水珠，又退開一步，也不言語，他雖然情竇初開，卻並非魯莽粗心之人，一個小娘子，還是心上人的姊姊，這般看著自己，他自然也有所感，更生出了局促不安和要避嫌的念頭。

四娘見他又退了一步，垂下頭輕聲開口問道：「太初表哥，你——求求你了，你救救我罷。」

陳太初一愣，不自覺上前一步，微微彎了腰問：「你這是怎麼了？」

四娘的淚落在手上：「我家翁翁聽了我舅舅的話，逼著我給吳王做妾，要不然就要把我嫁給程之才那樣的無賴。」她抽噎著抬起頭來，淚眼婆娑中，陳太初一臉訝然。

陳太初略一思忖，卻又退了一步，沉聲道：「孟家是汴京城數得上的世家，斷然不會有這樣的事情。你爹娘和你婆婆梁老夫人更不會允許家中女兒做人侍妾。你該好生和家人商量才是，請恕太初愛莫能助。」

四娘只覺得耳邊一陣轟鳴，是，他的眼睛只會看著九娘，他的同情，也只會給九娘一個人。她巍巍站起身，上前一步顫聲問道：「若是，若是九娘這樣同你說，你！你也會說愛莫能助嗎？」

陳太初劍眉一挑，眼中寒星掠過，玉面更沉，深深看了她一眼，便逕自走到井邊刷刷兩下提起一桶水，倒入空桶中，又將那裝魚的大木桶也灌滿了水。一手拎起一隻木桶，就要回廚房去。

四娘一愣，不管不顧地上前揪住陳太初的一隻衣袖，顫著聲輕聲問：「我！我是有哪裡比不上阿妧嗎？」

陳太初腳下一停，掙了掙袖子，卻拽不回來，轉過身看見四娘滿面淚痕，他沉聲道：「還請四娘子自重。」

四娘耳中嗡嗡地響，彷彿聽見自己心一片片碎在地上的聲音，有嘶啞的聲音似乎不是從她口中說出來的：「太初表哥，我——我心悅你已久！」陳太初袖子被她揪成了一團。

不知何時，那晾曬藤席的婦人，投洗巾帕的孩子，早已離去。

陳太初一愣，看看面前寸寸柔腸，盈盈粉淚的少女，手上輕輕放下水桶，掰開她關節發白的手，不自覺地拂了拂袖子，退後一步，作了個深揖：「多謝四娘子厚愛，只是太初已心有所屬，無以為報，日後還請遵德守禮，切莫再提。」

四娘站在樹陰下，看著一臉溫和卻言辭如針的陳太初，打了個寒顫，喃喃道：「我知道你喜歡阿妧，你們個個都喜歡她。是她就用不著守禮了，就可以提了？」

陳太初不由得露出一絲厭惡之色，正色道：「四娘子慎言。莫壞了九娘閨譽。她年紀尚小，一貫守禮。」聲音中已經滲透出了寒意。

四娘搖著頭，孤注一擲地上前一步，咬著牙問：「太初表哥可知道我蘇家表哥同九妹兩情相悅？你何苦來——？」

手上一股大力湧來，四娘一個趔趄，半跪倒在井邊，渾身顫抖著，又驚又怕，竟不敢再看陳太初一眼。

陳太初手中的水桶潑出的水濺濕了他半邊下襬，看著四娘，吸了口氣溫聲道：「九娘將來長大後心悅哪一個，是九娘的事。我陳太初心悅哪一個，是我陳太初的事，但都與你無關。你身為九娘的姊姊，我只能替九娘說一聲可惜，也替孟家說一聲可惜。」不待四娘做任何反應，轉身提起兩隻水桶，幾步就去遠了。

他的話像刀子一樣戳在四娘心上。四娘看著他的身影，多年苦戀，今日在這陽光下一寸相思一寸灰，灰飛煙滅，再無一絲希望。多愁牽夢，難成易碎。那人看著溫和，說出的話卻如此傷人。她羞憤欲死，渾身發抖，最後含著淚在唇齒間一字一字吐出「陳、太、初！」終於抱著那井沿哭了起來。

「你如今可死心了？」溫和的聲音在她頭上驟然響起。

四娘大驚失色，抬頭一看竟是六娘。一貫溫婉可親的六娘正居高臨下地看著她，眼中一絲不屑，一絲痛恨，更多的是無奈和痛惜。

四娘只覺得頭暈眼花，站起來一半，一個不穩，差點一頭栽入井中。六娘一把扶住了她，將她帶回了正屋裡，按著她坐下，讓侍女給她倒了一杯熱茶來，便要自己出去。

四娘撲上前抱住六娘：「六妹六妹！你聽我說——」

六娘長長吸了口氣，揮手讓女使和侍女們都遠遠地退了開去，這才轉過頭來，壓低了聲音說道：「不！四姊，你聽我說才是。你同表叔母說的那些話我都聽見了，你同太初表哥說的那些話我也聽見了。你心悅他，自可以去同三嬸說、同婆婆說，甚至同表哥說、同表叔母說，我孟嬋都不會看低你看輕你。可你這般句句帶刺，不惜撒那樣的謊求表哥同情，若是表哥心悅九娘，你這算什麼？就是表哥沒有心悅九娘，你又置九娘於何地？九娘可是你的親妹妹！就算今日如你所願了，他日你可心安？你可會慚愧？我孟家——」

四娘搖著頭哭道：「我為什麼要心不安？我為什麼要慚愧？你們個個都偏心九娘！都只對她好！婆婆偏心，他偏心，你偏心，娘偏心，連著七娘，打小同我最好的，現在也同她好！她什麼都有了，我只要太初表哥一個而已！」

六娘眼中也落下淚來：「志合者，不以山海為遠；道乖者，不以咫尺為近。這些年四姊你還不明白嗎？九娘她待人以誠，待人以真，她永遠不會做出你這樣的事！你不是問你哪裡比不上九娘嗎？你又有哪裡比得上九娘！她以姊妹心待你，你卻以仇敵心待她。甲班入學試的時候，是誰連著幾夜不睡，幫著你和七娘整理出筆記，梳理好經義的？秦娘子質疑你的入學試成績時，又是誰第一個站出來維護你的？你學繡花，手上被針扎了，不敢吭聲，是誰替你去同先生申請書藝考核延後的？你房裡有了白蟻，又是誰搬去後罩房，把自己房間讓給你的？你去年出痘，是誰陪著你供奉痘娘娘的？可你呢？你是怎麼對她的？她對你好，你只當成應該的。還要在七娘跟前冷言冷語，百般說她不好。你知不知道七娘都同我們說了。九娘她可和你計較過一句？就連七娘那樣沒心眼的人都親近她疏遠你，你不省己身，反而——」六娘哽咽著說：「你今日為了一個男子，寧可姊妹離心，背後傷她。你可是姓孟啊！」

四娘一個激靈，嘶著嗓子哭喊道：「我是姓孟！可是你們個個都將我看做姓阮！就因為我是阮姨娘生的，人人就看低我三分！我小時候不懂事，親近姨娘，我知道什麼？也沒人教我。這幾年我疏遠了姨娘，可是你們也只肯親近九娘。她不過只是個低下的奴婢生的！婆婆就讓慈姑教導她，你們就個個說她好。她就是這樣慣會做好人、慣愛出風頭，我才討厭她，她就是要顯得她什麼都會、什麼都好。我又沒求過她幫我！我不要她幫我！我做什麼要感激她？我最好不要有她這樣的妹妹！要沒有她才好！」

「啪」的一聲脆響。

六娘哭著看著自己的手和四娘臉上的巴掌印，搖著頭捂住了嘴。四娘卻捂著臉，呆呆看著六娘。

外面傳來女使拍門的聲音：「六娘子，九娘子來了。」

第七十五章

九娘帶著幾個孩子笑著進了院子，看見正屋槅扇門緊閉，又見六娘的女使去正屋拍門稟報，就彎下腰跟孩子們說了幾句，孩子們笑著從她捧著的竹籃中拿了幾個油桃，蹦蹦跳跳走了。

女使推開門，九娘進屋見六娘坐在桌邊，正用帕子拭淚，一語不發。四娘托腮坐在羅漢榻上，身子扭得跟麻花似的，看著外窗。

九娘把手裡裝滿油桃的竹籃放到桌上，問道：「四姊、六姊可要吃慈幼局院子裡的油桃？」

六娘點點頭，四娘搖搖頭。

九娘挑了幾個紅彤彤的油桃，讓女使遣人去洗乾淨。剛要和六娘說話。外面跑進來兩個女孩兒喊著：「九娘！九娘！快來快來！我們叔夜哥回來了，要和二哥比劍法呢！」

九娘笑著應道：「好！你們先去，讓他們千萬等一等，我們馬上過去看。」

她就問四娘：「四姊要不要一起去看？」四娘搖搖頭，一邊依舊臉頰滾燙。六娘這一巴掌打得她心裡亂糟糟的，過了那個勁頭後，只剩下懊恨秋不管，朦朧空腸斷，完全沒了方寸。

六娘卻收了帕子：「我同你去。」她站起身挽了九娘的手，想了想又對四娘說：「四姊，方才是我冒犯了你，對不住。還請四姊也想想阿嬋的話，阿嬋只想你能好好的。你放心，今日之事，我不會跟旁人說的。」她遙遙福了福，牽著九娘出了屋子。

四娘忍著不轉頭看她們。想她能好好的？好話誰不會說？好人誰不會做？她不禁冷笑著輕輕摸上火辣辣疼的臉頰。

「您若是嫁了吳王，至少也是位太子孺人，甚至良娣……您若是嫁去程家，以後便是豪富之家的當家主母……」

鶯素無比恭謹的話忽地一字不差地浮了出來。阮玉郎瀲灩的眼波，鶯素謙卑的笑容，蔡相那似乎一眼就看進她衣裳裡面的眼神，還有蔡相兒子的輕浮調笑，九娘的臉容，陳太初那帶著厭惡的神情，六娘的一巴掌……走馬燈似的在她眼前來回晃蕩。她拚命搖頭，卻甩不掉這些影子和話語。她能指望誰？原先還指望他能像蓋世英雄一樣，至少可憐她一片癡心，能救她於水火之中。

可他竟然不經意拂了拂她碰過的袖子，似乎她是什麼髒了的物事一般。她那麼仰慕他，為他抄了那許多本經書，在佛前千百次許願，期許他能對她溫柔一笑，期許他有朝一日能明白她才是那個對他最好的人，期許他會明白只有她才懂得他。每年七夕她的蜘蛛總能結個圓圓平平的網，她從來不貪心，她只是許願他能知道她的心而已！

現在這願望靈了，卻換來一句他替九娘說一聲可惜!?

四娘終於撲在案几上痛哭起來，一隻纖手緊緊握成了拳，拚命捶在案几上，一下一下，越來越大力。女使嚇得趕緊過來小聲地喊她，她拚命搖頭喊著：「滾！滾！你們都離我遠點！我不想看見你們！」

槅扇門悄然又關上了，兩隻粉蝶兒盈盈地在那微微撐開的木窗口繞了幾圈，約莫是被陽光照得太熱，最終一前一後振翅飛開來，幾下就越過院牆，往對面去了。

對面慈幼局門口的空地上，一個濃眉大眼身材高大的少年，正在給陳太初看自己新得的一把劍。不遠處忽悠悠來了一輛牛車，一匹馬。九娘定睛一看，竟然是蘇昉騎著馬，帶著蘇昕來了。

六娘、九娘迎上去，蘇昕跳下來左看右看，牽著她們的手就好一通埋怨：「不過打了個無賴，我娘就怕成那樣。竟不讓我去你們家找你們，也不讓我出門。氣死我了！多虧了哥哥送我來見你們。那無賴怎麼還賴在你們家!?」她回頭朝著蘇昉嚷嚷：「哥哥你去同表姑說，趕緊把那廝送回眉州去！」

蘇昉和陳太初見了禮，就笑著說她：「你那點花拳繡腿還愛逞能，可不怪二嬸擔心，我都擔心你。」

陳太初倒讚了一句：「你妹妹出身書香門第而有俠義之風，很是難得。」蘇昕眼睛亮亮朝蘇昉吐了吐舌頭。

陳太初給蘇昉引見那個濃眉大眼的少年：「這位是章叔夜章兄，在我爹爹麾下任武騎尉，是在慈幼局長大的，他和你娘親榮國夫人很是熟悉。大郎可認識？」

章叔夜見過幼時的蘇昉兩三次面，一聽是他，立刻拱手就要跪拜下去：「原來是大郎！叔夜弟兄二人受夫人大恩，無以為報，請受叔夜一拜！」旁邊樹下跑出個八九歲的孩童也倒頭就拜：「叔寶也要拜見大郎哥哥！」

蘇昉趕緊扶住：「我還記得叔夜兄和叔寶，快快請起！我娘辦慈幼局從無施恩的心，何來大恩之說？叔夜兄你從軍護國衛民，實在是我該拜謝你才是！」

他們幾個敘齒說話，章叔寶拖著九娘她們三個坐到樹下的小板凳上，朝他們喊：「快比劍！快比劍！大郎哥哥你也這邊坐！」

九娘笑盈盈咬了口油桃，咯嘣脆，有些甜有些酸。她抬起頭眯起眼看太陽下那個濃眉大眼的少年，鼻子上是密密的汗，鼻子下是淡黑色的小胡茬，一臉認真，十分沉穩。這個當年和她一起親手種下桃樹的孩子，曾經一臉急著要長大的神情。今日竟然還能見到他，白日不到處，青春恰自來。託魏氏的福能回到此地，真好！

章叔夜，今年該有十八歲了吧，當年才九歲的他背著一歲的弟弟，大雪天裡等在慈幼局門口，看見她的牛車來，就跑上來請她收留他弟弟。說他要去虹橋那裡的碼頭卸貨，保證以後每個月的八百文月錢都拿回來給她。

她就說慈幼局正好缺一個搬卸石炭的小工，可以包他吃住，但是一個月只能給他七百文錢，問他願意不願意留下來做。

這孩子當時愣了一愣就跪下來，在雪地裡磕了好幾個頭，腳上還穿著草鞋，鞋頭好幾個洞，腳上手上臉上耳朵上生了許多凍瘡，可他弟弟卻被捂得好好的。

章叔寶靠著九娘坐下來，胳膊肘頂頂她卻不看她：「哎——你說誰會贏？」

蘇昕卻湊過來小聲說：「當然是陳太初會贏！」章叔寶吸了口氣，不服氣地要反駁。九娘笑著說：「當然是你哥會贏！」看著章叔寶心滿意足地笑了，她啊嗚大口朝油桃上啃下去。

陳太初聽見九娘這樣說，側身看了她一眼。看著她眼睛滴溜圓，正一口咬在油桃上，小鼻子都皺了幾條細紋，像足了小時候吃東西的神情，又像一隻捧著雞蛋急吼吼下嘴的小老鼠，不由得笑著問她：「九娘你這是吃了叔寶的油桃嘴軟嗎？」

九娘嘴裡塞著桃肉，舉起油桃朝他倆揮了揮手，笑了起來。

章叔夜和陳太初各自退開三步，行了禮，才拔劍出鞘，將劍鞘扔給樹下觀戰的這群人。

六娘捏著帕子，眼睛看著前面的兩個人，出了神。她這輩子第一次打人，還是打的姊姊，她的右手還有些發抖，可她不後悔。

陳太初和章叔夜鬥了一刻鐘還不分上下，陽光下看的人只覺得眼花繚亂。章叔寶忽然開口說：「我哥哥這次跟太尉出征，能平安回來吧？」

九娘轉過頭，身側的章叔寶眼睛裡含了淚，正倔強地抿著唇。

九娘柔聲道：「當然能。」蘇昕也聽見了，湊過來說：「肯定的，那可是太尉啊。你知道嗎？那些蠻夷，聽說面涅將軍來了，都聞風而逃。那房十三，還比不上蠻夷兇狠呢！」

章叔寶揉了揉眼睛，有點臉紅，不再吭聲，盯著場中兩個酣戰不休的人影。

這是那個從小抱著哥哥腿在慈幼局裡來回走的孩子，這是剛剛興高采烈爬到桃樹上摘油桃，調皮地摘下爛了的桃子偷偷砸她頭的孩子，這是滿心牽掛哥哥安危的孩子。九娘的心軟軟的，柔聲道：「你放心，太尉肯定能帶著你哥哥平安歸來。他們每個人都會平安歸來。」

鞘。

「叮」一聲，陳太初和章叔夜兩劍相交，不分上下，相視而笑，收了劍，互相行了禮，過來取劍

章叔寶仰起小臉：「哥！你今天走之前記得再給榮國夫人磕幾個頭，她肯定能保佑你平安回來！」

六娘如夢初醒，跟著九娘站了起來，看到眼前忽然站了一個高大的年輕男子，嚇了一跳，蹬蹬要退開來，卻撞到了腳下的幾個小板凳，人一歪，已經被一樣東西托住，卻是一把劍鞘。

章叔夜收回劍鞘，朝六娘點頭笑道：「小心了。」

他朝眾人一拱手，帶著弟弟回慈幼局去了。六娘才覺得那人一口白牙晃眼得不行，再一回神，才詫異這位在慈幼局長大的行伍之人如此守禮，不由得多看了那高大的背影一眼。

魏氏從福田院裡出來，笑著說：「吃飯啦！」她到了樹下，一看多出來兩個人，咦了一聲。「你就是王夫人的兒子啊！」魏氏左看右看上看下看，怎麼看蘇昉都不比自己兒子遜色，嘖嘖稱讚了好幾句。九娘抿了唇很開心，當娘的難免要比一比自家孩子，她看得出魏氏對蘇昉的真心稱讚。

魏氏又讚蘇昕：「你們堂兄妹倒長得這麼相似，難得難得。我家的親兄弟反而一人一個樣。」

蘇昕難得害羞，只笑著沒答話，實在太緊張也答不上話。

魏氏看不到四娘，就問六娘：「你四姊去哪裡了？」

六娘福了一福：「表叔母，我四姊略有些不舒服，我和九娘就陪她在正屋裡用飯可好？」

魏氏問：「可要請林大夫來看一看？」

心病沒法看。六娘苦笑道：「多謝表叔母，不用不用。她自幼體弱，是老毛病了，休息一會兒就好。」

魏氏就問：「那你把九娘借給我一下可好？」

六娘看了看一旁欲言又止的陳太初和一臉坦然的九娘，點了點頭：「九娘，你去幫表叔母就是。我去陪四姊。」

「娘——」陳太初不由得緊張起來，自己的娘自己清楚，不理會高門大戶之間的人情往來，也不在意世俗規矩，太過隨意了些，很容易說出不該說的話。

魏氏笑著應了一聲，卻不理他，轉身牽了九娘朝福田院去。陳太初和六娘面面相覷，帶著一臉好奇的蘇昕和微微沉思的蘇昉，跟著進了福田院。

第七十六章

正午的太陽，將那暴雨留下的痕跡全都烤乾了，深綠的樹葉又露出了一絲疲憊之色。

廚下已經歇了火，沒有先前那麼熱了。那幫廚的兩個婦人提著食籃往各個院子裡送飯去。九娘陪著魏氏繼續將飯菜湯羹分到食籃裡的碗盆中。

「九娘翻過年要十三了吧？」魏氏輕聲問。

九娘笑著應了聲是。

「頭一回我看見你，還以為你已經十四五歲了呢。」魏氏說的是真心話，九娘的個子，比她只矮半頭。

九娘笑著說：「我姨娘說我小時候憋得太厲害，長起來躥得也就厲害，今年已經長了半尺，害得她不停地做衣裳。」

魏氏將九娘分好的飯菜擱好，蓋上食籃的蓋子：「你家幾個姊妹看起來倒是都差不多高，也要好得很。表叔母沒有兄弟姊妹，羨慕你們得很哪。」

九娘一愣，這倒和她前世一樣了，便問她：「表叔母是秦州人嗎？婆婆翁翁家可都安好？」

魏氏點點頭，笑道：「我是秦州人，爹娘都還在，身子骨也都挺好的。太初的哥哥在秦州禁軍，他們還能幫我們看著他點。」想起那個無法無天的長子，魏氏就忍不住笑：「你也熟悉六郎吧？六郎那個脾氣和我家元初一個模子裡刻出來的一般。一點都不像你表叔！」

九娘穩穩地將湯舀到湯盅裡，嘴角卻禁不住勾了起來。一言不合就動手，護短護到天上，難道還不像陳青嗎？以前蘇瞻就說過，陳青啊，看那些個只拿薪俸不幹活的人時，不是鼻孔朝天，是下巴朝天。若是他眼睛能放箭，朝廷裡尸位素餐的傢伙都不知道死了多少回。

原來陳太初的哥哥倒和趙栩像親兄弟！那陳太初的性子，隨了誰呢？

魏氏將湯盅收好，笑著把食籃遞給幫廚的婦人：「你是不是想說太初的性子不知道像誰？」

九娘噗嗤笑了，點點頭，又接過來一個空的食籃。

魏氏悵然歎了口氣：「元初呢，生在戰亂時，當時西夏人攻城攻了兩天兩夜，我疼了兩天兩夜才生下他，虧得城也守住了，他也落了地。你表叔一身的血，抱著他，他那嗓門太亮，一喊，太陽都出來了。」魏氏笑著說：「懷太初的時候，你表叔去洮州和吐蕃打仗，我留在秦州，聽說洮州大敗，急得七個月就早產了。太初生下來的時候四斤都不到，是他哥哥抱在懷裡抱大的。他一歲多你表叔才平安回來，想著他竟然能太太平平長大了，才取名叫太初。他和他哥哥自小就不同，什麼事都不急不躁的，又會體貼人。」

魏氏的眼睛亮晶晶的：「我身子不太好，元初又調皮，從小到處闖禍。太初打小就特別會照顧我，才兩歲的小人兒，就端著他自己調的蜜水給我喝。夏天我睡著了，他就搬個凳子給我打扇。到現在啊，四個兒子也只有他還會替我打扇。我們秦州沒有燒坑的習慣，冬天裡只有燒柴薪取暖，他每夜都早早地上床，替我把被子焐熱了，還總把我的寒腳抱在懷裡。就是他哥哥調皮把腳伸過去，他一樣傻乎乎地焐。每次我洗完頭，他爹不在，太初就替我熏頭髮，耐心得很。他八歲就被你表叔扔去大名府，被人家當馬僮使喚，長得又太好看，難免被人嘴上欺負。我都心疼死了。輪到休沐，他就買許多乾果蜜餞的回來，總說自己沒事。可他身上的傷疤啊，都快趕上他爹了，還說自己長大了，也不讓我看。真的，九娘，太初真是個好孩子。可他啊就是嘴拙，和他爹一樣。他對一個人好，那是真的好，就是說不出口。」

九娘的眼睛也亮晶晶的，心裡卻酸酸的。

魏氏歎了口氣：「所以啊，表叔母我其他三個孩子都不操心，就是擔心太初。我是秦州村裡的人，你表叔家也是汴梁小門小戶的出身。什麼門戶什麼嫡庶，我和你表叔都不放在心上，就想著要給他找個他喜歡，也喜歡他的妻子。兩個人以後能好好的太太平平地過日子。你說，汴京城的小娘子，世家大族的小娘子會不會嫌棄我這樣的婆婆呢？沒有誥命，也不出門應酬。我對著那些個夫人就渾身不自在，在這裡我才像回到秦州似的，說不出的高興。」

九娘哪裡還聽不出她的言下之意，將手中的碗放入食籃裡，她抬起頭，真心實意地說：「表叔母，哪家的小娘子，能有您這樣仁心仁德視名利如糞土的婆婆，能有表叔這樣的蓋世英雄做公公，能有品行無暇的太初表哥做丈夫，都是求之不得。唯有一樣難求。」

魏氏眼睛一亮，又奇道：「哪樣？」

九娘輕聲道：「這世間千千萬萬人，能真心喜歡一個人，恐怕已經十分難得，可若要那個人也喜歡自己，更是難上加難。那《白蛇傳》話本子裡說得好：百世修來同船渡，千世修來共枕眠。可要九娘說，怕要萬世方能修來兩心知。」

魏氏看著眼前的小娘子，明明一張春天一樣的容顏，卻帶著秋天那樣的蒼涼。可這樣十二歲的小娘子，又怎會一副什麼都看透了的模樣？

想起太初說過的她那姨娘和三房的混亂，魏氏心中說不出的憐惜，輕輕握住九娘的手：「你別見怪表叔母問得太過魯莽了，我是真心喜歡你，小九娘心裡可有喜歡的人了？」

九娘一怔，笑著搖搖頭：「男女之情，九娘年紀還小，從未想過。我自然喜歡家裡的父母翁婆、姊妹兄弟，也喜歡乳母、姨娘，甚至也有我喜歡的女使。方才不過想起家中姊姊們這幾年怕都要出嫁了，也不知道能嫁給誰，嫁得好不好。到時候恐怕只留下我一個人孤孤單單的，一時感慨而已。」

魏氏拍拍她的手：「那小九娘難道從來沒想過日後要嫁給一個怎樣的夫君？」

九娘誠摯地看著魏氏：「九娘雖然年幼，卻也幼承庭訓，日後當遵父母之命、媒妁之言，做好本分。那兩心知，本就要看緣分，九娘並無貪心，得之我幸，不得我命而已。」

魏氏想了想：「你四姊說起你蘇家表哥，和你從小就特別投緣——」

九娘笑了：「表叔母明說無礙。九娘兒時曾得蘇家表哥一粥之恩，待他是格外不同一些。燕王殿下是我的救命恩人，太初表哥也救過我，都是生死之交，我們平日是會多說些話，互相關心，彼此格外要好些。但九娘自問胸無宿物，襟懷坦白。不然我四姊也無從得知。阿昉表哥是冰壺秋月般的人，我九娘也有心做紅粉中的君子，自問胸懷灑落。我只盼著阿昉哥哥日後能有一個好女子好生愛惜他。同樣，太初表哥光風霽月，如玉似冰；燕王殿下人中龍鳳，玉葉金柯。九娘一樣也盼著他們都能得到知心人，鳳凰于飛，共挽鹿車。還請表叔母明鑒。」

九娘說罷，便笑著福了一福：「九娘要去看看我兩位姊姊，還請表叔母恕先行告退之罪。」

魏氏伸手挽留未及，只能看著她嫋嫋婷婷出去了。

九娘跨出廚房，卻呆了一呆。

外面靜立著兩個人，卻是陳太初和蘇昉。看樣子站了有一會兒了。

先前陳太初帶著蘇昉走了走，在外面大槐樹下，將昨夜刺殺一事細細告訴了蘇昉。蘇昉想了想，擔心地問：「那刺客見到了九娘，九娘以後會不會有危險？我看你的弓上了弦，今天有沒有遇到什麼？」

陳太初握了握腰間的佩劍：「我和六郎也擔心這個。放心，我們會小心仔細的。過些日子，我娘也會出面送幾個功夫好的女子去孟家保護她。」

蘇昉又詢問了些細節，想再叮囑九娘幾句。兩人問了侍女，知道她們在廚下分菜，走到門口卻聽見魏氏在問：「小九娘心裡可有喜歡的人了？」

兩個人不自覺停了腳，互相看了看對方。陳太初這麼如松如山的人，也臉熱心跳緊張不已。蘇昉卻立刻明白魏氏恐怕是相中了九娘，很為九娘高興。兩人雖然不想偷聽，可腳下卻生了根似的，站在一起做了兩尊門神。

等聽到九娘答的一番話，蘇昉倒替陳太初有一絲可惜，想安慰他幾句小九娘年齡太小，的確應該還沒懂得男女之思，看著陳太初面上的悵然，卻說不出口。等再聽到九娘坦蕩說出對自己和陳太初的祝福，蘇昉胸中除了開懷，更多出惺惺相惜和一份欽佩。

陳太初心中既欽佩九娘的坦誠，也高興她對蘇昉無男女情意，又忍不住極為酸楚。自己在她心中，是娶了別人她還會高興的人？少年郎心裡滿是說不出的悵然失落。原來喜歡的人不喜歡自己，會這麼難過。聽到她祝他「得一知心人，鳳凰于飛，共挽鹿車」時，竟恨不得時光倒流，自己不曾來這裡，不曾聽到這話。

難怪四娘在井邊那一臉的哀傷絕望，陳太初忽然覺得自己似乎說得太過分了。

九娘不防在此時此地被他們聽到自己的話，想到自己這身子才十二歲，不免紅了臉不自在。

看著小臉通紅的九娘，陳太初如夢初醒，忽然深深作了個揖：「九娘，真是對不住，唐突你了。我娘她不該和你說這些，還請念在她一片愛子之心，別放在心上，別怪她。也多謝你了。」

抬起頭來，陳太初還是那個春風裊裊扶疏綠竹般的陳太初。

現在九娘沒有喜歡上他又有什麼要緊，他只管遵從本心，繼續喜歡她就是了。等她長大後，若有心儀之人，他會當她妹妹一樣愛護。若她願意下嫁，他也自當一生守護她照顧她。一想到自己對爹爹說過的話，陳太初就再無怨尤，方才那點失落惆悵酸楚，被瞬間拂去，變成了清風明月高山流水，他心中反而更加堅定踏實了。

「太初表哥，表叔母也是為了我好，我又怎麼會怪她，是我失禮了。」九娘趕緊福了一福還禮，她如何看不出眼前少年心思須臾間的變幻？心下大讚，陳太初畢竟是陳太初，這樣的心胸，這樣的品行，雲水風度松柏精神，不愧是瑩澈無暇的人兒。

蘇昉朗笑一聲，拱了拱手，大大方方道：「小九娘確實是女中君子，有林下之風！希望有一日能承你吉言！」

魏氏聽到他們的聲音，趕緊跑出來，卻只看到陳太初已經若無其事了。蘇昉過來對她行了個禮：「叔母，我有幾句話和九娘說，叨擾您了。」

魏氏笑著點點頭，看看他們三個和九娘，走去一旁。九娘和他們隔著兩步遠，規規矩矩地在說話。魏氏看著三個如珠似玉的人兒，略微放下了些心。不管如何，只要九娘還沒有喜歡的人就好。太初那傻孩子，剛剛才懂得了心悅是什麼，肯定會在意九娘最後那幾句話，會有些難過吧。她聽著都心酸。只是她的太初，怎麼這麼好，這麼體貼別人呢。

現在只剩下六郎的事了，魏氏歎了口氣，那孩子更讓人操心，那樣的性子，要是真喜歡上了，只要有一絲可能，恐怕會不管不顧地行事，未必會顧慮到九娘的處境和想法。唉！她乾脆在門口的小杌子上坐了下來，搖著蒲扇，等那幫廚的婦人來，忍不住又歎了口氣，唉！自己這個娘，是不是越幫越忙？

西北邊，皇城內諸司，翰林醫官院裡，所有人正緊張地看著一臉寒冰的趙栩。

「那張麻紙呢？我那張麻紙呢？我的那張麻紙呢？」趙栩一字一字地問道。

第七十七章

翰林醫官院裡的眾人面面相覷：麻紙？什麼麻紙？

趙栩眯了眯眼：「我的——那張被水浸濕的麻紙呢？」他疾步在各個醫官的案前走過，一無所獲。

一個二十五六歲的年輕醫官小跑過來：「殿下！殿下！我們那張麻紙——」

趙栩下巴抬了抬，打斷他：「我——的！」

方紹樸一緊張就有點結巴：「殿、殿下的您、您的那張麻麻紙，蘇蘇蘇相來拿、拿走了。」

趙栩知道這個以結巴聞名的方紹樸，祖上三輩都是醫官，還記得就是他找到了那本古籍醫書，回稟太后時由於欣喜若狂也是結結巴巴的。

「那是我的麻紙！」趙栩問：「你們誰把我的東西擅自給了蘇相的？」

方紹樸傻了眼，所有的白鬍子黑鬍子沒鬍子的醫官們都默默看向他，只差沒伸出手指指向他了。

趙栩緩緩環顧一周後，開始上下打量方紹樸。

這位祖宗，魯王、吳王小時候摸了摸他的燈籠就給打成那樣！方紹樸覺得腿有些抖，感覺趙栩是在挑地方下手，不由得開始考慮是抱頭還是抱肚子。

趙栩卻說：「下次記著了，拿了我的東西得還給我。」

看著他拂袖而去，方紹樸絕地逢生，一頭冷汗。先前裝作什麼也沒看見、什麼也沒發生的幾位直局，慢騰騰走到他身邊嘖嘖歎道：「小方醫官今日真是鴻運當頭啊！」

趙栩走出尚書左僕射的官邸時，連跟著他的兩個隨從和兩個小黃門都感覺到燕王殿下心情不錯。

昨夜回宮掏出這張古方的時候，趙栩就傻了，盯著這張方子看了好兩個時辰，每一朵墨花每一處暈染都跟畫兒一樣刻在腦海裡。一想到阿妧遞給自己方子時的眼神，就恨不得給自己兩巴掌。想來想去還是得用上阿妧的一片心意，還果真派上了用處。看在蘇相幫了自己大忙的份上，就不責怪那個方紹樸了。

此時趙栩的確心情很好，懷裡那張麻紙妥妥帖帖地熨在胸口。蘇相也真是的，拿別人東西不打招呼，還給原主又那麼勉強。蘇昉性子倒不像蘇相，八成是他娘教出來的。這張麻紙雖說似乎被哪個不長眼的又濺過幾滴水，但沒被揉成一團丟了已經是萬幸，要不然他可沒臉去見阿妧。

出了小花園，對面是樞密院副使官邸。門口等著的張子厚看見趙栩，笑著迎上來躬身行禮：「燕王殿下萬福金安。」

趙栩看了看他，腳下不停：「請恕皇子宗室一概不得結交外臣。」隨從和小黃門趕緊放慢腳步，遠遠地綴在後頭。

張子厚笑了笑，不緊不慢地跟著他：「明日百官上書立儲，張某會舉薦殿下，所以特地來和殿下打聲招呼。」

趙栩霍地轉過身來，一雙桃花眼含霜帶雪。張子厚卻施施然面不改色。

張子厚抬手：「殿下，請？」

趙栩拱了拱手：「張承旨，請。」

兩人轉到西邊的廡廊下立定了，雙雙朝外看著烈日當空下的通道。不時有行色匆匆的各府小吏捧著簽文穿梭往來。

趙栩笑著說：「張承旨，你現成的太子岳丈，甚至日後的國丈不做，這是要借著我謀劃什麼？不如明說了罷。」

張子厚搖搖頭：「小女一介女流，見識淺短，管緊一些就好了。我明日上書後，便違背了蔡相的意思，恐怕日後在朝中難有立錐之地，應該會派我出使吐蕃甚至西夏。然張某不懼。」

趙栩雖然通過舅舅早猜到了張子厚是蔡相的人，聽他自己說來，只笑了笑：「你這是何苦？」

張子厚轉過身又行了一禮：「微臣從樞密院節略上看到了殿下治軍的手段，愛民的仁心，深深拜服。子厚願為殿下肝腦塗地，死而後已。殿下既有憂國憂民之心，也有治國安邦之才。良禽擇木而棲，故微臣順大義而行。殿下自己都沒有鬥志的話，子厚要為殿下可惜，為趙家列祖列宗可惜，為大趙可惜。但張某仍然要盡做臣子的本分，向太后娘娘舉薦殿下。官家能以配軍為太尉，大趙豈可因太尉捨明君？本末倒置之事，微臣認為不妥。」

他緩緩抬過頭來，看向眼前眯著眼的少年，笑問：「殿下是對張某動了殺機嗎？」

趙栩緩緩鬆開緊握的手，他的確動了一念殺機。

趙栩轉頭看著天：「多謝你一番好意。但若想要借我和太尉的力去對抗蘇相，這算盤恐怕打不響。」

張子厚凝視著他的側影：「張某有位故人曾說過：凡事若不失大義，盡可以不擇手段。當年微臣一時不察，害了故人性命，這些年始終記得大義二字。張某向來只做自己認為對的事情。微臣如果圖富貴權勢，聽蔡相的話將女兒嫁給吳王即可，節度使或宣徽使總能撈上一個。就算不靠這個，跟著擁立吳王，總也能在樞密院繼續一展抱負。只是這兩年，蔡相已經背離了楊相公變法的初衷，張某不得不另闢蹊徑。」

張子厚歎了口氣：「張某和舊日變法一派決意擁立殿下，是因為此時的天下，需要殿下這樣的人。殿下如果認為捨棄太子一位可保你舅舅平安，或者可以安然做個親王終老，張某只能說殿下還是太年輕了。只有殿下你自己到了那個位子，才能保住所有你想保住的人。就算太后娘娘固執己見，還有定王殿下這位宗室元老，會站在殿下這邊的。」

老定王竟然會支持張子厚？難道張子厚這短短幾年竟然可以和蔡佑、蘇瞻三足鼎立了？趙栩輕輕搖了搖頭。

張子厚笑道：「吳王怯懦，心地狹窄。蘇瞻無識人之明，也過於自信了一些。蔡相看似敗在他手下幾次，卻只是傷了些皮毛而已。殿下應該知道，蘇瞻一丁憂，蔡相進宮抱著官家的腿哭了一場，就又起復了。蔡相揣摩官家心思的本領，遠勝蘇瞻。雖有太后在，日後吳王登基，假以時日，蘇瞻必會敗在蔡相之手。以吳王之昏庸，蔡相之偏離，陳太尉危矣，殿下危矣，大趙危矣！」

趙栩抿唇不語。

張子厚道：「如今兩浙大亂不說。短短四五天，京東路望仙山也出了反賊，青州失守。濟南府也出了反賊，鏵子山被占。張某兩日後就要奉太尉之命去青州招安。殿下在河北兩路也見到了百姓之苦。蘇瞻只以為是楊相公變法遺留的惡果導致的，卻不想想吏治敗壞、軍中腐敗，究竟是法壞還是人壞？張某以為亂世用重典，需有雷霆霹靂手段才行。」

趙栩沉默了片刻，拱手道：「多謝張承旨看重六郎，可惜六郎當真無意此事。張承旨保重。」

張子厚看著他遠去的身影，走下臺階，陽光將他的身影投成短短的一截，藏在他身後。他笑了笑，抬起頭朝著那一匹日光輕聲說：「十五歲就這麼沉得住氣，有勇有謀。你說我如今看人的眼光可比得上你了？」

午後，喧鬧的汴京城終於稍稍安靜了一些。孟府的牛車在陳太初的護送下回到了翰林巷。

四娘面色蒼白，被翠微堂的女使送回聽香閣，並沒看到鶯素。她一個激靈，想起六娘所說的那些事，想起自己每次只要一哭，甚至根本不需要開口，九娘就會伸手幫她，她忽然一把抓住九娘：「阿妧，到你屋裡去，四姊有話要同你說！」

半晌後的東暖閣裡，九娘面色凝重地問：「四姊你先別哭，你說哪個姓阮的要逼你給吳王做妾？是姨奶奶還是你姨娘？」

四娘垂淚搖頭說：「不是，不知道哪裡來的一個叫阮玉郎的，說是我姨娘的哥哥，就是那個演青提夫人的伶人。他脅迫我去見蔡相，說要將我許給吳王做妾室，不然就要把我嫁給程之才。而且翁翁肯定也知道這事，要不然好幾次娘看中的人家，怎麼會都給青玉堂回了。」

九娘一震：「那個戴黑色帷帽的女子是四姊你!?你怎麼——」

四娘哭道：「我——我不敢聲張，不敢喊你，那人力氣極大！我不肯跟他走，他捏了下我的腕子，你看看——」她撩起窄袖，手臂上一圈烏黑的瘀青。四娘哭著說：「還有我身邊那個鶯素，竟也是他的人。就連那個程之才，也聽他的擺布。還有鶯素說了，不聽他話的女子都死了！我昨夜就想上去找娘和你們，結果他們就讓程之才來……」

四娘惶恐之極，死死抓住九娘的手臂：「阿妧，你最聰明最能幹不過的，你幫幫我可好？我不想去做吳王的侍妾，更不想嫁給程之才那樣的人。我跟六妹說了她不信我。你信的對不對？你幫幫我！」

九娘輕輕拍著她的手，想讓她冷靜下來：「四姊，你是孟家的小娘子，他們誰能做你的主？再厲害的人難道還能闖進來搶了你去？走，我陪你去翠微堂，這事情既然牽涉到青玉堂，要先稟報婆婆才是。」

四娘搖頭道：「不！婆婆那麼討厭姨奶奶和我姨娘，她也從來都不喜歡我，我不去！婆婆要是也肯了我就完了。婆婆她只在意六娘和你，阿妧，你想想別的法子好不好？」她咬著牙哭道：「你看表叔母那麼喜歡你，你和表叔母去說說看好不好？」

九娘怔住了：「表叔母？」她看著四娘，有點明白她要說什麼，心中一痛，還是問她：「你要我去和表叔母說什麼？」

四娘哭著說：「我——！若是表叔母肯可憐我，我願意——給太初表哥做妾！我知道表叔母中意你，太初表哥也喜歡你。你平時待我好，我都知道的，只要你肯求求表叔母，將來等你長大後再——」

九娘霍地站起身來，身子禁不住微微顫抖起來。四娘抱住她的腰，不敢看她，只哭著說：「歷來姊妹同侍一夫，效仿娥皇女英的很多。我做妾都可以的。只要你和表叔母說——」

九娘心中彷彿被狠狠剜了一刀。前世遇到一個，今世竟然還來！十七娘號稱不生孩子都可以，現在四娘又說做妾都可以。天下什麼樣的男子，好成這樣？值得她們為了那個人，什麼都可以不要！姊妹親情，倫理道義，甚至連自己都可以不要？她用力掙了掙，卻掙不開。

四娘趕緊拉住她：「阿妧！你放心，我不會和你爭的，也不要你讓。我只是——只是想要個安身之所，我只是想能看見他就好——」她已經卑微到這個程度了，最後一點點希望，她不想放過。

九娘看著她，深深吸了口氣：「不！不好！四姊你聽好了。我不會嫁去陳家，你也不能給任何人做妾。我也絕不會和自家姊妹同侍一夫。你要是喜歡陳太初，你自己去爭去求去說，不要扯上我。走，去見婆婆去！」

四娘哭著扯住她：「我不去見婆婆！你以為我沒有爭沒有求沒有說嗎？我和陳表哥說了我求過他了！可他——他不理我！他不肯幫我！他——他喜歡的是你！他們都只喜歡你！阿妧只有你能幫

我，我求求你！」

九娘氣極反笑：「我幫你!?我幫你嫁給一個不喜歡你的人？甚至去做妾？你以為你喜歡他，嫁了以後他就會喜歡你了？你以為你對他好，他就會也對你好？你以為你付出一腔真心，他就應該也真心盡付？你以為你只要看著他就滿足了!?你不會的！你看著他了，你還會想要他也眼中有你，要他關心你，要他愛護你，要他愛慕你！你只會越要越多，你只會越來越貪心。可是他不會的，他心裡只想著他喜歡的人。他會樣樣拿你和那個人比，你永遠不如他心裡的那個人！無論那人活著還是死了，你永遠走不到他心裡去。他其實從來不在意你愛吃什麼、你喜歡什麼顏色、你愛看什麼戲、你害怕什麼蟲子，他不會留心你累不累，辛苦不辛苦，脆弱不脆弱！他也永遠不會在意自己說什麼話會讓你難過，做什麼事會讓你傷心！他要是只喜歡你一個，你可捨得把自己的丈夫讓給別人一絲一毫？我要是真心喜歡一個人，哪怕他是販夫走卒，你就算是我親姊姊，也別想碰他一根汗毛！」

四娘看著九娘滿面淚痕，聽著她連珠炮一般說到最後聲音都嘶啞了，嚇得不知道該說什麼才好。

慈姑和玉簪匆匆進來行禮道：「姊妹們說話就說話，怎麼倒一起哭成這樣了？」

九娘極力深深吸了幾口氣，一把抓住四娘：「你忘記家規了嗎？走，我帶你去見婆婆，你相信我，婆婆決計不會不管的。」她胸中不知怎地湧上一腔悲憤，不管四娘怎麼哭，拖了她就走。四娘想不到九娘的力氣竟然也這麼大，眾目睽睽下跌跌撞撞被九娘拉向翠微堂。慈姑和玉簪覺得奇怪，只能跟在後面。一行人，連著侍女，七八個人大日頭下，肩輿也來不及傳，直奔翠微堂去了。

有那僕從見到她們，趕緊去木樨院回稟程氏去了。

第七十八章

翠微堂裡，六娘正在聽她母親呂氏和老夫人說著納民的事，心裡七上八下猶豫要不要把四娘的事告訴婆婆，卻見九娘拉著四娘來了。

四娘手上的帕子半捂著一臉淚痕，心中一片慌亂。又怕九娘把剛才自己的話全都告訴婆婆，更怕婆婆知道後直接把自己扔去青玉堂。她前幾天就聽姨娘說再拖上幾天，木樨院就會把她連著她的嫁妝都送去青玉堂，任由翁翁做主。

九娘紅著眼行了禮，看了看呂氏。老夫人納悶：「你二伯娘是當家的人，有什麼事儘管說就是，咱們也好一起商量。」貞娘趕緊讓堂上的侍女們都退出去，親自掩上槅扇。

九娘看了看四娘：「四姊，你好好和婆婆說那個阮玉郎的事，你要是不肯說，我可就全都說了！」

四娘撲通一聲跪倒在老夫人膝下，抱住老夫人就哭了起來：「婆婆救救阿嫻！不要送我去青玉堂！」

「你不想去青玉堂就好好地說，什麼救不救的？這是什麼話！」槅扇砰地被人推開，卻是程氏聽了稟報趕了過來，聽見她這麼哭哭啼啼地就無比惱火。

七娘也跟在身後，看見六娘面色不佳，九娘明顯哭過了，心裡納悶，只悄悄地站到了六娘身邊。

四娘看著躲不過去，只能哭哭啼啼把阮玉郎脅迫之事，還有鶯素和程之才的事一說。程氏就跳了起來：「你就算不想嫁給程大郎，可也不能這麼含血噴人、信口雌黃！你姨娘哪來的兄弟？大郎又怎麼可能聽那人的話!?你成日裡做著白日夢，竟然杜撰起這等荒唐事來！」

呂氏也納悶不已：「娘！我們可從來沒聽說過阮氏有一個哥哥啊！還有鶯素明明是牙行送來，阿嫻自己挑的！還有程家的大郎的確不大可能——」

七娘皺著眉，也覺得四娘大概私底下話本子看得太多了。看看六娘，六娘皺眉不語。

九娘想起阮玉郎的模樣，很肯定地說：「婆婆，四姊說的肯定不假。我見過那男子一面。雖然他做了那青提夫人的妝扮，可是五官樣貌，都和阮姨娘極像，肯定是阮家的人，但是又比阮姨娘更——」她想了想，只能用了個「風情萬種」來形容。

程氏差點要上前捂住九娘的嘴，添亂！這做女子的就是不應該去讀那麼多書，個個滿心胡思亂想、異想天開！阮氏要有哥哥，這麼多年死去哪裡了？納妾文書上，阮氏可是沒有兄弟的在室女！

老夫人的眉毛揚了揚，竟半晌沒有說話。

六娘和九娘互相看看，心裡狐疑，難道婆婆真的不管青玉堂的事？真的不想管四娘嗎？

呂氏正要說話，老夫人卻突然問九娘：「阿妧，你可見過阮姨奶奶？」

「阿妧幼時遠遠地見過阮姨奶奶在餵魚，那男子舉手投足，和姨奶奶神韻相似。」由於那風姿太過驚心動魄，九娘十分肯定地答道。

老夫人就歎了口氣，垂目看看一臉惶恐還在抽泣的四娘：「好了，阿嫻起來吧。憑他是蔡相的什麼人，手也不能伸到我孟家來。貞娘——」

貞娘垂首應是。

「你帶上我的對牌，去請老大媳婦，讓她挑上十幾個身強力壯的婆子，先去聽香閣，把那個叫鶯素的女使拿下，好好搜一搜她的屋子，看看她有沒有藏匿四娘的私物，首飾、衣物、信件通通不能疏忽了。再讓四娘的乳母把西暖閣的庫房帳冊全取出來一一核查。」老夫人一臉平靜地轉向程氏：「老三媳婦，你對外就說阮姨娘犯了事，禁足在西小院。沒有我的對牌，誰也不許進出西小院，一應信件物事都不許進出。你和貞娘先把西小院和聽香閣裡裡外外抄檢個透。如果沒有可疑之處的奴婢，給她們領多半個月的月錢壓驚，繼續當差。有可疑之處的，全部押到家廟的暴室裡去。」梁老夫人井井有條地吩咐著，卻面帶蒼涼之色。

呂氏和程氏都臉色大變，她們嫁入孟府這麼多年，第一次遇自行抄檢之事，更是頭一回聽到要開啟家廟的暴室。程氏不敢多話，低聲應了。

九娘和六娘、七娘心中凜然一驚，四娘更是癱軟在地。她們幾個，都沒有想到過鶯素可能會偷盜四娘私物，萬一已經落在阮玉郎的手中可就糟糕了。

老夫人看出她們的心思，擺擺手道：「無需太過擔心，婆婆只是有備無患而已，咱們家的小娘子，一應私物除了首飾外，歷來不許繡閨名在上頭，顯得小家子氣不說，就怕有那心思叵測的奴婢動了壞心，白白送了把柄給人家。你們的首飾財物又是侍女們天天盤查核對在冊的，只要沒有信件——阿嫻，你可有寫過什麼？」

四娘一怔，隨即伏地痛哭起來。她一腔情思，全付給了陳太初，那閨閣怨詞，幾年來寫了一堆，現在怕就怕會被鶯素藏匿了甚至送了出去。

老夫人歎了口氣搖搖頭，讓貞娘跟著程氏先去領人辦事，順便傳了慈姑進來。

「慈姑。」老夫人淡然一笑：「十幾年沒有用過你了，你可別生疏了。替我寫封摺子罷，我要進宮覲見太后。」

滿堂的人都吃驚地看著老夫人。眼下官家還昏迷著，宮中也忙成一團。老夫人竟要為了四娘進宮!?難道蔡相和吳王竟然如此勢大？

四娘抬起淚眼，心中滿是悔恨，早知道婆婆會為了自己進宮見太后，她又怎麼會在陳太初面前尊嚴全喪！又在九娘面前那樣卑微到極致！四娘哀哀地低呼了聲：「婆婆！」匍匐在地痛哭起來。

呂氏突然站了起來，顫聲道：「娘，您不能進宮，您不能去！阿嫻的事家裡處理不就行了嗎？蔡相總不能派人來綁了阿嫻。哪用得著您親自進宮？萬一太后娘娘要六娘進宮可怎麼辦？我家兩個嫂嫂還約定了過兩天讓孩子們見上一見，娘！」

堂上一片寂靜，就連四娘都忘了哭。

梁老夫人慈愛地看了看六娘：「六娘，你怕嗎？」

六娘鎮靜地上前扶住呂氏：「婆婆說要進宮見太后娘娘，一定有必須進宮的理由。就算太后娘娘要我進宮，阿嬋也不怕。婆婆儘管去，我們在家裡等著婆婆。」

梁老夫人點了點頭：「這才不愧是我孟家的小娘子。」呂氏又氣四娘，又恨毒了青玉堂，一時淚流不止。

不多時，貞娘回來稟報：「鶯素不見了。聽香閣和西小院正在抄檢。」她抬眼看了看老夫人：「青玉堂派人出去找三郎君了。」

老夫人擺了擺手：「且不管他們，沒有翠微堂的對牌，誰也不許進出西小院。你們四個都在翠微堂歇著。」四姊妹第一次見識到老夫人的雷霆手段，心中各有想法，齊齊先應了。

呂氏慚愧地請罪：「都是媳婦不周到，才有了內賊。」

老夫人搖頭道：「你別自責，以有心算無心，你也防不住。當前最要緊的是先把家裡清理乾淨。木樨院就交給老大家的和老三家的，你只管看好納民那一塊，免得有人乘機混進來。青玉堂的人也要盯緊了才是。」她看了看孫女們，指點道：「這外賊內賊，全靠消息傳遞才能籌劃，出了這樣的事，最要緊的先要砍斷他們之間的橋樑，免得敵明我暗，兩眼一抹黑。」想起當年宮內的翻天覆地，老夫人歎了口氣道：「大家都先定下心來，日子總還要過的。四娘的事情等我見了太后娘娘再定怎麼處置。」

孟府木樨院裡翻天覆地，直到亥時才停了。程氏派人來喚四娘、七娘、九娘回去歇息。六娘便帶著人提了紗燈，送她們出院子。

垂花門前，七娘忽地停下來，看著腳尖輕聲說：「有一件事，昨夜我是被刺客嚇昏了頭，自己都不知道自己胡說八道了些什麼，還請姊妹們都當沒聽過罷，要是被別人知道了，我也不活了。」

六娘一怔，七娘卻已經帶著女使提著燈籠快步去了。

四娘看了看九娘，剛要開口。九娘卻已經淡淡的說道：「你不用擔心，出你口，入我耳，絕不外傳。四姊放心就是。」她朝六娘福了福，也自帶著玉簪和慈姑走了。

園子裡有倦鳥歸巢，嘎嘎了兩聲，樹葉沙沙響了幾下。

福寧殿前殿裡，二府的宰相們、各部重臣以及幾位宗室親王都在。蔡佑正在問張子厚：「子厚幾時去青州招安？」

張子厚答道：「後日就出發。」

蔡佑就笑道：「子厚你現在自己的主意也太多了，為何不附議二府的擁立？連你們陳太尉都沒有異議呢。」

一時殿上安靜了不少，陳青垂目看著手中牙笏不語。蘇瞻抬了抬眉，看著這個昔日同門。

張子厚環顧四周後，笑著坦言答道：「吳王輕佻，不可君天下！」

陳青眼皮抬了抬，看了他一眼。張子厚只覺得脖子一涼，看看殿上眾人都瞠目結舌地看著自己，竟又坦然重複了一句：「吳王輕佻，不可君天下！」

殿上響起了輕輕的議論聲。大宗正司的老定王摸了摸自己的鬍子，閉目假寐起來。

蘇瞻垂下眼。張子厚這幾年的行事越來越難以捉摸，無跡可循，這是又要鬧哪一出。

這時門口的小黃門喊了一嗓子：「吳王殿下到，燕王殿下到！」

第七十九章

趙棣的臉色不太好看，相當不好看。他當然聽見了張子厚的話。向來樞密院的官員，別人都只關注陳青。但張子厚出使吐蕃羌族，聯盟回紇，立的是極大的軍功。這些年他儼然是樞密院最出彩的官員，甚至不少人也暗暗揣測張子厚拜相也是遲早的事。

在趙棣心中，最重要的事：張子厚還是他心上人蕊珠的父親。被自己傾心愛慕之人的爹爹，未來的岳丈當著眾朝臣的面這麼說，臉面何在？在地上，被踩得太疼了！可是一想到昨夜開寶寺門口，張子厚眼睛都不眨一下，絲毫不給自己面子，當場就給了蕊珠一巴掌。趙棣也只能給他看看自己的臉色，顯然未來的岳丈完全不在乎他的臉色如何。

眾人和兩位殿下見了禮，紛紛詢問起後面官家的情況。

蔡佑卻輕笑了一聲，對張子厚說道：「子厚你這幾年的心可真是大了。」

張子厚笑著一拱手：「楊相公說過，心懷天下，再大無妨，但心不可以歪。子厚銘記在心，自省不怠。」

蔡佑從鼻子裡哼了兩聲，走去蘇瞻身邊。蘇瞻正在和陳青一起看那戶部司庫官手裡的運糧路線摺子。此番陳青率軍出征，江南東路調運的糧草要從常州經蘇州運到秀州。蘇瞻正考慮要從淮南東路的泰州、通州也調運一部分糧草走江陰送往秀州。

趙棣走到前面，拱手朗聲道：「爹爹剛剛醒了片刻，此時又睡了。醫官確診不是昏迷，只是睡著了。娘娘請蔡相、蘇相稍留，各位還請先回去休息。」

殿上的官員們立刻朝官家的御座行禮，三呼：「陛下萬福金安！」才魚貫退了出去。

老定王趙宗樸慢悠悠地搭著小黃門的手朝外走，經過趙栩的時候，停了下來，抬起眉眼看了看他。趙栩躬身行禮。老定王忽地伸手拍了拍他的肩膀，扯了扯嘴角：「好小子！」

趙栩自己也想不出在這位皇叔翁心裡好在哪裡，只躬身行了個禮，目送他和張子厚攜手出了大殿。

趙棣頗不是滋味地笑了笑：「六弟能被皇叔翁稱讚，是不是又做了什麼了不得的好事？」他那幾日天天在開寶寺祈福，怎麼就沒遇上什麼遊方的和尚把那古方給自己呢。這和尚也忒不長眼了！

趙栩想了想：「大概因為我最近沒打人？」

趙棣笑了笑：「這算什麼功勞？若是有一天那什麼遊方的和尚尼姑的，再給六弟你一顆仙丹，讓爹爹吃了能長生不老，那可才是天大的功勞了。是不是？」

趙栩右手捏拳在眼前晃了晃，眯起桃花眼對著趙棣笑了笑：「一有人嘴欠，我就忍不住手癢。」

趙棣笑道：「哈哈哈，六弟真會說笑話，五哥我先走一步。」

過了兩日，皇榜貼了出來。唱榜人大聲解說：「官家已經醒了，身子正在好轉中！太后娘娘垂簾聽政。大家各忙各的去吧，暫時先別去兩浙路，反賊房十三囂張不了幾天啦，英勇無敵的陳太尉就要出征了！還有青州府也別去，濟南府也不太平。」不少庶民士子紛紛叩謝天地。

到了族學散學時，觀音院門口的小報上，除了這些，又多了兩條消息：燕王奉官家旨意知宗正寺，加封秦州防禦使。吳王知皇城司，加封嶽州團練使。更有那把房十三、房十八兄妹倆和吐蕃王子畫成同一張臉的小報，畫了兩位殿下的風姿，雖然那臉縮小了許多，可是細看竟然還是同一張臉。九娘忍住笑，心想趙栩如果看到這張小報會怎樣想。

七娘看了一眼，想要罵這小報，再想了想，還是閉上了嘴，剛才念叨著張蕊珠這幾天為什麼請假的話題，也不想提了。四娘本來心裡就七上八下，不知道婆婆什麼時候才會應召進宮，更加不留意。

六娘歎了口氣：「自從我生下來，頭一回知道原來天下還有這許多人不願意好好過日子，竟然會走上造反這條不歸路。雖然大趙沒有宗族連坐之刑罰，可他們的父母妻兒總是逃脫不了絞刑或流放了。」

九娘歎了口氣，沉默不語。若不是官逼民反，誰又願意造反。

現在看來官家一醒，立儲一事又有了變數。趙栩為什麼會去宗正寺呢，宗正寺和他是最不對板的。從官職上來看，加官秦州防禦使和嶽州團練使並無差別，但趙棣還是占了明顯的優勢，皇城司幾乎掌管著京城內所有的動靜，只是不知道趙棣是去做負責警衛的親從官，還是負責刺探消息的親事官。她忍不住又在心底琢磨起來。

忽地耳邊似乎響起趙栩那句：「阿妧，我舅舅的事，我的事，宮裡的事，朝廷的事，你以後都不要再想，不要費心打聽——」

前世爹爹信裡也總叮囑類似的話，讓自己別思慮過多，別費心太多，尤其是朝中的事情太過耗神，千萬要少費神操心。想不到現在竟然要一個少年郎來提醒自己，這老毛病真是難改。

九娘默默疊好小報，放進書袋裡，逼著自己好好想一想今晚木樨院吃什麼。一想到木樨院，卻又忍不住想到看似毫無動靜的青玉堂，還有暴室裡關押著的六七個僕從，還有那銷聲匿跡了一般的阮玉郎。似乎朝中宮中家中，都充滿了山雨欲來風滿樓的氣息。

六娘看著九娘輕輕地甩著頭，不由得問她：「阿妧你怎麼了？頭疼嗎？」

九娘笑道：「在想今晚木樨院要吃荷葉冷淘❶，要拌些什麼調料才好。我讓慈姑給你和婆婆也送兩碗去可好？」

六娘點點頭：「把你上次熬的那個蔹辣油再送一小罐子來，我看婆婆小廚房裡快吃完了。那個配冷淘正好。」

七娘忽地插嘴道：「阿妧你調的冷淘最好吃，給我也送兩碗過來吧。娘也愛吃，總說你調的才是眉州口味。對了，我不要荷葉，一股子味兒，難聞。」

九娘點頭應了。一時牛車內靜了下來。四娘低了頭，這幾天九娘待她十分冷淡。往常七娘要是這樣說了，她不用開口，九娘自然也提起要送給她一份。看來九娘她心底恐怕也是喜歡陳太初的，不然何必這麼在意自己那天的提議呢。口是心非，人皆有之。

汴京城南的南薰門附近，有個五嶽觀。五嶽觀邊上是小巷口。名字叫小巷口，巷子卻很寬敞。裡面有一個學堂，也正是散學的時候。

這裡住的都是平民百姓，自然沒有馬也沒有牛車等著，大多是家裡人親自來接。沿街照舊擠也有不少路邊小攤，青布傘下一輛騾車上，兩個大木桶引人注目，上頭豎著一個招牌，這是在賣香引子❷，不少人在排隊，那小童們在學裡待了一天，多盼著花上三文錢喝上一杯冰冰的引子。家境稍好一些的，等在賣荔枝膏的攤子前頭。

一個七八歲的男孩，穿著薄薄一件細棉布青色右衽褙子，背著個黃色書袋，紮著兩個小髻，從學堂裡急急走了出來，一邊抻長了脖子左右看看，一邊心不在焉地和同窗告別。有熟悉他的翁翁婆婆見了他這副模樣，都笑著問：「大郎，今天是不是你爹爹要來接你？」

那孩童抿唇點了點頭，眼睛閃閃發光，走了沒幾步就大聲喊起來：「爹爹！爹爹——！」小腿搬得極快，幾乎是小跑著衝進一個郎君懷中，大笑起來。

那郎君風清月朗，也穿了件青色細棉布褙子，一把將他抄了起來，手一抬，就讓他騎到了自己脖子上，也哈哈大笑起來。那孩童迫不及待地指著荔枝膏的攤頭喊：「爹爹，我要吃荔枝膏！」

兩人一路過去，偶爾和那熟識的人打招呼。待吃完荔枝膏，那郎君又掏出五文錢給兒子買了一

---

❶ 冷淘：涼食的麵粉類食品。

❷ 香引子：引子即為飲料，香引子為加了香料的飲料。

個風車，握著他的兩隻小腿，快快地跑了起來。

那風車就嘩啦嘩啦地轉，兩人的笑聲一路散落開。

轉過小巷口，就是延真觀。附近都是窄巷，兩父子邊跑邊笑地進了菉葭巷，推開兩扇黑漆門，裡面是一個三進的小院子。

一個女使迎上來，問了安，將那門閂插上，跟著他們進了正屋，給他們倒上茶水，笑著說：「郎君回來了，婆婆正在問呢。晚上家裡備了大郎最愛吃的烤鴨。」

那孩童高興極了，賴在父親的兩腿間扭了扭：「爹爹，你今夜會留在家裡陪我和婆婆的吧？」他父親就笑了：「陪陪陪，走，我們去給婆婆請安。」他一笑，眼尾就有幾根細紋也皺了起來。

後屋裡，兩個婆子看到他們來了，笑著說：「正念叨著就來了，可是巧得很呢。」

掀開竹簾，屏風後頭的藤床上，躺著一個白髮老嫗，旁邊一個女子正捧著一本《金剛般若波羅蜜經》輕聲念著，另一隻手在輕輕地給她打著扇。

聽到婆子們的聲音，老嫗嗯了一聲，就想要起身。

床邊的女子趕緊放下經書和蒲扇要去攙扶，那郎君已經搶先一步，手一托，已經將老嫗扶了起來，隨手拿了一個大引枕靠在她背後，笑著說：「婆婆，是我。」

那老嫗轉過頭來，雙目渾濁，竟是位盲婆，她伸出手來，在那郎君面上摸了摸，點點頭：「是玉郎回來了啊。」

阮玉郎輕輕在她手上拍了拍：「是我，出去了好些日子，婆婆可想我了？」

大郎湊過來喊：「婆婆萬福金安，還有我呢，還有我呢！你也摸摸我的臉！」

阮婆婆笑著也摸了摸大郎的臉：「小饞貓，可是吃了荔枝膏了？這嘴下頭黏糊糊的呢。你爹爹十一天沒回來，可饞壞了吧？」

阮玉郎接過床邊女子遞過來的濕帕子，給大郎擦了擦小嘴：「去吧，讓燕素帶你去吃些點心，晚一些爹爹可是要來檢查你的課業的。」

大郎吐了吐舌頭，牽了那女子的手出去了。

阮玉郎倒了杯水，親手餵阮婆婆喝了幾口：「前幾日下大雨，您那膝蓋可疼得厲害？」

阮婆婆搖搖頭：「自從你回來的這幾年，替我灸了那麼多回，我已經好多了，就是可惜以後啊，都不能告訴你們下雨不下雨了。」

阮玉郎笑著握住她的手：「鶯素也回來了，以後還是讓她服侍你罷。」

阮婆婆愣了愣，反手緊緊抓住他：「玉郎！你是不是在外頭出什麼事了？」

「婆婆怎麼這麼說？我能出什麼事？」阮玉郎笑笑。

阮婆婆歎了口氣：「玉郎啊，你聽婆婆一句勸，算了吧。冤冤相報何時了？如今你也掙了不少錢財，不如好好地照顧大郎長大，自己再娶上一房妻室，你也過得舒坦些。要能把你姑姑從孟家接出來，一大家子和和美美的，多好啊。你看看大郎，是個多好的小郎君啊！要不是婆婆瞎了，真想天天自己伺候著他。」

阮玉郎輕笑了一聲：「婆婆，你最知道我的。那失去的東西啊，我喜歡親手拿回來，我總會親手拿回來的。你放心。我來替你剪指甲，今日再好好給你洗個頭，好不好？」

阮婆婆猶豫了一下，叮囑道：「好，但你記得，可不能做壞事，不能害人性命啊，你爹爹、你翁翁、天上的祖宗們知道了，也要不高興的。」

阮玉郎笑得肩膀都抖動不已：「好好好，總要讓他們也高高興興地看著是不是？」那樣死去的人，還能在天上高興得起來？他笑得眼淚都冒了出來。

「郎君，鶯素來了。」外面有人稟報。

阮玉郎柔聲道：「我要給婆婆洗頭，你們一起去備水吧。對了，讓廚房把那烤鴨的肉拆盡了，鴨架子用義安冬菜熬碗湯給婆婆。」外面應聲去了，他從床頭的抽屜裡取出小銀剪子，握著阮婆婆的手，仔細地剪了起來。

天色漸漸昏暗下來，阮玉郎手上極穩，眼睫垂落如露重，脣角輕勾似煙微。屋內只有小銀剪輕微的喀嚓聲。

第八十章

這個黃昏，似乎格外漫長。汴京城的半邊天空都染了個透紅，霞光幾近瘋狂地焚燒著。菉葭巷這一片民房的屋脊上同樣也是晚霞明處暮雲重。

阮婆婆躺在院子裡的搖椅上，剛剛熏乾的白髮已經挽了個圓髻，插著一枝銀釵。大郎靠著她坐在小杌子上，搖頭晃腦地背誦著今日學裡教的《論語》。廚下飄散的烤鴨香味實在誘人，大郎邊背書邊汲溜著自己的口水，逗得阮婆婆笑眯眯的。

阮玉郎接過鶯素手中的巾帕，擦了擦手，側頭問道：「是她那個九妹拖了她去找梁氏的？」

鶯素低聲答道：「最後從孟府裡傳出來的信就是這個，的確是九娘子硬拖去翠微堂的。隨後木樨院和聽香閣抄檢、姨娘被軟禁，都是今天才收到信的。」

樹下傳來小童琅琅的背書聲。「……好仁不好學，其蔽也愚；好知不好學，其蔽也蕩；好信不好學，其蔽也賊；好直不好學，其蔽也絞；好勇不好學，其蔽也亂；好剛不好學，其蔽也狂。」

阮玉郎笑了兩聲：「好勇不好學，其蔽也亂。這孩子總愛跑出來搗亂，也不是個事情。」

鶯素垂頭道：「西夏來的那兩位娘子說要跟著陳青南下，郎君您看？」

阮玉郎想了想：「一樣都是姓梁的，為什麼有人就聰明一些，有人偏偏這麼蠢呢？她們的信可送回去了？」

「是奴婢親自送到腳店去的。今早已經出京了。」

「她們不死心就隨她們去罷，陳青在軍中，哪裡是她們能接近的。」阮玉郎端起面前小而圓的茶盞：「這閩地政和縣的茶，才配叫做功夫茶。不到火候，任憑你關公巡城還是韓信點兵，都沒有用。這人呢，該做什麼就得做什麼，不該做的就別做。不然，難道我還有空攔著別人去尋死不成？」

阮玉郎看著樹下的一老一小，吩咐道：「給姑姑送個話吧，另外，看著孟府最近有沒有人進宮。」

大郎看見燕素提了食籃進了院子，高興得跳了起來：「爹爹爹爹！吃烤鴨了！婆婆，你的鴨湯也好了！」

暮色漸漸四合，萬家燈火漸次亮起。

翰林巷孟府，木樨院的小廚房，比九娘住的東暖閣還要大一些。三丈長的老木頭案几上頭，琳琅滿目堆放著各色調料。

九娘挽著袖子，正往幾個碗中舀調料。玉簪匆匆進來屈膝道：「六娘子遣人來請幾位小娘子去綠綺閣一起用飯。老夫人剛剛奉召入宮了。」

九娘手上一停，隨即將調好的幾個小碗蓋上碗蓋，放入提籃裡交給玉簪。自己抱了一個敞口廣肚有蓋的瓷瓶，吩咐道：「先去木樨院和娘說一聲。」

綠綺閣裡剛剛亮了燈，六娘看著忐忑的四娘，安慰她道：「你別著急，等婆婆回來就沒事了。」

四娘走到門前，看著那通往翠微堂的青石小路，沒做聲。

七娘把冷淘吃了，喝了一盞茶漱了口，就問九娘：「你幾時見過阮姨奶奶的？我從來沒見過。」

九娘把那多出來的一碗冷淘也端到自己面前：「就是我們三個挨戒尺的那一晚，我看見她在青玉堂的魚池那裡餵魚。」

七娘托了腮，納悶地說：「你說阮姨奶奶以前到底犯了什麼事？太后都出面讓人來掌嘴？為什麼不乾脆賜死呢？」

九娘和六娘都一怔。六娘走過來剛要開口，七娘已經舉起手來：「得得得！我的好六姊！你又要說大道理了，我懂我懂，仁慈嘛，一條人命很寶貴嘛，以仁義治天下嘛。」

六娘歎了口氣搖搖頭。

「對了，四姊，你不是見過姨奶奶嗎？她到底有多美啊？」七娘大聲問門口發呆的四娘。

四娘慢慢轉過頭來：「姨奶奶她——」她低頭思索了片刻才輕聲道：「並不好看。」

九娘也忍不住停下嘴。三個人齊齊看向四娘。

四娘走過來，坐到桌邊：「我不知道她以前有多美，反正我見到她那三回，她怎麼也算不上什麼美人。」四娘回憶道：「她眉毛眼睛都分得很開，嘴巴也大了一些，看起來有點點怪。」

七娘問：「嘴巴大？會不會是掌嘴掌壞了？我聽說宮裡掌嘴用的都是朱漆竹板……」

六娘默默地轉開眼，沒法正視這個自家的姊妹。九娘也默默低頭繼續吃冷淘。

四娘輕聲道：「她說話的聲音也是啞啞的粗粗的，並不好聽。可她就那麼坐著。我眼裡就誰也看不見，只看得見她。她看我一眼，我就渾身起了雞皮疙瘩。」

七娘張大嘴：「那——那她到底是好看，還是不好看呢？」

四娘道：「今年立春的時候，翁翁把我叫去青玉堂，我見到姨奶奶了，她竟然一根白頭髮都沒有，奇怪嗎？」

四姊妹都沒有了聲音。九娘輕輕擱下箸，猜度著阮家、孟家和宮裡究竟因為什麼樣的事情糾纏在一起。

六娘輕輕問九娘：「表叔母下了帖子來，要教我們學騎馬。我看不如等到秋社❶放假再去，你說可好？」

九娘點點頭：「好，我很想很想學騎馬。我們過兩天再和婆婆說吧？」她想了想有些惆悵：「不到立秋，恐怕表叔就要出征了。」不知道魏氏和陳太初此時是什麼心情，趙栩又是什麼心情。大概都不會好受吧。

六娘低聲吟道：「可憐無定河邊骨，猶是春閨夢裡人。」不知為何，就想到那個夏日陽光下一口白牙閃亮的年輕人，才十八歲吧，此去一戰，不知道還回不回得了汴京，生命之無常，難以捉摸，真是讓人唏噓不已。

提起打仗，屋子裡靜了下來。

九娘吸了口氣，朗聲道：「大風起兮雲飛揚，威加海內兮歸故鄉，安得猛士兮守四方！表叔橫掃四疆，定會安然歸來。六姊你該吟『醉和金甲舞，雷鼓動山川』這類的才是。我們快點學會騎馬，等表叔凱旋歸來時，我們一起去城外迎接他。」她調皮地湊近了六娘問：「還是六姊你什麼時候春閨有了夢裡人？快和我說說！」

六娘剛要點頭稱事，被她最後一句羞惱得直捉了她撓癢癢。

七娘也湊熱鬧追著問個不停，三個人圍著圓桌轉了起來。只餘四娘看著桌上幾個空碗和菜碟子發呆。她哪裡吃得下！

趙栩從五寺三監出來，看到天邊火燒一般的霞光，怔怔地站了一會兒。宗正寺的幾位官員見了他，都遠遠地繞開了。趙栩上了馬，卻調轉頭慢慢地往城東去了。兩個小黃門和七八個隨從趕緊小跑著跟上。

那等候在路邊的不少小娘子們一見他出來了，都嬌笑著拿紈扇半遮了臉，互相說起悄悄話來，卻沒人再朝趙栩身上扔荷包香包了。昨日早上的喬娘子，朝馬上的燕王殿下投擲了一個荷包，竟然被他一臉嫌棄地用馬鞭半空一捲，直接丟返回去了。這還是汴京城裡頭一回呢！羞得喬娘子啊，傍晚都不好意思隨大家去國子監堵蘇東閣。這汴京城裡最不解風情的男子，除了陳太尉，就是燕王殿下了！那和他齊名的蘇東閣、陳衙內，雖然不會將這些女兒心事收起來，可至少都會行禮致謝呢。

❶ 秋社：祭祀社神的日子。立春後第五戊日為春社，立秋後第五戊日為秋社。

可就是這麼無禮的燕王殿下，還是讓人一見就轉不開眼來。

馬上的趙栩卻毫不在意這些鶯鶯燕燕。自從官家醒轉以來，一日好過一日。早間他去請安的時候，已經能喝兩碗羹湯了。阿予高興得很，成日念叨是蘇昉的孔明燈靈得很，更掛念著要結社的事情。東風社、孔明社、桃花社，連千萬社這種名字都被她想了出來，真是個起名廢！

不過結社倒真不錯，日後就有了社日，就能常常看見阿妧。但總要有個名堂說法，不能像阿予這樣隨興所至。畢竟他們幾個可以自由出入，但是阿予和阿妧卻不方便。尤其阿妧，孟家管得比宮裡還緊。三月三不許踏歌，金明池、瓊林苑這幾年也不許去，春社、端午，通通不許出門。趙栩琢磨著，只有阿予和阿妧兩個，孟家那老夫人肯定是萬萬不允的，她那六姊是個好的，可以拉進來，最好再來一兩個小娘子，人一多，再有個好的由頭起社，就成了七八分。最好還請上一個壓得住陣又得讓老夫人給面子的長輩看著，那就十拿九穩了。

不知不覺，夕陽西下，那層層疊疊的紅雲燒透後成了灰燼，城西那邊的空中是深深淺淺的藍和深深淺淺的紫，交疊著深深淺淺的灰色。第一甜水巷裡大多數的攤販都收了，觀音院的大門半掩著。

趙栩將馬交給小黃門，進了觀音院。大殿一側的道姑正在整理各種符紙。趙栩掏出二十文錢，買了個平安符，仔細疊好，放入懷裡。他跪在觀音像前誠心拜了幾拜，又上了香。

邁出觀音院時，趙栩抬頭看看天上還剩下一兩片淡粉的薄雲，想著這幾日，也沒了她的消息，不知道這同一片天空下，一牆之隔，她此時在做些什麼。

看著自己的馬，想著陳太初那日說到福田院的事，趙栩眼睛一亮：「回宮！」

趙栩和趙棣到福寧殿的時候，燈火通明，正遇上三公主趙瓔珞帶著女史們出來。兩廂遇到了，停下來互相見禮。

趙棣關心地問：「這幾日忙著公務，也沒能去魯王府探望四哥，三妹可去看過四哥？千萬替我問候哥哥。我明日要去的。」

趙瓔珞冷笑道：「不敢有勞五哥大駕，聽說二府上書擁立你做皇太子，原來平時你可真會裝啊。有這樣的能耐，總跟在四哥屁股後面，存的什麼心！」

趙棣雙手一墜，失魂落魄地站在原地：「三妹，你這說的什麼話？」

趙瓔珞看著他：「四哥的事，總有一天會水落石出。那所謂能修仙成道的伎倆，不是你告訴他的，還能有別人？他出事了，可不就是便宜了你!?」

趙棣怔怔地流下兩行眼淚來：「旁人誤會我，我倒無所謂。連三妹你也這麼說，我真恨不得把自己的心剖出來給你和四哥看看。咱們幾個從小一起長大的，我要是有這樣的心思，就叫我——」

趙瓔珞卻不理他，狠狠地轉過頭去，瞪了已經進了福寧殿寢殿的趙栩背影一眼，打斷他：「呸！別惺惺作態了！從小到大，你不就是會哭嗎？蔡佑那廝一看四哥倒了楣，不是立刻就要擁立你嗎？你心裡高興得很吧。六郎那樣的秉性，竟然還有人上書擁立他！你們兩個沒有一個好東西！」

趙瓔珞恨恨地去了。趙棣原地站了會兒，抹了抹眼淚，垂頭喪氣地正要前行，身後就有人柔聲道：「好了，瓔珞向來心胸狹窄不懂事，五郎你莫和她計較。」

趙棣趕緊轉過身來行禮：「娘娘！聖人！」滿面羞慚地退讓在一側。

高太后扶著向皇后的手，歎了口氣：「五郎啊，就是心太軟了點。」

向皇后點了點頭，朝趙棣笑了笑，心裡卻覺得這麼點事，他就當眾哭成這樣，未免有些哭給太后看的嫌疑。畢竟這個時辰，太后總是從文德殿議完國事，直接過來看望官家。

福寧殿裡，趙淺予正在眼巴巴地看著靠在引枕上的官家喝藥，手中小銀籤子上插了個梅子：「爹爹，你今天能吃阿予自己做的漬梅子嗎？」

旁邊的方紹樸就笑了：「公主殿下，官家體內餘毒未清，最好不要吃這些醃製之物。」

趙淺予歎了口氣，小臉上露出失望的神情。趙栩輕聲安慰她說：「你這梅子啊，放兩日又不會壞，過幾天再給爹爹吃好了。」

官家把手中的藥碗遞給趙栩，對方紹樸說：「你倒和你爹爹一樣板正。我小時候出痘，還是你爹爹照看好的。他如今可好？阿予，來，給爹爹嘗一個，你去年醃漬的脆瓜我吃著比御廚的還好。」

趙淺予臉上就開了朵花兒，得意地瞥了瞥方紹樸。方紹樸臉一紅：「多謝官家垂詢！家父蒙官家恩典，去了熟藥局坐診。只是微臣斗膽勸諫陛下，這醃漬物——」

官家笑著含著梅子舒了一口氣：「沒事沒事。你自去就是了。」

方紹樸剛退了出去。高太后幾人就從屏風外面進來，皺著眉說：「主主又淘氣，方醫官說了不能吃，怎麼又纏著你爹爹？」

趙淺予和趙栩起身行禮。向皇后笑著拍了拍趙淺予的手，坐到官家床邊，細細看了看他唇邊消退的膿包：「哥哥看著又好了許多，小方醫官讓御廚做的涼瓜湯，聽說方才喝了兩碗？」

官家點了點頭，看見趙棣和趙栩都在，就問了問各自當差的事情。不多時，高太后便讓向皇后帶著他們都各自回去。趙棣心中七上八下，想想娘親的話，又踏實了許多。

趙栩看看趙淺予，挑了挑右邊的眉毛。趙淺予眨眨桃花眼，知道哥哥有要緊事和自己商量，趕緊跟著趙栩走了。

第八十一章

福寧殿寢殿中幔帳低垂，伺候的眾人都退了出去。

官家看著太后：「娘娘，我說了此時不宜立儲，你又何必著急呢？」

高太后坐到他床邊，給他掖了掖絲被：「之前你要立四郎，我再不喜歡，也都答應了，為的是全了咱們的母子之情。如今五郎純孝，性子和順，看著也是個福厚的孩子，比起四郎不知好了多少，你又擔心什麼呢？」

官家歎了口氣：「娘娘，是兒子惹您擔憂操心了。自從開始服用丹藥，我總有些昏沉沉的，精神也不好。原先看著這些年四郎有了不少長進，做的文章也還看得過去，人也算謙遜懂禮。這才想著立長也好。哪裡想到他私下做了那許多不仁不義不孝的事情。」

官家搖搖頭：「如今剩下的幾個孩子，總想著還得多看看，讓他們都去歷練一番，才知道他們究竟怎麼樣。五郎呢，實在太過懦弱了些。」

高太后沉吟了片刻問：「我知道，這次你能醒來，六郎立了大功。但他性情乖張，狂傲猖獗，不是為君的品性。歷來我大趙的皇帝，不怕柔弱，畢竟有二府各位宰相決議國事，就怕性子固執，乃至剛愎自用。難道你忘記當年太宗皇帝執意御駕親征契丹，最終大敗而歸，乃至受傷駕崩的事了？五郎尚能守業，可六郎一個不慎就會敗家！」

官家長歎了口氣：「娘娘，六郎秉性火熱，愛恨分明。他小時候吃了不少苦頭，才這麼暴性子。但論手段，論見識，他比五郎要強出許多來。」

不等高太后說話，他看向自己的母親：「娘娘，立儲一事，我意已決，不急在一時。咱們日後再議吧。倒是郭真人所出，在契丹做質子的三弟，如今去了那苦寒之地已經二十五年，郭真人既然已經仙逝了，我想接三弟回歸故土。」

官家看到太后面容上漸漸顯露的怒氣，不由得流下淚來：「郭氏她人都死了，娘娘也該放下心結了。如果三弟就此終老在契丹，不能娶妻生子，只怕爹爹也不安心！」

高太后閉了閉眼，強忍著怒氣，拿了帕子給官家拭淚：「這事老身不能應承陛下！」口氣已經不復母子閒聊的親切。

官家握住太后的手，悲泣道：「我昏迷了這些天，時常看見爹爹說想讓三弟回來。還有小娘娘，她在瑤華宮裡瘦成那樣。如今她去世了好些日子，三弟都不能回來磕個頭。娘娘——你不想見到他，我就讓他去西京或南京可好？哪怕去鞏義給列祖列宗守陵也好——」

「大郎！」高太后的聲音驟然拔高，有些刺耳。

母子倆一時都沉默下來。

高太后疲憊地歎了口氣：「你身子才好了一些，別操心太多事。你三弟的事，等我和皇叔同二府商量了再說。有些事，不是人死就燈滅的。你的心啊，過於柔善了。」

官家歎口氣閉上了眼，眼角止不住有淚滲出。

高太后看著他，想了想，柔聲說道：「好了，大郎，不管是選五郎還是六郎做皇太子，如今你身子一點點變好，正當盛年。咱們就依了你，不著急，慢慢再商量。」

官家睜開眼，點點頭，有些意外。

高太后說：「只是我屬意孟家的六娘做太子妃，這個你得依了我。那孩子是阿梁親自教養，這些年我看著長大的，也考校過她幾回。她秉性純良，溫和端莊，心胸寬廣，有忠義之心，難得的是柔中帶剛，敢於直諫。無論嫁給五郎還是六郎，日後有什麼大事，她能擔得起重擔。」

官家想了想問道：「是那年金明池救了阿予的孩子嗎？年紀小小有俠義之心，倒是不錯。」

高太后一怔：「不是，那個是孟家的九娘，也是個不錯的孩子，只可惜是孟家三房的庶女。六娘是常跟著阿梁來宮裡陪我說話的，孟存的嫡女，喚作阿嬋。」

官家想了想，問道：「五娘可知道此事？」

高太后笑著點點頭：「阿嬋呢，和五娘也投緣。雖說五娘沒有親生的孩子，但畢竟是正經的婆婆。將來她們婆媳相處，必然也融洽得很。」

官家就道：「既然娘娘和五娘都說好，想必是個好孩子。有勞娘娘費心了。」他看著太后面容上細碎的皺紋，伸手握住太后的手，含淚道：「都是兒子的錯，讓娘娘這般操心了幾十年，連孫媳婦恐怕都要請娘娘親自教導。等我身子好了，就宣召那孩子進宮來，讓我也見上一見。」

高太后反握住官家的手，垂淚道：「你能明白我的苦心就好了。我還有幾年可活呢？若是能把這些事都定了，我也走得安心，好去見你爹爹和趙家列祖列宗。」

官家聽了這話，揪心之至，想著母親從做皇后開始，不知道為自己操了多少心，更是潸然淚下。

高太后哭了會兒，拭了淚：「等你見過那孩子就放心了。年底五娘正好要放一些到了年紀的女史宮女出宮。待明年開了春，讓禮部選上百來號人，將那孩子選進來，放在我身邊。我替你們好好教導她幾年。五郎六郎年紀還小，過兩三年定下太子之位以後，再成親也不遲。」

官家看著太后，心想不管如何，他要說的幾件事，總算立儲一事太后這裡算是說通了，於是點了點頭，合上了眼休憩。

慈寧殿的偏殿裡，秦供奉官看著按品級大妝的梁老夫人笑問：「怎麼忽地上摺子了？過些日子立秋，娘娘還給六娘子留著不少楸葉，等她來剪花樣呢。」

梁老夫人笑道：「官家不適，娘娘聽政，一定倍加辛勞。前些時原本就想進宮問安的，怕耽擱了娘娘休息，沒敢來。等立秋再帶六娘來，好好地陪娘娘說說話。對了——」

秦供奉官趕緊彎腰湊近了來。

梁老夫人輕聲問道：「瑤華宮的那一位，去世前可有留下什麼話？」

秦供奉官一個哆嗦，趕緊壓低了聲音說：「我的老姊姊，你可真敢問啊！」他看了看不遠處靜立的宮女們，湊到老夫人耳邊低聲道：「官家去見過那位，只知道兩人說了小半夜的話，但說些什麼，連娘娘都不知道。」

梁老夫人只覺得背上一寒。

女史進來通傳，請梁老夫人移步正殿。

梁老夫人行過跪拜大禮，高太后讓她在下首的繡墩上坐了：「怎麼了？好些日子了，你也不帶阿嬋來看我。」

梁老夫人又起身跪了下去：「臣妾管教不當，特來請罪。」

高太后一愣，讓女史扶她起來：「這是發生什麼事了？」

梁老夫人看看左右，高太后揮手摒退眾人。

正殿大門緩緩關了起來，只餘檀香味飄了出來。

秦供奉官緩步在正殿門口踱來踱去。上一回慈寧殿正殿緊閉，還是二十五前的事。門一開，那郭太妃就成了郭真人，年方九歲的崇王趙瑜就被送去了契丹做質子。

這次開門以後，不知道輪到誰會倒楣。

慈寧殿中靜悄悄的。高太后坐在榻上，聽梁老夫人將前後事細細說了，時間一長，腰背就隱隱有些酸痛。梁老夫人趕緊上前疊了兩個引枕給她靠著，碰了碰案上的茶盞，還是溫的，便遞了茶盞敬上。

高太后接過茶盞抿了一口，皺著眉問：「那做伶人的阮玉郎，自稱是小阮氏的哥哥？」

梁老夫人點了點頭：「臣妾唯恐此人圖謀深遠，不敢擅專，特來請娘娘示下。」

高太后沉吟片刻：「那阮玉郎多大年紀了？」

「孫女們眼拙，此人又一直扮作那青提夫人，委實看不切實。但若真是小阮氏的哥哥，至少也該三十五歲朝上了。」梁老夫人謹慎小心地答道。

高太后的茶盞碗蓋發出一聲清脆的撞擊聲，梁老夫人趕緊接過茶盞擱回案上。

高太后忽地長歎了一口氣，不提阮玉郎一事，反而說道：「阿梁，你知道嗎？剛才官家竟然同我說想把三郎從契丹接回來。」

梁老夫人悚然一驚。

高太后苦笑道：「大郎自幼心善，你是知道的。他五歲的時候用膳嚼到沙子，自己偷偷吐出來，還囑咐隨侍之人千萬別聲張，免得有人丟了性命。」

梁老夫人微笑道：「此事史官有記載。陛下仁厚。臣妾記得。」

高太后出了神：「我生下大郎後，又有了孕。郭氏她那時還沒有孩子，待大郎極好，我一度還很感激她。」

梁老夫人垂目不語。

高太后冷笑道：「誰想她包藏禍心，溺愛大郎是為了離間我們母子之情。她為了自己的兒子，無所不用其極。大郎卻還信她敬她親近她。甚至後來——唉！」她歎了口氣接著說道：「千防萬防，人心沒法防。我像前世裡欠了大郎的債一樣，操心了幾十年，還沒完沒了。」

梁老夫人不敢接話，背後滲出密密麻麻的細汗，大禮服層層疊疊，又重又厚，此時更覺得千斤重壓在身上，只盼著太后不要再說下去了。

高太后卻繼續道：「自從郭氏病了，大郎就開始尋那些個道士回來，煉丹、修仙，幾近不擇手段。名聲、仁義都不管了，整個人瘋魔了一般。郭氏死前，他還要去見她一面，說了半夜的話。那可是他的庶母！出家修真的道姑！他連禮法都顧不上了。郭氏一死，竟好像把他的魂也一起帶走了！當初那陳青的妹子，有些像她，他不顧名聲和門第，也要納入宮來。二十幾年過去了，他竟然心裡還牽記著郭氏這個妖孽！」

高太后聲音發抖，面露深惡痛絕之色，難掩痛心和失望。

梁老夫人看著高太后濕潤的眼眶，說不出的心痛，沒有人比她更清楚太后心裡的苦澀了。她斟酌了片刻才道：「郭太妃天人之姿，見者忘俗，宮中無人能媲美。她又一直處心積慮親近陛下。陛下年少，心地宅厚純善，感恩她幼時的照顧，憐憫她和崇王殿下，這是陛下的仁德，也是娘娘教導有方。」

高太后閉了閉眼，似乎也覺得自己方才一時激憤，有些失言。聽著梁老夫人的話，面上就露出厭棄的神色：「郭氏以色侍人，心機深沉，做了太妃還不知足！若不是她存心要害大郎身敗名裂，我又何至於逼她出家？放逐她的兒子？定王為了此事心裡可不舒服了幾十年，我還擔了個不慈的惡名。更害得我母子失和多年，真正死有餘辜！」

梁老夫人心裡暗暗歎了口氣，她知道當年沒有官家護著，郭太妃早已經被三尺白綾絞殺，早剩一抔黃土了。

隔了半晌，梁老夫人微微抬起眼皮：「那娘娘的意思是？」

高太后點點頭：「百足之蟲，死而不僵。郭氏人雖然死了，她身後那些人恐怕還不甘心。那阮玉郎若真是阮氏的侄子，為了求財或是求官，多年來圖謀你家女孩兒做個梯子，倒也罷了，你也不會讓他得逞。我再敲打一下蔡佑就是。你來見我，是不是怕那阮玉郎不是她的侄子？」

梁老夫人一驚，立刻跪了下去。

高太后道：「蔡佑也是糊塗，什麼樣的人，底細都不清楚就敢信，以前為了討好官家，如今又一味裡討好五郎，他這手也真敢伸。」

梁老夫人垂目不語。高太后又問：「阮氏是先帝駕崩前出宮投奔孟家的吧？」

梁老夫人應道：「是，臣妾記得清楚。阮氏因在郭貴妃身邊伺候不力，吃了十板子被遣送出宮，因家中無人，才投奔孟家養傷。臣妾是官家登基那年冬天出的宮。這些年是臣妾監管不嚴，疏忽了。」

高天后搖頭道：「不怪你，你想得很周到。你儘管安心。」說起這個，太后苦笑道：「孟元是個糊塗的。他兩個弟弟倒都是明白人。」

梁老夫人輕輕閉上眼，心中酸澀難當。

高太后唏嘘道：「我和大郎當年都欠了孟家的情，就算這阮玉郎果真不是阮氏的侄子，也不會怪罪到孟家頭上。倒是阿梁你，為了故人一諾，這一輩子就耗在了孟家。咱們倆個，都過得苦啊。」

梁老夫人低聲道：「滴水之恩當湧泉相報，何況救命之恩？臣妾自當為孟家鞠躬盡瘁。」

高太后彎下腰，伸手將她攙了起來坐到繡墩上：「眼下不急，先看看那阮玉郎究竟還會做些什麼。倒是阿嬋進宮的事，我和官家說過了。官家也說好。阿梁你可要捨得啊。」

梁老夫人心中雖然早有了準備，卻仍然心痛得難以復加。六娘從呱呱墜地開始，一個粉嫩的肉團子，在她手中一日日地長大。這十四年來，從未讓她煩心過一回。一旦入了宮，驚濤駭浪還是死海無瀾，她都再也看不見守不住護不著了。那十幾歲的小人兒，就要獨自面對這宮中事甚至將來的朝廷事。梁老夫人不由得淚眼模糊哽咽著，脖子卻僵硬著，那頭竟點不下去。

高太后柔聲道：「當年我想把你家三娘許給岐王做媳婦，你求了我半天，我也就算了。如今你可不能不點頭了。我心裡喜愛阿嬋，看重阿嬋。要是你肯，等過了年，就進宮來陪著我。我親自教養她兩三年，晚幾年再和太子成親。不管是誰做皇太子，她總是我大趙的皇太子妃。若是你擔心她在宮裡孤單，你家那個九娘，不是一貫和她最要好的？一起進宮來陪她兩年也行。你儘管放心，我定當派遣十二位迎親使，以大趙開朝以來，最隆重的皇太子妃迎親禮，風風光光地將她迎入宮來。可好？」

梁老夫人起身，再次拜伏在地：「請娘娘恕臣妾方才失禮了。娘娘如此愛重孟氏女，孟氏一族無不感念在心。孟梁氏謹遵懿旨！謝娘娘隆恩！」

宮門下匙了。孟府的牛車慢慢地離了宮門。

汴京城的夜晚喧鬧如舊。唯有月光冷凝，溫柔俯視這片大地。

牛車裡的梁老夫人握著貞娘的手，淚如雨下。兩人默默地聆聽著車輪駛過路面的聲音，一片繁華，盡在身後。

第八十二章

亥正時分，梁老夫人方回到翠微堂。

杜氏三妯娌得了信，帶著四個小娘子到二門迎接老夫人。眾人見到老夫人殘淚猶存，不由得都心中一沉。

進了翠微堂，老夫人扶著六娘的手，淚已經落了下來。

六娘嚇了一跳：「婆婆！難道四姊的事？」

四娘嚇得心砰砰亂跳。

老夫人牽了六娘的手坐到榻上，搖頭道：「阿嫻沒事了，那阮玉郎也無需理會。只是阿嬋你——」那句年後就要入宮的話，無論如何都說不出口來，只覺哽咽難當。

四娘提著的心一放，九娘卻怔住了，上前幾步輕聲問道：「婆婆，太后娘娘是要六姊入宮嗎？」

呂氏頓時眼前一黑，天都塌了似的，踉踉蹌蹌地走到榻前，低聲道：「阿嬋！你三表哥願意娶你，我們明日就下定好不好？不不不，我今夜就去找你二舅母，今夜就下定！娘！媳婦求求您，求您了！您不是說來得及嗎!?訂親了就不用入宮了對不對？」

呂氏壓抑著的低泣聲絕望苦楚，九娘默默扶住呂氏。溥天之下，莫非王土；率土之濱，莫非王臣。太后娘娘要的可不只是一個女史，而是一個孫媳婦，甚至是皇太子妃，未來的大趙一國之母。她看中的人，誰又敢不從？誰又敢娶？

七娘依偎著程氏，說不出心裡什麼滋味，有一些悵然，有一些羨慕，不太明白為何她們個個傷心至此。能被太后看重難道不是好事情嗎？能嫁給皇子不好嗎？日後做親王妃不好嗎？為什麼婆婆和二嬸要這麼傷心呢？

程氏和杜氏默默拭淚不語。

六娘輕輕俯下身，環住老夫人的腰，靠在老夫人胸口道：「婆婆別哭，娘也別哭。只是入宮而已，你們別哭啊。再說太后娘娘和聖人都對我那麼好，你們不要難過。也不是就真的見不到了，對不對？」說著自己卻也忍不住哽咽了起來。真到了這一刻，她當然也害怕，也不捨，她也不喜歡宮中的規矩，刻板的生活。只是，她不能說不。

九娘先前還強忍著，這時聽到年僅十四歲的少女顫聲說出這番話，再也忍不住淚水，想把六娘摟入懷裡，卻想不出能說什麼話安慰她。

呂氏上前幾步，一把將女兒摟在懷裡，終於嚎啕大哭起來。六娘伏在母親的懷中，聞著她身上的香氣，肩頭抽動，也哭出聲來。翠微堂裡一片哀聲。

等貞娘親自打了水來伺候她們幾個淨了面，又讓人上了茶，眾人才緩過神來。老夫人千言萬語，無從訴起，看著六娘紅腫的雙眼，替她理了理鬢角，柔聲道：「好孩子，娘娘說了，明年開春選女史和宮女的時候，把你也列上名冊。到時候你就在慈寧殿裡當差，好好地伺候娘娘。旁的不要多想，娘娘說什麼，你就做什麼，知道嗎？」說罷又哽咽起來。

六娘點了點頭：「阿嬋知道。」

老夫人說：「逢年過節呢，我就和你娘一起上摺子。若是能覲見太后娘娘和聖人，總也能見上你一面，萬一沒法子好好說上幾句話，你別難過，還是可以寫信回來的知道嗎？」

六娘抬手用帕子替老夫人印去淚痕：「婆婆放心，六娘省得。你們記得常來看我。若是能夠，把姊妹們也帶來讓我瞧瞧。」

七娘此時忽然心一酸，倒頭撲在程氏懷裡嚎啕起來：「這——這算什麼啊？怎麼跟生離死別似的！怎麼就見都不好見面了呢？難道太后娘娘和聖人都不見娘家人嗎？」

九娘黯然神傷。這次倒被七娘說中了。太后娘娘自律甚嚴，輕易不見娘家人。向皇后就更不說了，她前世常出入宮中的兩三年，從未聽說皇后單獨召見過家人。

呂氏剛剛收住的淚，又一下子崩了。六娘趕緊起身去給呂氏拭淚，又強笑著對她說：「哪有阿姍說得這麼嚇人。再說了，這不還有大半年嘛。娘，別哭了。你一哭，婆婆也忍不住，女兒也忍不住要哭了。」

杜氏和程氏也過來勸慰呂氏。

六娘轉身到榻前，跪坐在老夫人膝下，仰起小臉，笑著問：「婆婆，這大半年我想要阿妧搬來綠綺閣陪我住可好？」

老夫人想起她倆小時候那段同吃同睡同進同出的日子，不由得又老淚縱橫起來，連連點頭：

「娘娘對你真是最慈愛不過的，還說要是你怕孤單，也可以帶著阿妧一起去，在宮裡陪你兩年。」

滿堂上的人又愣住了。七娘又抱住程氏哭了起來。為什麼不選她陪著進宮呢！她想去啊！九娘剛要說話，六娘已經搖頭道：「不用。婆婆我不怕。那種地方，我一個人去就夠了，怎麼能讓阿妧也去過那種日子呢！阿妧生性疏朗，不拘小節，年紀又小，還那麼好學。我可盼著咱們孟家也能出一位孟夫人，日後著作等身，為我們女學揚眉吐氣呢。」

九娘搖著頭說：「婆婆，阿妧願意陪著六姊進宮！」有她在，總會好一些的。

老夫人抱著六娘，看著九娘點點頭：「你們都是好孩子，阿嬋說得對。不要緊，婆婆還有些知交好友在宮中，總能照拂一二。你們也別太擔心了。」在太后眼前，起碼還能太平幾年。以後的事，以後再說。老夫人在心中琢磨著要準備的人和物事，想著無論如何都不能讓阿嬋重蹈向皇后的覆轍，一點點疏忽就是一輩子的遺憾。歷來大趙的後宮就沒有太平過，太宗五個兒子，只活了一個。成宗當年的大哥忽然發瘋，二哥元禧太子一朝暴斃，才輪到他被立為太子。但也是娶了當今太后高氏後，由曹太后親自宣讀遺詔，才登基為帝的。就算如今有高太后坐鎮，今上的後宮二十幾年來也已經死了八個皇子。

程氏卻想起魏氏的話，勸說道：「阿妧你要聽婆婆和你六姊的話。阿嬋，明日三嬸就讓阿妧搬過來陪你。」

九娘緊緊握住六娘的手，強忍著淚點頭。

六娘想了想，又笑道：「婆婆，我在家裡可只剩下這八九個月逍遙日子了，您可不能再限制著我們。表叔母還要教我們騎馬呢。我和阿妧都想學騎馬！四姊，阿姍，你們要不要一起學？」

老夫人連連點頭，哽咽著說道：「都依你，都依你，你想做什麼都行。」

七娘卻哭著搖頭：「我不要騎馬，我要去看戲去喝茶去買東西還要去吃夜市。要和六姊一起玩一起吃。」四娘也含著淚搖頭不語。

程氏拍著七娘的背，低聲呵斥道：「你就知道胡鬧！」

呂氏卻哭著說：「怎麼就是胡鬧了？都去都去，你們一起去！想買什麼買什麼，想看什麼戲都行，想吃什麼讓你們二哥帶著你們去，去瓦子裡、夜市裡玩一整夜都不要緊。還有登高、看燈你們儘管陪著阿嬋去。明年三月三你們都陪著阿嬋去金明池踏歌！她長這麼大，還從來沒有踏歌過呢！就是——就是趕不上端午節看龍舟了——」說到這裡，哪裡還說得下去，側身掩面大哭起來。

老夫人摟著六娘：「都怪婆婆管得太緊了，你娘說得對，你儘管去看去玩去吃去買，都去都去啊，只管開心就好。」

翠微堂又哭成了一片。

月色如水，照在琉璃瓦上，十分冰涼。

幾天後，就是立秋，汴京百姓們高高興興地在街上了買了楸葉，家裡的女子和孩童們剪成花樣，戴在頭上或身上。市井裡各種瓜果梨棗豐盛之極。

宮裡淑慧公主賜了好幾籃子的靈棗、牙棗、青州棗和亳州棗到孟府。九娘已經搬到了綠綺閣住，就讓玉簪帶著侍女將棗子分了十幾份，送往各房去。到了晚間，還沒用飯，孟彥弼又差人送了兩盒吃食來。打開一看，是京城最有名的「李和家」白嫩的雞頭包在荷葉裡，清香撲鼻。另有一包是李和炒栗子，還是溫熱的。

九娘又差人去請四娘、七娘過來嘗鮮。程氏乾脆讓人把她們兩個的夕食也送來綠綺閣。

六娘高高興興地嘗了雞頭和栗子，問她們：「過兩天表叔出征，表叔母下帖子約我們一同去送行，婆婆已經肯了，大伯娘和二哥會帶著我們去。四姊和阿姍去嗎？」

七娘問：「要去哪裡送行？御街嗎？看狀元遊街那樣？」

六娘笑道：「不是，表叔母要騎馬去城外六十里送行，二哥租賃了馬車，帶我們一起去。」

七娘搖頭道：「我不去。馬車顛死人，骨頭都會散架，再說也沒什麼好看的。聽說這次是燕王殿下代官家去太廟造禰❶，只可惜我們百姓也看不到。」

四娘咬了咬唇，還是搖搖頭：「我也不去了。」她害怕再見到陳太初。

四個人用完飯，又說了會話就散了。

夜裡六娘心中有事，半天也睡不著。九娘輕聲問她：「你在想什麼？」

六娘被老夫人私下細細交待過後，難免也關心起朝廷動態來。她也知道九娘一貫都喜歡這些，就側身問她：「你說官家這次讓燕王殿下去太廟造禰，會不會是要定他——？」

九娘笑道：「官家身體還沒完全好，怎麼會現在定下皇太子呢。吳王殿下不是要去城外類祭❷嗎？祭天祭地和告廟造禰，我看差不多重要。這次皇榜上不是說，太后娘娘在宣德樓點將授印嗎？

快睡吧。馬車那麼顛，我們這幾天可要休息好。」

六娘在暗夜裡依稀看見九娘的長睫輕顫，不由得心裡歎了一口氣。今日那些棗子，八成是燕王殿下讓四公主送來的。還有那雞頭、栗子，肯定是陳太初去買的。萬一官家選了燕王殿下做皇太子，萬一太后真的要她嫁，她又怎麼面對燕王？九娘又會喜歡哪一個呢？若是陳太初，倒也是一樁好姻緣。若是九娘喜歡燕王殿下，她這個姊姊又如何自處呢？

九娘似乎聽見了她的歎息聲，睜開眼，側過半張芙蓉面，笑著說：「六姊你別多想了！我啊，誰也不喜歡，只喜歡你。」

「啊？你怎麼知道我在想什麼!?」六娘詫異地問她。

九娘這幾夜聽著六娘總要輾轉反側到子時後才勉強睡著，乾脆側過身，抬手枕在頸下道：「太后娘娘若只是要個女史，婆婆可不會這麼難過。娘娘必然是要你去做孫媳婦的，甚至是要讓你做皇太子妃。婆婆才傷心以後和你見不著面、說不上話了。你呢，看著我和燕王殿下、淑慧公主有過生死交情，這幾年又來往不斷，肯定擔心殿下和我有什麼，更擔心萬一娘娘要把你嫁給燕王怎麼辦，所以才憂心忡忡幾夜都睡不好，我猜得可對？」

六娘瞪著她：「你——！」多智近妖，慧極必傷。阿妧就是這個讓她最放心不下。

❶ 造禰：即出征前的告廟儀式。造為告祭之意，禰本是考廟，但後代都告祭於太廟。告廟有受命於祖的象徵意義。

❷ 類祭：即出征前的祭天。把即將征伐之事報告上天，表示恭行天罰，以上天名義懲罰敵人。

九娘笑盈盈地道：「所以呢，六姊你放心。難道世間就只有這兩個男子了不成？四姊喜歡陳太初，就以為我也喜歡他。七姊喜歡燕王殿下，就也隨意猜度。他們就是天下最好的男兒郎，我孟妧也未必就放在心上。」

六娘輕歎了口氣：「她倆也可憐，人的一顆心，如果由得自己，倒好了。你是還小，不懂這些，才口氣這麼大。只是對著姊妹，你這些聰明才智，揣摩時事和人心的本領，顯露了倒沒什麼，在外頭可千萬藏著掖著。婆婆一直說——」

九娘滾進她懷裡笑道：「人前我給足你面子，聽你大道理一堆，私下裡我可要說句老實話，知道了知道了，求求你別念叨了！」

兩姊妹說開了，鬧了一會就安歇了。

九娘在夢裡卻又夢到了趙栩，自己飄蕩在水中，看著他遠遠地游過來，一聲聲阿妧，有時撕心裂肺，有時又魅惑人心。一雙眸子似水似霧，似遠似近，似喜似嗔，忽地就湊到極近。

九娘從夢裡倏地驚醒，只覺得唇乾舌燥，心跳得極快。看了看身邊的六娘，兩手交疊正睡得安穩。她輕輕掀開絲被，起身套了繡鞋。屏風外榻上值夜的玉簪卻也已經睡得迷糊了，紈扇都掉落在腳踏上。

長案上香冷金猊，琉璃燈還燃著。九娘倒了一盞冷茶，咕嚕咕嚕一口氣飲盡了，才覺得喉嚨裡火燒一樣的感覺好受了一些。心裡卻很是羞慚，怎麼又夢到趙栩了！他日後很有可能會是自己的六姊夫呢。九娘趕緊想再倒一盞茶，茶壺裡卻只剩下幾滴。她一仰脖子，那幾滴也滑落喉中，帶著一絲絲的苦意。

這立秋的深夜，並不涼爽。九娘輕輕推開窗，見廊下叢叢芭蕉，微微夜風中闊葉輕顫。那廊燈邊繞著幾隻小飛蟲，在紗網上直撞。若沒有紗網，你們豈不被那火燒死了？九娘凝視著那幾隻飛蟲，希望自己的心能恢復到無喜無悲，無欲無求。

原來很久都沒有夢到有人喚阿玞了。也許，她重生一世，就是來看看阿昉終於成為了一個有擔當的君子，就是來體會姊妹之情的。

院子裡有值夜的婆子提燈經過，遠遠地來，又遠遠地去了。

綠綺閣的琉璃燈下，九娘手中拿著六娘那本批註得密密麻麻的《列女傳》，久久也沒有翻動一頁。

第八十三章

申正時分，會寧閣裡外已經簇擁滿了伺候的人。

宮中尚書內省的正五品林尚儀，帶著司贊、司賓兩位女史早就等候在階下，不慌不忙地看著旁邊一臉焦躁的周尚服。周尚服嘴裡前兩天已經燎了兩個大泡，這時候更是疼得厲害。申時不到，她就和禮部的官員、入內內侍省的西頭供奉官一起等在閣外了。那邊的吳王早就穿戴好祭服了，這邊的燕王竟然還在沐浴！

這會寧閣的司設和司飾都當的什麼差！真是皇子不急，急死女史。竟然由得燕王殿下自己沐浴，還已經好些年了！敢情這位王司正身為司寢女官，只是口頭說說就算當好差了？被她腹誹不已的王司正，在一側垂首斂目肅立著，大氣也不敢喘一聲。

周尚服忍不住提裙走上兩層臺階。王司正畢竟是她一手帶出來的徒弟，實在也不忍心多加斥責。分在燕王殿下這裡的人，眼裡只有燕王的話才是宮規。整個皇城誰都知道這個不能明說的規矩。

她輕輕歎了口氣，燕王殿下怕是早就知了人事，面子薄，不好意思給女史、內侍們知曉才這麼彆扭的。魯王十四歲時，吳賢妃就奏請聖人，賜了侍寢宮人。去年夏天，太后娘娘親自選了四位侍寢宮人賜給了吳王。這皇子們通曉人事，乃人倫天理，有什麼好彆扭好害臊的。只有這位燕王殿下啊！年初聖人親自過問，特地選了四位侍寢宮人，豐滿者有之，纖瘦者有之，豔麗的有，清秀的也有。可陳婕妤卻說不急，過幾年再說，硬是回絕了聖人的好意。那原本被選中的四個宮人別提多失望多傷心了。過幾年？還過幾年再說？再過幾年有人都該到了出宮的年紀了。

周尚服忍不住朝會寧閣緊閉的大門多張望了幾眼。這樣的才華，這樣的容貌，若不是這樣的脾氣，年輕點的女官哪裡把持得住！想到這件事以後，燕王殿下甚至去聖人那裡，把會寧閣裡稍微有些姿色的女史和宮女都換成了內侍。難怪李尚宮都擔憂燕王殿下由於過於美貌有那個傾向了。真是可惜啊！

終於，會寧閣的門大開，兩個內侍奔了出來：「王司正！殿下好了，快請進來。」

林尚儀的眼風跟刀子一樣劃過去，兩個內侍立刻肅容斂目，垂首靜立不語。

周尚服來不及理會這些細枝末節，匆匆帶著王司正進去監督宮人們為燕王穿著祭服了。

會寧閣裡的趙栩自己沐浴完，身著白羅中單，頭髮也已經由宮女熏乾束起。正堂之上，林尚儀親自引導他焚香。焚香完畢後，周尚服指導宮人們趕緊給他穿上繡著山、龍、雉、火、虎蜼五章圖案的青衣，前三幅後四幅，再著緋色繡了藻、粉米、黼、黻四章的六幅羅裳，宮女將羅裳下襬小心翼翼地對齊，讓之垂落下來。周尚服接過緋色繡山、火二章的蔽膝，替他繫好。王司正趕緊為他束上緋白羅大帶，謹記千萬千萬不能碰到燕王殿下的身子觸了他的忌諱，又繫上以金塗銀的革帶，佩戴上玉佩和錦綬、青絲網雙玉環，還有玉裝劍。再穿好緋羅襪，套上黑色鑲朱色滾條的木底高靴。

最後趙栩坐正了，由周尚服親自為他戴上塗了金銀花額的九旒冕，插上犀、玳瑁簪導。

周尚服退後兩步，仔細打量過以後，行禮道：「祭服已經穿著好了，請殿下移駕。」

眾人見趙栩身穿祭服，那不似世中人的姿容，軒軒如朝霞舉，不由得紛紛五體投地，心悅誠服。這樣的絕世風姿，才配代官家前往太廟造禰啊！

太廟門口早早被禁軍團團圍住，各色旗幟招展，庶民士子皆遠遠避讓。

蘇瞻身穿朱衣朱裳的祭服，戴貂蟬冠，佩瑞草地毬路文方團胯帶，繫金魚袋，穿黑色鑲朱色滾條的木底高靴，手捧牙笏，站在眾臣的最前方，身後是一片身穿緋服的重臣們，靜待吉時。

吉時一到，贊禮唱：「有司謹具！請行事！」

太祝穿祭服沿街而上，開始迎神。他身後跟著祠部的十二位祭師扛著特牲往太廟中敬獻。再有十二位身著褐色祭服的旗手，高舉五方旗肅然跟隨。二十位手持竹帛，身穿朱色祭服的國子監上舍學子依次上前，立於兩側。

太樂一百三十位樂工，奏吹起各自的樂器。另有一百三十人隨著太祝高唱迎神樂曲〈靜安〉：「鐘石既作，俎豆在前。雲旗飛揚，神光肅然……」鼓樂聲恢弘，歌聲傳出極遠。

六皇子燕王趙栩，一步一步登上高階。

太祝取玉幣放到篚中，將玉帛交給趙栩。趙栩躬身接過玉帛，高舉於頭頂。

趙栩轉身面對階下眾人，朗聲高誦：「桓桓勖軍旅，將將御英豪。神武誠無敵，天威詎可逃。王師宣利澤，霈若沃春膏……」

趙栩讀完祝文，將出征一事敬告祖先，行大禮。在場眾人全都隨著贊禮高喊：「拜——興——拜——興——平身！」行跪拜大禮。

趙栩上香進酒，焚祝文，最後接過贊禮手中的祭酒，一飲而盡。他轉過身來，睥睨階下眾人。九旒冕下的少年面容，燦若朝霞，意氣風發。

蘇瞻垂目，率眾臣再行大禮。心道難怪張子厚和老定王，都主張擁立燕王。比起魯王或吳王，他的確有王者之氣，奈何太過棱角分明，為人君，恐日後很難君臣相得。大趙出過兩位過於霸氣的官家，結局都很悲劇，幾乎是國家的災難。如今官家身體正在好轉，更為信重自己，疏遠了蔡佑，如果官家提出要立燕王為皇太子，自己該如何說服官家呢？

禮畢，眾臣簇擁著趙栩出太廟，往宣德樓去會合陳青和吳王。

這日早間，孟府的牛車駛往族學的路上，平日熙熙攘攘的觀音院前，卻攤販稀少。九娘掀開車簾，凌娘子夫婦的餛飩攤竟然也沒有擺出來。四個小娘子面面相覷，歎了口氣。想來明日陳青率軍出征，民眾們恐怕大多都去旗纛街等著看今日陳青和皇子們祭旗的典禮了。

到了學裡，請假多日的張蕊珠倒是早早來了，正在和甲班的其他幾位小娘子在議論今日的幾大祭禮。見孟家四姊妹到了，眾人紛紛問安，又說起年底的考核來。這一年裡，張蕊珠和六娘的幾次考核都不分上下，眼看可以雙雙進宮做公主侍讀。

七娘被程氏指點明白後，也不屑於參加她們的議論，心裡又十分苦惱。想著六娘既然已經是太后娘娘看中要入宮的人，為何不能將這個考核名額讓給自己呢？她看看九娘，覺得只有讓九娘去說服六娘，自己才能有入宮的機會。

不一會兒，尚儀先生孫娘子笑著進來說：「汴京城幾十年沒有行過軍禮，正好丙班魏先生家的包子鋪就在旗纛街上，今日也不開張。館長說讓我們甲班的小娘子們都去魏先生家中，看一看禡祭❶。免得每次說到五禮，你們也只能靠自己想。」

不少小娘子就歡呼起來。九娘心中卻暗歎，這兵禍之苦，不在自己身上，百姓哪裡能夠感同身受。兩浙路的事，似乎離汴京城還有千里之遠。她們所高興的是能夠看見陳太尉和兩位親王、各位宰執重臣，是能夠親眼目睹難得一見的禡祭。哪裡想到今日出征去的軍士有多少人會戰死沙場，又有多少人埋骨他鄉。六娘拍拍九娘的手，也歎了口氣。但是看，還是都要去看的。

女學的幾輛牛車載著甲班的小娘子們，往城西的旗纛街而去。

御街兩側的步道上，黑壓壓擠滿了百姓。

宣德樓前，一千身穿黑漆瀕順水山字鐵甲的京畿禁軍騎兵，陣列在場。後面還有一千身穿步人甲的步軍精兵。旌旗蔽空，兵刃寒光，使觀者遍體生涼。

一身金甲的陳青跪在高太后身前。

高太后將金印、虎符、持節、斧鉞一一鄭重地授給陳青，陳青一一接過。

高太后殷殷相託：「就仰仗太尉剿滅反賊了。他日凱旋，官家必會城外親迎！」

陳青跪拜於地，薄唇微啟：「臣當不辱使命！」

他霍然站起身來，紅色盔纓和頸中的朱色領巾揚起，金甲脆響。身邊的令官接過他手中之物。

陳青飛身上馬，調轉馬頭，朝著兩千精兵凝眸片刻。忽地拔出佩劍，直指上天，大聲道：「我大趙太平日久，現有房氏反賊，占我城廓！毀我桑田！戮我同袍！兩浙百姓，受兵刀之禍，流離顛沛者眾！今日諸將士隨陳某南下討伐反賊，要還兩浙一個清明，還百姓一個太平，你們可願意！」陳青大喝一聲：「可願隨陳某同赴生死!?」

兩千將士慷慨激昂高聲應道：「誓隨將軍共生死！共生死！」其聲如雷，氣勢如虹。

陳青高舉佩劍：「烈士不怕死，所死在忠貞！陳某必與眾將士生死不離！」

「生死不離！生死不離！生死不離！」眾將士群情激昂，高舉兵器，大聲呼喊。整個開封城似乎都在這兩千人的呼喊中震動起來。御街兩邊的百姓們也紛紛呼喊起來。那兩千兒郎裡，也有他們的兒子、兄弟、丈夫啊。不少人已拭起淚來，卻依然高喊著生死不離四個字。

趙棣心裡一陣發毛，他第一次領會到陳青為何號稱大趙第一勇將，更體會到太后娘娘對陳青的顧忌是多麼明智。這樣能令將士奮不顧身、一呼百應的人，一旦黃袍加身，誰能擋得住他？

趙栩胸口禁不住起伏，眼中更是酸澀無比，對著陽光，他眯起眼，又是高興又是擔憂。他自然盼望舅舅得勝，平安歸來，天下太平。可也擔心舅舅得勝後，太后娘娘更加猜忌他，只能期望用人

❶ 禡祭：祭軍神、軍旗稱為「禡祭」。軍中大旗稱為「牙旗」，禡祭後代也稱為「禡牙」，就是祭牙旗。

不疑的爹爹身子快些好起來。

隨軍鼓管大樂奏起，殿帥黃旗高高擎起，諸軍再次朝宣德樓呼拜：「陛下萬歲！陛下萬歲！陛下萬歲！」

陳青舉起手來，中軍鳴角。步軍轉身成為前軍，向御街而行，直向南薰門而去。今晚將在城外六十里處會合兩千弓弩精兵、三千輜重兵力，紮營安寨，明日大軍正式出征。

陳青向高太后行禮告別，帶著趙栩、趙棣、各宰執以及兵部、禮部、太常寺眾官員，緩緩跟著騎兵而行。到西門大街後，眾人和騎兵將士們暫別，轉往旗纛街祭旗。

旗纛街兩側早已被內城禁軍站滿，禁軍身後的百姓遠遠看見眾騎緩緩而來，頓時歡聲雷動，喚面涅將軍的有，喚太尉的有，喚陳將軍的也有。

正靠著旗纛廟的魏氏包子鋪，二樓窗口，孟氏女學的一班小娘子們也紛紛抻長了脖子，興高采烈起來。

六娘、九娘和四娘、七娘在兩扇窗前，默默看著眾騎越來越近。

陳青依然是冰山似的俊臉，毫無表情，他一手持韁繩，一手壓在身側佩劍的劍柄之上。雖然只是騎在馬上，圍觀者卻有被泰山壓頂的感受。

陳青身後是一樣毫無表情的趙栩，兩舅甥面容肖似，引來更多百姓的歡呼。再後面是吳王趙棣，還有蘇瞻、蔡佑帶著諸重臣。旗纛街上各種呼喊「燕王殿下」、「吳王殿下」、「太尉」、「蘇相」的聲音此起彼伏起來。蔡佑在馬上酸溜溜地想，不就是長得好看嘛！不就是年紀輕嘛！真是！東京城的百姓們果然膚淺，只看臉啊！

臨近廟門口，趙栩忽然聽見有清脆的聲音喊道：「燕王殿下——！」卻是個小娘子的聲音，跟著就有不少小娘子笑著也大喊起來：「燕王殿下燕王殿下！——」

趙栩心中一動，側頭望去，卻見寬闊的街對面二樓有扇窗口站著四個小娘子，隔得這麼遠，他也看得清楚。是阿妧啊！

六娘和九娘瞠目結舌地看著裝作什麼也沒發生的七娘，魏先生卻哈哈笑著拍著七娘的肩膀，也大喊了聲：「太尉！——陳太尉！」

包子鋪二樓炸了鍋，平日溫文爾雅守禮的小娘子們紛紛喊了起來。就連張蕊珠也朝著吳王矚目，暗暗喊了一聲殿下。孫尚儀歎了口氣，世風日下，好好的軍禮，這汴京百姓竟然追逐起兩代美男子起來！

原來阿妧也來看禡祭啊，或者，是來看自己的吧，這軍禮有什麼可看的。趙栩想著，看著九娘所在的方向，禁不住露出一絲笑意來，心裡高興得很。

江漢春風起，冰霜剎那除。他這略一展顏，明明剛入秋，卻似春風一般不知道發了多少人心頭的枝上花。

九娘不敢多看，默默轉開眼，卻發現後面的蘇瞻遠遠看上去似乎比起五年前開寶寺時消瘦了許多，身姿依舊如松，氣韻依舊似玉，恐怕是操心國事太甚了。九娘就想起來還沒問過阿昉，明年他會不會下場參加大比，殿試後會不會入仕。如果她還在，肯定是不贊成的，阿昉才十六歲，正是該天南海北遊歷考察拜師交友的年齡，三年後十九歲，大比以後，才合適成親生子，外放為官，有了對民情的瞭解，也才適合做一方父母官。只是，現在不知道還有沒有人替他細細計畫，也不知道阿昉在國子監上舍，如今是不是排在最前面幾位會被直接授官。可是她做娘的，私心裡卻不那麼希望阿昉為官，只可惜蘇家、蘇瞻怎麼也不可能允許他去做一個書院的院長。

陳青眾人，在太常寺官員引導下，迎神，三獻禮，飲福、徹豆、送神、望燎。祭祀過蚩尤戰神和旗頭大將、六纛大將、五方旗神、金鼓角之神、弓弩飛槍飛石之神、陣前陣後神祇五昌神眾。圍觀者鴉雀無聲，誠心誠意禱祝陳青馬到成功早日凱旋。

女學眾人一邊聽著孫尚儀的細細講解，一邊默記著祭祀的各項細節。九娘遠遠看著陳青等人的身影，想起前不久還在州西瓦子裡對自己親切笑談的他，明日就將奔赴沙場，血戰他鄉。她兩世來都活在太平年代，此刻不由得黯然失神。

待禮畢，今日各大祭祀才算全部結束了。眾人紛紛向陳青道別後，鬆了一口氣，各自返回衙門。一名年輕的武將給陳青牽過馬來，在一聲聲百姓歡呼的「太尉」聲，他忍不住笑了起來：「要是魏娘子在，恐怕喊得最是響亮！」

陳青唇角微勾，手中馬鞭輕輕抽在他屁股上：「多嘴！」

章叔夜咧開嘴笑得更歡了，飛身上馬，朝趙栩等人一拱手，持韁跟著陳青緩慢而行。

看到此人陽光下的笑容，六娘才想起，這個一身甲冑頭戴黑盔頸繫紅巾的小將，就是那天福田院用劍鞘扶住自己的年輕人。

原來一個人可以這麼肆無忌憚地大笑啊，還不難看。六娘默默祝禱他能平安歸來，莫讓他的弟弟傷了心。

第八十四章

翌日天還未亮，杜氏和孟彥弼早早地到了翠微堂，帶著六娘、九娘和女使們辭別老夫人，上馬車往鳳城方向而去。

卯時一刻，在城外六十里的大軍已經拔營起寨。各軍將領，跟著陳青在五方旗下祭過了火神、土神、水神等五行神仙，中軍帥旗指向鳳城，傳令兵各色令旗揮舞，隨軍鼓樂吹響號角，大軍緩緩開拔。

在鳳城官道右側，馬車緩緩停下。杜氏帶著六娘、九娘下了馬車，提了把小鐵鍬，在路邊挖了些鬆土，用一塊朱色的布帛兜了，在官道正中堆起小土堆來。玉簪她們幾個女使趕忙上前要幫手，卻被杜氏謝絕了。

六娘好奇地問：「大伯娘，你這是做什麼？」

孟彥弼從馬車後頭取出些樹枝來：「這是表叔母以前教給我娘的，她們西北那邊叫這個軷祭。親人出征，在路邊軷祭，親人就肯定能平安歸來！」

九娘輕聲道：「軷祭可以敬祝山水神明，祝禱大軍從此跋山涉水可以一往無前！唐朝後就已經失傳了。秦州乃是秦國的發祥之地，才得以保留這些古禮吧。」

馬蹄聲又響起，遠遠飄來一朵紅雲。杜氏直起身笑道：「你們表叔母來了！」

這朵紅雲轉瞬即至，果真是魏氏。

六娘、九娘看著一身朱紅寬袖祭服的魏氏，呆了半晌。這、這還是平時那個秀氣之極的表叔母嗎？魏氏一頭秀髮飄散，齊眉勒著朱紅軟紗抹額，抹額在腦後打了一個結，長垂近腰。難得地用了朱紅口脂，加上策馬而來，兩頰也泛著紅，讓人驚豔無比。

魏氏笑著朝她們揮揮手，從馬側取下小鐵鍬和兩罈子酒來。在官道另一側，開始挖土。

九娘趕緊跑過去福了一福：「表叔母，我來幫你！」她將魏氏挖出的鬆土兜到朱色布帛裡。兩人在官道中堆起另一個小土堆。魏氏笑著說：「謝謝阿妧了，太初、六郎還有阿予、蘇家兄妹都在後面，還有慈幼局的孩子們要來送叔夜。今天參加軷祭的人多，再好不過了。」

九娘手中的布帛一鬆，差點掉落在地上。抬起頭看著魏氏，一臉驚訝，阿昉和阿昕怎麼會也來了？

魏氏朝她眨眨眼，笑道：「六郎和阿予給他們下的帖子，等送好大軍，今日六郎做東，請大家一起去炭張家吃烤羊，你可會喝酒？我可是要不醉不歸的哦！」

九娘胸口一熱，大聲道：「我會喝酒！我陪您一起喝！」

魏氏笑著點點頭：「好！你放心，喝醉了今日就回表叔母家裡睡，保管你家老夫人不責怪你！」

九娘也哈哈笑了起來。玉簪和其他女使只能守在馬車前眼睜睜看著，嚇得不行。這位太尉家的娘子，也太嚇人了。

不一會兒，兩輛馬車和幾十騎一起到了。趙栩穿了一身緋色寬袖道袍，飄然若仙。陳太初也穿了朱色，卻是一身窄袖直裰，熱烈似火。兩人都難得穿這麼鮮豔的亮色，更顯得面如敷粉，唇若施脂，令人無法直視。九娘目光掃過他二人，定在蘇昉身上，展開了笑顏。蘇昉穿著青色道袍，正笑著對她們招手。

趙淺予牽著蘇昕的手跳下馬車，拉著六娘、九娘的手連連問，立秋送去的棗子可好吃，這幾日都做了些什麼，昨日有沒有去旗纛街看禡祭。

另一輛馬車上跳下來十幾個孩子，章叔寶帶頭，拿著小鐵鍬開始挖土，在官道之中也堆了好幾個土堆。幾個女孩子從馬車上搬下樹枝草木來。

趙栩、陳太初、蘇昉和孟彥弼忙著堆放樹枝草木，四人偶爾扭頭看看在路邊說笑著的小娘子們，不由得也會心一笑。

魏氏和杜氏在馬車邊上輕聲說著話，杜氏一會兒搖頭，一會兒又笑著點頭。趙栩看了，放下心來。這位孟家長房的杜娘子，最聽舅母的話，肯定是願意做他們的副社長了。

不久，遠處傳來馬蹄踏地的轟隆隆聲音。眾人分成兩堆，魏氏帶著陳太初、趙栩、趙淺予還有慈幼局的孩子們站在道路左側，杜氏帶著孟家小輩及蘇昉、蘇昕在官道右側。眾人引頸翹望，心似乎也隨著那馬蹄聲咚咚地加快起來。

遠遠的眾人就看到各色旌旗招展，正中一面紅色帥旗上，一個「陳」字迎風招展。孩子們立刻揮起小手，大喊起來。

孟彥弼望了望，大聲告訴她們：「太尉的帥旗是燕王殿下寫的呢！」

大軍越來越近，九娘看到那個「陳」字果然潑墨狂放，似有萬千雄心，只看著也覺得胸中豪情頓起。

大軍緩行，除了馬蹄聲，就是鐵甲碰撞的聲音。那精光閃閃的重甲騎兵中，紅色帥旗下，一匹黑色大馬上，正端坐著一人。魏氏揮著手慢慢走到官道之中，滿面笑容。

陳青遠遠看見了他們，舉起手示意大軍暫停。傳令兵迅速打出旗語。七千將士，無一絲慌亂，甚至無一人出聲，依次列隊，緩緩停在了百步以外。

遠處路中的那個紅衣女子，似霞雲似烈火，耀眼奪目。陳青恍惚回到多年前，他朝不保夕，看得見日出，不知看不看得到日落，雖然把這個極易臉紅眼眸滴水的醫家小娘子放在了心上，卻從未敢表示一二，總拖到最後才去包紮傷口，起碼能靜靜地多看她幾眼。她也總是搶著給他治傷，偶爾有天夜裡聽見她娘喊她小名，他情不自禁地將嬌嬌二字含在口中打了個滾，她聽見了，羞得將盤子裡的藥物紗布全都打翻了。

直到一次雪雨中守城，糧草早盡，眾兄弟無不傷痕累累、精疲力盡，援軍卻還不來。秦州百姓們一大早就往城門口送餅送湯送藥。這個平日秀氣羞怯的小娘子一身紅襖，手捧兩罈烈酒，狼狽不堪地奔走在各個城門口，拚命喊他的名字。他當時蜷縮在避風處，正在嚼一塊胡餅，聽了好幾遍，才猛然站起身，推開眾人大步上前，鐵甲被冰雪寒意浸透，一路走一路掉冰渣。看到當真是她時，胸口堵得一個字也說不出口。她把酒罈子塞進自己懷裡，就開始笑著高聲唱起秦州區小調。他當時只聽懂了最後一句死當長相思，再也顧不上別的，將她攬在胸口，啞聲說了一句：「城在人在，你在我在！」

他們是那場守城戰後成親的，後來每逢出征或守城，她總會紅衣烈酒笑著唱著送他出發，每次也總是笑著迎接他歸家。他一直笑她這半輩子就膽大妄為了那一回，卻無比敬佩她那絕不遜色於男兒血戰沙場的勇氣，感激她那一回的不管不顧、驚世駭俗。是因為她，他才有了一個家。

陳青兩腿輕輕一夾馬肚，輕提馬韁，慢慢從大軍中前來，他身披金甲，朝陽下宛如神祇，又如山嶽，手中銀槍橫馬而放，槍頭紅纓隨風輕飄。只有馬蹄聲，聲聲落地，聲聲落在人心上。

眾人眼眶不由得都一熱。趙淺予已經捂著嘴落下淚來。

魏氏手持一罈烈酒，笑著緩緩迎向夫君。

夫妻二人，越行越近。

九娘只覺得心都要停跳了。身側的六娘和蘇昕終於也捂住了嘴。十多歲的小娘子們頭一遭意識到，原來送親人出征，是這麼的難受，這麼多不捨。

陳青策馬繞著魏氏轉了一圈，一手執轡，一手接過魏氏手中的烈酒，將酒澆灑在馬前那幾堆封土之上，再仰頭喝了一大口酒，將酒罈遞回給魏氏。

魏氏接過他手中酒罈，仰頭喝了一口，面朝眾將士，行了一禮，放聲高唱起來。

豈曰無衣？與子同袍。王于興師，修我戈矛。與子同仇！

豈曰無衣？與子同澤。王于興師，修我矛戟。與子偕作！
豈曰無衣？與子同裳。王于興師，修我甲兵。與子偕行！
我送將士，行役戰場！我送將士，相見有期！！
我送將士，握手長歡！！！我送將士！生復來歸！！！

隨軍鼓樂自她唱第二段就已經開始擊鼓。七千將士，倒有一大半是跟隨陳青從秦鳳路選拔成禁軍精兵的，聽到這鏗鏘鼓聲和往昔出征前家人的送行小調，許多人已經熱淚盈眶，跟著高聲唱了起來，那不會唱的也跟著大聲哼了起來。

這一曲，唱盡了金戈鐵馬，唱盡了豪情萬丈，唱盡了慷慨激昂。

一曲即畢，陳青微笑著高舉起手中銀槍，轉頭朝將士們大喝道：「父母妻兒都在等著我們，眾兒郎聽見了嗎？相見有期！生復來歸！」

七千將士一腔熱血，隨他高舉起手中兵刃，高喊道：「相見有期！生復來歸！」

路旁的眾人都已經熱淚滾滾而下，也跟著大聲喊道：「相見有期！生復來歸！」就連六娘也忘了儀態，大聲喊著，更顧不得自己已經滿面淚水了。

魏氏一曲唱畢，將手中烈酒，一飲而盡，對著陳青笑道：「郎君！記得我在你在！你在我在！阿魏在汴京等郎君早日凱旋！」隨即退至道旁，拜伏於地面。

陳太初和趙栩上前幾步，隨魏氏拜伏於道旁：「願大軍一往無前！早日凱旋！」福田院的孩子們紛紛也大喊起來。

杜氏也帶著眾人拜伏於道旁：「願大軍一往無前！早日凱旋！」

陳青凝視了妻兒片刻，千般不捨，萬根情絲，僅在這一眼中。

他舉起右手，示意大軍繼續前行。

他策馬而去，迎著朝陽再不回首。

大軍緩緩跟上。章叔夜在策馬而過時，忽然對著道路兩側送行的她們揮了揮手中的劍鞘，朝著弟弟喊了一聲：「相見有期！」他依然笑得那麼燦爛明亮。

六娘眼中熱熱的，不自覺地跟著眾人大聲喊出了：「相見有期！」頭一回她這麼膽大妄為，放任自己，為何不呢？倒是她的女使被她這一聲嚇到了，才想起來掏出帕子給她擦淚。

阿予已哭倒在九娘懷裡。九娘含淚拍著她：「傻阿予，他日大軍凱旋，你可不能再哭了啊。」

七千軍士那些封土上輕踏而過，緩緩隨主帥往鳳城方向而去。他們將一路南下，會合淮南東路、江南東路的大軍，前往秀州剿滅房十三。

第八十五章

官道兩側的眾人慢慢彙集到官道之中，目送大軍遠去，不勝唏噓。

陳太初扶起母親：「娘，不用擔心，如今淮南東路和江南東路的禁軍合計近五萬人，還有五萬廂軍。必然能一舉攻克杭州，剿滅房十三一夥。爹爹和叔夜還有眾將士一定會平安歸來的。」最後一句話卻是說給眼淚汪汪咬著嘴唇的章叔寶聽的。

魏氏彎腰給章叔寶擦了擦淚，微笑著柔聲道：「叔寶放心，你哥哥一定會和大家一起平安回來的。」她直起身大聲道：「好了好了，你們啊，哭哭啼啼地送行怎麼成呢？不是讓他們在戰場上還掛念咱們嗎？可要記住了！笑著送行笑著接！」

九娘此時才明白，陳青所說的他敬佩的另一個女子，必然是他這位看似柔弱，實則剛強的妻子。大音希聲，大象無形。也許，不請封誥命，不只是陳青的意思，也是她自己的意願。頭一次，九娘對另一個女子心生折服，甚至自愧不如。

魏氏笑著掂了掂手中的酒罈子，側頭問趙栩：「聽說今日有人要做東請我們吃烤羊？有酒喝嗎？」

趙栩拱手道：「舅母放心，今日我做東！如今我也是堂堂宗正寺少卿了，您想喝多少喝多少！」

趙淺予顧不得眼中還帶著淚，悄悄告訴九娘她們：「我舅母啊，喝起酒來都是一罈一罈的，六哥的酒量就是跟著舅舅、舅母練出來的，太初哥哥也很能喝。」

九娘幾個雖然剛才看到魏氏喝酒的模樣，依然笑著搖頭不敢信她。

杜氏也笑了：「公主殿下說得不錯，你們表叔母喝起酒來，厲害！你們大伯都被喝倒下過呢。好了，咱們這就跟著好吃好喝去！」

車夫揚起馬鞭，幾十騎護送著馬車隊，往開封城而去。

待他們漸漸遠去，官道邊的樹林中慢慢出來兩騎。阮玉郎含笑感歎：「這樣的送行，還有些意思。」

他身側的漢子十分恭謹地道：「那穿紅衣的女子，就是陳太尉的娘子。」

阮玉郎笑了：「看來這秦州的女子，又愛紅妝，又愛武將啊。我外甥女倒是說了句實話，他們幾個果然十分親近，那就更有意思了。」

馬車緩緩進了南薰門，一路行到南門大街，路邊的正店、腳店、酒店，都已經掛出了社酒的旗子，再過十來天就是秋社日了。汴京城送走了那些將士，又恢復了往昔的繁華和熱鬧。

馬車裡的九娘覺得渾身骨頭都快顛鬆了，恨不能下馬車走去慈幼局。六娘歎了口氣，放下車簾：「昨日這些百姓，今日這些百姓，明日還是這些百姓。人人都只過著自己的日子罷了。」

蘇昕笑著說：「百姓哪有這許多時間傷春悲秋？能過好自己眼下的日子就已經很好了。汴京城已經是天下最富足的地方了呢。」

九娘乘六娘不注意，悄悄地伸了個小懶腰：「六姊和阿昕說得都有道理。咱們現在不也是要跟著表叔母和大伯娘去吃飽喝足嗎？」

趙淺予趕緊點頭：「對！我六哥說過，很多事啊，放在心裡沒說出來，是因為不需要說。咱們掛念舅舅，放在心裡，他當然知道！多吃些才更有力氣掛念他，多抄幾本經，多許幾個願，我還要給舅舅做上好幾個孔明燈！」

一車人都笑了。

慈幼局的大桃樹下，章叔寶在樹幹上用小石子用力劃下一橫。偷偷溜出來舒緩筋骨的九娘湊過去細看：「這是用來記日子的嗎？」

「嗯。」章叔寶指了指旁邊的痕跡：「這是大哥和二哥去大名府的日子。」

九娘一愣，才明白他說得二哥是陳太初。原來章叔夜前幾年是和陳太初一起去了大名府軍中啊。她仔細看了看，密密麻麻的，這桃樹也真是可憐。

「他去了一千一百一十七天！我大哥當中一共回來過三十三天！」章叔寶告訴她，又問：「這次我大哥會去多久？」

九娘想了想，這個她還真不知道，只能搖搖頭。

章叔寶無精打采地背靠著桃樹滑坐到地上，將手中的小石子遠遠地扔了出去：「我哥哥為什麼一定要去從軍呢!?我不喜歡他去從軍！他總不在這裡陪著我。」

九娘自然知道他們兄弟二人的身世，也明白章叔夜為何一心想從軍，可是他沒有告訴過弟弟，她也不便說。九娘抬頭看看，樹上的高處還有些熟桃子沒人摘，想到阿昉小時候不開心時，她就帶他爬樹挖竹筍採桂花什麼的，孩童心思淺，一下子就好了。

「我們一起爬上去摘些熟桃子可好？魏娘子和你們二哥都愛吃這個油桃。」九娘蹲下來，興致勃勃地慫恿章叔寶。

章叔寶看看她：「你會爬樹!?」

九娘眨眨眼：「你不信啊？不過你可不能告訴別人，要不然我回家可要挨我婆婆板子了。」

章叔寶搖搖頭：「你騙我的吧？你們這些小娘子成天坐著檐子、牛車，走幾步路都喊累。」

九娘起身看看院子裡只有些更小的孩童在玩耍，其他人又都在福田院陪著魏氏、杜氏，拍了拍手掌，提起裙襬：「你先爬還是我先爬？」

章叔寶瞪圓了眼，兩手抱樹，兩腿一夾，蹭蹭幾下，就到了大樹杈上，蹲著朝下看：「你要梯子嗎？」

九娘嘻嘻一笑，青神的大樹可比這桃樹不知道高多少直多少呢。

章叔寶揉了揉眼睛，看著九娘幾下就輕輕鬆鬆地到了自己身邊。

「給我挪個地方。」九娘哈哈笑起來。

章叔寶側身讓她，看著她又向上而去，在那高處，幾下就摘了好幾個熟透的桃子，朝他懷裡扔下來：「兜著！別掉了啊！」

章叔寶拿衣襬兜住，看著她踩著的樹幹已經在上下搖晃，趕緊喊道：「你別再上去了，快下來！上頭樹幹細，吃不住你的分量！」

九娘笑吟吟又扔了幾個桃子給他：「好好好，你先下去，我馬上就好。」

章叔寶高興地兜著桃子：「夠了夠了！你快下來，我服氣了！你爬得比我還好！」他一隻手抱著樹幹，哧溜滑了下去。

九娘看他笑了，加上重生以來還是頭一回有機會爬樹，也很是高興。忽然眼看著對面福田院的院子裡出來一堆人，她趕緊往下爬，要是被六娘發現了，被玉簪發現了，今晚就糟糕了。

那邊院子裡的趙栩和陳太初不動聲色地對視了一眼，就快步往慈幼局而來。

九娘眼看著大樹杈就在腳下，正低頭伸下腳去，就聽見下面傳來一聲大喝：「別動！」她嚇了一跳，縮回腳，從樹葉裡探頭往下看，兩個穿紅衣服的少年郎正仰頭看著自己，一臉緊張。章叔寶兜著十來個油桃朝著她做鬼臉，拚命憋著笑。

陳太初左右望了望，院牆角正好有把梯子，他趕緊去搬了梯子過來。

趙栩卻已經兩下就上了樹，手一伸，兩指彈在九娘額頭上：「幾天不見，你這是要上天了啊！」他將陳太初遞過來的梯子壓在樹杈上，伸腳踩了踩，伸出手無奈地道：「拿來給我！」

九娘側眼瞥了瞥身邊蹲樹杈也蹲得風流倜儻得不像話的趙栩，心慌得很，趕緊把自己手裡的兩個桃子扔到他懷裡，扶著梯子一溜煙地下去了，朝陳太初屈膝福了福，瞪著章叔寶。章叔寶風一樣地跑了：「我去洗桃子！二哥你等等再走啊！」

陳太初這才想起來，沒有梯子，這小九娘是怎麼上去的？他臉一紅：「九娘？你難道會爬樹？」

趙栩跳下樹來，看著院門口的杜氏和六娘等人，笑著舉起手裡的桃子：「你們誰要吃桃子？我摘的！」

杜氏和六娘等人狐疑地看看他們三個人，搖了搖頭。

魏氏笑著說：「我要，我要！」她走上前來，接過趙栩手裡的桃子，順手將九娘裙襬上的兩片桃樹葉拂了去。

蘇昉笑道：「下次叫上我一起，我會爬樹，不用梯子。」

趙栩看看梯子，再看看一臉若無其事的九娘，暗暗歎了口氣。

趙淺予卻想起開寶寺裡蘇昉說起他母親的往事，就笑著對蘇昉說：「阿昉哥哥，我六哥也會爬樹！還救過兩隻小鳥呢！」

六娘看看九娘，又看看陳太初，難道這梯子是……

魏氏笑著接過章叔寶送過來的一籃子油桃，對趙淺予招手道：「來！咱們啊，先吃桃子，晚一些再去炭張家，吃窮你六哥！對了，你六哥這位宗正寺少卿的月俸有多少？」

杜氏笑道：「我知道，殿下這少卿的月俸啊是三十五貫錢，你這做舅母的倒狠得下心來去吃炭張家，可夠一隻烤羊？」

眾人都哄笑起來，在桃樹下的小板凳上坐了，分了油桃吃。

六娘想起前些時在外面的大樹下看兩個人比劍，如今一個還在眼前，另一個卻已經遠赴沙場，再想起早間將士們熱血出征，返回城中，他們卻似乎已被汴京遺忘，不由得更是悵然。

孟彥弼卻聲情並茂地說起這幾日招箭班比武的趣事來，眾人看著他唱念作打，都聽得津津有味。

趙栩忽然問九娘：「你那四姊上次在這裡出什麼么蛾子了？」

九娘一怔，低聲道：「別這麼說她。」

趙栩鼻子裡冷哼了一聲：「你是傻子吧？平日對她那麼好作甚？背後裡最愛捅你刀的就是她了，你是要普渡眾生不成？還服侍她送痘娘娘。」

陳太初想起上次多虧了娘問得明白，九娘也答得清楚，蘇昉也正好在。不然她被親姊姊那樣說成和蘇昉兩情相悅，她才十二歲的人兒，真是跳進汴河也洗不清。他便也溫聲道：「不是每個人都能投桃報李的。從善如登，從惡如崩，就算是親姊姊，你還是要小心一些才是。」

蘇昉在前頭聽見了，也轉過身來說：「他們說得有道理，九娘你還是疏遠她一些好。」

九娘看看他們。趙栩這是千里眼嗎？怎麼什麼都知道！她歎了口氣道：「我疏不疏遠她是我的事，只是你們也別把我想得太好了。我家就剩四個姊妹，過兩年興許一輩子再也見不著了。大多數事我只是順手之勞。痘娘娘那事是因為家裡只有我出過痘了，我在她能安心些。」哎，自己幹嘛非要解釋這個給他們聽呢！

九娘眨眨眼對蘇昉說：「再說，她那小性子不改，日後嫁了人，才有得哭、有得後悔、知道我的好呢。反正她也就是背後說我幾句，我又不會少一根汗毛。」

蘇昉聞言就笑出聲來。趙栩一愣，聽上去她對她四姊的好，貌似其實有點不大妙啊，似乎給她四姊挖了個不小的坑。這胖冬瓜從小就一肚子壞水，枉費自己這幾年白操心了。陳太初和趙栩互相看了看，不約而同想起五年前趙栩在九娘手上嘴上吃過的虧，還有剛才她還不安分地爬上樹去，讓他們倆白驚嚇白遮掩了一場。兩個人不禁都閉上了嘴。

九娘心中卻暗暗歎了口氣。有些人，像七娘，還願意改，可是像四娘這樣的，不知道什麼時候才願意改了。

孟彥弼熱熱鬧鬧地說完了，揉揉肚子：「這桃子實在不頂飽，一大早就出門，實在餓得慌！六郎啊！能去炭張家了嗎？你可別指望兩個桃子就把我們打發了啊！我絕對、絕對、絕對不會少吃你一塊肉！」

趙淺予大叫起來：「我六哥的肉你可不能吃！羊肉隨便你吃！」

眾人都大笑起來，跟著趙栩離了慈幼局。

第八十六章

「結社？」九娘一愣，看向趙栩，直覺這事八成和他有關。趙栩微微笑著點點頭。

炭張家裡眾人都來了興致。趙淺予一看，這麼多人都盯著自己，心一慌，立刻把親哥哥賣了：「六哥，你來說！我說不清楚！反正咱們幾個啊，結了社以後就能常常見面了！」

這句話卻說在了好幾個人的心坎上。

趙栩笑著說：「舅母不是要教你們騎馬嗎？你們四個好姊妹一起學才熱鬧。咱們八個也都算是從小一起長大的，這幾年東走西散的很可惜。不如結個社，請舅母和孟家叔母做個社長、副社長，定下社日，又能學騎馬，又能常出來吃吃喝喝玩玩，多有意思？」

九娘和六娘對視一眼，都有些猶豫。

陳太初細細解說道：「你們學騎馬最好去南郊或金明池，一來一回也得大半天，總不能餓著肚子學，這飯原本就要吃的。結社了，定在社日裡去學騎馬，我們都一起去，家裡人也放心。」

趙栩補充道：「不用擔心馬的事情。前些時大理進貢了幾十匹滇馬，養在左右天駟監，宮裡的人不識貨，嫌棄牠們腳短身矮樣貌醜。前日裡爹爹賜了四匹給舅舅。其實這滇馬早年四川、大理和吐蕃用在茶馬互市時載物，走慣那驚險山路，最是穩健不過的。這四匹又特地選了性子最溫順的，合適你們幾個學騎馬用。鞍轡庫的勾當還特地準備了四套好鞍轡，都是我選的素淨顏色，也不越規制。你們儘管放心用。」

陳太初點點頭：「馬鞭和韁繩我爹爹都讓他的馬夫特地配好了，哪一日要學，直接牽出來就是。」一想起爹爹那似笑非笑的神情，陳太初耳根就有些發燙。

魏氏忍著笑，兒子和外甥這副利用自己的爹娘巴結小娘子的模樣，真不知道像誰！她笑著對六娘說：「我這麼大歲數，還從來沒人邀我入過社，真是稀罕事。今日表叔母可是沾了你們的光，你們可定要答應了才是。」她瞟一眼趙栩和陳太初，兩個人不禁都有些臉熱。蘇昉和孟彥弼相視而笑。

話都說到這個份上，六娘十分心動。這學騎馬，是上次福田院誤打誤撞表叔母給的應承，但這結社和貢馬，恐怕是燕王和陳太初想著法子要哄九娘歡喜。有人這麼真心誠意地對待九娘，六娘又高興又擔心。她看看九娘低垂的眼睫，心知她恐怕介意四娘和自己的事，想要避嫌，一時也想不出怎麼說服她才好。

陳太初總擔心那兩個不知所蹤的女刺客會對九娘不利，雖說他和趙栩都派了人暗中跟著，但若她能自己學些逃命防身的本事，總比不學好。他笑著問杜氏：「叔母，聽說您當年的騎射功夫在汴京城裡赫赫有名，若能教給九娘她們一二，也是好事。」

孟彥弼叫起來：「不錯不錯，我和大哥，寧可被上家法，也好過被娘打！」一桌人又都笑了。

九娘心裡亂得很，這騎馬她當然想學，可她卻不想因此和陳太初、趙栩二人多見面，免得再遭人誤會。加上六娘要進宮的事，她這兩日看見趙栩都止不住有些心慌，便依舊低了頭不說話。

杜氏聽陳太初這麼說，又已經答應了魏氏，就笑著問六娘：「阿嬋，你不是說什麼都想玩都想試試嗎？難道你不喜歡騎射不想學？」

一貫極為規矩的六娘，早間送行的壯烈激昂之情還在胸口未散，想到以後宮裡的日子，一咬牙就點了頭：「大伯娘，我喜歡騎射，我要學騎射。阿妧，我們一起學！結社好，我們來結社吧！結了社，也不論什麼親王公主了，咱們幾個可都是社裡的兄弟姊妹了！阿昕，阿予，好不好？」

蘇昕高興極了：「好！我會騎馬，可是騎得不好。結社好，我也要學射箭！」

趙淺予探出身子拉住九娘的手：「阿妧，快答應啊！多好玩啊，那天夜裡不是你們都說什麼千萬人吾往矣嗎？還有，我們就叫孔明社好不好？我告訴你啊，多虧了阿昉哥哥那夜替我放了一盞孔明燈，我爹爹就真的醒了！還有還有，諸葛亮不是最最厲害嗎？咱們叫孔明社，就是汴京城裡最最厲害的了！」

九娘和六娘都被她一臉嬌憨逗得笑出聲來。趙栩心裡頭卻納悶，按說依阿妧的性子，樹都會去爬，騎馬也敢學，又是對姊妹們最好的，連著對蘇昉也那麼關心，為何在結社這麼件小事上這麼不樂意呢。仔細一想，更覺得今日她整個人都有點怪怪的。

孟彥弼就問蘇昉：「我們裡面，就是大郎你的學問最好！你來說吧，怎麼樣？結社不結社？如果結社的話，取什麼社名好？」

九娘看向蘇昉，一臉徵詢。趙淺予更是一臉期盼地望向他。魏氏、杜氏和蘇昉都不熟悉，也笑著讓他儘管說實話說心裡話，不必忌諱長輩的意思，不必顧忌親王和公主的身份。

蘇昉笑著站起身，團團行了禮：「那我就姑且說上幾句了。」

趙栩眯起眼盯著他，要是蘇昉敢說個不字，他就準備立刻打斷他的話。

蘇昉笑道：「我贊成結社。」他看向趙淺予：「公主殿下提議結社，實在提得很好。」

趙淺予一怔，啊，對啊，結社的確是自己先提出來的。被蘇昉這麼一讚，她高興得小臉緋紅。

趙栩氣得不禁暗暗翻了個白眼，這個只看臉的小白眼狼！

蘇昉微笑道：「我沒有親兄弟，幾年前有了一個幼妹，也不親近。阿昕是我最親近的堂妹，可惜聚少離多。兩位堂兄弟和我因不在一處讀書，相處更少。眉州祖居雖然有幾十位族裡的兄弟姊妹，卻也沒有親近的。如果結社，我就多了好些投緣的兄弟妹妹。所以很是贊成。」

趙栩聽這話倒順耳，他雖然也有十多個親兄弟姊妹，除了阿予，沒有一個親近的。陳太初也不免感慨，他和大哥元初已經多年沒見，兩個弟弟也是聚少離多。九娘聽了蘇昉所言，更是心酸不已，深為自責。六娘自小是獨自在翠微堂長大的，體會也深。蘇昕和趙淺予更是眼睛都紅了。一時間，滿桌人都悵然起來，感同身受。

蘇昉笑道：「我們八人既是親戚，又是朋友，更都在孟氏族學讀過書，也算是同窗，難得還意氣相投，此一，為有緣有份。二來我們大多都一起經歷了不少事情，不是手足勝似手足，有聚過有散過，甚至也同生共死過，此為有情有義。三來孟二哥、太初都是武官，昉不才，日後想走外翁的路，以教書為生，算是從文。六郎是親王，阿予是公主。咱們有宗室有平民，勉強也是文武雙全，有長輩有平輩，有男有女，可算是百生縮影。四來，今日給陳太尉送行，誰不心潮起伏熱血澎湃？

熱淚熱血都不缺，也都憂國憂民，忠義在心。有了這四條，拋開我那點私心不說，我們結社，大善也。」

趙淺予張大嘴，為什麼一件為了吃喝玩樂見面的事，到了阿昉哥哥嘴裡，變得這麼高尚和義不容辭呢!?怪不得爹爹以前總說什麼「大趙是君王和士大夫共治天下」呢！

眼風掃到趙淺予的星星眼，蘇昉不由得臉一紅：「昉一時妄言，還請各位見諒。」

趙栩看著滿面自豪的九娘，若有深思的六娘，一臉花癡模樣的親妹妹，還有一副理所當然我哥哥就是有道理的蘇昕，就連嫡親的舅母和那孟家的叔母都是一臉的深以為然，正在連連點頭。他歎了口氣，端起茶盞。蘇瞻和榮國夫人的兒子，這是天生的吧!?到他們嘴裡，道理就跟他們姓了。

陳太初起身擊掌笑道：「大郎說得好！說得對！我們結社，大善也！只是這社名，要好好斟酌一番。」

趙栩眯起眼睛對妹妹說：「你那個孔明社的名字不錯，就是聽起來老了一些，像一群老翁結的棋社。」此話一出，趙淺予鬧了個大紅臉。眾人也哈哈大笑起來。

魏氏笑著說：「好！大郎說得好！那我們這社啊，結定了！你們不嫌棄老人家，我們就不客氣坐上社長、副社長之位了。來來來，咱們邊吃邊議到底取個什麼社名。」

一旁伺候的女使們出去通傳，幾個大伯上了十幾盤菜肴。外間的婦人們送進些酒來，行了禮說：「這四罈子，是我家自釀的好酒。這兩罈子，是果酒，給小娘子們吃著玩。」

魏氏讓婦人給四個小娘子滿上了果酒：「今日是起社的好日子，你們都儘管喝，喝醉了都到太尉府來陪我。」

杜氏笑著說：「我在家裡悶了十幾年，託你們幾個孩子的福，想不到今生還能有機會再騎馬射箭。值得好好喝上幾杯！」

六娘和九娘都笑了起來，這位大伯娘平時少言寡語，處處體貼，原來還是位女中英豪！九娘禁不住開始好奇大伯娘和大伯當初是怎麼認識的了。

孟彥弼趕緊給娘和叔母滿上了烈酒，討好地說道：「娘！您儘管喝！要是爹爹說您啊，您只管把他打下床再打出房！」

啊——？一桌子的人都目瞪口呆。孟彥弼腦袋上「啪」地一聲就吃了一巴掌。魏氏笑著打圓場：「你們都還小，沒聽見啊沒聽見！二郎這媳婦年底肯定娶不成了，明年春天再說吧！」

眾人都哈哈笑起來，舉起酒杯共祝今日起社。

一頓飯後，整隻烤羊都只剩下了骨頭。趙淺予抱怨著今日的烤羊太過辛辣，趙栩只當沒聽見，只管自己多灌了好幾碗冷茶。等各色果子蜜餞上了桌，趙栩高興地說：「咱們先把社名定下來吧。」

眾人卻齊齊都看向蘇昉，又互相看看，頓時大笑起來。

誰說學問好就起的社名也好了？趙栩鬱悶得不行。

蘇昉一愣，趕緊起身抱拳道：「說到社名，我看還是咱們一人取上一個，請社長、副社長來選更好。」

九娘想了想，起身行了一禮：「既然起社，關於社名一事，阿妧有幾句話想說。」

魏氏和杜氏讓她儘管說，眾人便都靜了下來。

九娘說道：「既然起社，難免會被人知曉。因為有兩位殿下在，還有阿昉哥哥、太初哥哥，在汴京城過於引人注目，這社名最好不要過於張揚，免得有心人留意上了，倒給你們幾個增添麻煩。咱們既然是因騎馬射箭起社的，社名也不能過於脂粉氣。阿昉哥哥說得對，咱們一個人想上一個，說說自己起名的由頭，再請兩位長輩看看哪個最合適。」

趙栩和陳太初見她話語中都是在為他們著想，心底就鬆了口氣。

眾人也都覺得九娘想得十分周到。魏氏和杜氏笑著點頭說：「你們八個想就好了，我們不通文墨，只管選。」

孟彥弼趕緊說：「娘！叔母！你們可別算上我！我除了會射箭，其他都不會。打架可以叫我，起名就別找我了。要我起名啊，不是英雄社就是兒女社！還白白被妹妹們笑話！」說得眾人哄堂大笑起來。

那掌櫃親自送了文房四寶上來，鋪陳在一旁長案上。

玉簪幾個女使笑著上前磨墨，也高興得很。這汴京城裡結社的無數，那唱雜劇的緋綠社、蹴鞠的齊雲社、射箭的錦標社，走到哪裡都是極受人追捧的，就是孟家針線房裡的娘子也有入了那專攻花繡的錦體社的。貴女們和小娘子們更愛結社：煎茶社、詩詞社、賞花社、捶丸社、馬球社、但凡琴棋書畫，就沒有不結社的。出入都是成群結隊，熱鬧非凡。一到年節裡就公開著互相切磋比試，也是汴京城的一道風景。就是衝著蘇東閣和陳衙內，開封府裡有東閣社，內城裡有太初社，竟然還有好些小娘子兩邊都入社呢。

如今可好，她們將親眼目睹這汴京城第一社起社。親王、公主、東閣、衙內，多少社邀請都不敢邀請的大人物，和自家的小娘子們結社了！女使們腕下用力，恨不得把這墨也磨得風生水起。

第八十七章

魏氏看著他們幾個，和杜氏相視而笑，心中也歡喜得很。

她是過來人，趙栩一提要借著騎馬結社，又煞費苦心地送了四匹馬來，雖然言語中輕描淡寫，她又怎會不明白這孩子的心思。從陳青這裡她也知道六娘進宮已成定局，心裡更是憐惜趙栩。高太后想必是要將孟家的六娘許配給吳王，這普通百姓家也不能把兩個女兒嫁給兩兄弟，何況是天家？只看九娘剛才的猶豫，恐怕這個極通透的孩子心裡也明白得很。

如今他們高高興興地結社，稱兄道妹，在各自成親立業前的幾年裡，若能開開心心聚在一起，也是美事。她做長輩的，能多幫他們一些是一些，將來也盼著他們念及今日，都能會心一笑。

待玉簪她們磨好墨，七人也都想得差不多了，便上前各自寫下了心中所想，請魏氏和杜氏來看。

孟彥弼笑著大聲道：「現在知道哥哥多吃幾年飯不是白吃的了吧？可輪到我來好好笑話你們了！」他一抬腿，一甩袖，唱一聲：「咚鏘咚鏘咚咚鏘，靈格郎裡靈格郎。」圍著那長案就轉了兩圈，衝著六娘一個亮相，卻是個擠眉弄眼的猴子臉。

六娘心裡又酸楚，又快活，直笑倒在杜氏懷裡。二哥以往總是和九娘才這般沒大沒小任意說笑，現在應是知道自己要進宮了，才這般哄自己高興吧。蘇昕雖然一直聽說孟二郎是個瓦子裡說書的調調，可今日才半天，就已經被他逗得肚子都笑痛了。

杜氏也笑著直罵孟彥弼潑猴，眾人笑了半天，才開始按年齡長幼依次看。

趙淺予年紀最小，高高興興地拿起自己的那張紙：「我之前想了好些社名，六哥都說不行。現在我們正好八個人。那四川有蜀中八仙❶，唐朝有酒中八仙❷，道家有上洞八仙❸。所以我覺得就叫八仙社好了。說不準啊，咱們汴京八仙社，日後也能流芳千古呢！」

眾人見她說得頭頭是道，都笑起來。蘇昉笑著說：「你可不能把社長和副社長兩位酒中大仙少了啊。咱們社可是十個人呢！」

趙淺予一愣，紅著臉就要撕掉自己手中的紙。九娘笑著攔下來：「留著留著！阿予這個主意其實很妙！就是不知道阿予是要做蜀中仙、酒中仙，還是那神通廣大的何仙姑呢？」

趙淺予瞪了眼：「自然我要做那最漂亮的何仙姑啦！快讓我看看你起的社名是什麼！」

眾人過來看九娘的，那紙上卻是三個飄逸靈動的行書「桃源社」。趙栩和蘇昉都同時說了聲：「好字！」九娘前世寫一手衛夫人簪花小楷，筆斷意連，筆短意長，寫韻為主。這世卻習王右軍的行書，委婉含蓄，結體妍媚，飄逸靈動。

九娘既已願意結社，便大大方方地笑道：「如阿昉哥哥所說，能聚在一起就是緣分。我們八人雖然享父母祖輩之蔭，無溫飽之憂，卻也肩負著趙、蘇、陳、孟之姓。如今雖然年紀小，可日後恐怕身不由己，哥哥們免不了要為家族為國家效力，全一個忠孝節義；姊妹們也都會各有所去，不知道以後還能否再見面。現在能在社裡貪一晌之歡，也許是三年五載，哪怕就算是一年半載，也不辜負這青春韶華。桃源一向絕風塵，我們也做一做武陵人。阿妧既盼著咱們個個無迷津，不問桃源何處是，也盼著能不別桃源人，咱們社能長長久久下去。所以一時感慨，起名桃源社。」

眾人咀嚼著桃源社這三個字，都心有所觸。六娘感念九娘同意結社和起這個名字都是因為自己，她便將自己那張紙揉了：「我喜歡阿妧這個，桃源社好！最好能夠浮世度千載，桃源方一春。」

趙淺予手快，搶來一看。六娘紙上端端正正的顏體楷書寫著「雲水社」三個字，就沮喪道說：「六娘你這個也比我的好多了。我起的名怎麼這麼俗氣呢？你這又是什麼出處？」

六娘笑著搶了回來：「哪就非要有什麼出處了？就是想到這個而已。」

蘇昉倒是驚訝她一個小娘子寫那麼闊大端正的顏體，就對趙淺予說：「六娘這個雲水社的出處，應是王維詩裡的『行到水窮處，坐看雲起時』。倒像她的性子。」

孟彥弼拍著大腿說：「阿嬋這個也好，你們小娘子像水一樣，哥哥們就是雲。阿嬋你放心！不

---

❶ 蜀中八仙：即容成公、李耳、董仲舒、張道陵、莊君平、李八百、范長生、爾朱先生八人，道教傳說他們均在蜀中得道成仙。東晉譙秀的《蜀記》一書中稱他們為「蜀之八仙」。

❷ 酒中八仙：指唐開元年間長安市上的八位嗜酒好仙的「酒仙」：一仙賀知章、二仙讓皇帝李憲長子、汝陽王李璡、三仙唐太宗長子、恆山王李承乾的孫子、清和縣公李適之、四仙崔宗之、五仙蘇晉、六仙李白、七仙張旭、八仙焦遂。出自唐杜甫〈飲中八仙歌〉。

❸ 上洞八仙：八仙故事見於唐、宋、元人記載，元雜劇中亦有其形象，但姓名尚不固定。至明吳元泰《八仙出處東遊記》，始確定為鐵柺李、鍾離權、張果老、藍采和、何仙姑、呂洞賓、韓湘子、曹國舅八人。

管你要奔騰到哪片海不復回，哥哥總會看著你跟著你！」他說得有心，六娘聽得也用心，兩兄妹相視一笑。

九娘卻知道六娘定是想起那首戴叔倫的〈古意〉了，心底不免暗歎一聲。「失既不足憂，得亦不為喜。雲水俱無心，斯可長伉儷。」她是抱著這樣的心才入宮的吧。也只有這樣，才能守住本心，至少不會受傷。

眾人又去看蘇昕的。蘇昕大大方方地笑道：「我因為要騎馬，臨時想到『莫待春深去，花時鞍馬多』，就取了個春深社。但我也更喜歡阿妧這個。桃源不我棄，庶可全天真。而且我這個名字是分不是聚，是終不是起，不好。」

趙淺予就問趙栩：「哥哥們，你們起了什麼名？我也覺得阿妧這個好。在宮裡悶得很，咱們這社啊，可不就是我的桃花源！」

蘇昉笑著將自己那張取了出來，上頭衛夫人的簪花小楷寫著三個字，竟然也是桃源社！

九娘眼睛一熱。眾人都嘖嘖稱奇，說怪不得蘇昉和九娘自小就合得來，特別親近，連取個名字都想到一處去了。

蘇昉笑著說：「我喜歡桃源二字，是因為我娘親以前說過『心有桃源身在春』。今日結社，無論以後時間長短，日後去向何方，沙場也好，皇城也罷，青山常在，綠水長流，我們總不忘彼此情分。我和九娘所想的差不多，所以才湊巧取了一樣的社名。也盼著咱們桃源在在阻風塵，世事悠悠又遇春。」

陳太初笑著道：「好！桃源社這個名字的確好，當浮一大白！六郎你看呢？」

趙淺予笑著伸手搶過陳太初的那張紙，眾人見上面卻是三個褚體楷書，寫著：「一泓社。」

九娘一看忍不住讚道：「太初表哥的字深得褚體精髓，清遠蕭散，魏晉風流盡在其中。」蘇昉也細細看了說好。

蘇昕默默念了念一泓社三個字，笑問：「這個名字也取得好。『一泓秋水千竿竹，靜得勞生半日身。猶有向西無限地，別僧騎馬入紅塵。』是因為學騎馬起社才得的名嗎？」

陳太初溫和地朝她笑了笑，轉頭看九娘和蘇昉、趙栩在議論他的字。其實他落筆時心中所想的，卻只是那個早晨，車簾掀開，觀音院前所見的那個小人兒，一泓秋水笑意盈盈。

趙淺予又去搶趙栩的那張紙，一看就大笑起來：「六哥，你的字好，可是這名字一點都不好！」眾人都湊過去看，上頭三個大字「得意社」，字字鐵畫銀鉤，大開大合，筆筆出鋒，如寶劍出鞘，有二薛❹和褚遂良的印記，卻又自成一體。

趙栩卻不以為然：「阿妧起的名字，是比我這個好。」她答應結社，日後就能常見著面說說話，自然怎樣都好。

除了陳太初，其他人只聽說燕王的字畫和脾氣一樣有名，卻都是頭一回見到他的字。六娘和蘇昕幾個都不出聲，只盯著那三個字看了又看。

---

❹ 二薛：指薛稷和薛曜兄弟二人，薛曜流傳作品不多，卻是瘦金體的開山鼻祖。

蘇昉看了會兒，問趙栩：「『得意忘憂，窮達有命。』這個名字也好。六郎這字出自二薛，又獨具風骨，錚錚金鳴，激揚江山，神采飛揚，端的是字如其人，難道是你自創的字體？」

趙栩幾年前就和蘇昉在書法繪畫上有過一談，頗引為知己，倒也不謙讓，點頭道：「是自己這兩年寫著玩、覺得順手而已，還談不上自成一體。」

蘇昕和六娘都喜愛書法，已經忍不住隔空臨摹起來。六娘感慨道：「『人生得意須盡歡，莫使金樽空對月。古來聖賢皆寂寞，惟有飲者留其名。』殿下此名，其實和桃源二字，異曲同工。」

蘇昕卻道：「『雲月為晝兮風雨為夜，得意山川兮不可繪畫。』字有畫意，看似得意，處處卻無意，也妙。」

九娘猜想以趙栩的處境，這個「得意」恐怕是阿昉所說的出處，也實在欽佩他。趙栩年方十五，竟已寫出自己獨特風格的字來。她前世喜愛衛夫人的字，三歲執筆，先練大篆，再練隸書，再練楷書，日練八尺，九歲時爹爹才開始允許她練習鐘繇的小楷，十歲才開始習衛夫人的簪花小楷。就是蘇瞻這樣極具天賦又極用心的人，也是二十歲左右才寫出了自己的蘇體。

九娘轉過眼，撞到趙栩一雙桃花眼似笑非笑地在看自己，似乎正等著被誇讚。她大大方方地正色道：「你這字體看似傳自薛稷，結字卻更難。下筆應是極快，才有斂而不發的豪情。牽絲之處恣意隨性，頓筆和長筆卻極細，我有些想不明白是如何寫就的，難不成你平時是用畫畫的勾線筆所寫？字字都有蘭竹之骨，顯刀劍之鋒，看似寫字，卻似繪畫，已然是大家風範，真是了不起，當好生傳下去才是。」

陳太初撫掌笑道：「九娘真是極為聰慧，我頭一次見到他這字，猜了幾回也猜不出竟是勾線筆所寫。」

趙栩一怔，想不到她僅從這三個字就看得出自己習慣用勾線筆寫字，展顏笑道：「不錯，我平時都用勾線筆寫字。你連這個都看得出，才是了不起！」

眾人都意外之至，趙栩書和畫的造詣竟然已到了這樣的境界，連用具都模糊了界限。

魏氏就笑道：「得意社也好，我很喜歡，就怕外人聽著太張揚了些。那咱們可就定下桃源社這個名字了。今日起社，來，每人需喝上一大杯。」

眾人回到桌前，又讓婦人斟上酒，喝了一盞。趙栩說道：「社日也要定下來，齊雲社一個月四個社日，咱們少一些也不要緊，一個月三個社日也行。」

孟彥弼喊了起來：「不行不行！最多一個月兩個社日！我統共才休沐三天！」

陳太初笑著接口：「孟二哥還得留一天去陪陪二嫂呢，兩個社日已經不錯了。」

孟彥弼臉一紅，卻沒否認，看了一眼娘親，側了頭嘟囔道：「妹妹們在女學一個月也只能休三日，今天還是特地請了假的呢。快商量哪兩天是社日吧。」

眾人七嘴八舌一番，因為學裡是旬休，趙栩也是旬休，孟彥弼和陳太初二人當值不定休，得遷就眾人調班，便定下每月的初十和二十這兩日為桃源社的社日，全都一早到城西的陳家會合，再去學騎射。蘇昉算了算日子，這頭一個社日，八月初十，正是秋社後的那天。

趙栩說道：「還是去西邊的金明池合適，離舅母家也近，平日裡有禁軍把守，士庶不入，安全上也盡可放心。還有一事，既然起了社，咱們就該照著結社的規矩，按排行或小名稱呼，可不要再殿下殿下殿下的了。尤其孟家叔母，只喚六郎、阿予就是。妹妹們跟著阿予叫就好。」杜氏笑著點頭。孟彥弼自告奮勇要送四個妹妹一人一張弓。

魏氏和杜氏乾脆讓他們八個人重新序齒。

小郎君裡面，孟彥弼最長，仍喚他二哥。陳太初和蘇昉同年，蘇昉卻還比陳太初小兩個月，兩人便互稱名字，女孩兒們也沿用太初哥哥，阿昉哥哥稱呼。趙栩便是六郎或六哥。

小娘子中，蘇昕最長，按她排行，就喚她三姊。趙淺予一聽蘇昕竟然和趙栩是同年同月生的，就叫了起來。一序日子，趙栩是正月十六射手宮，蘇昕卻是正月初五天蠍宮。趙栩和蘇昕就也各按排行互稱六郎和三娘。依次再是六娘、九娘、趙淺予。

這邊炭張家裡熱火朝天，其樂融融。翰林巷的木樨院裡，程氏卻收到了長兄程大官人送來的帖子。

第八十八章

一過了立秋，這積翠園裡大樹高處的蟬聲不復夏日的悠閒，生出幾分淒厲來，未必多遠韻，但餘音倒真是響徹茂樹。

木樨院正屋羅漢榻上的程氏，被這蟬聲擾得心煩意亂。她這幾日本來就過得有些心驚肉跳，此時收到帖子，心都懸了起來，就問梅姑：「前些時我爹爹的信呢？」

梅姑去信匣子裡取了好幾封出來。程氏看了又看，納悶：「爹爹沒有提過哥哥要來汴京啊，怎麼忽然明日就要上門來呢？」

梅姑知道她擔憂什麼，只輕聲道：「大郎連著挨了兩次打，又認了蘇老夫人，會不會是來和蘇家重修舊好的？」

程氏想了又想，搖搖頭：「我看不能，表哥那臭脾氣，你還不知道嗎？那夜在瓦子裡，姑母都那樣說了，還被阿昉跪了回去。哥哥可不是愛用熱臉去貼冷屁股的人，或許是來收拾大郎或者帶大郎回眉州的呢。阿彌陀佛，那就是件大好事了！」

梅姑不語，若是要帶程之才回眉州，當年何必送他來汴京呢？

女使進來回稟說：「程大郎一早就出門了，說今晚不回府，不用留門。」

程氏擺擺手，又讓人去問三郎君今日可說過幾時回來。少頃，女使回來說三郎君也是天不亮就出了門，沒說回來的時辰。

梅姑安慰程氏道：「郎君向來不喜大郎，理應不會和大郎在一起。今日也不是休沐日，肯定在衙裡呢。」

自從蘇瞻丁憂，孟建在戶部才做了沒幾天就被架空到那虛職上去，他乾脆一心一意地照看孟家的庶務和榮國夫人的產業。每年的出息日見增長，人也忙得腳不沾地。程氏看著心疼，一入秋，必要夜夜燉些補湯等他返家。這些日子，孟建又被調回了戶部的倉部，籌備陳青出征的糧草補給，更是披著月亮出門，戴著星星歸家，竟比翰林學士院的孟存和殿前司的孟在還要忙。

程氏聽了梅姑的話，安心了不少，遂讓女使去知會呂氏和翠微堂，又讓梅姑去安排小廚房明日木樨院設家宴招待兄長，再要讓外院的九郎、十郎、十一郎明日下了學都來拜見舅舅，還要備下禮單。正忙著的時候，七娘急匆匆地進了正屋。

「怎麼還沒下學你就回來了？」程氏一愣，看向她身後的女使。

七娘卻說：「娘！我有要緊的事，特意請假回來的。」她讓女使、侍女們退了出去，湊到程氏跟前說：「娘，你把阿妧後罩房的鑰匙拿來給我吧，我要去找樣東西。」

程氏一怔，斜睨了她一眼：「你這是要做什麼？那裡是她的私庫，收的大多是宮裡公主賜下的東西，樣樣都在冊呢。你趁她不在家，跑回來想幹嘛？眼皮子也太淺了！」程氏伸手指戳了一下女兒的額頭：「這幾年你們不是挺要好的嗎？」

七娘咬了咬唇：「娘！我就只找一樣東西，我不動她的東西！你就別管了！」

程氏搖頭：「是不是四娘又同你嚼什麼舌頭了？」

七娘低頭不語。

程氏歎了口氣：「我還以為你這幾年長進了，這耳根子怎麼還跟麵團似的？」

七娘臉漲紅了，搖著程氏的手臂：「你就讓我去看一看，你讓梅姑陪著我去看都行。我就想知道燕王殿下是不是送了釵子給她！」

程氏一愣：「胡說八道！燕王殿下哪有送過首飾給她！」

七娘急道：「娘！你也被騙了！四姊說了，那些打著公主名號送的物事，都是燕王殿下送給她的，還有二哥送來的那些，其實都是陳家表哥送的。九娘自己心裡都清楚著呢！你看這幾年她用過哪一樣？若真是二哥送的，公主送的，為何不用？她都特意造冊放好做什麼？難道還準備退還給人!?」

程氏皺了皺眉，沉吟了片刻，起身去裡間，親自取了鑰匙環出來，上頭密密麻麻串了幾十把銅鑰匙。程氏指著一把繫了紫色絡子的鑰匙，交給梅姑：「你跟著七娘去後頭看看。」又再三叮囑七娘小心一些，宮中之物千萬別亂動。

東暖閣裡，慈姑和林氏看見七娘忽然來了，趕緊停下手上的針線活，起身行禮。

梅姑笑著剛要說話，七娘已經繃著臉說：「娘讓我去阿妧的後罩房找樣東西。」不等她們說什麼就要往後頭去。

慈姑趕緊上前幾步，攔在了門口：「七娘子稍等，九娘子不在家，還請等她回來陪你去看吧。」

七娘不耐煩地道：「我等不及，現在就要看。」她揮手讓自己的女使和侍女上來拉開慈姑。

林氏這才反應過來，跑過來瞪了眼問：「七娘子您這可不對啊！」女使和侍女們不敢拉她，兩邊就僵住了。

七娘氣笑了：「你一個姨娘，誰給你的臉，倒敢指責我？」她衝著女使和侍女們罵道：「還不拉開她！這可是我娘吩咐的！木樨院裡你們到底聽誰的!?」

林氏脖子一梗，也擰了起來：「哪有做姊姊的趁妹妹不在家悄悄來偷東西的！木樨院裡便是當家娘子，也得守府裡的規矩！這小娘子的私庫就是私庫，沒有翠微堂的對牌，誰也不能私自抄檢啊！七娘子你要不講理，奴婢這就去找老夫人問個明白！」

七娘臉漲得通紅，轉頭就問梅姑：「平日裡林姨娘仗著自己是翠微堂裡出來的，就這麼在家裡橫行霸道嗎？」

梅姑卻柔聲對林氏說：「姨娘別急，這三間後罩房以前是正屋裡放雜物用的，今日想起來，怕有東西忘在裡頭了。我們只是去看一下，決計不會翻動什麼，更不會拿走什麼，你要擔心，不如和慈姑一起跟著我們去，親眼看著可好？」這林姨娘沒什麼腦子，說話不會轉彎，但她說得卻沒錯。上回抄檢西暖閣和西小院，長房可是帶著翠微堂的對牌來的。

七娘見梅姑竟然不幫自己，說出這種低聲下氣的話來，氣得渾身發抖，劈手搶過梅姑手中的鑰匙銅環朝著林氏面上就是一甩：「你還不快去翠微堂告狀！我用得著偷九娘的東西嗎？我就是去拿了又怎樣！你去啊！」

那銅鑰匙一大串，刷地刮過林氏的臉，差點掉在地上。

林氏自來了孟府，吃過戒尺，罰過跪，但還是頭一遭被這般重物刮在臉上，只見眼前一黑，臉上被火辣辣刮了幾下，極為刺痛，竟連叫也叫不出聲，倒吸一口涼氣就要伸手去摸。

慈姑驚喊了一聲：「姨娘別動，臉上出血了！」

林氏這才反應過來，就要尖叫出聲，嘴一張只覺得左臉疼得發麻，她還伸出手要去拉住七娘，硬從牙縫裡模模糊糊嘶出一句：「那些都是阿妧的！沒、沒有別的東西——」眼皮已經疼得直跳，沒受傷的右臉都在抽筋。

七娘退了一步，也呆住了，看著慈姑帶著人慢慢扶著林氏到邊上坐下，梅姑一臉焦急地吩咐侍女去拿藥箱請大夫，東暖閣裡一片混亂。她咬了咬牙，握緊了手上的鑰匙環，逕自推門去了後院。

東暖閣的後罩房小小三間，在院子後頭挨著木樨院的東院牆。兩邊的粉牆上被九娘種的野薔薇囂張地爬滿了。滿眼的翠綠中，處處都有一簇簇的粉色花兒拚命擠在一起怒放著。院子裡一邊種著的七八棵花椒樹已有人高，剛剛結出紫紅色的果子，另一邊搭出來的葡萄架上還垂著累累墜墜的紫色葡萄。葡萄架下的石桌石凳邊疊著十多個竹籮筐和各色農具。不像大家閨秀的院子，倒似尋常村婦人家一般。

七娘平時倒喜歡來採薔薇花回去做澡豆、手膏，此時無暇顧及，一路低頭翻那幾十把銅鑰匙，找到那紫色絡子的，無奈手抖得厲害，插了幾次才插入鎖眼。

她推開門一看，卻無從下手。

房裡兩邊靠牆是整排的連三櫥，上頭放著各種小匣子。中間有七八個箱子齊整排列著。再裡面幾排七尺高的書架，堆滿了書。

七娘團團轉了一圈，將兩邊連三櫥上的小匣子翻了翻，心裡對四娘的話已然信了七八分。這些小匣子裡的東西，一看就不是女孩兒們之間互相送來送去的禮物。鎮紙、印章、筆洗、香爐、香料、袖爐、紈扇、茶盞，各色文具和用品，無一不精，無一不美。還有兩個櫥上，全是各色玩意兒，好些內造的黃胖、蘇造的磨喝樂，一看就是九娘兒時的模樣。打開中間的箱子，有回紇的滿綴著珠片的巾帕，契丹的狐皮袖籠，西夏的尖頭鹿皮小靴子，倭國的黑漆梳妝匣，安息國的各色香料。

七娘轉到書架處，上頭除了書，就是各式字帖和天竺的梵文經書。她又轉了一圈，就是不見四娘說的那根釵子，不免有些氣急敗壞，

院子裡傳來嘈雜的人聲。七娘忽然看見靠在牆角的那放著捶丸棒的錦袋，呆了呆，上前打開袋口，她記得九娘一次也沒用過這套棒子。棒柄依舊嶄新，長頭的七彩絡子也還繽紛奪目。這些棒子，絲毫沒有被遺忘的委屈。

七娘的手指摩挲過棒柄，一剎那這些日子的疑心和不安心，竟不可理喻地通通變成了傷心。

貞娘和慈姑進來後，看著站在牆角肩膀不停抽動的七娘，互相看了一眼後，柔聲道：「七娘子，老夫人請你去翠微堂說話。」

貞娘上前幾步要攙扶她，七娘猛地站起身來，死命將牆邊的一個連三櫥一拉，慈姑趕緊撐住要

倒下的櫥子，乒零乓啷，匣子和物件頓時散了一地。

慈姑和貞娘面面相覷，一看七娘，她已掩面嚎啕大哭起來：「不是說送了釵子的嗎？翡翠的釵子！釵子呢!?」

炭張家裡，桃源社眾人聽完趙淺予的黃道十二星宮之說，都搖頭表示不信。只有蘇昉笑道：「阿予說得也不錯，唐朝韓愈就寫過一首〈三星行〉詩：『我生之辰，月宿南斗。牛奮其角，箕張其口。牛不見服箱，斗不挹酒漿。箕獨有神靈，無時停簸揚。』說的就是他身為摩羯宮頗為坎坷的意思。」

趙淺予眼睛發亮：「聽到沒有？阿昉哥哥學問最好，他說得準沒錯！」

趙栩笑眯眯地說：「阿予，你不就是摩羯宮嗎？沒見你坎坷啊。」

蘇昉笑了：「這麼巧，我爹爹也是摩羯宮。」趙淺予得意洋洋給了趙栩一個白眼，模樣嬌俏可愛，又引得眾人哈哈大笑。

孟彥弼提議不如去看雜技，說最近裡瓦來了一群藝人，不止能藏人藏劍，還能藏舟，一瞬間幾十個人就將一艘船藏起來，在場幾千人也看不見那船。還有那口技社的社長姜阿得這個月也在裡瓦表演「百禽鳴」。

一聽這個，就連杜氏都說這個有意思，趙栩興致勃勃地讓隨從去訂座。

九娘想了想，正色道：「既然照著結社的規矩，這社裡的費用，也該咱們平攤才是。若是要去裡瓦，可不能又是六哥出錢。我們四個雖是女子，也都是有月錢的人。只要不是頓頓吃炭張家，還是出得起的。那馬匹、馬鞭、鞍轡、弓箭可都已經是白得的呢，若再要白吃白喝白玩，我可是要第一個退社的。」

啊？才起社你就敢提退社!?趙栩瞪起眼。

第八十九章

九娘一說這話，六娘和蘇昕也附和。杜氏也笑道：「親兄弟明算帳，才是長久之道，也要把我們也算進去才對。」

孟彥弼呵呵道：「兄弟姊妹間是要算清楚才行，像我家的錢都是我娘的，我娘的錢還是我娘的，那就不用算了。」頭上立刻又吃了兩個毛栗子。

六娘笑得臉都疼了，今天看來二哥是豁出去，要把大伯和大伯娘的底都兜翻天。

眾人大笑著紛紛點頭稱是，趙栩也笑著答應了。商議了一番後，定下來有月俸的每月出一貫錢，領月錢的出五百文，社長和副社長也各出一貫錢。到了蘇昉這裡，蘇昉卻堅持要出一貫錢：「我雖然沒有月俸，可我娘卻留給我許多產業，比孟二哥、六郎、太初你們的月俸可要多出不少來。」九娘覺得合理，大力贊成，蘇昕更是連聲說好。

跟著蘇昕和六娘又推舉了算術極好的九娘負責管社裡的錢和帳目，眾人皆無異議，九娘也不推辭，爽快地答應下來。

趙栩趕緊取了他和阿予的兩份錢交給九娘，笑道：「阿妧！仔細收著！要是少了，我們可是要賴著吃定你一輩子的！」

眾人哈哈笑著紛紛將錢取了交給九娘。

九娘也笑著將錢都點清了，交給玉簪：「你可要仔細些收好，萬一少了，千萬別聲張。我可養不活這許多哥哥姊姊們。咱們只偷偷賴著大伯娘和六姊就是。她們最心疼我，保管會替我悄悄地補上。」眾人又大笑起來。

孟彥弼又開始忙著算計社日裡吃哪家喝哪家玩哪家了，頤指氣使地指派陳太初，又低聲下氣地問杜氏，能不能把范家小娘子一起請出來蹭吃蹭喝蹭玩。雖說又吃了兩個毛栗子，可四個妹妹卻求了杜氏務必下帖子，八月初十邀范小娘子一同玩耍。杜氏只能點頭道：「那得讓你們二哥再出五百文才是！」

九娘一本正經地數著孟彥弼依依不捨遞過來的五百文：「啊呀，又來了個嫂子要養活了。」六娘已笑倒在杜氏懷裡，杜氏伸手輕擰了一把九娘的小臉：「叫你嘴貧！」

趙栩看著九娘臉頰上立刻泛起的一塊紅，就想起五年前在孟府家廟裡和九娘初見的情形。小小的她被自己捆成個小粽子，她那肉嘟嘟的小臉被自己一指頭戳下去，就是一個小渦，會微微泛白，很快彈起來才又變成粉色。趙栩只覺得手指頭直發癢，看了看九娘面前盤中的好些果子，吸了口氣扭過頭去。她現在可不會再拿果子撒他一頭一臉了吧。

翠微堂裡，梁老夫人聽貞娘輕聲說完事情經過，沉著臉看著滿面淚痕的七娘。程氏懊恨得不行，自己也是被兄長要登門的事情擾亂了心神，竟然稀里糊塗讓她做了這麼件糊塗事，闖下大禍。

梅姑跪了下來請罪：「都是老奴辦事不力，惹得七娘子生氣，還請老夫人責罰老奴，饒了七娘子。」

梁老夫人看了看程氏：「你怎麼也這麼糊塗!?阿林再怎麼樣，也是七娘的庶母！要是出了什麼事，她就是一個不孝不仁，讓九娘又怎麼和她相處？」

程氏剛才已經看過林氏，的確刮擦得厲害，有些嫩肉都翻了開來。她只能硬著頭皮上前道：「是媳婦糊塗，適才接到兄長的帖子，說明日要來家裡。因為那阮玉郎和侄子的事，我心裡亂糟糟的，又想著她也就是去看一眼，應承了不翻動，還有梅姑陪著，這才由得她闖了大禍。」

七娘哭叫起來：「阿妧她只當我是傻子！燕王殿下送了那麼多東西給她，肯定是喜歡她！她卻不告訴我！心裡還不知道怎麼笑話我呢！怪不得她要跟著六娘進宮！」

程氏嚇得腿都軟了，趕緊死死拽住她，捂住她的嘴。

梁老夫人端起茶盞，淡淡地問：「原來你還真的是在肖想燕王殿下。」

七娘一愣，低下頭去死死抓住程氏的手，哭聲就小了許多。

程氏紅了臉，哀求起老夫人：「娘！都怪媳婦管教不嚴。她還小，不懂事。求娘讓媳婦回去好好管教她。」

梁老夫人抬了抬眼，程氏頓時不敢再說。老夫人淡淡地道：「就算是燕王殿下喜歡了阿妧，就算是阿妧也喜歡了殿下，就算是她不告訴你，就算她要跟著六娘進宮，又和阿姍你有什麼干係？」

七娘怔住了，止住了哭。程氏也呆呆地看向老夫人：「娘？我可是答應了陳家的！」

老夫人看著程氏道：「的確是要怪你，你將她寵成這樣，滿心滿眼只有她自己，日後吃苦的也只會是她自己。」

老夫人又看著七娘道：「阿姍你年少無知，心裡要喜歡哪個郎君，儘管喜歡，正大光明大大方方的喜歡，誰會笑話你？誰敢笑話你？這汴京城裡三月三，七夕節，元宵節，多的是互訴衷腸的郎君和娘子，也多的是羅帕無人收的娘子和簪花無人要的郎君。你三姊當年鍾情你三姊夫，也不曾鬼鬼祟祟躲躲藏藏。可若因為那人不喜歡你喜歡了別人，你就要恨上別人，這般面目可憎，任哪個郎君都會畏而遠之。」

七娘待要爭辯，老夫人卻又道：「別說阿妧年紀尚小，心裡沒人。她那樣的容貌才情，有人喜歡她，難道是她的過錯嗎？你這般嫉恨交加胡作非為，是恨別人喜歡她，還是恨別人不喜歡你，還是恨自己不如她？」

七娘被問得呆住了。她不如九娘嗎？她生氣的是這個嗎？不，不是的。眼淚汩汩地留下來，又鹹又澀。

老夫人轉向程氏：「阿妧庫裡的東西哪一樣不是經木樨院的手的？宮裡賜下的東西你木樨院敢不收還是敢退回去？我翠微堂都不敢，怎麼，聽香閣敢嗎？」

程氏低聲回道：「媳婦不敢。」

老夫人歎了口氣：「兩位殿下和阿妧共過生死，情誼自然非同尋常。你們可見過阿妧主動攀附過一分一毫？她都懂得安守本分，不癡心妄想。可阿姍你呢？白日做夢，徒留荒唐。」

程氏趕緊道：「是阿姍錯了，她知道自己錯了。還請娘手下留情。」

老夫人又問七娘：「你又是從哪裡知道阿妧庫房裡有翡翠釵的？」

七娘含淚不語。

老夫人歎了口氣：「是你四姊說的？」

老夫人閉了閉眼睛，苦笑道：「一大家子人，你們小孩子之間，吵吵鬧鬧，都不是什麼大事。這些年，看著阿姍你似乎長進了，知道些分寸了，誰成想還是這樣？還有阿嫻心眼小，愛挑事。你們以為阿妧是討好你們才忍著你們，才對你們好的？她不過是不計較而已。老三媳婦你當過家，也知道頂著這個孟字，一年要打發多少麻煩？能用錢打發的，咱們也就都和和氣氣打發走了。能一個好字了事，誰會費神去計較那點芝麻大小的得失？北海之鯤何須在意蜉蝣？天上的雄鷹何須在意燕雀？阿妧她是把孟家放在心頭上，把我放在心頭上！她是不忍心婆婆我一大把年紀，還要去操心你們那點見不得人的姊妹意氣之爭啊。君子好譽，小人好毀。木樨院能太太平平這幾年，是因為有君子在啊！」

七娘怯怯地抬起眼，看向老夫人。程氏更是又氣又恨，伸手擰了七娘一把：「你從小到大哪次做爆仗不是被她點的！你就不長長記性！」

這時呂氏帶著慈姑進來，她剛去木樨院看過了林氏。一見程氏母女這個樣子，就皺起了眉頭。這才太太平平了幾年？前幾天因為四娘的破事害得六娘要進宮，一個不討人喜歡的庶女，就是送給吳王又怎麼了，卻害得她那麼好的女兒要去那見不得人的地方受苦一輩子。今天這個七娘又闖私庫，施暴庶母，傳到外頭去，孟家百年清名毀於一旦，家裡的小郎君們和六娘也跟著聲譽受損，就是自家郎君也免不了被臺諫彈劾。這木樨院簡直就是整個孟家的爆仗，不知哪一天就要爆，平白讓她們也跟著擔驚受怕吃苦遭殃。

慈姑低聲稟報：「許大夫說不能包紮，只能等著結痂，已經用了藥，就是恐怕會留下疤痕。」林氏自進府就跟著她，幾十年來磕磕絆絆，這幾年總算太平享樂了，不料一朝飛來橫禍，竟有容貌損毀之禍。慈姑自責得厲害，這些年她看得真切，九娘待林氏和十一郎親近得很，寶貝得很，真不知道如何向九娘交待。

程氏頭皮一炸，七娘也渾身一抖，這時才真知道自己闖下了大禍。

翠微堂裡靜了半晌。老夫人斟酌了片刻後道：「貞娘，你將七娘送去家廟，先跪六個時辰。明日起禁足在木樨院裡一個月。既然她這些年的書都是白讀了，日後學裡也不用再去了，留在家裡好好學好本分和安分吧。明日開始就請出家廟裡的錢婆婆做她的訓導婆婆罷。」

七娘不禁魂飛魄散，掙開程氏，撲上去抱住老夫人的腿：「婆婆！婆婆！阿姍知道錯了，我知道錯了，婆婆求您讓我回學裡去，我跪多久都行。阿姍真的知道錯了！我去給林姨娘說對不起，我去跟阿妧說對不起！婆婆！——」

程氏急得不行，卻無計可施。

天色已漸沉。從裡瓦出來，桃源社眾人殷殷道別，相約初十那日一早在陳家見面。

趙淺予牽著九娘的手還不肯放手：「記得回去讓你姨娘趕緊給你做一身騎裝！我是紅色的，要不你也做紅色的？沒剩下幾天了，可來得及？」

九娘笑著說：「阿昕要做鵝黃色的，我和六姊回去商量了再定。」

六娘興致勃勃道：「咱們四個都得選鮮豔些的顏色，阿妧這次可不許總穿那麼素淨了。」

孟彥弼趴在馬車的車窗外，在和車裡的杜氏說話，聽到六娘這句，回過臉來說：「那也未必，有一回我看見聖人穿了一身銀白的騎裝，也好看。」

趙栩在她們邊上有些心不在焉，他微微抬頭看著不遠處的鴿群，來來回回高高低低地飛著，忽地一聲鴿哨，鴿群在那烏瓦粉牆之上盤旋了幾個來回，倏地沒入一戶人家去了。

他不經意地說道：「對了，前些時給阿予做了兩雙小馬靴，多出些皮子也沒用，明日讓人送到孟府去，你們姊妹倆正好做兩雙馬靴。」

趙淺予笑道：「是的是的，要不是六哥提醒，我都忘了，就算我們騎裝顏色不同，靴子也能一樣！」

六娘、九娘也不客氣，笑著向趙栩道謝。

幾人正說著話，從瓦子裡又湧出許多人，笑著四散開。一個小郎笑著跑過來，眼看就要撞上九娘，玉簪剛要去擋，那小郎卻已被一隻大手拎了開來。

「爹爹——爹爹——！」小郎被趙栩的隨從拎離了地，兩隻小手和兩隻小腿在空中亂蹬。

一個郎君趕緊過來，拱手對著那隨從笑道：「真是對不住，犬子衝撞了貴人。」

九娘回過頭，帷帽下也看得見那孩童一雙極漂亮的大眼瞪著自己，兩腮鼓囊囊的，一臉的不服氣。不由得柔聲笑道：「不礙事的，孩子而已。是咱們擋住道了，還請將他放下來罷，別嚇到他了。」

趙栩帶了人上來隔開他們，點了點頭。隨從將手裡的孩童送到那郎君手裡：「下回看仔細些。」郎君又行了一禮，刮了刮那孩童的臉蛋：「讓你慢一些吧？下次就罰你沒有糖吃！」一把將那孩童扛到肩上，笑著遠去了。

行到遠處，阮玉郎笑著問：「如何？爹爹說你撞不到那個姊姊吧？」

大郎疑惑地問：「我要是慢慢地走過去呢？還有這個姊姊真的很美嗎？」

阮玉郎大笑起來：「下次你再試試看。只要肯用心思，總能做成的。這個姊姊還真的很美。走，買糖去了。」

大郎高興地笑起來，抱著爹爹的頭，調皮地撕下他唇上的兩撇鬍子，放在自己鼻子下比了比，又問起方才藏舟之術的奧妙來。

孟府四人和趙栩、趙淺予道了別，上了馬車，打道回府。孟彥弼在車窗外說：「今日出門太早，等初十啊，咱們去州橋夜市吃個夠再回家！」六娘笑著脆生生地應了聲：「好！」

九娘想了想，忽然覺得剛才那個郎君的音容笑貌似乎有些熟，卻怎麼也想不起來。

二門口慈姑一見九娘，就紅了眼眶。

一行人匆匆進了木樨院的東小院。

林氏躺在屏風後的藤床上正哼唧著折騰著，手也在動腿也在動。十一郎正坐在床前和她說些什麼。一見九娘、六娘和杜氏來了，林氏就要起來行禮。

杜氏趕緊吩咐寶相：「快讓你家姨娘好好躺著，傷成這樣還起來做什麼。」

六娘一看也嚇了一跳，林氏左臉上七八條紫紅的新傷猙獰得很。

十一郎和杜氏以及姊姊們見了禮，就退到屏風外頭去。九娘坐到床邊，輕輕握住林氏的手，細細看了看，柔聲安慰她道：「沒事的，你別怕。好在銅鑰匙都是圓頭的，擦破了皮而已。我馬上寫信給公主殿下，討些宮裡的祛疤藥膏，記得嗎？那藥極好的。」林氏出了口長氣，繃緊的手腳才放鬆了下來，眼睛也不霎地看著九娘。

九娘笑著把臉湊近她：「以前我摔破了嘴，比你這個可傷得還要厲害呢，肉都翻開來了。看，現在一丁點疤痕都沒留下。就是傷疤長好的時候會很癢很癢，姨娘你可千萬忍著別去撓，要不我可要讓寶相姊姊把你的手綁起來哦。」

林氏原來滿心火燒火燎的，又看不見自己的臉，身邊的人都一副「你好可憐，你以後可怎麼辦呢」的神情，十一郎也是憂心忡忡地開導了她許久，什麼女子無貌也是德。放屁，她這輩子什麼長處也沒有，就只有一張臉好看，還有生了九娘和十一郎。要是這臉毀在七娘子手裡，仇也不好報，怨也沒有用，接下去幾十年怎麼辦？難道一輩子都不照鏡子了？聽了九娘這番話她才安心了不少，不好張開嘴說話，只眨巴眨巴大眼睛，抬了抬下巴。

九娘笑著側過臉給她看：「你看！阿妧我好不好看？」

杜氏和六娘扭過頭忍著笑咳了兩聲，這樣的禍事，也只有九娘還能輕描淡寫地化解。

林氏眨眨眼，點點頭，又抬抬下巴。九娘全然明白她的意思，笑道：「我長得像你嘛，自然好看的。」又牽了她的手在自己嘴唇上頭按了按：「放心，你不是一直說要讓這肌膚更嫩嗎？等傷疤脫落了，那新的皮啊，可嫩了。你摸摸我的，是不是比邊上的還要嫩？」

林氏點點頭，眼睛裡開始霧濛濛的，這時候她心裡的委屈勁兒才湧上來，捏緊了九娘的手還是想說幾句。九娘笑著搖頭：「啊呀，姨娘你可得少說話。我讓玉簪也給你做一個我以前那個帷帽。沒人的時候，別戴著，還是得讓這傷見見風見見光，好得快些。」

九娘轉向終於鬆了口氣的寶相說：「寶相姊姊，可要麻煩你看著我姨娘，別讓她吃辣的，那些顏色深的都不能吃，還請姊姊辛苦些了。」

寶相紅著眼睛屈膝應了，趕緊端了茶盞過來：「姨娘先喝幾口水吧。」

九娘將林氏扶起來，要了把細長的銀匙，舀了茶水一口口送入林氏嘴裡。

杜氏和六娘放了心，就先告辭。十一郎陪著九娘送了她們出去，再進了屋內，一看自己姨娘脖頸裡兜了塊帕子，正吧嗒吧嗒著大眼睛一臉期盼的模樣，一點也沒剛才的煩躁了。

十一郎歎了口氣，很不是滋味地說：「姨娘，我也好歹勸了你一個時辰吧？你那頭甩得跟個撥浪鼓似的，紙帳都要給你摳爛了，還踹了我好幾腳。九姊這才說了一盞茶的功夫，你就——」跟個得了肉骨頭的小狗似的。這是不敬之語，十一郎自動咽回去了。

九娘瞪了十一郎一眼：「你那張嘴，會說勸人的話嗎？是不是說什麼留了疤痕也不要緊？」

十一郎撓了撓頭，說道：「七姊還在家廟裡跪著呢，聽說不能再去學裡讀書了，還聽說明天開始家廟裡的錢婆婆要做她的訓導婆婆！」

林氏忽地打了個激靈，將絲被朝上拉了拉，搖搖頭。

不准進學？錢婆婆？看來婆婆是真的發怒了。可是，還不夠啊，動什麼都行，動我都無所謂，不能動我姨娘，不能動我十一弟啊。恐怕要對不住婆婆的一番苦心了，這木樨院的太平，我不想要了。

九娘歎了口氣，替林氏將帕子取了下來：「姨娘啊，我跟你說過吧？錢財乃身外之物。她要去看就去看，要拿就拿，又有什麼要緊？你這些血啊皮啊美貌啊，可比我庫裡的東西珍貴多了。你這人啊，才是最要緊的，知道嗎？這次吃了虧，日後可要記得。那些沒了不要緊，你，才是最要緊的。記住沒有？」

林氏點點頭，心裡美滋滋的。那些宮裡的寶貝都不如自己這幾條小傷要緊呢。慈姑說得對，九娘子心裡啊，可寶貝自己這個姨娘呢。自己定要好好地養傷，別讓她擔心。哪像四娘子，這幾年別說體貼她姨娘了，平日和阮氏說話眼睛都看著別處，連自己這樣的腦子都看得出四娘子不樂意和她姨娘見面。

九娘又叮囑了幾句，帶著慈姑和玉簪回了東暖閣。本要給趙淺予寫信的，估摸著這信送到宮裡恐怕就得三天，便改了主意給陳太初寫了一封討藥的信，讓慈姑親自送去修竹苑，交給孟彥弼。又寫了張食單，列了些收傷口的湯水，讓玉簪取了一貫錢來，連著單子送去木樨院的小廚房，交給管事娘子。

九娘屏退侍女，取了鑰匙，拿起盞紗燈，獨自進了後院。天色已昏暗，薔薇花香更濃。

（未完待續）

story 055

汴京春深 卷二 舞桃源

作者 小麥｜**策劃暨編輯** 有方文化｜**總編輯** 余宜芳｜**主編** 李宜芬｜**特約編輯** 沈維君｜**編輯協力** 謝翠鈺｜**企劃** 鄭家謙｜**封面設計** 劉慧芬｜**內頁排版** 薛美惠｜**董事長** 趙政岷｜**出 版 者** 時報文化出版企業股份有限公司 **地址** 108019台北市和平西路三段二四〇號七樓 發行專線—（02）23066842 讀者服務專線—0800231705（02）23047103 讀者服務傳真—（02）23046858 郵撥—一九三四四七二四時報文化出版公司 信箱—一〇八九九台北華江橋郵局第九九信箱 時報悅讀網 http://www.readingtimes.com.tw 法律顧問—理律法律事務所 陳長文律師、李念祖律師｜**印刷** 勁達印刷有限公司——初版一刷 2023年4月14日｜**定價** 新台幣320元｜缺頁或破損的書，請寄回更換

時報文化出版公司成立於一九七五年，一九九九年股票上櫃公開發行，
二〇〇八年脫離中時集團非屬旺中，
以「尊重智慧與創意的文化事業」為信念。

有方文化

汴京春深. 卷二, 舞桃源 / 小麥作. -- 初版. -- 臺北市 : 時報文化出版企業股份有限公司, 2023.04

面； 公分. -- (story ; 55)

ISBN 978-626-353-641-8（平裝）

857.7 112003637

ISBN：978-626-353-641-8
Printed in Taiwan